鲁迅著译编年全集

王世家
止庵 编

人民出版社

鲁迅著译编年全集

拾叁

目　　录

一九三一

一月

二月

三月

本年

一九三一

一月

一日

日记 昙。无事。

二日

日记 晴。无事。

三日

日记 昙。上午得宋崇义信片。得高桥医生信片。得储元熹信。下午三弟及蕴如来。夜小雨。

四日

日记 星期。昙,午后晴。下午理发。

五日

日记 昙。上午同广平携海婴往平井博士寓诊。得母亲信,去年十二月二十九日发。往内山书店买关于绘画之书二本,其直九元。下午小雨。夜大风。

六日

日记 昙。午后得季志仁信并《插画家传》五本,D. Wapler 木刻三枚一帖,其值共三十一元,去年十二月八日发。得诗荃信式封,去年十二月六日及十六日发。寄三弟信。

七日

日记　　昙。夜寄母亲信。寄靖华信。往东亚食堂饭。

八日

日记　　昙。上午收编辑费三百,去年十月分。复季志仁信。午后雨。往仁济堂为海婴买药。往内山书店买『詩と詩論』(十)一本,三元。晚三弟来。得紫佩信,三日发。夜风。

九日

日记　　雨雪而风,下午霁。复紫佩信。复诗荃信。夜又雨雪。

十日

日记　　晴,冷,下午微雪。晚明日书店招饮于都益处,不赴。

十一日

日记　　星期。昙,冷。晚三弟来,留之夜饭。

十二日

日记　　晴。晚平甫及密斯冯来,并赠新会橙四枚。

十三日

日记　　晴,冷。上午内山书店送来『葛飾北斎』一本,二十元。

十四日

日记　　晴。下午得诗荃信,去年十二月二十二日发。

十五日

日记 晴。上午往瀛寰图书公司买书四种六本,共泉三十七元二角。下午金枝来,并赠榧果一合。以 Strang 之 *China's Reise* 赠白莽。晚三弟来,留之夜饭,并即还其持来之叶永蓁稿。

十六日

日记 晴。午后往内山书店买『ソヴエートロシアの芸術』一本,三元九角。下午山田女士及内山夫人来,并赠海婴玩具麾[摩]托车一辆。

十七日

日记 昙。下午冯梅君来。往内山书店买『昆虫记』(六)一本,二元五角。得母亲信,十一日发。夜蒋径三来。

《毁灭》后记

要用三百页上下的书,来描写一百五十个真正的大众,本来几乎是不可能的。以《水浒》的那么繁重,也不能将一百零八条好汉写尽。本书作者的简炼的方法,是从中选出代表来。

三个小队长。农民的代表是苦勃拉克,矿工的代表是图皤夫,牧人的代表是美迭里札。

苦勃拉克的缺点自然是最多,他所主张的是本地的利益,捉了牧师之后,十字架的银链子会在他的腰带上,临行喝得烂醉,对队员自谦为"猪一般的东西"。农民出身的斥候,也往往不敢接近敌地,只坐在丛莽里吸烟卷,以待可以回去的时候的到来。矿工木罗式加给以批评道——

"我和他们合不来,那些农人们,和他们合不来。……小气,阴气,没有胆——毫无例外……都这样!自己是什么也没有。简直像扫过的一样!……"(第二部之第五章)

图疄夫们可是大不相同了,规律既严,逃兵极少,因为他们不像农民,生根在土地上。虽然曾经散宿各处,召集时到得最晚,但后来却"只有图疄夫的小队,是完全集合在一气"了。重伤者弗洛罗夫临死时,知道本身的生命,和人类相通,托孤于友,毅然服毒,他也是矿工之一。只有十分鄙薄农民的木罗式加,缺点却正属不少,偷瓜酗酒,既如流氓,而苦闷懊恼的时候,则又颇近于美谛克了。然而并不自觉。工兵刚卡连珂说——

"从我们的无论谁,人如果掘下去,在各人里,都会发见农民的,在各人里。总之,属于这边的什么,至多也不过没有穿草鞋……"(二之五)

就将他所鄙薄的别人的坏处,指给他就是自己的坏处,以人为鉴,明白非常,是使人能够反省的妙法,至少在农工相轻的时候,是极有意义的。然而木罗式加后来去作斥候,终于与美谛克不同,殉了他的职守了。

关于牧人美迭里札写得并不多。有他的果断,马术,以及临死的英雄底的行为。牧人出身的队员,也没有写。另有一个宽袍大袖的细脖子的牧童,是令人想起美迭里札的幼年时代和这牧童的成人以后的。

解剖得最深刻的,恐怕要算对于外来的知识分子——首先自然是高中学生美谛克了。他反对毒死病人,而并无更好的计谋,反对劫粮,而仍吃劫来的猪肉(因为肚子饿)。他以为别人都办得不对,但自己也无办法,也觉得自己不行,而别人却更不行。于是这不行的他,也就成为高尚,成为孤独了。那论法是这样的——

"……我相信,我是一个不够格的,不中用的队员……我实在是什么也不会做,什么也不知道的……我在这里,和谁也合不来,谁也不帮助我,但这是我的错处么?我用了直心肠对人,但我所遇见的却是粗暴,对于我的玩笑,揶揄……现在我已经不相信人了,我知道,如果我再强些,人们就会听我,怕我的,因为在这里,谁也只向着这件事,谁也只想着这件事,就是装满自己的大肚子……我常常竟至于这样地感到,假使他们万一在明天为科尔却克所带领,他们便会和现在一样地服侍他,和现在一样地法外的凶残地对人,然而我不能这样,简直不能这样……"(二之五)

这其实就是美谛克人队和逃走之际,都曾说过的"无论在那里做事,全都一样"论,这时却以为大恶,归之别人了。此外解剖,深切者尚多,从开始以至终篇,随时可见。然而美谛克却有时也自觉着这缺点的,当他和巴克拉诺夫同去侦察日本军,在路上扳谈了一些话之后——

"美谛克用了突然的热心,开始来说明巴克拉诺夫的不进高中学校,并不算坏事情,倒是好。他在无意中,想使巴克拉诺夫相信自己虽然无教育,却是怎样一个善良,能干的人。但巴克拉诺夫却不能在自己的无教育之中,看见这样的价值,美谛克的更加复杂的判断,也就全然不能为他所领会了。他们之间,于是并不发生心心相印的交谈。两人策了马,在长久的沉默中开快步前进。"(二之二)

但还有一个专门学校学生企什,他的自己不行,别人更不行的论法,是和美谛克一样的——

"自然,我是生病,负伤的人,我是不耐烦做那样麻烦的工作,然而无论如何,我总该不会比小子还要坏——这无须夸口来说……"(二之一)

然而比美谛克更善于避免劳作,更善于追逐女人,也更苛于衡量人物了——

> "唔,然而他(莱奋生)也是没有什么了不得的学问的人呵,单是狡猾罢了。就在想将我们当作踏脚,来挣自己的地位。自然,您总以为他是很有勇气,很有才能的队长罢。哼,岂有此理!——都是我们自己幻想的!……"(同上)

这两人一相比较,便觉得美谛克还有纯厚的地方。弗理契《代序》中谓作者连写美谛克,也令人感到有些爱护之处者,大约就为此。

莱奋生对于美谛克一流人物的感想,是这样的——

> "只在我们这里,在我们的地面上,几万万人从太古以来,活在宽缓的怠惰的太阳下,住在污秽和穷困中,用着洪水以前的木犁耕田,信着恶意而昏愚的上帝,只在这样的地面上,这穷愚的部分中,才也能生长这种懒惰的,没志气的人物,这不结子的空花……"(二之五)

但莱奋生本人,也正是一个知识分子——袭击队中的最有教养的人。本书里面只说起他先前是一个瘦弱的犹太小孩,曾经帮了他那终生梦想发财的父亲卖旧货,幼年时候,因为照相,要他凝视照相镜,人们曾诓骗他说将有小鸟从中飞出,然而终于没有,使他感到很大的失望的悲哀。就是到省悟了这一类的欺人之谈,也支付了许多经验的代价。但大抵已经不能回忆,因为个人的私事,已为被称为"先驱者莱奋生的莱奋生"的历年积下的层累所掩蔽,不很分明了。只有他之所以成为"先驱者"的由来,却可以确切地指出——

> "在克服这些一切的缺陷的困穷中,就有着他自己的生活的根本底意义,倘若他那里没有强大的,别的什么希望也不能比拟的,那对于新的,美的,强的,善的人类的渴望,莱奋生便是一个别的人了。但当几万万人被逼得只好过着这样原始的,可怜的,无意义地穷困的生活之间,又怎能谈得到新的,美的人类

呢?"(同上)

这就使莱奋生必然底地和穷困的大众联结,而成为他们的先驱。人们也以为他除了来做队长之外,更无适宜的位置了。但莱奋生深信着——

"驱使着这些人们者,决非单是自己保存的感情,乃是另外的,不下于此的重要的本能,借了这个,他们才将所忍耐着的一切,连死,都售给最后的目的……然而这本能之生活于人们中,是藏在他们的细小,平常的要求和顾虑下面的,这因为各人是要吃,要睡,而各人是孱弱的缘故。看起来,这些人们就好像担任些平常的,细小的杂务,感觉自己的弱小,而将自己的最大的顾虑,则委之较强的人们似的。"(二之三)

莱奋生以"较强"者和这些大众前行,他就于审慎周详之外,还必须自专谋画,藏匿感情,获得信仰,甚至于当危急之际,还要施行权力了。为什么呢,因为其时是——

"大家都在怀着尊敬和恐怖对他看,——却没有同情。在这瞬间,他觉得自己是居部队之上的敌对底的力,但他已经觉悟,竟要向那边去,——他确信他的力是正当的。"(同上)

然而莱奋生不但有时动摇,有时失措,部队也终于受日本军和科尔却克军的围击,一百五十人只剩了十九人,可以说,是全部毁灭了。突围之际,他还是因为受了巴克拉诺夫的暗示。这和现在世间通行的主角无不超绝,事业无不圆满的小说一比较,实在是一部令人扫兴的书。平和的改革家之在静待神人一般的先驱,君子一般的大众者,其实就为了惩于世间有这样的事实。美谛克初到农民队的夏勒图巴部下去的时候,也曾感到这一种幻灭的——

"周围的人们,和从他奔放的想像所造成的,是全不相同的人物……"(一之二)

但作者即刻给以说明道——

"因此他们就并非书本上的人物,却是真的活的人。"(同上)

然而虽然同是人们,同无神力,却又非美谛克之所谓"都一样"的。例如美谛克,也常有希望,常想振作,而息息转变,忽而非常雄大,忽而非常颓唐,终至于无可奈何,只好躺在草地上看林中的暗夜,去赏鉴自己的孤独了。莱奋生却不这样,他恐怕偶然也有这样的心情,但立刻又加以克服,作者于莱奋生自己和美谛克相比较之际,曾漏出他极有意义的消息来——

　　　　"但是,我有时也曾是这样,或者相像么?

　　　　"不,我是一个坚实的青年,比他坚实得多。我不但希望了许多事,也做到了许多事——这是全部的不同。"(二之五)

　　以上是译完复看之后,留存下来的印象。遗漏的可说之点,自然还很不少的。因为文艺上和实践上的宝玉,其中随在皆是,不但泰茄的景色,夜袭的情形,非身历者不能描写,即开枪和调马之术,书中但以烘托美谛克的受窘者,也都是得于实际的经验,决非幻想的文人所能著笔的。更举其较大者,则有以寥寥数语,评论日本军的战术云——

　　　　"他们从这田庄进向那田庄,一步一步都安排稳妥,侧面布置着绵密的警备,伴着长久的停止,慢慢地进行。在他们的动作的铁一般固执之中,虽然慢,却可以感到有自信的,有计算的,然而同时是盲目底的力量。"(二之二)

　　而和他们对抗的莱奋生的战术,则在他训练部队时叙述出来——

　　　　"他总是不多说话的,但他恰如敲那又钝又强的钉,以作永久之用的人一般,就只执拗地敲着一个处所。"(一之九)

　　于是他在部队毁灭之后,一出森林,便看见打麦场上的远人,要使他们很快地和他变成一气了。

　　作者法捷耶夫(Alexandr Alexandrovitch Fadeev)的事迹,除《自

传》中所有的之外，我一无所知。仅由英文译文《毁灭》的小序中，知道他现在是无产者作家联盟的裁决团体的一员。

又，他的罗曼小说《乌兑格之最后》，已经完成，日本将有译本。

这一本书，原名 *Razgrom*，义云"破灭"，或"溃散"，藏原惟人译成日文，题为《坏灭》，我在春初译载《萌芽》上面，改称《溃灭》的，所据就是这一本；后来得到 R. D. Charques 的英文译本和 Verlag für Literatur und Politik 出版的德文译本，又参校了一遍，并将因为《萌芽》停版，放下未译的第三部补完。后二种都已改名《十九人》，但其内容，则德日两译，几乎相同，而英译本却多独异之处，三占从二，所以就很少采用了。

前面的三篇文章，《自传》原是《文学的俄罗斯》所载，亦还君从一九二八年印本译出；藏原惟人的一篇，原名《法捷耶夫的小说〈毁灭〉》，登在一九二八年三月的《前卫》上，洛扬君译成华文的。这都从《萌芽》转录。弗理契（V. Fritche）的序文，则三种译本上都没有，朱杜二君特为从《罗曼杂志》所载的原文译来。但音译字在这里都已改为一律，引用的文章，也照我所译的本文换过了。特此声明，并表谢意。

卷头的作者肖像，是拉迪诺夫（I. Radinov）画的，已有佳作的定评。威绥斯拉夫崔夫（N. N. Vuysheslavtsev）的插画六幅，取自《罗曼杂志》中，和中国的"绣像"颇相近，不算什么精采。但究竟总可以裨助一点阅者的兴趣，所以也就印进去了。在这里还要感谢靖华君远道见寄这些图画的盛意。

上海，一九三一年，一月十七日。译者。

未另发表。

初收 1931 年 10 月上海三闲书屋再版《毁灭》。

十八日

日记 星期。晴。午前三弟来，留之吃面。下午往内山书店买『大十年の文学』一本，一元六角。晚史沫特列女士偕翻译来。

十九日

日记 晴。午后得诗荃信，去年十二月廿九日发。得世界语学会信。

关于《唐三藏取经诗话》的版本

寄开明书店中学生杂志社

编辑先生：

这一封信，不知道能否给附载在《中学生》上？

事情是这样的——

《中学生》新年号内，郑振铎先生的大作《宋人话本》中关于《唐三藏取经诗话》，有如下的一段话：

"此话本的时代不可知，但王国维氏据书末：'中瓦子张家印'数字，而断定其为宋椠，语颇可信。故此话本，当然亦必为宋代的产物。但也有人加以怀疑的。不过我们如果一读元代吴昌龄的《西游记》杂剧，便知这部原始的取经故事其产生必定是远在于吴氏《西游记》杂剧之前的。换一句话说，必定是在元代之前的宋代的。而'中瓦子'的数字恰好证实其为南宋临安城中所出产的东西，而没有什么疑义。"

我先前作《中国小说史略》时，曾疑此书为元椠，甚招收藏者德富苏峰先生的不满，著论辟谬，我也略加答辨，后来收在杂感集中。所以郑振铎先生大作中之所谓"人"，其实就是"鲁迅"，于唾弃之中，仍寓代为遮羞的美意，这是我万分惭而且感的。但我以为考证固不可荒唐，而亦不宜墨守，世间许多事，只消常识，便得了然。藏书家欲其所藏版本之古，史家则不然。故于旧书，不以缺笔定时代，如遗老现在还有将仪字缺末笔者，但现在确是中华民国；也不专以地名定时代，如我生于绍兴，然而并非南宋人，因为许多地名，是不随朝代而改的；也不仅据文意的华朴巧拙定时代，因为作者是文人还是市人，于作品是大有分别的。

所以倘无积极的确证，《唐三藏取经诗话》似乎还可怀疑为元椠。即如郑振铎先生所引据的同一位"王国维氏"，他别有《两浙古刊本考》两卷，民国十一年序，收在遗书第二集中。其卷上"杭州府刊版"的"辛，元杂本"项下，有这样的两种在内——

《京本通俗小说》
《大唐三藏取经诗话》三卷

是不但定《取经诗话》为元椠，且并以《通俗小说》为元本了。《两浙古本考》虽然并非僻书，但中学生诸君也并非专治文学史者，恐怕未必有暇涉猎。所以录寄　贵刊，希以刊载，一以略助多闻，二以见单文孤证，是难以"必定"一种史实而常有"什么疑义"的。

专此布达，并请
撰安。

　　　　　　　　　　　鲁迅启上。一月十九日夜。

原载 1931 年《中学生》杂志第 12 号。
初收 1932 年 10 月上海合众书店版《二心集》。

二十日

日记　晴。上午寄中学生杂志社信，答郑振铎。午后内山书店送来『浮世絵傑作集』（第五回）一帖二枚，计直十六元。下午偕广平携海婴并许媪移居花园庄。

二十一日

日记　雨。下午寄季市信。寄杨律师信。

致 许寿裳

季黻吾兄左右：昨至宝隆医院看索士兄病，则已不在院中，据云：大约改入别一病院，而不知其名。拟访其弟询之，当知详细，但尚未暇也。近日浙江亲友有传其病笃或已死者，恐即因出院之故。恐　兄亦闻此讹言，为之黯然，故特此奉白。此布，即请
道安。

弟令斐　顿首　一月二十一日

二十二日

日记　昙。上午往内山书店。下午得丛芜信。

二十三日

日记　晴，风。午后得学昭，何穆合照片，巴黎发。寄小峰信。寄紫佩信。晚蒋径三来。

致 李小峰

小峰兄：

昨乔峰言见店友，知小报记者的创作，几已为在沪友人所信，北

平且有电来问,盖通信社亦已电传全国矣。其实此乃一部分人所作之小说,愿我如此,以自快慰,用泄其不欲我"所作之《呐喊》,销行至六七万本"之恨者耳。然众口铄金,危邦宜慎,所以我现在也不住在旧寓里了。

昨报又载搜索书店之事,而无现代及光华,可知此举正是"民族主义文学"运动之一,倘北新亦为他们出书,当有免于遭厄之望,但此辈有运动而无文学,则亦殊令出版者为难,盖官样文章,究不能令人自动购读也。倘见达夫先生,并乞传语平安为托。

迅 启上 一月廿三日午。

二十四日

日记 昙。晚复丛芜信。雨。

二十五日

日记 星期。雨。上午收《自然界》稿费三十六元。

二十六日

日记 风雪。下午收诗荃所寄《弗兰孚德日报》一卷。

二十七日

日记 雨雪,上午晴。中美图书公司送来书一本,直八元三角。

二十八日

日记 昙,冷。午后收诗荃所寄《弗兰孚德日报》三封。下午往内山书店买风景及静物画选集各一本,每本直一元七角。晚付花园庄泉百五十。

二十九日

　　日记　晴,夜小雨。无事。

三十日

　　日记　雨。下午收靖华所寄《平静的顿河》第二卷一本。寄母亲信。寄诗荃信。夜往陆羽居吃面。内山及其夫人来。

三十一日

　　日记　昙。午后往内山书店,得川上澄生所刻『伊蘇普物語図』第一回分八枚,又第二回分七枚,『浮世絵大成』第六卷一本,共泉九元六角。夜雨。

二月

一日

日记 星期。晴。午后同广平携海婴往内山书店,见赠川上澄生氏木刻静物图二枚。下午昙。夜访三弟。雨。

二日

日记 昙。午后得靖华信,十日发。寄素园信。寄小峰信。晚得紫佩信,一月二十八日发。是日印《梅斐尔德木刻士敏土之图》二百五十部成,中国宣纸玻璃版,计泉百九十一元二角。

致 韦素园

素园兄:

昨看见由舍弟转给景宋的信,知道这回的谣言,至于广播北方,致使兄为之忧虑,不胜感荷。上月十七日,上海确似曾拘捕数十人,但我并不详知,此地的大报,也至今未曾登载。后看见小报,才知道有我被拘在内,这时已在数日之后了。然而通信社却已通电全国,使我也成了被拘的人。

其实我自到上海以来,无时不被攻击,每年也总有几回谣言,不过这一回造得较大,这是有一些人,希望我如此的幻想。这些人大抵便是所谓"文学家",如长虹一样,以我为"绊脚石",以为将我除去,他们的文章便光焰万丈了。其实是并不然的。文学史上,我没有见过用阴谋除去了文学上的敌手,便成为文豪的人。

但在中国，却确是谣言也足以谋害人的，所以我近来搬了一处地方。景宋也安好的，但忙于照看小孩。我好像未曾通知过，我们有了一个男孩，已一岁另四个月，他生后不满两月之内，就被"文学家"在报上骂了两三回，但他却不受影响，颇壮健。

我新近印了一本 Gladkov 的 *Zement* 的插画，计十幅，大约不久可由未名社转寄 兄看。又已将 Fadejev 的《毁灭》(*Razgrom*)译完，拟即付印。中国的做人虽然很难，我的敌人（鬼鬼祟祟的）也太多，但我若存在一日，终当为文艺尽力，试看新的文艺和在压制者保护之下的狗屁文艺，谁先成为烟埃。并希 兄也好好地保养，早日痊愈，无论如何，将来总归是我们的。

迅　上　二月二日
景宋附笔问候

三日

日记　昙。午后友堂赠冬笋一包，以八枚转赠内山君。买『昆虫记』(六至八)上制三本，共十元；又川上澄生木刻静物图三枚，十一元六角。晚得小峰信并版税泉四百，鱼圆一皿，茗一合。

四日

日记　雨。下午寄李秉中信。

致 李秉中

秉中兄：

顷见致舍弟书，借知沪上之谣，已达日本。致劳殷念，便欲首途，感怆交并，非言可喻！

我自旅沪以来，谨慎备至，几于谢绝人世，结舌无言。然以昔曾弄笔，志在革新。故根源未竭，仍为左翼作家联盟之一员。而上海文坛小丑，遂欲乘机陷之以自快慰。造作蜚语，力施中伤，由来久矣。哀其无聊，付之一笑。上月中旬，此间捕青年数十人，其中之一，是我之学生。（或云有一人自言姓鲁）飞短流长之徒，因盛传我已被捕。通讯社员发电全国，小报记者盛造谰言，或载我之罪状，或叙我之住址，意在讽喻当局，加以搜捕。其实我之伏处牖下，一无所图，彼辈亦非不知。而沪上人心，往往幸灾乐祸。冀人之危，以为谈助。大谈陆王[黄]恋爱于前，继以马振华投水，又继以萧女士被强奸案，今则轮到我之被捕矣。文人一摇笔，用力甚微，而于我之害则甚大。老母饮泣，挚友惊心。十日以来，几于日以发缄更正为事，亦可悲矣。今幸无事，可释远念。然而三告投杼，贤母生疑。千夫所指，无疾而死。生丁今世，正不知来日如何耳。东望扶桑，感怆交集。此布，即颂

曼福不尽。

　　　　　　　　　　迅　启上　二月四日

令夫人均此致候。

五日

　　日记　雨。上午寄母亲信。复小峰信。下午寄有麟信。泽村幸夫君见赠 *Japan, Today and Tomorrow* 一本。

致 荆有麟

有麟兄：

　　顷见致舍弟书，知道上海之谣，使　兄忧念，且为通电各处乞

援,甚为感荷。

我自寓沪以来,久为一班无聊文人造谣之资料,忽而开书店,忽而月收版税万余元,忽而得中央党部文学奖金,忽而收苏俄卢布,忽而往墨斯科,忽而被捕,而我自己,却全不知道有这么一回事。其实这只是有些人希望我如此的幻想,据他们的小说作法,去年收了一年卢布,则今年当然应该被捕了,接着是枪毙。于是他们的文学便无敌了。

其实是不见得的。

我还不知道福州路在那里。

但世界如此,做人真难,谣言足以杀人,将来真会被捕也说不定。不过现在是平安的。特此奉闻,以释远念。并希告关心于我的诸友为荷。此颂
曼福

　　　　　　　　　　　　　迅　启上　二月五日

六日

日记　微雪。下午往内山书店。晚径三来。

七日

日记　晴。下午收神州国光社稿费四百五十,捐赎黄后绘泉百。

八日

日记　星期。昙。上午分与三弟泉百。得黎锦明信。夜雨。

九日

日记　雨。下午以复黎锦明函寄章雪村,托其转寄。夜雨雪。

十日

日记 昙。下午往内山书店,得『エゲレスいろは』诗集两种,『風流人』一本,共泉七元五角。

十一日

日记 晴,午后昙。赠内山明前一斤。得母亲信,五日发。得李简君信,即复。得小峰信,夜复。微雪。

十二日

日记 雨雪。日本京华堂主人小原荣次郎君买兰将东归,为赋一绝句,书以赠之,诗云:"椒焚桂折佳人老,独托幽岩展素心。岂惜芳馨遗远者,故乡如醉有荆榛。"

送 O. E. 君携兰归国

椒焚桂折佳人老,独托幽岩展素心。
岂惜芳馨遗远者,故乡如醉有荆榛。

二月十二日

本篇曾见录于 1931 年 8 月 10 日《文艺新闻》第 22 号《鲁迅氏的悲愤——以旧诗寄怀》一文。

初收 1935 年 5 月上海群众图书公司版《集外集》。

十三日

日记 雨。午邀小峰在东亚食堂午饭。下午得诗荃所寄《弗兰克孚德日报》三张，又自作木刻两幅。夜雨霰。

十四日

日记　雨雪。午后访蔡先生，未遇，留赠《土敏土图》两本。

十五日

日记　星期。晴，下午雨。为王君译眼药广告一则，得茄力克香烟六铁合。为长尾景和君作字一幅。收北新书局收回《而已集》纸版费四十六元。

十六日

日记　昙。午后得李秉中信，九日发。下午往内山书店。旧历除夕也，托王蕴如制肴三种，于晚食之；径三适来，因留之同饭。夜收水沫书店版税七十三元六角。付南江店友赎款五十。雨。

十七日

日记　辛未元旦。雨雪，午霁。下午寄小峰信。

十八日

日记　晴。午后得素园信。得有麟信。寄李秉中信。

致 李秉中

秉中兄：

九日惠函已收到。生丁此时此地，真如处荆棘中，国人竟有贩人命以自肥者，尤可愤叹。时亦有意，去此危邦，而眷念旧乡，仍不能绝裾径去，野人怀土，小草恋山，亦可哀也。日本为旧游之地，水木明瑟，诚足怡心，然知之已稔，遂不甚向往，去年颇欲赴德国，亦仅藏于心。今则金价大增，且将三倍，我又有眷属在沪，并一婴儿，相依为命，离则两伤，故且深自韬晦，冀延余年，倘举朝文武，仍不相容，会当相偕以泛海，或相率而授命耳。盛意甚感，但今尚无恙，请释远念，并善自珍摄为幸。此布，即颂

曼福不尽。

迅　启上　二月十八日

令夫人均此致候。

十九日

日记　昙。上午王蕴如携阿菩来。得诗荃信，一月二十八日发。下午往内山书店，得『浮世絵傑作集』(六)二枚一帖，计直十八元。

二十日

日记　昙。下午往内山书店取『生物学講座』(第十三回)一函七本，计直六元，即赠三弟。

二十一日

日记　昙。午后得小峰信并版税四百。寄诗荃信。下午往内山书店买『美学及ビ美［文］学史論』一本，二元二角。

二十二日

日记　星期。晴。无事。

二十三日

日记　晴。上午访子英。下午寄小峰信。得紫佩信，十七

日发。

二十四日

❦ **日记** 晴。午后复紫佩信。复靖华信。

致 曹靖华

靖华兄：

元月十日信并《静静的顿河》一本已收到。兄之劈柴，不知已领到否？此事殊以为念。

《星花》此时只能暂且搁置。此时对于文字之压迫甚烈，各种杂志上，至于不能登我之作品，绍介亦很为难。一班乌烟瘴气之"文学家"，正在大作跳舞，此种情景，恐怕是古今他国所没有的。

但兄之《铁流》，不知已译好否？此书仍必当设法印出。我《毁灭》亦早译好，拟即换姓名印行。

《铁流》木刻的图，如可得，亦希设法购寄。

看日本报，才知道本月七日，枪决了一批青年，其中四个（三男一女）是左联里面的，但"罪状"大约是另外一种。

很有些人要将我牵连进去，我所以住在别处已久，但看现在情形，恐怕也没有什么事了，希勿念为要。

弟豫才 上 二月廿四日

二十五日

日记 晴，风。无事。

二十六日

日记 晴。下午往内山书店,得『川柳漫画全集』(3)一本,其直二元六角。

二十七日

日记 晴。上午得杨律师信,下午复。得山上正义信并《阿Q正传》日本文译稿一本。

二十八日

日记 昙。午后三人仍回旧寓。往内山书店,得『浮世絵大成』(九)一本,其直四元六角。

本月

赠邬其山

廿年居上海,每日见中华:
有病不求药,无聊才读书。
一阔脸就变,所砍头渐多。
忽而又下野,南无阿弥陀。

未另发表。据手稿编入。

初未收集。

三月

一日

日记　星期。晴。上午赠长尾景和君《彷徨》一本。午后往内山书店，赠内山夫人油浸曹白一合，从内山君乞得弘一上人书一纸。

二日

日记　晴。午后得丛芜信。雨。

三日

日记　雨。午后校山上正义所译《阿Q正传》讫，即以还之并附一笺。下午往内山书店，得『近代劇全集』别册，舞台写真帖一函共一百八十五枚，直二元六角；又『伊蘇普物語木刻図』十二枚，因纸质不同，故以士帖社即以为赠，不计直。得李秉中信，二月廿五日发。

致 山上正义

山上正義様：

　訳文を拝読致しました。誤訳と思ふ所、参考となる可くと思ふ所、大抵書とめて置きました、別の紙で、且つ両方とも番号をつけて、今、訳文と一所に送り上げます。

　序文に関しては——御免を蒙ります。あなたに書いていたべきましょう。只序文の中に説明して貰ひたいのは、この短篇は一九二一年十二月に書いた事、或る新聞の『ヒュモア欄』の為めに書いた事、その後、思はず代表作とされて各国語に翻訳された事、而して本国では作者はその為めに大に憎まれた事、――若但那様派に、阿Q派に――などです。草々頓首

Lusin 三一年三月三日

1　列傳とする以上は沢山のえらい人物と一所に正史の中にならばらば、ならぬわけだし

2　（昔の道士は仙人の事を書く時によく「内傳」と云ふ題名を用ふ）

3　（林琴南氏は嘗てコナン・ドイルの小説を訳して『博徒列傳』と云ふ名をつけた、ここには、その事を諷刺して居る。デッケンスと有るは、作者の誤）

4　（こんな事は林琴南氏が白話を攻撃した時の文章中に有る話し）（「引車賣漿」とは、車を引いき豆腐漿を売る事、蔡元培氏の父を指す。あの時、蔡氏は北京大学校長で矢張白話を主張した一人で、故に、矢張、攻撃の矢を受ける）

5　抗辯する事も、しなかった

6　自分から、殴打される事を招いた（自分が悪いから、打られる）大莫迦

7　況や、その誕生日の詩文を徴集する広告をまいた事もない（支那の所謂る名人のよくする事で、実は金銭（賀礼）を収集する方法である）

8　（茂才は即ち「秀才」の事）

9　（羅馬字の使用を主張したのは銭玄同である、ここに陳獨秀と云ふのは茂才公の誤をり）

10　（荘、即ち村の事）

11　（翰林の第一番は状元）

12　「阿 Q 真能做」とは「仕事を実に一生懸命にやる」の意

13　(「懶さうに」の下に矢張り「やせこけて」の一句を入れた方が
　　よいと思ふ)

14　この二人は皆な文章の親父さん……

15　(12 参照)

16　(癩瘡疤は疥癬で禿になった所の迹)

17　(16 参照)

18　(同上)

19　(同上)

20　(営養不良の為め頭髪の色までも茶褐色になる事)

21　だが、結局、それは、反へて殆んど失敗に終ってしまった事であ
　　った(直訳すれば)

22　賭場のおや達のよくやる仕業である、若し村民が勝ったら、そ
　　の一味が来て喧嘩を吹掛るか、或は役人のなりをして、賭を
　　捕るか、その時、村民を撲り、その勝た金を取り上げる

23

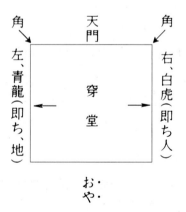

角及び穿堂に掛ける人は両側の勝負と同じ事になる。若し両
側一勝一負ならば、角及び穿堂は勝負なし

24　何日でも

25　(『小孤孀上墳』は芝居の名、『若後家の墓参』と訳したら、如何?)

26　矢張人よりは……

27　「犠牲」を「牛」と改る方がよいと思ふ、孔子に牛を上げるが先儒には牛なし

28　禿

29　同上

30　全く体面を失った事である(偉くない事)

31　且つそんな言葉をなんとも思はなかったらしい

32　「彼の傍まで……」は誤。彼の仇人(対頭)である

33　「腿也直了」は西洋人の歩方をまをぶ為めである、立派と少し違ふ

34　「老婆」は嬶、祖母に非ず

35　36　同上

37　果してぱっと云ふ音がして確に自分の頭の上に打ち下されたらしかった

38　運が悪い(迷信に若し尼を面見すると一日の運は悪いと云ふ)

39　尼様の頬をつねった

40　尼様の頬をつねってねぢった

41　不幸に感ぢる

42　……の顔にこすってすべすべとなっただらうか?

43　女の大股をつねった事があった

44　ところが今度の尼さんは、そんな隔をして居ない

45　これは全く謀反じゃ! ……俺は眠りも貴様の為めに出来ない(事件は夜に出たのだから)

46　昨日の様に赤裸で寒いのに耐られなかったほどではなかったが……

47 飛び掛る外なかった

48 或は二十分かも知れない

49 見物人にとって満足したかどうかは、知らない。誰も何とも言はなかった。が阿Qを雇ふ者は不相変なかったのである

50 「一注錢」は沢山の金

51 同上

52 まづ礼をしてつべいて語りかけた

53 「新聞」は只「ニュース」です

54 王鬍は幾日もぼんやりになってしまった

55 趙家の点けて居たのは、油菜の種子で拵へた油を用ふる灯台です

56 同上

57 あれは、この俺が差止あたんぢゃで……（あとは「今度はこの俺が呼んだのだから来ない心配はない」の意）

58 阿Qの方を見た、阿Qは感動したか否かを

59 明の崇正（実は禎）皇帝の為め、喪服をつけて居る（「明の為めに清朝に対する復仇」の意）

60 謀反である以上、これは、即ち 彼をも反対するもので

61 「悔不該酒醉錯斬了鄭賢弟」は芝居『龍虎闘』中の文句である。宋の太祖趙匡胤が敵に打敗された時に歌ふ。誤って義弟鄭と云ふ人を殺して自分の味方の減った事を悔む。「我手執鋼鞭將你打」はその敵が歌ふ文句です

62 「わたし共みたいな貧乏仲間はかまわないだらうがな……」

63 寧波式のベット（贅沢な大きいベット）、南京床ではない

64 「革命革命、革命して又革命する……」

65 「……あん人達はもうやって来て革命したのだよ」

66 満政府と同一なるもの

67 龍牌　木の板でつくり四辺に竜の装飾を刻し仏像の前に置

くもの、高さは一尺五寸位

68 「革命を許さない」と訳した方がよいかも知れない

69 全く様子が変って人間らしくなくなったとか

70 公、即ち、先生。ここには、軽蔑の意味を含んで居る

71 頂子、清朝の官位のしるし、帽子の上につけたもの。ここには、「官位のしるし」と訳す方がよいかも知れない

72 劉海仙即ち蝦蟇仙人

73 だから、自分は、こんな小県城に事業をしようと考ふる筈がない

自分ながらもこれを軽蔑しようと思った

74 床の事、63参照

75 同上

76 乗客をのせて町と村の間を往来する船を「航船」と云ふ。七斤は人名。恰度日本の昔に、職人を何屋某と云ふのと同じ様です

77 第九章は一切の終り。或は矢張『大團圓』と云ふ方がよい

78 「わだしゃ……その……恰度(加入せて貰はう事を)申込もうと思って居ります……」(この為めに、上役は自白に来ると誤解する)

79 西瓜の種の形

80 俺の孫なら、まんまるい円を描けるものだ

81 ……考へるにすぎないだらう

82 女中をして

83 25参照

84 次第に前朝の遺臣の様な気持(昔を恋しくなる気持)を生じて来た

85 白布の着物の上に黒字で、阿Qの姓名及び罪を書いて居る

四日

    日记   小雨。晨季市来。上午同广平携海婴往石井医院诊。得徐旭生所赠自著《西游日记》一部三本。下午得靖华信，二月十三日发。得钱君匋信，索《士敏土之图》，即与之。

五日

    日记   昙。午后为升屋，松藻，松元各书自作一幅，文录于后："春江好景依然在，海国征人此际行。莫向遥天忆歌舞，西游演了是封神。""大野多钩棘，长天列战云。几家春袅袅，万籁静愔愔。下土惟秦醉，中流辍越吟。风波一浩荡，花树已萧森。""昔闻湘水碧于染，今闻湘水胭脂痕。湘灵装成照湘水，皓如素月窥彤云。高丘寂寞竦中夜，芳荃苓落无余春。鼓完瑶瑟人不闻，太平成象盈秋门。"下午雨。晚长尾景和来并赠复刻浮世绘歌磨作五枚，北斋，广重作各一枚。

赠日本歌人

春江好景依然在，远国征人此际行。
莫向遥天望歌舞，西游演了是封神。

三月

    本篇曾见录于 1934 年 7 月 20 日《人间世》半月刊第 8 期高疆《今人诗话》一文。

    初收 1935 年 5 月上海群众图书公司版《集外集》。

无　题

大野多钩棘，长天列战云。

几家春袅袅，万籁静愔愔。

下土惟秦醉，中流辍越吟。

风波一浩荡，花树已萧森。

三月

本篇曾见录于 1931 年 8 月 10 日《文艺新闻》第 22 号《鲁迅氏的悲愤——以旧诗寄怀》一文。

初收 1935 年 5 月上海群众图书公司版《集外集》。

湘　灵　歌

昔闻湘水碧如染，今闻湘水胭脂痕。

湘灵妆成照湘水，皎如皓月窥彤云。

高丘寂寞竦中夜，芳荃零落无余春。

鼓完瑶瑟人不闻，太平成象盈秋门。

三月

本篇曾见录于 1931 年 8 月 10 日《文艺新闻》第 22 号《鲁迅氏的悲愤——以旧诗寄怀》一文，题作《送 S. M. 》。

初收 1935 年 5 月上海群众图书公司版《集外集》。

六日

日记 大雾而雨。午后复李秉中信。松元赠烟卷三合。

致 李秉中

秉中兄：

二月二十五日来函，顷已奉到。家母等仍居北京，盖年事已老，习于安居，迁徙殊非所喜。五年前有人将我名开献段公，煽其捕治时，遂只身出走，流寓厦门。复往广州，次至上海，是时与我偕行者，本一旧日学生，曾共患难，相助既久，恝置遂难。兄由朔方归国，来景云里寓时，曾一相见，然初非所料，固当未尝留意也。

孩子生于前年九月间，今已一岁半，男也，以其为生于上海之婴孩，故名之曰海婴。我不信人死而魂存，亦无求于后嗣，虽无子女，素不介怀。后顾无忧，反以为快。今则多此一累，与几只书箱，同觉笨重，每当迁徙之际，大加擘画之劳。但既已生之，必须育之，尚何言哉。

近数年来，上海群小，一面于报章及口头盛造我之谣言，一面又时有口传，云当局正在索我甚急云云。今观兄所述友人之言，则似固未尝专心致志，欲得而甘心也。此间似有一群人，在造空气以图构陷或自快。但此辈为谁，则无从查考。或者上海记者，性质固如此耳。

又闻天津某报曾载我"已经刑讯"，亦颇动旧友之愤。又另有一报，云我之被捕，乃因为"红军领袖"之故云。

此间渐暖，而感冒大流行。但眷属均好。北京亦安。我颇欲北归，但一想到彼地"学者"，辄又却步。此布，即颂

曼福

　　　　　　　　　　　迅　启上　三月六日

令大人均此致候。

　　七日

　　日记　昙，午后晴。收去年十一月编辑费三百。寄母亲信。

　　八日

　　日记　星期。晴。上午同广平携海婴往石井医院，值医师出诊，遂索药而归。买『世界文学評論』第六号一本，七角五分。午后寄山上正义信。下午晤丛芜。

　　九日

　　日记　微雪。午后得心梅叔信。晚径三来。

　　十日

　　日记　晴。上午寄紫佩信并四月至六月家用泉共三百，托其转交。

　　十一日

　　日记　晴。午后往内山书店，取『世界美術全集』（别册十六）一本，四元。下午浴。晚得诗荃所寄书籍一木箱，内代买书六本，寄存书二十八本，期刊等十九本，《文学世界》八分。

　　十二日

　　日记　晴。午后理发。收『世界美術全集』（别册一）一本，直四元。

十三日

日记　大雾,午晴。下午收靖华所寄书三本。

十四日

日记　晴。无事。

十五日

日记　星期。昙,下午晴。无事。

十六日

日记　昙。午后得托商务印书馆从德国买来之书三本,共泉二十三元。夜校《小说史略》印本起。

十七日

日记　昙。午内山书店送来『浮世繪傑作集』(七)一帖二枚,价十七元;又『伊曽保繪物语』(第三回)一帖十二枚,价三元。

十八日

日记　晴。下午寄小峰信。晚史女士及乐君来。

十九日

日记　晴。无事。

二十日

日记　晴。下午阿菩来洗浴,偕之上街,为买痘苗一管,玩具二种。往内山书店,得『生物学講座』(第十四回)一函七本,价四元八角。得小峰信。夜访三弟。得紫佩信,十六日发。

二十一日

日记　晴。下午收李秉中寄赠海婴衣裤一套。

二十二日

日记　星期。晴。无事。

二十三日

日记　晴,风。下午森本赠海苔一匣,烟卷六合。

二十四日

日记　晴。下午往内山书店买『書林一瞥』一本,六角。

二十五日

日记　晴,晚雾,夜大风。无事。

二十六日

日记　晴。晚得诗荃信并木刻《戈理基像》一幅,《文学世界》六分,九日发。

二十七日

日记　晴。午前长尾景和君来,并赠烟卷四合。

二十八日

日记　晴。下午寄靖华信。寄诗荃信。寄未名社信。往内山书店,得『浮世絵大成』(十一)一本,价四元。

二十九日

日记　星期。昙,晚雨。无事。

三 十 日

日记　昙。下午往内山书店买『新洋画研究』一本,四元七角。雨。

三十一日

日记　晴。午后内山书店送来书二本,六元一角。

本月

黑暗中国的文艺界的现状

为美国《新群众》作

现在,在中国,无产阶级的革命的文艺运动,其实就是惟一的文艺运动。因为这乃是荒野中的萌芽,除此以外,中国已经毫无其他文艺。属于统治阶级的所谓"文艺家",早已腐烂到连所谓"为艺术的艺术"以至"颓废"的作品也不能生产,现在来抵制左翼文艺的,只有诬蔑,压迫,囚禁和杀戮;来和左翼作家对立的,也只有流氓,侦探,走狗,刽子手了。

这一点,已经由两年以来的事实,证明得十分明白。

前年,最初绍介蒲力汗诺夫(Plekhanov)和卢那卡尔斯基(Lunacharsky)的文艺理论进到中国的时候,先使一位白璧德先生(Mr. Prof. Irving Babbitt)的门徒,感觉锐敏的"学者"愤慨,他以为文艺原不是无产阶级的东西,无产者倘要创作或鉴赏文艺,先应该辛苦地积钱,爬上资产阶级去,而不应该大家浑身褴褛,到这花园中来吵嚷。并且造出谣言,说在中国主张无产阶级文学的人,是得了苏俄的卢布。这方法也并非毫无效力,许多上海的新闻记者就时时捏造新闻,有时还登出卢布的数目。但明白的读者们并不相信它,因为比起这种纸上的新闻来,他们却更切实地在事实上看见只有从帝国主义国家运到杀戮无产者的枪炮。

统治阶级的官僚,感觉比学者慢一点,但去年也就日加迫压了。禁期刊,禁书籍,不但内容略有革命性的,而且连书面用红字的,作者是俄国的,绥拉菲摩维支(A. Serafimovitch),伊凡诺夫(V. Ivanov)和奥格涅夫(H. Ognev)不必说了,连契诃夫(A. Chekhov)和安特来夫(L. Andreev)的有些小说,也都在禁止之列。于是使书店只好出算学教科书和童话,如 Mr. Cat 和 Miss Rose 谈天,称赞春天如何可爱之类——因为至尔妙伦(H. Zur Mühlen)所作的童话的译本也已被禁止,所以只好竭力称赞春天。但现在又有一位将军发怒,说动物居然也能说话而且称为 Mr. ,有失人类的尊严了。

单是禁止,还不是根本的办法,于是今年有五个左翼作家失了踪,经家族去探听,知道是在警备司令部,然而不能相见,半月以后,再去问时,却道已经"解放"——这是"死刑"的嘲弄的名称——了,而上海的一切中文和西文的报章上,绝无记载。接着是封闭曾出新书或代售新书的书店,多的时候,一天五家,——但现在又陆续开张了,我们不知道是怎么一回事,惟看书店的广告,知道是在竭力印些英汉对照,如斯蒂文生(Robert Stevenson),槐尔特(Oscar Wilde)等人的文章。

然而统治阶级对于文艺,也并非没有积极的建设。一方面,他们将几个书店的原先的老板和店员赶开,暗暗换上肯听嗾使的自己的一伙。但这立刻失败了。因为里面满是走狗,这书店便像一座威严的衙门,而中国的衙门,是人民所最害怕最讨厌的东西,自然就没有人去。喜欢去跑跑的还是几只闲逛的走狗。这样子,又怎能使门市热闹呢？但是，还有一方面，是做些文章，印行杂志，以代被禁止的左翼的刊物，至今为止，已将十种。然而这也失败了。最有妨碍的是这些"文艺"的主持者，乃是一位上海市的政府委员和一位警备司令部的侦缉队长，他们的善于"解放"的名誉，都比"创作"要大得多。他们倘做一部"杀戮法"或"侦探术"，大约倒还有人要看的，但不幸竟在想画画，吟诗。这实在譬如美国的亨利·福特（Henry Ford）先生不谈汽车，却来对大家唱歌一样，只令人觉得非常诧异。

官僚的书店没有人来，刊物没有人看，救济的方法，是去强迫早经有名，而并不分明左倾的作者来做文章，帮助他们的刊物的流布。那结果，是只有一两个胡涂的中计，多数却至今未曾动笔，有一个竟吓得躲到不知道什么地方去了。

现在他们里面的最宝贵的文艺家，是当左翼文艺运动开始，未受迫害，为革命的青年所拥护的时候，自称左翼，而现在爬到他们的刀下，转头来害左翼作家的几个人。为什么被他们所宝贵的呢？因为他曾经是左翼，所以他们的有几种刊物，那面子还有一部分是通红的，但将其中的农工的图，换上了毕亚兹莱（Aubrey Beardsley）的个个好像病人的图画了。

在这样的情形之下，那些读者们，凡是一向爱读旧式的强盗小说的和新式的肉欲小说的，倒并不觉得不便。然而较进步的青年，就觉得无书可读，他们不得已，只得看看空话很多，内容极少——这样的才不至于被禁止——的书，姑且安慰饥渴，因为他们知道，与其去买官办的催吐的毒剂，还不如喝喝空杯，至少，是不至于受害。但一大部分革命的青年，却无论如何，仍在非常热烈地要求，拥护，发展左翼文艺。

所以，除官办及其走狗办的刊物之外，别的书店的期刊，还是不能不设种种方法，加入几篇比较的急进的作品去，他们也知道专卖空杯，这生意决难久长。左翼文艺有革命的读者大众支持，"将来"正属于这一面。

这样子，左翼文艺仍在滋长。但自然是好像压于大石之下的萌芽一样，在曲折地滋长。

所可惜的，是左翼作家之中，还没有农工出身的作家。一者，因为农工历来只被迫压，榨取，没有略受教育的机会；二者，因为中国的象形——现在是早已变得连形也不像了——的方块字，使农工虽是读书十年，也还不能任意写出自己的意见。这事情很使拿刀的"文艺家"喜欢。他们以为受教育能到会写文章，至少一定是小资产阶级，小资产者应该抱住自己的小资产，现在却反而倾向无产者，那一定是"虚伪"。惟有反对无产阶级文艺的小资产阶级的作家倒是出于"真"心的。"真"比"伪"好，所以他们的对于左翼作家的诬蔑，压迫，囚禁和杀戮，便是更好的文艺。

但是，这用刀的"更好的文艺"，却在事实上，证明了左翼作家们正和一样在被压迫被杀戮的无产者负着同一的运命，惟有左翼文艺现在在和无产者一同受难（Passion），将来当然也将和无产者一同起来。单单的杀人究竟不是文艺，他们也因此自己宣告了一无所有了。

未另发表。

初收 1932 年 10 月上海合众书店版《二心集》。

四月

一日

日记 晴。无事。

《勇敢的约翰》校后记

这一本译稿的到我手头，已经足有一年半了。我向来原是很爱 Petöfi Sándor 的人和诗的，又见译文的认真而且流利，恰如得到一种奇珍，计画印单行本没有成，便想陆续登在《奔流》上，绍介给中国。一面写信给译者，问他可能访到美丽的插图。

译者便写信到作者的本国，原译者 K. de Kalocsay 先生那里去，去年冬天，竟寄到了十二幅很好的画片，是五彩缩印的 Sándor Bélátol(照欧美通式，便是 Béla Sándor) 教授所作的壁画，来信上还说："以前我搜集它的图画，好久还不能找到，已经绝望了，最后却在一个我的朋友那里找着。"那么，这《勇敢的约翰》的画像，虽在匈牙利本国，也是并不常见的东西了。

然而那时《奔流》又已经为了莫名其妙的缘故而停刊。以为倘使这从此湮没，万分可惜，自己既无力印行，便绍介到小说月报社去，然而似要非要，又送到学生杂志社去，却是简直不要，于是满身晦气，怅然回来，伴着我枯坐，跟着我流离，一直到现在。但是，无论怎样碰钉子，这诗歌和图画，却还是好的，正如作者虽然死在哥萨克兵的矛尖上，也依然是一个诗人和英雄一样。

作者的事略，除译者已在前面叙述外，还有一篇奥国 Alfred Teniers 做的行状，白莽所译，登在第二卷第五本，即最末一本的《奔流》中，说得较为详尽。他的擅长之处，自然是在抒情的诗；但这一篇民间故事诗，虽说事迹简朴，却充满着儿童的天真，所以即使你已经做过九十大寿，只要还有些"赤子之心"，也可以高高兴兴的看到卷末。德国在一八七八年已有 I. Schnitzer 的译本，就称之为匈牙利的童话诗。

对于童话，近来是连文武官员都有高见了；有的说是猫狗不应该会说话，称作先生，失了人类的体统；有的说是故事不应该讲成王作帝，违背共和的精神。但我以为这似乎是"杞天之虑"，其实倒并没有什么要紧的。孩子的心，和文武官员的不同，它会进化，决不至于永远停留在一点上，到得胡子老长了，还在想骑了巨人到仙人岛去做皇帝。因为他后来就要懂得一点科学了，知道世上并没有所谓巨人和仙人岛。倘还想，那是生来的低能儿，即使终生不读一篇童话，也还是毫无出息的。

但是，现在倘有新作的童话，我想，恐怕未必再讲封王拜相的故事了。不过这是一八四四年所作，而且采自民间传说的，又明明是童话，所以毫不足奇。那时的诗人，还大抵相信上帝，有的竟以为诗人死后，将得上帝的优待，坐在他旁边吃糖果哩。然而我们现在听了这些话，总不至于连忙去学做诗，希图将来有糖果吃罢。就是万分爱吃糖果的人，也不至于此。

就因为上述的一些有益无害的原因，所以终于还要尽微末之力，将这献给中国的读者，连老人和成人，单是借此消遣的和研究文学的都在内，并不专限于儿童。世界语译本上原有插画三小幅，这里只取了两幅；最可惜的是为了经济关系，那难得的十二幅壁画的大部分只能用单色铜版印，以致失去不少的精采。但总算已经将匈牙利的一种名作和两个画家绍介在这里了。

一九三一年四月一日，鲁迅。

原载 1931 年 10 月上海湖风书店版《勇敢的约翰》。
初未收集。

二日

日记 晴。下午寄诗荃信并马克五十。

三日

日记 晴。午后往内山书店。下午广平买茶腿一只，托先施公司寄母亲。夜服阿思匹林一粒。

致 李秉中

秉中兄：

前由东京铺子寄到小孩衣裤各一事，知系　兄见惠之品，甚感谢。近来谣诼稍衰，故已于上月初旬移回旧寓，但能安居至何日，则殊不可知耳。贱躯仍如常，可释遥念。此布，即颂
曼福。

迅　启上　四月三日

令夫人均此致候。

四日

日记 晴。上午寄母亲信。寄李秉中信。午请文英夫妇食春饼。下午三弟来。得李秉中信。大风。

五日

    日记   星期。晴。午后得未名社信。收去年十二月分编辑费三百。

六日

    日记   晴。无事。

七日

    日记   晴。上午托 A. Smedley 寄 K. Kollwitz 一百马克买板画。

八日

    日记   晴。下午得靖华信,三月廿三日发。

九日

    日记   晴。无事。

十日

    日记   雨。下午内山书店送来书两本,六元三角。夜大风。

十一日

    日记   昙。午后往内山书店买书三种,十三元二角。晚治肴八种,邀增田涉君,内山君及其夫人晚餐。

十二日

    日记   星期。昙。无事。

十三日

    日记   晴。无事。

十四日

日记　晴。无事。

十五日

日记　晴。午后得钦文信。往内山书店,得『浮世絵傑作集』(八回)一帖二枚,十七元。

致 李秉中

秉中兄:

三月廿九日来信,到已多日,适患感冒,遂稽答复。生今之世,而多孩子,诚为累坠之事,然生产之费,问题尚轻,大者乃在将来之教育,国无常经,个人更无所措手,我本以绝后顾之忧为目的,而偶失注意,遂有婴儿,念其将来,亦常惆怅,然而事已如此,亦无奈何,长吉诗云:已生须已养,荷担出门去,只得加倍服劳,为孺子牛耳,尚何言哉。　兄之孩子,虽倍于我,但倘不更有增益,似尚力有可为,所必要者,此后当行节育法也。惟须不懈,乃有成效,因此事繁琐,易致疏失,一不注意,便又往往怀孕矣。求子者日夜祝祷而无功,不欲者稍不经意而辄妊,此人间之所以多苦恼欤。寓中均安,可释远念,但百物腾贵,弄笔者或杀或囚,书店(北新在内)多被封闭,文界子遗,有稿亦无卖处,于生活遂大生影响耳。此布,即颂

曼福。

迅 启上 四月十五日

令夫人均此致候。

46

十六日

日记 晴,风。上午复钦义信。下午复李秉中信。

十七日

日记 晴。上午内山赠面筋及酱骨各一包。午后长尾景和来并赠板画一枚,手巾一条,玩具四种,糖一袋。往同文书院讲演一小时,题为《流氓与文学》,增田,镰田两君同去。

十八日

日记 昙。午后往内山书店买书一本,一元八角。

十九日

日记 星期。晴。午后同三弟往西泠印社买北齐《天龙寺造象》拓片八枚,三元七角;又往文明书局买《女史箴图》一本,一元五角;并为增田君买《板桥道情墨迹》及九华堂信笺等。夜雨。

二十日

日记 昙。上午以信笺八十枚寄诗荃。下午同广平,海婴,文英及其夫人并孩子往阳春〔春阳〕馆照相。得 Meyenburg 信及诗荃绍介函,十四日自日本发。晚托三弟往西泠印社代买《益智图》,《续图》,《字图》及《燕几图》共六本,四元二角。夜雨。

二十一日

日记 雨。无事。

二十二日

日记 晴。买《益智图千字文》石印本一部,一元五角。

二十三日

日记　昙，下午雨。买『生物学講座』（十五回）一函八本，值四元八角，即赠三弟。增田君来并赠羊羹一合。

二十四日

日记　晴。上午收同文书院车资十二元。下午内山君赠海婴五月人形金太郎一坐。晚蒋径三来。

二十五日

日记　昙。午后同广平往高桥齿科医院。下午雨。

柔石小传*

　　柔石，原名平复，姓赵，以一九〇一年生于浙江省台州宁海县的市门头。前几代都是读书的，到他的父亲，家景已不能支，只好去营小小的商业，所以他直到十岁，这才能入小学。一九一七年赴杭州，入第一师范学校；一面为杭州晨光社之一员，从事新文学运动。毕业后，在慈溪等处为小学教师，且从事创作，有短篇小说集《疯人》一本，即在宁波出版，是为柔石作品印行之始。一九二三年赴北京，为北京大学旁听生。

　　回乡后，于一九二五年春，为镇海中学校务主任，抵抗北洋军阀的压迫甚力。秋，咯血，但仍力助宁海青年，创办宁海中学，至次年，竟得募集款项，造成校舍；一面又任教育局局长，改革全县的教育。

　　一九二八年四月，乡村发生暴动，失败后，到处反动，较新的全被摧毁，宁海中学既遭解散，柔石也单身出走，寓居上海，研究文艺。十二月为《语丝》编辑，又与友人设立朝华社，于创作之外，并致力于绍介外国文艺,尤其是北欧,东欧的文学与版画,出版的有《朝华》周刊二十期,旬刊十二期,及《艺苑朝华》五本。后因代售者不付书价,力不能支,遂中止。

一九三〇年春,自由运动大同盟发动,柔石为发起人之一;不久,左翼作家联盟成立,他也为基本构成员之一,尽力于普罗文学运动。先被选为执行委员,次任常务委员编辑部主任;五月间,以左联代表的资格,参加全国苏维埃区域代表大会,毕后,作《一个伟大的印象》一篇。

一九三一年一月十七日被捕,由巡捕房经特别法庭移交龙华警备司令部,二月七日晚,被秘密枪决,身中十弹。

柔石有子二人,女一人,皆幼。文学上的成绩,创作有诗剧《人间的喜剧》,未印,小说《旧时代之死》,《三姊妹》,《二月》,《希望》,翻译有卢那卡尔斯基的《浮士德与城》,戈理基的《阿尔泰莫诺夫氏之事业》及《丹麦短篇小说集》等。

原载 1931 年 4 月 25 日《前哨》半月刊第 1 卷第 1 期"纪念战死者专号"。

初收 1932 年 10 月上海合众书店版《二心集》。

中国无产阶级革命文学和前驱的血 *

中国的无产阶级革命文学在今天和明天之交发生,在诬蔑和压迫之中滋长,终于在最黑暗里,用我们的同志的鲜血写了第一篇文章。

我们的劳苦大众历来只被最剧烈的压迫和榨取,连识字教育的布施也得不到,惟有默默地身受着宰割和灭亡。繁难的象形字,又使他们不能有自修的机会。智识的青年们意识到自己的前驱的使命,便首先发出战叫。这战叫和劳苦大众自己的反叛的叫声一样地使统治者恐怖,走狗的文人即群起进攻,或者制造谣言,或者亲作侦探,然而都是暗做,都是匿名,不过证明了他们自己是黑暗的动物。

统治者也知道走狗的文人不能抵挡无产阶级革命文学,于是一面禁止书报,封闭书店,颁布恶出版法,通缉著作家,一面用最末的手段,将左翼作家逮捕,拘禁,秘密处以死刑,至今并未宣布。这一面固然在证明他们是在灭亡中的黑暗的动物,一面也在证实中国无产阶级革命文学阵营的力量,因为如传略所罗列,我们的几个遇害的同志的年龄,勇气,尤其是平日的作品的成绩,已足使全队走狗不敢狂吠。

然而我们的这几个同志已被暗杀了,这自然是无产阶级革命文学的若干的损失,我们的很大的悲痛。但无产阶级革命文学却仍然滋长,因为这是属于革命的广大劳苦群众的,大众存在一日,壮大一日,无产阶级革命文学也就滋长一日。我们的同志的血,已经证明了无产阶级革命文学和革命的劳苦大众是在受一样的压迫,一样的残杀,作一样的战斗,有一样的运命,是革命的劳苦大众的文学。

现在,军阀的报告,已说虽是六十岁老妇,也为"邪说"所中,租界的巡捕,虽对于小学儿童,也时时加以检查;他们除从帝国主义得来的枪炮和几条走狗之外,已将一无所有了,所有的只是老老小小——青年不必说——的敌人。而他们的这些敌人,便都在我们的这一面。

我们现在以十分的哀悼和铭记,纪念我们的战死者,也就是要牢记中国无产阶级革命文学的历史的第一页,是同志的鲜血所记录,永远在显示敌人的卑劣的凶暴和启示我们的不断的斗争。

原载 1931 年 4 月 25 日《前哨》半月刊第 1 卷第 1 期。署名 L.S.。

初收 1932 年 10 月上海合众书店版《二心集》。

二十六日

日记 星期。晴。上午同广平携海婴往石井医院诊。下午得小峰信并版税泉四百,即复。

致 李小峰

小峰兄:

顷舍弟交来大札并版税四百,于困难中,尚为筹款见寄,甚感甚感。

学校用书,近来各书局竞相出版,且欲销行,仍须运动,恐竞争亦大不易。北新又一向以出文艺书得名,此举能否顺利,似亦一问题也。我久想作文学史,然第一须生活安静,才可以研究,而目下情形,殊不可能,故一时实无从措手。且现在法律任意出入,虽文学史,亦难免不触犯反革命第 X 条也。

法院如此认真,不胜佩服,但近日太保阿书在杀头,则诸公似未闻见,其实,杀头虽非主义,而为法律所无,亦"不利于三民主义"者也。

印花俟检齐后,当交舍弟,并函闻。

在北新被封时以至今日之开,我竟毫不知其中经过情形,虽有传闻,而不可信。不知 兄现在是否有暇,且能见访一谈否? 如有,则希于任何日之下午,直接莅寓为幸。

迅 上 六[四]月廿六日

二十七日

日记 昙。上午复 Dr. Erwin Meyenburg 信。下午雨。往内山

书店买新剧版画二种二帖共八枚,共泉二元四角。

二十八日

日记　昙。下午托三弟从商务印书馆买来宋,明,清人画册五种五本,共泉八元六角。得紫佩信,二十一日发,云董秋芳由山东寄还泉五十元,已交京寓。夜雨而雷。

二十九日

日记　上午得韦丛芜信,午后复。

三十日

日记　昙。上午寄韦丛芜信。午后雨。往内山书店买『现代欧洲文学とプロレタリアト』壹本,三元六角。夜同广平访三弟而不在寓,遂即归。

五月

一日

日记 晴。下午得韦丛芜信,即复,并声明退出未名社。

二日

日记 晴。上午内山书店送来『世界美術全集』(别卷六),『浮世絵大成』(八)各一本,共泉七元八角。午后得诗荃信,四月十六日发,下午又得所寄 W. Hausenstein: *Der Körper des Menschen* 一本,值四十八元。

三日

日记 星期。晴。下午得流水信。晚小峰来。

四日

日记 昙。晚收诗荃所寄 *Edvard Munchs Graphik* 一本,直七元。

致 孙 用

孙用先生:

久疏问候了。上海文坛寂寥,书坊势利,杭州消息不灵,想不深知,但说起来太烦,恕不多谈了。《勇敢的约翰》至今为止,颇碰了几个钉子。自然,倘一任书坊用粗纸印刷,那是有出版之处的,但我不答应如此。

书坊专为牟利，是不好的，这能使中国没有好书。我现已筹定款项，决于本月由个人付印一千部。那十二张壁画，不得已只好用单色铜版（因经济关系），书中空白之处，仍想将世界语本中之三个插画印上，所以仍请即行寄下，以备制图为荷。

这回搬了几次，对不起得很，将　先生所寄的那一张对于壁画上的诗的指数失掉了。请再写给我一次，恐无底稿，故将每节之第一句录上：

No. 1. Ĉar sur la herbajo Ŝafgardisto nia……

"Perla korjuvero, Ilnjo, mia ĉio!"……

2. "Laste mi vin vidas, ho printemp' de koro,……

"Do nun, Ilnjo bela, frezor' de l' animo,……

3. Nokt', rabband', pistoloj hakaj, pikaj feroj,……

"Donu Di' vesperon de fcliĉo plenan"……

4. Jen, husaroj venis, husartrupo bela,……

Multon per la lango diris la junulo,……

5. De l' ĉeval' li saltis, al knabin' li iris,……

"Ho savint'! Pri l' nom' ne estu vort' demanda,……

6. Kaj la reĝo turnis sin al li jenvorte：……

Nun la reĝ' malfermis sian trezorejon,……

7. Skuis, furnis sin la birdo en aero,……

Kiom landojn flugis ili, scias Dio,……

8. "Do, Se vi alvenis, bone, manĝu kun ni!……

Reĝ' da ŝtono rompis funtojn ĉirkaŭ kvin nun……

9. Maljunulinaĉoj svarme venis, iris,……

Balajloj estis en amas' sur tero,……

10. Iris la gigant' kun vado senripoza,……

"Kaj insulo kia"——sonis la demando,……

11. Helpu Di'! Jen terurega gardo……

    En la brust'de I'drako koron elesplotis……

12. Tiu akvo estis mem la Vivoputo,……

    Inter fea gent',en rondo idilia,……

迅　上　二十年五月四日

信件请寄宝山路商务印书馆编辑所周乔峰转周豫才收

五日

日记　雨。午后收一月及二月分编辑费共泉六百。寄孙用信。

六日

日记　雨。午后增田君及清水君来,谈至晚。夜校《勇敢的约翰》。

七日

日记　昙。上午寄诗荃信并百马克汇票一纸,又《士敏土之图》一本,《申报图画附刊》十余张。下午买樟木箱二个,共三十四元二角。

八日

日记　晴。午后收 New Masses 社所寄月刊七本,*Red Cartoons*三本。得赵景深信。下午同增田,文英及广平往上海大戏院观《人兽世界》。内山书店送来『芸術の起源及ビ発達』一本,二元四角。

九日

日记　晴。午后从内山书店买『書道全集』六本,二十四元。

十日

日记　星期。昙,下午雨。同增田访清水君于花园庄,晚饭后归。

十一日

日记　小雨。无事。

十二日

日记　晴。晚蒋径三来,并交王育和信及旧寓顶费五十五元。

十三日

日记　晴。午后往内山书店买『霰』一本,*La malgranda Johano* 一本,共泉四元五角。夜重复整理译本《毁灭》讫。

十四日

日记　晴。午后收经训堂书目两本。以泉五元买上虞新茶六斤,赠内山君一斤,向之假泉一百。晚雨。李一氓赠《甲骨文字研究》一部。

十五日

日记　晴,风。上午广平往中国银行取泉三百五十,还内山君泉百。下午从商务印书馆取来托买之 G. Grosz 石版 *Die Raüber* 画帖一帖九枚,直百五十元,邮费二十八元。托三弟买珂罗版印字画三种三本,四元八角。又买上虞新茶七斤,七元。

十六日

日记　晴。午后同增田,镰田两君往观第四回申羊会洋画展览会。下午得孙用信并《勇敢的约翰》插画三种。夜与广平邀蕴如及三弟往上海大戏院观《人兽世界》。

十七日

日记 星期。昙，下午雨。清水君来并赠水果一筐。

十八日

日记 昙，午后雨。无事。

十九日

日记 昙。上午得诗荃信，一日发。下午与田君来，并赠糖一合，约访斋藤揔一君，傍晚与增田君同往。雨。

二十日

日记 昙。午后得『浮世絵傑作集』（九回）一帖二枚，价十七元。晚理发。

二十一日

日记 昙。上午将书籍八箱运往京寓。午后晴。下午清水三郎君来。晚往内山书店，得『日本裸体美术全集』（Ⅲ）一本，值十二元。雨即霁。夜复雨。

二十二日

日记 晴，风。下午托三弟买《李怀琳书绝交书》一本，四角。

一八艺社习作展览会小引

现在有自以为大有见识的人，在说"为人类的艺术"。然而这样的艺术，在现在的社会里，是断断没有的。看罢，这便是在说"为人类的艺术"的人，也已将人类分为对的和错的，或好的和坏的，而将所谓错的或坏的加以叫咬了。

所以，现在的艺术，总要一面得到蔑视，冷遇，迫害，而一面得到同情，拥护，支持。

一八艺社也将逃不出这例子。因为它在这旧社会里，是新的，年青的，前进的。

中国近来其实也没有什么艺术家。号称"艺术家"者，他们的得名，与其说在艺术，倒是在他们的履历和作品的题目——故意题得香艳，漂渺，古怪，雄深。连骗带吓，令人觉得似乎了不得。然而时代是在不息地进行，现在新的，年青的，没有名的作家的作品站在这里了，以清醒的意识和坚强的努力，在榛莽中露出了日见生长的健壮的新芽。

自然，这，是很幼小的。但是，惟其幼小，所以希望就正在这一面。

我的话，也就是只对这一面说的，如上。

一九三一年五月二十二日。

原载 1931 年 6 月 15 日《文艺新闻》周刊第 14 期。

初收 1932 年 10 月上海合众书店版《二心集》。

二十三日

日记　昙。上午寄母亲信。寄紫佩信。季市来。夜雨。

二十四日

    日记 星期。晴。下午收 Käthe Kollwitz 版画十二枚,直百二十元。晚往内山书店买书两本,共泉十五元。夜雨。

二十五日

    日记 晴。午后往内山书店,得『生物学講座』(十六回)一函八本,值六元,即赠三弟。内山君赠麦酒一瓶,ボンタン饴一合。

二十六日

    日记 晴。午后内山书店送来书籍二本,十二元六角。晚得诗荃集《文选》句《咏怀》诗一篇,九日发。

二十七日

    日记 晴,暖。上午季市来。夜邀清水,增田二君饭。

二十八日

    日记 晴。午后得朱稷臣信,言其父(可铭)于阴历四月初十日去世。

二十九日

    日记 晴。上午由中国银行汇朱稷臣泉一百。下午收大江书店四月分结算版税二十六元。夜雨。

三十日

    日记 昙。午后得蔡咏裳信。下午清水君来。赠增田涉《四库丛刊》本《陶渊明集》一部二本。晚寄母亲信。寄朱稷臣信。复蔡君信。运书八箱往京寓。

三十一日

日记 星期。晴。午后见柳原烨子女士。山本夫人赠海婴以奈良人形一合。夜同广平访三弟。

六月

一日

日记 晴。下午得小峰信并五月份版税四百,晚分与三弟百。

二日

日记 晴。晨复小峰信。上午达夫来。同广平携海婴往平井博士寓诊。晚内山君招饮于功德林,同席宫崎,柳原,山本,斋藤,加藤,增田,达夫,内山及其夫人。

三日

日记 晴。午后收三四两月编辑费六百。下午清水清君来。收朱稷臣信。得紫佩信,五月二十八日发。夜同蕴如,三弟及广平往奥迪安大戏院观电影《兽国春秋》。

四日

日记 晴。上午同广平携海婴往平井博士寓诊。午后由商务印书馆从德国寄来书二本,共泉十九元六角。夜同广平携海婴往内山书店,得关于浮世绘之书两本,共泉二十二元四角。

五日

日记 晴。下午寄紫佩信并七月至九月家用泉三百,海婴等照片一枚,托其转交。内山书店送来书二本,直八元。

六日

日记 昙,下午雨。夜径三来。

七日

日记　星期。雨,午后霁。同三弟往西泠印社买石章二,托吴德元[光],顾[陶]寿伯各刻其一,共用泉四元五角。在艺苑真赏社买《燕寝怡情》一本,三元二角。在蟫隐庐豫约《铁云藏龟》一部,四元。晚冯君来,并为代买得 *Alay-Oop* 一本,直八元。

八日

日记　晴。午后往内山书店,得『千家元麿詩箋』一帖四枚,二元三角;又『新洋画研究』(5)一本,四元六角。得尾崎君信。下午清水君来。蒋径三来。

九日

日记　晴。午后得诗荃所寄 *Eulenspiegel* 十本。晚以《燕寝怡情》赠增田君。夜同径三,增田,雪峰往西谛寓,看明清版插画。朱稷臣赠鱼干一篓,笋干及干菜一篓,由三弟转交。

十日

日记　晴。下午清水及与田君来。

十一日

日记　晴,风。午后内山书店送来『川柳漫画全集』(十)一本,直二元五角。往妇女的友会讲一小时。下午访清水君。晚冯君及汉堡嘉夫人来,赠以《士敏土之图》一本。寄钦文信。寄中国书店信。

十二日

日记　晴。午后斋藤女士,山本夫人及其孩子来,赠广平纱伞一柄,答以画片每人各二枚。下午邀清水,增田,蕴如及广平往奥迪安大戏院观联华歌舞团歌舞,不终曲而出,与增田君观一八艺社展览会。从商务印书馆取来由德购到之 C. Glaser：*Die Graphik der Neuzeit* 一本,三十五元四角。得诗荃信,廿七日发。

十三日

日记 晴。午后得中国书店目录两本。晚得靖华译稿一本。

致 曹靖华

靖华兄：

先前寄我之《寂静的顿河》第四本,早已收到。我现有其第二本与第四本,不知第一第三,尚能得到否? 如有,希各赐寄一本,但倘难得,就不必设法去寻,因为我不过看看其中的插画,并非必要也。

《铁的奔流》译稿一本,已于今天收到。现在正在排印《毁灭》,七月底可成,成后拟即排印此书,其成当在九月中旬,木刻既不能得,当将先前见寄之信片上之图印入。以上二书,兄要若干本,希便中示知为盼。

这里对于左翼文艺,是压迫无所不至,然而别的文艺,却全然空洞无物,所以出版界非常寂寥。我于去年冬天,印了十张《水门汀》的插画,但至今为中国青年所买者,还不到二十本。

婴儿自己药片及海参,于正月底寄出,至今未有回信,而小包也并未退回,不知是怎么一回事。

未名社竟弄得烟消云散,可叹。上月丛芜来此,谓社事无人管理,将委托开明书店(这是一个刻薄的书店)代理,劝我也遵奉该店规则。我答以我无遵守该店规则之必要,同人既不自管,我可以即刻退出的。此后就没有消息了。

此地已如夏天,弟平顺如常,可释远念,此颂

安健

弟豫　上　六月十三日夜

十四日

日记　星期。晴,午后昙。寄靖华信。为宫崎龙介君书一幅,云:"大江日夜向东流,聚义群雄又远游。六代绮罗成旧梦,石头城上月如钩。"又为白莲女士书一幅,云:"雨花台边埋断戟,莫愁湖里余微波。所思美人不可见,归忆江天发浩歌。"夜雷电大雨。

无题二首

大江日夜向东流,聚义群雄又远游。
六代绮罗成旧梦,石头城上月如钩。

其　　二

雨花台边埋断戟,莫愁湖里余微波。
所思美人不可见,归忆江天发浩歌。

六月

未另发表。据手稿编入。
初未收集。

十五日

日记　昙。无事。

十六日

日记　昙。无事。

十七日

日记　昙。午后得紫佩信,十一日发。得钦文信。得靖华信并木刻戈理基像一纸,五月三十日发。买『独逸語基本語集』一本,二元六角。夜雨。

十八日

日记　雨。上午复钦文信。买『生物学講座』(十七)一部,下午以赠三弟。

十九日

日记　雨。下午增田,清水二君来谈,留之晚饭。夜寄靖华信。

二十日

日记　昙,午后雨。无事。

二十一日

日记　星期。晴。夜浴。

二十二日

日记　昙。上午寄紫佩信并还其代付之书籍运送费四十一元。

二十三日

日记　晴。夜同广平携海婴访王蕴如及三弟。得李秉中信,十六日发。收六月分《新群众》一本。得诗荃所寄 Daumier 及 Käthe

Kollwitz 画选各一帖，十六及十二枚，共泉十一元也。

致 李秉中

秉中兄：

十六日信已到。前回的一封信，我见过几次转载，有些人还因此大做文章，或毁或誉。这是上海小报记者的老法门，他们因为不敢说国家大事，只好如此。　兄不大和这种社会接近，故至于惊愕，我是见之已惯，毫不为奇的了。

对于发表信札的事，我于　兄也毫无芥蒂，自己的信之发表，究胜于别人之造谣，况且既已写出，何妨印出，那是不算一回什么事的。但上海小报，笑柄甚多，有一种竟至今尚不承认我没有被捕，其理由则云并未有亲笔去函更正也。

疑兄"借光自照"，此刻尚不至于此。因为你尚未向上海书坊卖稿，和此辈争一口饮食，否则，即无此信，他们也总要讲坏话的。我向来对于有新闻记者气味的人，是不见，倘见，则不言，然而也还是谣言层出，有时竟会将舍弟的事，作为我的。大约因为面貌相似，认不清楚之故。惟近数月来，关于我的记事颇少见，大约一时想不出什么新鲜花样故也。

我安善如常，但总在老下去；密斯许亦健，孩子颇胖，而太玩皮，闹得人头昏。四月间北新书店被封，于生计颇感恐慌，现北新复开，我的书籍销行如故，所以没有问题了。

中国近又不宁，真不知如何是好。做起事来，诚然，令人心悸。但现在做人，我想，只好大胆一点，恐怕也就通过去了。兄之常常觉得为难，我想，其缺点即在想得太仔细，要毫无错处。其实，这样的事，是极难的。凡细小的事情，都可以不必介意。一旦身临其境，倒

也没有什么,譬如在围城中,亦未必如在城外之人所推想者之可怕也。此复,即颂

曼福。

迅　上　广平附笔致候　六月二十三夜

令夫人均此问候

二十四日

日记　晴。午后复秉中信。寄诗荃信。寄小峰信。晚往花园庄访清水君。夜蕴如及三弟来。雷电而雨。

二十五日

日记　晴。午后收『世界美術全集』(别卷 5)一本,值三元四角。夜增田及清水君来。

二十六日

日记　晴,热。下午清水君来并赠饼饵一合。夜访三弟。

二十七日

日记　晴。上午内山书店送来『浮世絵傑作集』(第十回)一帖二枚,直十六元。下午同增田君及广平往日本人俱乐部观太田及田坂两君作品展览会,购取两枚,共泉卅。观木村响泉个人展览会。归途在 ABC 酒店饮啤酒。夜径三来,并持来西谛所赠信笺及信封各一合。蕴如及三弟来。得诗荃信,十日发。

二十八日

日记　星期。晴,热。午后建纲来。清水君来,邀往奥迪安大戏院观 *Escape*。下午雨一陈。夜同增田君及广平出观跳舞。

二十九日

日记　昙，上午雨一陈即霁。午后同增田君往上海艺术专科学校观学期成绩展览会。山本夫人见赠携其幼儿之照相一枚。下午海婴发热，为请平井博士来诊。得朱积成信。

三十日

日记　晴，热。下午得紫佩信，廿六日发。

七月

一日

日记 雨。上午同广平携海婴往平井博士寓,适值其休息日,未诊,仍服旧方。午前晴。夜蕴如来,赠杨梅一筐。

二日

日记 晴,热。上午同广平携海婴往平井博士寓诊。午后往内山书店买『詩と詩論』(十二)一本,四元六角。下午明之,子英来。三弟来。夜邀三人同往东亚食堂夜饭。

三日

日记 晴,热。晚往内山书店买『独和動詞辞典』一本,四元六角。夜雨。

四日

日记 雨。上午同广平携海婴往平井博士寓诊。

五日

日记 星期。雨,夜大雷雨。无事。

六日

日记 雨。上午寄母亲信。下午小峰及其夫人,川岛及其夫人携二孩子来,并赠桃子一合,茗一斤,即赠以皮球一枚,积木一合。从商务印书馆由德国寄来书籍三本,价九元二角。得诗荃信,上月十八日发,附冯至所与信二种。

七日

　日记　晴,热。上午收五月份编辑费三百。午后寄三弟信。往内山书店得『書道全集』二本,『浮世絵大成』一本,共泉九元四角。

八日

　日记　昙。无事。

九日

　日记　昙,热,下午大雷雨。无事。

十日

　日记　晴。午后得荔丞所寄赠自作花鸟一帧。

十一日

　日记　晴,热,夜雷雨。无事。

十二日

　日记　星期。晴,夜雨。山上君招饮于南京酒家,同席五人。

十三日

　日记　晴。午后往内山书店,得『日本裸体美術全集』(五)一本,十二元。下午蔡君来,并赠海婴以汕头傀儡一枚。夜收水沫书店版税四十一元五角五分。校《苦闷的象征》印稿讫。

十四日

　日记　晴。午后往内山书店,得『虫類画譜』一本,直三元四角,以赠广平。下午得小峰信并六月分版税四百。

十五日

　　日记　昙。午后复小峰信。寄未名社信,索还《士敏土之图》。下午小雨。

十六日

　　日记　晴。下午得母亲信,十二日发。得有麟信。夜同广平访三弟,赠以茶腿一方。

十七日

　　日记　晴。下午为增田君讲《中国小说史略》毕。

十八日

　　日记　晴,热。下午得小峰信。夜雨。浴。

十九日

　　日记　星期。晴,热。上午寄开明书店信。复小峰信附致未名社信一函。下午大风雨,雷电,门前积水尺余。

二十日

　　日记　晴,热。下午增田君来,并赠元川克已作铅笔风景画一枚。晚往暑期学校演讲一小时,题为《上海文艺之一瞥》。夜雨。校录《夏娃日记》毕。

上海文艺之一瞥
八月十二日在社会科学研究会讲

　　上海过去的文艺,开始的是《申报》,要讲《申报》,是必须追溯到六十年以前的，但这些事我不知道。我所能记得的，是三十年以前，那时的《申报》，还是用中国竹纸的，单面印，而在那里做文章的，则多是从别处跑来的"才子"。

那时的读书人，大概可以分他为两种，就是君子和才子。君子是只读四书五经，做八股，非常规矩的。而才子却此外还要看小说，例如《红楼梦》，还要做考试上用不着的古今体诗之类。这是说，才子是公开的看《红楼梦》的，但君子是否在背地里也看《红楼梦》，则我无从知道。有了上海的租界，——那时叫作"洋场"，也叫"夷场"，后来有怕犯讳的，便往往写作"彝场"——有些才子们便跑到上海来，因为才子是旷达的，那里都去；君子则对于外国人的东西总有点厌恶，而且正在想求正路的功名，所以决不轻易的乱跑。孔子曰，"道不行，乘桴浮于海"，从才子们看来，就是有点才子气的，所以君子们的行径，在才子就谓之"迂"。

才子原是多愁多病，要闻鸡生气，见月伤心的。一到上海，又遇见了婊子。去嫖的时候，可以叫十个二十个的年青姑娘聚集在一处，样子很有些像《红楼梦》，于是他就觉得自己好像贾宝玉；自己是才子，那么婊子当然是佳人，于是才子佳人的书就产生了。内容多半是，惟才子能怜这些风尘沦落的佳人，惟佳人能识坎轲不遇的才子，受尽千辛万苦之后，终于成了佳偶，或者是都成了神仙。

他们又帮申报馆印行些明清的小品书出售，自己也立文社，出灯谜，有入选的，就用这些书做赠品，所以那流通很广远。也有大部书，如《儒林外史》，《三宝太监西洋记》，《快心编》等。现在我们在旧书摊上，有时还看见第一页印有"上海申报馆仿聚珍板印"字样的小本子，那就都是的。

佳人才子的书盛行的好几年，后一辈的才子的心思就渐渐改变了。他们发见了佳人并非因为"爱才若渴"而做婊子的，佳人只为的是钱。然而佳人要才子的钱，是不应该的，才子于是想了种种制伏婊子的妙法，不但不上当，还占了她们的便宜。叙述这各种手段的小说就出现了，社会上也很风行，因为可以做嫖学教科书去读。这些书里面的主人公，不再是才子＋（加）呆子，而是在婊子那里得了胜利的英雄豪杰，是才子＋流氓。

在这之前，早已出现了一种画报，名目就叫《点石斋画报》，是吴友如主笔的，神仙人物，内外新闻，无所不画，但对于外国事情，他很不明白，例如画战舰罢，是一只商船，而舱面上摆着野战炮；画决斗则两个穿礼服的军人在客厅里拔长刀相击，至于将花瓶也打落跌碎。然而他画"老鸨虐妓"，"流氓拆梢"之类，却实在画得很好的，我想，这是因为他看得太多了的缘故；就是在现在，我们在上海也常常看到和他所画一般的脸孔。这画报的势力，当时是很大的，流行各省，算是要知道"时务"——这名称在那时就如现在之所谓"新学"——的人们的耳目。前几年又翻印了，叫作《吴友如墨宝》，而影响到后来也实在厉害，小说上的绣像不必说了，就是在教科书的插画上，也常常看见所画的孩子大抵是歪戴帽，斜视眼，满脸横肉，一副流氓气。在现在，新的流氓画家又出了叶灵凤先生，叶先生的画是从英国的毕亚兹莱（Aubrey Beardsley）剥来的，毕亚兹莱是"为艺术的艺术"派，他的画极受日本的"浮世绘"（Ukiyoe）的影响。浮世绘虽是民间艺术，但所画的多是妓女和戏子，胖胖的身体，斜视的眼睛——Erotic（色情的）眼睛。不过毕亚兹莱画的人物却瘦瘦的，那是因为他是颓废派（Decadence）的缘故。颓废派的人们多是瘦削的，颓丧的，对于壮健的女人他有点惭愧，所以不喜欢。我们的叶先生的新斜眼画，正和吴友如的老斜眼画合流，那自然应该流行好几年。但他也并不只画流氓的，有一个时期也画过普罗列塔利亚，不过所画的工人也还是斜视眼，伸着特别大的拳头。但我以为画普罗列塔利亚应该是写实的，照工人原来的面貌，并不须画得拳头比脑袋还要大。

现在的中国电影，还在很受着这"才子＋流氓"式的影响，里面的英雄，作为"好人"的英雄，也都是油头滑脑的，和一些住惯了上海,晓得怎样"拆梢","揩油","吊膀子"的滑头少年一样。看了之后,令人觉得现在倘要做英雄,做好人,也必须是流氓。

才子＋流氓的小说,但也渐渐的衰退了。那原因,我想,一则因为总是这一套老调子——妓女要钱,嫖客用手段,原不会写不完的;二则因为所用的是苏白,如什么倪＝我,耐＝你,阿是＝是否之类,除了老上海和江浙的人们之外,谁也看不懂。

然而才子＋佳人的书,却又出了一本当时震动一时的小说,那就是从英文翻译过来的《迦茵小传》(H. R. Haggard: *Joan Haste*)。但只有上半本,据译者说,原本从旧书摊上得来,非常之好,可惜觅不到下册,无可奈何了。果然,这很打动了才子佳人们的芳心,流行得很广很广。后来还至于打动了林琴南先生,将全部译出,仍旧名为《迦茵小传》。而同时受了先译者的大骂,说他不该全译,使迦茵的价值降低,给读者以不快的。于是才知道先前之所以只有半部,实非原本残缺,乃是因为记着迦茵生了一个私生子,译者故意不译的。其实这样的一部并不很长的书,外国也不至于分印成两本。但是,即此一端,也很可以看出当时中国对于婚姻的见解了。

这时新的才子＋佳人小说便又流行起来,但佳人已是良家女子了,和才子相悦相恋,分拆不开,柳阴花下,像一对胡蝶,一双鸳鸯一样,但有时因为严亲,或者因为薄命,也竟至于偶见悲剧的结局,不再都成神仙了,——这实在不能不说是一个大进步。到了近来是在制造兼可擦脸的牙粉了的天虚我生先生所编的月刊杂志《眉语》出现的时候,是这鸳鸯胡蝶式文学的极盛时期。后来《眉语》虽遭禁止,势力却并不消退,直待《新青年》盛行起来,这才受了打击。这时有伊孛生的剧本的绍介和胡适之先生的《终身大事》的别一形式的出现,虽然并不是故意的,然而鸳鸯胡蝶派作为命根的那婚姻问题,却也因此而诺拉(Nora)似的跑掉了。

这后来,就有新才派的创造社的出现。创造社是尊贵天才的,为艺术而艺术的,专重自我的,崇创作,恶翻译,尤其憎恶重译的，与同时上海的文学研究会相对立。那出马的第一个广告上，说有人"垄断"着文坛，就是指着文学研究会。文学研究会却也正相反，是主张为人生的艺术的，是一面创作，一面也看重翻译的，是注意于绍介被压迫民族文学的，这些都是小国度，没有人懂得他们的文字，因此也几乎全都是重译的。并且因为曾经声援过《新青年》，新仇夹旧仇，所以文学研究会这时就受了三方面的攻击。一方面就是创造社，既然是天才的艺术，那么看那为人生的艺术的文学研究会自然就是多管闲事，不免有些"俗"气，而且还以为无能，所以倘被发见一处误译，有时竟至于特做一篇长长的专论。一方面是留学过美国的绅士派，他们以为文艺是专给老爷太太们看的，所以主角除老爷太太之外，只配有文人，学士，艺术家，教授，小姐等等，要会说Yes，No，这才是绅士的庄严，那时吴宓先生就曾经发表过文章，说是真不懂为什么有些人竟喜欢描写下流社会。第三方面，则就是以前说过的鸳鸯胡蝶派，我不知道他们用的是什么方法，到底使书店老板将编辑《小说月报》的一个文学研究会会员撤换，还出了《小说世界》，来流布他们的文章。这一种刊物，是到了去年才停刊的。

创造社的这一战，从表面看来，是胜利的。许多作品，既和当时的自命才子们的心情相合，加以出版者的帮助，势力雄厚起来了。势力一雄厚，就看见大商店如商务印书馆，也有创造社员的译著的出版，——这是说，郭沫若和张资平两位先生的稿件。这以来，据我所记得，是创造社也不再审查商务印书馆出版物的误译之处，来作专论了。这些地方，我想，是也有些才子＋流氓式的。然而，"新上海"是究竟敌不过"老上海"的，创造社员在凯歌声中，终于觉到了自己就在做自己们的出版者的商品，种种努力，在老板看来，就等于眼镜铺大玻璃窗里纸人的映眼，不过是"以广招徕"。待到希图独立出版的时候，老板就给吃了一场官司，虽然也终于独立，说是一切书籍，大加改订，另行印刷，从新开张了，然而旧老板却还是永远用了旧版子，只是印，卖，而且年年是什么纪念的大廉价。

商品固然是做不下去的，独立也活不下去。创造社的人们的去路，自然是在较有希望的"革命策源地"的广东。在广东，于是也有"革命文学"这名词的出现，然而并无什么作品，在上海，则并且还没有这名词。

到了前年，"革命文学"这名目这才旺盛起来了，主张的是从"革命策源地"回来的几个创造社元老和若干新份子。革命文学之所以旺盛起来，自然是因为由于社会的背景，一般群众，青年有了这样的要求。当从广东开始北伐的时候，一般积极的青年都跑到实际工作去了，那时还没有什么显著的革命文学运动，到了政治环境突然改变，革命遭了挫折，阶级的分化非常显明，国民党以"清党"之名，大戮共产党及革命群众，而死剩的青年们再入于被迫压的境遇，于是革命文学在上海这才有了强烈的活动。所以这革命文学的旺盛起来，在表面上和别国不同，并非由于革命的高扬，而是因为革命的挫折；虽然其中也有些是旧文人解下指挥刀来重理笔墨的旧业，有些是几个青年被从实际工作排出，只好借此谋生，但因为实在具有社会的基础，所以在新份子里，是很有极坚实正确的人存在的。但那时的革命文学运动，据我的意见，是未经好好的计画，很有些错误之处的。例如，第一，他们对于中国社会，未曾加以细密的分析，便将在苏维埃政权之下才能运用的方法，来机械的地运用了。再则他们，尤其是成仿吾先生，将革命使一般人理解为非常可怕的事，摆着一种极左倾的凶恶的面貌，好似革命一到，一切非革命者就都得死，令人对革命只抱着恐怖。其实革命是并非教人死而是教人活的。这种令人"知道点革命的厉害"，只图自己说得畅快的态度，也还是中了才子＋流氓的毒。

激烈得快的，也平和得快，甚至于也颓废得快。倘在文人，他总有一番辩护自己的变化的理由，引经据典。譬如说，要人帮忙时候用克鲁巴金的互助论，要和人争闹的时候就用达尔文的生存竞争说。无论古今，凡是没有一定的理论，或主张的变化并无线索可寻，而随时拿了各种各派的理论来作武器的人,都可以称之为流氓。例如上海的流氓,看见一男一女的乡下人在走路,他就说,"喂,你们这样子,有伤风化,你们犯了法了!"他用的是中国法。倘看见一个乡下人在路旁小便呢,他就说,"喂,这是不准的,你犯了法,该捉到捕房去!"这时所用的又是外国法。但结果是无所谓法不法,只要被他敲去了几个钱就都完事。

在中国,去年的革命文学者和前年很有点不同了。这固然由于境遇的改变,但有些"革命文学者"的本身里,还藏着容易犯到的病根。"革命"和"文学",若断若续,好像两只靠近的船,一只是"革命",一只是"文学",而作者的每一只脚就站在每一只船上面。当环境较好的时候,作者就在革命这一只船上踏得重一点,分明是革命者,待到革命一被压迫,则在文学的船上踏得重一点,他变了不过是文学家了。所以前年的主张十分激烈,以为凡非革命文学,统得扫荡的人,去年却记得了列宁爱看冈却罗夫(I. A. Gontcharov)的作品的故事,觉得非革命文学,意义倒也十分深长;还有最彻底的革命文学家叶灵凤先生,他描写革命家,彻底到每次上茅厕时候都用我的《呐喊》去揩屁股,现在却竟会莫名其妙的跟在所谓民族主义文学家屁股后面了。

类似的例,还可以举出向培良先生来。在革命渐渐高扬的时候,他是很革命的;他在先前,还曾经说,青年人不但嗥叫,还要露出狼牙来。这自然也不坏,但也应该小心,因为狼是狗的祖宗,一到被人驯服的时候,是就要变而为狗的。向培良先生现在在提倡人类的艺术了,他反对有阶级的艺术的存在,而在人类中分出好人和坏人来,这艺术是"好坏斗争"的武器。狗也是将人分为两种的,豢养它的主人之类是好人,别的穷人和乞丐在它的眼里就是坏人,不是叫,便是咬。然而这也还不算坏,因为究竟还有一点野性,如果再一变而为吧儿狗,好像不管闲事,而其实在给主子尽职,那就正如现在的自称不问俗事的为艺术而艺术的名人们一样,只好去点缀大学教室了。

这样的翻着筋斗的小资产阶级,即使是在做革命文学家,写着革命文学的时候,也最容易将革命写歪;写歪了,反于革命有害,所以他们的转变,是毫不足惜的。当革命文学的运动勃兴时,许多小资产阶级的文学家忽然变过来了,那时用来解释这现象的,是突变之说。但我们知道,所谓突变者,是说 A 要变 B,几个条件已经完备,而独缺其一的时候,这一个条件一出现,于是就变成了 B。譬如水的结冰,温度须到零点,同时又须有空气的振动,倘没有这,则即便到了零点,也还是不结冰,这时空气一振动,这才突变而为冰了。所以外面虽然好像突变,其实是并非突然的事。倘没有应具的条件的,那就是即使自说已变,实际上却并没有变,所以有些忽然一天晚上自称突变过来的小资产阶级革命文学家,不久就又突变回去了。

　　去年左翼作家联盟在上海的成立,是一件重要的事实。因为这时已经输入了蒲力汗诺夫,卢那卡尔斯基等的理论,给大家能够互相切磋,更加坚实而有力,但也正因为更加坚实而有力了,就受到世界上古今所少有的压迫和摧残,因为有了这样的压迫和摧残,就使那时以为左翼文学将大出风头,作家就要吃劳动者供献上来的黄油面包了的所谓革命文学家立刻现出原形,有的写悔过书,有的是反转来攻击左联,以显出他今年的见识又进了一步。这虽然并非左联直接的自动,然而也是一种扫荡,这些作者,是无论变与不变,总写不出好的作品来的。

　　但现存的左翼作家,能写出好的无产阶级文学来么?我想,也很难。这是因为现在的左翼作家还都是读书人——智识阶级,他们要写出革命的实际来,是很不容易的缘故。日本的厨川白村(H. Kuriyagawa)曾经提出过一个问题,说:作家之所描写,必得是自己经验过的么?他自答道,不必,因为他能够体察。所以要写偷,他不必亲自去做贼,要写通奸,他不必亲自去私通。但我以为这是因为作家生长在旧社会里,熟悉了旧社会的情形,看惯了旧社会的人物的缘故,所以他能够体察;对于和他向来没有关系的无产阶级的情形和人物，他就会无能，或者弄成错误的描写了。所以革命文学家，至少是必须和革命共同着生命，或深切地感受着革命的脉搏的。（最近左联的提出了"作家的无产阶级化"的口号，就是对于这一点的很正确的理解。）

在现在中国这样的社会中，最容易希望出现的，是反叛的小资产阶级的反抗的，或暴露的作品。因为他生长在这正在灭亡着的阶级中，所以他有甚深的了解，甚大的憎恶，而向这刺下去的刀也最为致命与有力。固然，有些貌似革命的作品，也并非要将本阶级或资产阶级推翻，倒在憎恨或失望于他们的不能改良，不能较长久的保持地位，所以从无产阶级的见地看来，不过是"兄弟阋于墙"，两方一样是敌对。但是，那结果，却也能在革命的潮流中，成为一粒泡沫的。对于这些的作品，我以为实在无须称之为无产阶级文学，作者也无须为了将来的名誉起见，自称为无产阶级的作家的。

但是，虽是仅仅攻击旧社会的作品，倘若知不清缺点，看不透病根，也就于革命有害，但可惜的是现在的作家，连革命的作家和批评家，也往往不能，或不敢正视现社会，知道它的底细，尤其是认为敌人的底细。随手举一个例罢，先前的《列宁青年》上，有一篇评论中国文学界的文章，将这分为三派，首先是创造社，作为无产阶级文学派，讲得很长，其次是语丝社，作为小资产阶级文学派，可就说得短了，第三是新月社，作为资产阶级文学派，却说得更短，到不了一页。这就在表明：这位青年批评家对于愈认为敌人的，就愈是无话可说，也就是愈没有细看。自然，我们看书，倘看反对的东西，总不如看同派的东西的舒服，爽快，有益；但倘是一个战斗者，我以为，在了解革命和敌人上，倒是必须更多的去解剖当面的敌人的。要写文学作品也一样，不但应该知道革命的实际，也必须深知敌人的情形，现在的各方面的状况，再去断定革命的前途。惟有明白旧的，看到新的，了解过去，推断将来，我们的文学的发展才有希望。我想，这是在现在环境下的作家，只要努力，还可以做得到的。

在现在,如先前所说,文艺是在受着少有的压迫与摧残,广泛地现出了饥馑状态。文艺不但是革命的,连那略带些不平色彩的,不但是指摘现状的,连那些攻击旧来积弊的,也往往就受迫害。这情形,即在说明至今为止的统治阶级的革命,不过是争夺一把旧椅子。去推的时候,好像这椅子很可恨,一夺到手,就又觉得是宝贝了,而同时也自觉了自己正和这"旧的"一气。二十多年前,都说朱元璋(明太祖)是民族的革命者,其实是并不然的,他做了皇帝以后,称蒙古朝为"大元",杀汉人比蒙古人还厉害。奴才做了主人,是决不肯废去"老爷"的称呼的,他的摆架子,恐怕比他的主人还十足,还可笑。这正如上海的工人赚了几文钱,开起小小的工厂来,对付工人反而凶到绝顶一样。

在一部旧的笔记小说——我忘了它的书名了——上,曾经载有一个故事,说明朝有一个武官叫说书人讲故事,他便对他讲檀道济——晋朝的一个将军,讲完之后,那武官就吩咐打说书人一顿,人问他什么缘故,他说道:"他既然对我讲檀道济,那么,对檀道济是一定去讲我的了。"现在的统治者也神经衰弱到像这武官一样,什么他都怕,因而在出版界上也布置了比先前更进步的流氓,令人看不出流氓的形式而却用着更厉害的流氓手段:用广告,用诬陷,用恐吓;甚至于有几个文学者还拜了流氓做老子,以图得到安稳和利益。因此革命的文学者,就不但应该留心迎面的敌人,还必须防备自己一面的三翻四复的暗探了,较之简单地用着文艺的斗争,就非常费力,而因此也就影响到文艺上面来。

现在上海虽然还出版着一大堆的所谓文艺杂志,其实却等于空虚。以营业为目的的书店所出的东西,因为怕遭殃,就竭力选些不关痛痒的文章,如说"命固不可以不革,而亦不可以太革"之类,那特色是在令人从头看到末尾,终于等于不看。至于官办的,或对官场去凑趣的杂志呢,作者又都是乌合之众,共同的目的只在捞几文稿费,什么"英国维多利亚朝的文学"呀,"论刘易士得到诺贝尔奖金"

呀,连自己也并不相信所发的议论,连自己也并不看重所做的文章。所以,我说,现在上海所出的文艺杂志都等于空虚,革命者的文艺固然被压迫了,而压迫者所办的文艺杂志上也没有什么文艺可见。然而,压迫者当真没有文艺么? 有是有的,不过并非这些,而是通电,告示,新闻,民族主义的"文学",法官的判词等。例如前几天,《申报》上就记着一个女人控诉她的丈夫强迫鸡奸并殴打得皮肤上成了青伤的事,而法官的判词却道,法律上并无禁止丈夫鸡奸妻子的明文,而皮肤打得发青,也并不算毁损了生理的机能,所以那控诉就不能成立。现在是那男人反在控诉他的女人的"诬告"了。法律我不知道,至于生理学,却学过一点,皮肤被打得发青,肺,肝,或肠胃的生理的机能固然不至于毁损,然而发青之处的皮肤的生理的机能却是毁损了的。这在中国的现在,虽然常常遇见,不算什么稀奇事,但我以为这就已经能够很明白的知道社会上的一部分现象,胜于一篇平凡的小说或长诗了。

　　除以上所说之外,那所谓民族主义文学,和闹得已经很久了的武侠小说之类,是也还应该详细解剖的。但现在时间已经不够,只得待将来有机会再讲了。今天就这样为止罢。

　　　　原载 1931 年 7 月 27 日、8 月 3 日《文艺新闻》周刊第 20、21 期。

　　　　初收 1932 年 10 月上海合众书店版《二心集》。

二十一日

　　日记　雨。上午得开明书店信。

二十二日

　　日记　昙。午后内山书店送来『浮世绘傑作集』(十一回分)一帖二枚,直十六元。得诗荃信,三日发。夜同广平访三弟。雨。

二十三日

日记 雨。晚得振铎信,并赠《百华诗笺谱》一函二本。夜雾。

二十四日

日记 晨大雨,门前积水盈尺。午后复振铎信。寄荔丞信。下午得 Käthe Kollwitz 作版画十枚,共泉百十四元。夜大雷雨一陈。

二十五日

日记 雨。下午得韦丛芜信。从丸善寄来书两本,每本八元。

二十六日

日记 星期。雨。上午往内山书店,买『静なるドン』(2)一本,二元。

二十七日

日记 晴。下午得诗荃信,八日发。夜雨。

二十八日

日记 晴。午后得张子长信,即复。下午同广平携海婴往福井写真馆照相。往内山书店,得美术书二本,七元八角;又『書道全集』(五,八,十二,十三)共泉十元。晚雨。

二十九日

日记 晴。午后往内山书店买『東洋画概論』一本,直七元,夜煮干菜鸭一只,邀三弟晚饭。

三十日

日记　晴,热。上午复诗荃信。理发。午后同广平携海婴复至福井写真馆重行照相。下午文英,丁琳来。得小峰信。夜同增田君及广平往奥迪安馆观电影,殊不佳。

致 李小峰

小峰兄:

下午得读来信。

未名社前几天给我一信,说我的存书,只有《小约翰》三百本了。盖其余三种,久已卖完而未印,而别人的存书却多。

《勇敢的约翰》已有一书店揽去付印,不必我自己印了。下月底想另印一种小说,届时当再奉托。

全集如翻印起来,可有把握,不至于反而吃亏,那是尽可翻印的,我并无异议。至于所译小说,我想且可不管,因为其中之大部分,是我豫定要译之《新俄新作家三十人集》中的东西,只要此书有廉价版,便足以抵制了。

《上海文艺之一瞥》我讲了一点钟,《文艺新闻》上所载的是记者摘记的大略,我还想自草一篇。但现在文网密极,动招罪尤,所以于《青年界》是否相宜,乃一疑问。且待我草成后再看罢。大约下一期《文艺新闻》所载,就有犯讳的话了。至于别的稿件,现实无有,因为一者我实不愿贻害刊物,二者不敢与目下作家争衡,故不执笔也。

附上校稿四张,请付印刷所。

迅　上　七月卅夜

三十一日

日记　晴。上午复小峰信。晚寄诗荃信。

八月

一日

日记　晴，热。下午订《铁流》讫。

二日

日记　星期。晴，热。无事。

三日

日记　晴，热。下午内山书店送来『書道全集』（廿一）一本，二元五角。

四日

日记　晴，大热。下午得清水君信片。夜浴。

五日

日记　昙，热，午后小雨而霁。内山书店送来『書道全集』（十一）一本，二元五角。收六月分编辑费三百。夜同蕴如，三弟及广平观电影。

世界无产阶级革命作家对于中国白色恐怖及帝国主义干涉的抗议[*]

德国革命作家路特威锡·棱

（出席第二次世界革命文学大会的德国代表之一）

我以德国无产阶级革命作家联盟之名，反对刽子手蒋介石的白色恐怖。我们尤其反对德国的官僚以及别的法西斯蒂的东西的帮凶，想要用血来镇压中国的革命。这些德国的法西斯蒂们，不肯劳动的寄生流氓，好像以为他们对于鲁尔，明辛和马拉的暴动和革命运动的行为还不够，他们还得来染染中国的农民，劳力和工人的血。然而虽有这些（白色）恐怖，中国的农民群众在中国工人的领导之下，却仍要夺取政权，因为这是人类的进步的路。

三十年十二月十二日　路特威锡·棱

奥国革命诗人翰斯·迈伊尔

（出席第二次世界革命文学大会的奥国代表之一）

中国起了火

一

中国到处伸出烈焰的舌头。
大猛火一直冲到天宇。
地面如被千万的狂呼所烧红：
从顺的中夏之邦起了火。

二

这火决不是龙舟的祭赛，

也绝不是为佛陀和基督而腾舞；

如此炎炎的只是自由和饥饿的，

铁律的丰碑：中国起了火。

原载 1931 年 8 月 5 日《文学导报》第 1 卷第 2 期。
初未收集。

六日

日记 晴，大热。上午往内山书店买『日本プロレタリア美術集』一本，五元。

七日

日记 晴，大热。无事。

八日

日记 晴，热。上午寄母亲信。晚得小峰信。

致 李小峰

小峰兄：

今日得来信后，即将《朝花夕拾》一本持上，此书中有图板，去制版时，希坚嘱勿将底子遗失，因反面印有文字，倘失去，则寓中更无第二本也。

又此书只十行，此次印刷，似可改为每页十二行，行卅字，与《呐喊》等一律。

《象牙之塔》可先函嘱北平速印，印花当于明日即送乔峰处，希于十三日便道去取，另有北平翻版书两本，一并奉还并携印化收条。专卖北平之廉价版，我并可将版税减低为百分之二十。

迅　上　八月八夜

再：《热风》，《华盖》，《华续》，将出之《中国小说史略》及《象牙之塔》，均尚未有合同，希便中补下。似应有三份，前三种合一份，后二种各一份也。

九日

日记　星期。晴。上午复小峰信。夜译短篇《肥料》讫。

肥　料

［苏联］L．绥甫林娜

关于列宁，起了各式各样的谣言。有的说，原是德国人；有的说，不，原是俄国人，而受了德国人的雇用的；又说是用了密封的火车，送进了俄国；又说是特到各处来捣乱的。先前的村长什喀诺夫，最明白这人的底细。他常常从市镇上搬来一些新鲜的风闻。昨天也是在半夜里回来的。无论如何总熬不住了，便到什木斯忒伏的图书馆一转，剥剥的敲着窗门。瘦削的短小的司书舍尔该·彼得洛维支吓了一跳，离开桌子，于是跑到窗口来了。

他是一向坐着在看报的。

"谁呀？什么事？"

什喀诺夫将黑胡子紧紧的贴着玻璃，用尖利的声音在双层窗间叫喊道：

“逃掉了！用不着慌。今天夜里是不要紧的！刚刚从镇上逃走了！”

“阿呀，晚安。亚历舍·伊凡奴衣支！究竟，是谁逃掉了呀？”

“列宁呵。从各家的银行里搜括了所有的现款，躲起来了。现在正在追捕哩。明天对你细讲罢。”

“坐一坐去。亚历舍·伊凡诺维支，就来开门了。”

“没有这样的工夫。家里也在等的。明天对你细讲罢。”

“带了报纸来没有呀？”

“带了来了。但这是陈报纸，上面还没有登载。我是在号外上看见的……吘，这瘟马，布尔什维克的瘟马，忒儿忒儿。”他已经在雪橇上自己说话了。“不要着忙呀！想家罢咧，想吃罢咧！名字也叫得真对：牲口……”

但是，到第二天，就明白了昨夜的欢喜是空欢喜。在市镇上受了骗的。一到早晨，便到来一个带着“委任状”的白果眼的汉子，而且用了“由‘苏那尔科谟’给‘苏兑普’的‘伊司波尔科谟’”①那样的难懂的话语，演起说来。列宁并没有逃走。

在纳贝斯诺夫加村，关于列宁的谣传还要大。这村子里，有学问的人们是很多的。那是教徒。他们称赞从俄国到这里来的，好像到了天堂一样。于是就叫成了纳贝斯诺夫加②。教徒们因为要读圣书，这才来认字。在和坦波夫加的交界处——这是一个叫作坦波夫斯珂·纳贝斯诺夫斯珂伊的村——用一枝钉着木板的柱子为界。那木板，是为了识字的人而设的。黑底子上用白字写道，“纳贝斯诺夫加，男四百九十五名，女五百八十一口。”这板的近边，有坦波夫加的几乎出界了的房屋。有各色各样的人们。纳贝斯诺夫加这一面，

---

① 革命后所用的略语，意即“由人民委员会议给劳兵会的执行委员会”。——译者。

② 天堂村之意。——译者。

比较的干净。但在坦波夫加那面，只要有教育，年纪青的脚色，却也知道列宁，而农妇和老人，则关于布尔什维克几乎全不明白，单知道他们想要停止战争。至于布尔什维克从那里来的呢——却连想也没有想起过。是单纯的人们，洞察力不很够的。

村长什喀诺夫，是纳贝斯诺夫加的人。坦波夫加的兵士将他革掉了。现在是不知道甚么行政，那兵士叫作梭夫伦的拜帅。在一回的村会上，他斥骂什喀诺夫道：

"这多嘴混蛋！你对于新政府，在到处放着胡说八道的谣言。"

梭夫伦并不矮小，而且条直的，但还得仰看着什喀诺夫的眼睛，用乌黑的眼光和他捣乱。什喀诺夫要高出一个头。他也并不怯，但能摸捉人们的脾气，轻易是不肯和呆子来吵架的：

"摆什么公鸡扑母鸡的势子呀？不过是讲了讲从市镇上听来的话罢了。不过是因为人们谎了我，我就也谎了人。岂不是不过照了买价在出卖么？"

农人们走了过来，将他们围住。有委任状的那人喝茶去了。集会并没有解散。村里的人们，当挨家按户去邀集的时候，是很费力的，但一旦聚集起来，却也不容易走散。一想也不想的。

大家在发种种的质问之间，许多时光过去了。村里的教友理事科乞罗夫，在做什喀诺夫的帮手：

"梭夫伦·阿尔泰木诺维支，不要说这种话了。亚历舍·伊凡诺维支是明白人。不过将市镇上听来的话，照样报告了一下。即使有点弄错……"

梭夫伦并不是讲得明白的脚色，一听到科乞罗夫的静静的，有条有理的话，便气得像烈火一样，并且用震破讲堂的声音，叫了起来。集会是往往开在学校里的。

"同志！市民！纳贝斯诺夫加的东西，都是土豪！唱着小曲，不要相信那些东西的话。现在，对你们讲一句话！作为这集会的议长讲一句话！"

他说着,忽然走向大家正在演说的桌前去。退伍兵们就聚集在他旁边。涨满着贫穷和鲁钝的山村的退伍兵的老婆和破衣服,就都跟在后面。纳贝斯诺夫加的村民,便跟着坦波夫加的商人西乞戈夫,都要向门口拥出去了。

"不要走散!科乞罗夫会来给梭夫伦吃一下的。"迅速地传遍了什喀诺夫的低语。

梭夫伦的暗红色的卷头发,始终在头上飞起,好像神光一般。下巴胡子也是暗红色的,但在那下巴胡子上,不见斤两。眼睛里也没有威严的地方。只有气得发暗的白眼球,而没有光泽。

"同志们!纳贝斯诺夫加的财主们,使我们在街头迷了路。我们在战场上流血的时候,他们是躲在上帝的庇荫里的。嘴里却说是信仰不许去打仗。现在是,又在想要我们的血了。赞成战争的政府,是要我们的血的。我们的政府,是不要这个的。"

集会里大声回答道:

"不错,坐在上帝的庇荫里,大家在发财!"

"并且,我们这一伙,是去打了仗的!只有义勇队不肯去。"

"我们是不怕下牢监,没有去打仗的!"

"契勃罗乌诃夫刚刚从牢监里回来了哩……"

"讲要紧事,这样的事是谁都知道的!"

"契勃罗乌诃夫是为了他们的事,在下牢监的!然而我们这些人,是失了手,失了脚的呀!这是怎么一回事?这是怎的。名誉在那里?"

"你们也不要到这样的地方去就好了!"

"啐!大肚子装得饱饱的。一味争田夺地!岂但够养家眷呢,还养些下牢监的……"

"什么话!打这些小子们!畜生!"

"住口!议长!"

"言论自由呀……"

"梭夫伦,演说罢!"

"什么演说! 这样的事,谁都知道的!"

"无产者出头了! 便是你们,只要上劲的做工……"

骚扰厉害起来了。声音粗暴起来了。

梭夫伦挺出了胸脯,大叫道:

"同志们! 后来再算帐。这样子,连听也听不见! 让我顺次讲下去。"

什喀诺夫也镇静了他的一伙:

"住口! 住口! 让科乞罗夫来扼死这小子。"

大家都静默了。在激昂了的深沉的不平渐渐镇定下去的时候,便开始摇曳出梭夫伦那明了的,浓厚的声音来:

"同志们! 那边有着被搜刮的山谷对面的村民。那些人们,现在是我们的同志。我们呢,就是你们的同志! 但是纳贝斯诺夫加的农民是财主。无论谁的田地,他们都不管。他们全不过是想将我们再送到堑壕去。他们要到达纳尔斯! 他们是这样的东西! 他们用了上帝的名,给我们吃苦。用了圣书的句子,给我们吃苦。他们是,还是称道上帝,于自己们便当一些。富翁是容易上天堂的。先在这地上养得肥肥胖胖,于是才死掉……"

什喀诺夫忍不住了。有人在群集里发了尖声大叫着。

"不要冤枉圣书罢! 圣书上不是写着穷人能上天堂么……"

梭夫伦摇一摇毛发蓬松的头,于是烈火似的烧起来了。他用了更加响亮,更加粗暴的声音,像要劈开大家的脑壳一般,向群众大叫道:

"圣书上有胡说的。富翁是中上帝的意的。有钱的农民很洒脱,对人客客气气。但是,即使对手在自己面前脱了帽,不是这边也不能狗似的摇尾巴么? 在穷人,什么都是重担子。所以在穷人,无论什么时候就总怀着坏心思。这是当然的! 富翁和贵族们拉着手,什么都学到了。可是穷人呢,连祈祷的句子,也弄成了坏话的句子。

弄得乱七八糟。圣书上写道,勿偷。但因为没有东西吃,去偷是当然的。圣书上写道,勿杀。但去杀是当然的。"

纳贝斯诺夫加的人们唠叨起来了:

"这好极了! 那么,就是教去偷,去杀了呀!"

"这真是新教训哩!"

"听那说话,就知道这人的……"

"就是这么一回事,这就是布尔塞维克呵!"

"原来,他们的头领就坐过牢的!"

山村的村民又是山村的村民,在吼着自己们的口吻:

"妈妈的! 扼杀他!"

"杀了谁呀? 我们这些人杀了谁呀?"

"当然的! 打那些畜生们!"

老婆子米忒罗法夫娜觉得这是议论移到信仰上去了,便在山村的群众里发出要破一般的声音道:

"正教的教堂里有圣餐,可是他们有什么呢?"但言语消在骚扰里面了。手动起来了,叫起来了,发出嘘嘘的声音,满是各种的语声了。所有一切,都合流在硬要起来的呻唤声的野蛮的音乐里了。

开初,梭夫伦是用拳头敲着桌子的,但后来就提起了椅子,于是用椅子背敲起桌子来。听众一静下去,就透出了名叫莱捷庚这人的尖锐的叫喊:

"是我们的政府呵! 这就够了。他们已经用不着了……"

于是又是群众的呻吟和叫唤。不惯于说话,除了粗野的咆哮和骚扰之外,一无所知的群众。谁也不站在自己的位置上。大家互相作势,摇着拳头威吓,互相冲撞,推排。快要打起来了。

科乞罗夫推开群众,闯到桌子那面去了。他用那强有力的手,架开了谁的沉重的拳头。从梭夫伦那里挖取了椅子,仍旧用这敲起桌子来。纳贝斯诺夫加的人们静下去了。梭夫伦也镇静了自己的一伙。静下去的喊声,在耳朵里嗡嗡的响。于是科乞罗夫的柔和

的,恳切的,愉快的低音,便涌出来了:

"兄弟们! 野兽里是剩着憎恶的,但在人类,所需要的却是平和和博爱。"

在那柔和的声音里,含着牧师所必具的信念和威严。这使群众平静了。但莱捷庚却唾了一口,用恶骂来回答他。别的人们都没有响。

"愤怒的人的眼睛,是看不见东西的。耳朵,是听不见东西的。为什么会这样的呢? 为什么兄弟梭夫伦,会将自己送给了憎恶的呢? 我们是,不幸为了我们的信仰,受着旧政府的重罚。因为要救这信仰,所以将这信仰,从俄国搬到这里来了的。是和家眷一起,徒步走到寒冷的异地来了的。为要永久占有计,便买下了田地。然而怎样。兄弟们,你们没有知道这一回事么? 全村统统是买了的! 然而,我们的田地,是用血洗过的。是呵,是呵! 旧政府捉我们去做苦工的时候,你们曾经怜悯过我们。便是我们里面,凡有热心于同胞之爱的人,也没有去打仗。但是,这样的人,自然是不会很多的。我们——做着福音教师的我们,实在也去打仗。我的儿子,就在当兵。我们是,和你们一起,都在背着重担的……"

科乞罗夫是说了真话的。在那恰如涂了神圣的膏油一般的声音里,含着亲密,经过了会场的角角落落,使听众的心柔和了。群众寂然无声,都挤了上去。只有梭夫伦挤出了鸭子一般的声音,还有莱捷庚,用了病的叫喊来抗议:

"圣书匠! 生吞圣书的!"

大家向他喝着住口,他便不响了。

科乞罗夫仿佛劝谕似的。坦坦然的在演说,恰如将镇静剂去送给病人一样:

"对于布尔塞维克的教说,我们是并没有反对的。正如圣书上写着勿杀那样,我们不愿意战争。我们应该遵照圣书,将穷人拉起来。然而,人的教说,不是上帝的教说。人的教说,是常常带着我们的罪障的,带着夺取和给与——屈辱和邪念的。为什么夺我们的田地的呢? 我们并不是算作赠品,白得了田地的。这样的事情;总得在平和里,在平静里,再来商量才好。正因为我对于布尔塞维克的教说有着兴味,所以在市镇上往来。于是就知道了那主要的先生,乃是凯尔拉·马尔克梭夫①。原来,他并非俄国人,是用外国的文字,写了自己的教说的。这可就想看凯尔拉·马尔克梭夫真真写了的原本了。俄国的人们,他是可以很容易的劝转的。怎样拿过来,我们就照样的一口吞下去。我们的习惯,是无所谓选择。俄国人是关于教育,关于外国语,都还没有到家。即使毫不疑心,接受外国的东西罢,但列宁添上了些什么,又怎么会知道呢? 应该明白外国话,将凯尔拉·马尔克梭夫的教说和俄国的教说,来比较一下子看看的。那时候,这才可以'世界的普罗列泰利亚呀,团结起来'了! 凡是政治那样的事情,总该有一个可做基础的东西。要明白事理,就要时间,要正人君子,要寂静与平和。只有这样子的运用起来,这才能上新轨道。"

当这时候,响起了好像给非常的苦痛所挤出来的莱捷庚的叫一般的声音:

"在巧妙的煽惑哩! 这蠢才的圣书匠,同志们,是在想将你们的眼睛领到不知道那里去呵!"

他突然打断了科乞罗夫的演说。没有豫防到,那演说便一下子中止了。

梭夫伦用了忿激的,切实的声音,威压似的叫道:

"够了! 真会迷人! 我们是不会玩这样的玩艺儿的。同志们,他是咬住着田地的呵! 不要一想情愿罢!"

又起了各种声音的叫喊:

"是的! 一点不错! 骗子! 住口!"

---

① Karla Marksov,即改成俄语式的 Karl Marx(马克斯)。——译者。

"妈妈的！忘了圣书了！"

"给遏菲谟·科乞罗夫发言罢！"

"话是很不错的！"

"后项窝上给他几下罢。他忘掉了说明的方法了！"

"梭夫伦，你说去！替我们讲话，是你的本分呵。"

但莱捷庚跑上演坛去了。忿激的黑眼睛的视线，发着焮冲，颧骨上有分明的斑点的，瘦而且长的他，用拳头敲着陷下的胸膛，发出吹哨一般的声音，沙声说道：

"我这里有九口人！我的孩子虽然小，然而是用自己的牙齿弄平了地面的。可是，那地面在那里呀？我的田地在那里呀？喂，在那里呢？我的兄弟，在战争上给打死了。可是，兄弟的一家里，那里有田地？这兄弟叫安特来，大家都知道，是卖身给了教会了的。科乞罗夫给了他吃的么？给了他田地么？这些事，不是一点也没有么？兄弟是死掉了。科乞罗夫领了那儿子去。安分守己的在做裁缝。给那个科乞罗夫，是虽在他闲逛着的时候，也还是给他赚了不知道多少钱。他却还在迷人！如果我有运道！……"

他喊完了，咳了一下，吐一大口血痰在一只手里，挥一挥手，于是费力似的从演坛走下去了。

梭夫伦赶紧接着他站上去。他的脸显着苍白，眼睛黑黑的在发光。那眼光这才显出威势来。

"同志们！不能永是说话的！我们不是圣书匠，好，就这么办罢，全村都进布尔塞维克党。另外没有别的事了！喂，米忒罗哈，登记起来！"

群众动摇起来了，于是跳起来了，大家叫起来了。

"这是命令呵！"

"再打上些印子去！反对基督的人们，总是带着印记的。"

“该隐也这样的。”①

“登记，登记！”

梭夫伦发出很大的声音，想使大家不开口：

“全村都到我们这一面来！他们是在想骗我们的！喂，穷的山村的人们，来罢！没有登记的人，是不给田地的呵！”

“一点不错！就像在野地上拔掉恶草一样，不要小市民的，不愿意和小市民在一起的！”

“喂，不是这一面的，都滚出去！”

“米忒罗哈，登记起来！”

十七岁的，笑嘻嘻的，白眉毛的米忒罗哈，便手按着嘴，走向演坛那面去。他的面前立刻摆上了灰色的纸张。

但那司书叫了起来：

“同志，市民！请给我发言。”

当狂风暴雨一般的会议的进行之间，他一向就在窗边，站在人堆里。那地方有几个女教员，牧师和他在。他们在先就互相耳语着什么事，所以没有被卷进这混乱里面去。讲堂的深处还在嚷嚷，但演坛的周围却沉默了。

“市民，这么办，是不行的！这么办，是进不了政党的！”

梭夫伦一把抓住了司书的狭狭的肩头：

“你不登记么？如果不赞成的，说不赞成就是！”

司书的头缩在两肩的中间，因此显得更小了，但明白的回答道：

“不！你们不是连自己也还没有明白要到那一面去么！”

“哦。好罢。说我们不明白？你似的明白人，我们用不着。那么，到财主那一面去罢！”

梭夫伦忽然伸手，从后面抓住他的领头，于是提起脚来，在人堆

---

① 亚当之子，杀其弟亚伯，上帝因加印记，俾免为世人所杀，见《创世记》的第四章。——译者。

里将他踢开去。司书的头撞在一个高大的老人的怀中,总算没有跌倒。他将羞愤得牵歪了的苍白的脸,扭向梭夫伦这边,孩子似的叫喊道:

"这凶汉!岂有此理!"

山村的人们扑向他去;但纳贝斯诺夫加的一伙却成了坚固的壁垒,庇护着他。梭夫伦格外提高了声音,想将这制止:

"记着罢!快来登记!不来登记的人们,我们记着的!喂,谁是我们这一面的?"

纳贝斯诺夫加的人们吵嚷了起来。但米忒罗哈已经登记了。

"保惠尔·克鲁觉努意夫的一家登记了哩……"

桌边密集着登记的希望者。科乞罗夫摆一摆手,向门口走去了,纳贝斯诺夫加的人们几乎全跟在他后面,走了出去。剩下的只有五个人。演坛的周围发生了大热闹:

"梭夫伦,梭夫伦,女的另外登记么?还是一起呢?"

"女的是另外一篇帐。但现在是女人也有权利了哩!孩子不要登记!"

"什么?那么,孩子就不给地面?——兵士的老婆乌略那,闯向梭夫伦那边去,说。——女人有了怎样的权利了呀?"

人堆里起了笑声。米忒罗哈用了响亮的声音,在演坛上叫喊道:

"是睡在汉子上面的权利呵!喂,登记罢,登记罢!"

头发乱得像反毛麻雀一般的矮小的阿尔泰蒙·培吉诺夫将兵士的老婆推开,说:

"登记了,就不要说废话!"

"不是说要算帐么!"

有了元气的梭夫伦,好像骤然大了起来,又复高高兴兴的闪着眼睛了;并且将身子向四面扭过去,在给人们说明:

"虽说女人是母牛,但其实,也是一样的人。所以现在也采取女人的发言了……"

两小时之后，梭夫伦便在自己的寓里，将名册交给了从市镇来的一个演说家。

"这里有一百五十八个人入了党。请将名册交给布尔塞维克去。并且送文件到这里来，证明我们是布尔塞维克党。"

欢喜之余，那人连眼白也快要发闪了。

"怎么会这样顺手的呢？出色得很！来得正好。多谢，同志！一定去说到！不久还要来的。同志，你是在战线上服务的么？"

梭夫伦很高兴，便讲起关于自己的军队生活来，讲了负伤，归休，在军队里知道了布尔塞维克时候的事情等等。他还想永远子子细细的讲下去。但因为那演说家忙着就要出去，梭夫伦便也走出外面了。脚底下是索索作响的雪，好像在诘难这骚扰的地上似的，冰冷的，辽远的，沉默的天，还未入睡的街道的谈话声，断断续续的俗谣，这些东西，都混成一起，来搅乱了梭夫伦的心，并且煽起了胜利和骇怕的新的感情了，恰如带了一小队去打过仗似的。

这时候，阿尔泰蒙·培吉诺夫受了梭夫伦的命令，坐着马车到图书馆，叫起司书来，对他说道：

"快收拾行李罢！就要押上市镇去了。"

"什么，上市镇去？为什么？"

"村会的命令呀。你这样的东西，我们用不着。快快收拾罢。"

"我不高兴去。这太没道理了！"

"不去，就要去叫起梭夫伦来哩。这是命令呵。"

司书吐了一口唾沫，唠叨着，一面就动手捆行李。他的脸气得热了起来。梭夫伦这醉鬼先前只是村里的一个讨人厌的脚色！肯睬理他的，只有一个司书。因为看得他喜欢读书，对于这一点，加以尊重了的，不料这回成了队长，从战线上一回来，便变成完全两样的，说不明白的，坏脾气的东西了！被先前从未沾唇的酒醉得一榻胡涂了，是的，是的！恐怕，实在，俄国是完结了……

他最末一次走进图书馆去,看有无忘却的东西的时候,好像忽然记得起来似的,便说道:

"钥匙交给谁呢?"

"梭夫伦说过,送到他那里去。"

"唔,就是。交给他的! 那么,走罢。"

这之间,梭夫伦已经到了图书馆的左近,站在由村里雇来的马车的旁边了。司书一走近他去,他便伸出一只捏着拳头的手来。

"哪!"

"这是什么? 唔?"

"三卢布票! 是我给你的。因为你常常照顾我。从来不使人丢脸。哪,收起来,到了市镇,会有什么用处的。"

司书将梭夫伦的倒生的红眉底下的含羞似的发闪的眼色,柔和的,丰腴的微笑,和这三卢布票子一同收受了。他感于梭夫伦的和善的样子,就发不起那拒绝这好意的心思来。

一天一天的,生活将剩在他里面的过去的遗物,好像算盘珠一样,拨到付出的那一面去了。而且带来了有着难以捕捉的合律性的春和冬的交代,毫不迷路,毫不误期,决定着在人生道上的逐日的他那恐怖和不安,悲哀和欢乐。而且那生气愈加和生存的根柢相接近,则这样的交代的规则,于他也愈加成为不会动摇的东西了。

都会是将生命的液汁赶到头上,扩大人们的智慧,使人们没有顾忌,而增强了那创造力的,但从这样的都会跨出一步去,就没有那命令道"不可太早,也不可太迟,现在就做掉你的工作"的摆得切切实实的时间。在乡村里,泥土在准备怀孕,或者是已在给人果实了。挺着丰饶的肚子的,给太阳晒黑了的,茁壮的农民,在决定着应该在怎样的时刻,来使用他的力气。在这样乡村上——这地方上,是君临着叫作"生活的规定"这一种法则的。而那拼命地吞咽了农民的力气,也还不知餍足的土地的贪婪,也实在很残酷。在这地方,人们的脊梁耸得像山峰一样;血管里流着野兽似的浓厚的血液;肚子是田地一般丰饶。但精神却是贪婪，吝啬的。为了人类的营生活，养子孙，想事物，这些一切的为联结那延长生活的索子起见的大肚子，而搜集地上的果实，加以贮藏的渴望所苦恼。在这地方，人类的创造力也如土地一样，被暗的和旧的东西所挨挤，人们在地母的沉重的压迫之下，连对于自己，也成了随便，成了冷淡了。所以人们就用了恰如心门永不敞开的野兽一般的狡猾，守着那门户，以防苦痛和欢喜的滔滔的拥入。而渴慕着关在强有力的身体里的灵魂的那黑暗的，壮大的人们，则惟在酒里面开拓着自己。然而，快乐的这酒，却惟在土地俨然地喊起"喂！时候到了，创造罢！"来的时候，这才成为像个酒样子的东西。

土地对于印透那卓那罗夫加①和坦波夫斯珂·纳贝斯诺夫斯加的农民们，也命令他们准备割草了。人们就喧闹了起来，蠢动了起来，都从那决不想到一家的团圞之乐，而仅仅为了过野兽似的冬眠而设的房屋里，跳到道路上。穿着平时的短裤和短衫的农民们，但是，节日似的，成了活泼的兴致勃勃的群众，集合在纳贝斯诺夫加村的很大的组合的铁厂那里了。

太阳所蒸发的泥土的馥郁的香气，风从野外和家里吹来的粪便的气息，葡萄酒一般汹涌了人们的血，快活酒一般冲击了人们的头。老人的低微的声音变成旺盛，少年的高亢的声音用了嘹亮的音响，提起了人们的心，银似的和孩子的声音相汇合了。今天的欢喜的醺醉里，有了新鲜的东西，山村的人们，先前是只靠着得到一点从主人反射出来的欢喜之光，借此来敷衍为什么作工的思想的，但今年却也强者似的喧闹起来了。因为铁厂前面，装置着他们的收割机，成着长长的队伍。太阳和欢喜，使阿尔泰蒙·培吉诺夫的脸上的皱纹像光线一般发闪，肮脏的灰色的头发显出银色来。短小的，瘦削的他，今天也因了劳动，将驼背伸直了，所以他的身子，好像见得比平

---

① 国际村之意。——译者。

日长一些了。他仿佛勤恳的主人一样，叫道：

"梭夫伦，梭夫伦，在这里，阿尔泰木奴衣支，铁厂有几家呀？"

"十家。"

"机器这就够么？"——他用了山村的方言，像猛烈的雷鸣一样："这就够么？"

乌黑的蓬松的头缩在肩膀里，莱捷庚将锋棱的筋肉和瘦削的颊窝仰向了太阳，仿佛是在请求温热。欢喜之光，使他苏甦了；并且没有像平时那样吃力，便发出沙声来：

"萨伏式加……那人是我们的一伙。做了事去。叫那人当监督罢。这样子，就大家来做铁匠……"

教友格莱皤夫——今天是太阳没有从他脸上赶走了阴暗——忧郁地回答道：

"做铁匠！……运用机器，是要熟练的。培吉诺夫和莱捷庚，倘不好好的学一通做铁匠，是不成的呵……要不然，无论怎样完全的轮子，也一下子就断的。"

梭夫伦用嘲笑来打断了他的话：

"我们的事，用不着你担心，不要为了别人的疝气来头痛罢，如果断了呢，即使断了，也不过再做一个新的。如果自己不会做，也不过叫你去做就是。再上劲些，格莱皤夫，为了那些没有智识的农民！吸一筒烟罢，真有趣，畅快呵。"

他用不习惯的手，卷起烟草来了。因为印透那卓那罗夫加的农民们，住在教友的邻近，是不大吸烟的。

克理伏希·萨伐式加从铁厂的门口叫喊道：

"梭夫伦，你上市镇去拿了满州尔加①来，请一请铁厂的人们罢。那么，就肯好好的做了！这些狗子们在作对，吠着哩。我们会将自

----

① 极便宜的利害的烟草之名。——译者。

己的事情做得停停当当的，你们也赶紧做。还有，说是罗婆格来加①，你可知道为什么？就因为会烘热脑壳呀。快去取来罢。合着乐队，赶快赶快。"

"满州尔加是取来在这里。那么，准备乐队罢，赶紧就去。农民什么话都听，只都学起来，就好了。要是打仗，可比不得音乐呀。怎样，什喀诺夫，亚历舍·伊凡诺维支，今天不是老实得很么，村子里都在高兴，他却一声不响，瘟掉了么？"

"哈哈哈哈！"

"呵呵呵……"

"瘟掉了哩！那么竭力藏下了机器，这回却给梭夫伦来用了。"

"雇罢，怎样，兄弟，雇什喀诺夫来做事罢？怎样？"

什喀诺夫吐一口唾沫，带黄的眼白发闪了，但是镇静地回答道：

"要是没有我们，不是什么地方也弄不到机器么？我们是并不想躲开工作的。怎样，梭夫伦，可肯将我们编进康谟那②去呢？"

"先前好不威风，这回可不行了。"

莱捷庚喊了起来：

"康谟那的小子们总说机器机器。有谁去取呢，却单是赶掉。"

"还是没有他们好。枯草就叫他们买我们这边的。"

"不要给加入呀。"

"不给加入怎么样呢？给加入罢。他们有马呢。"

梭夫伦遇到争论了：

"叫他们像我们一样的来做罢。给加入。要紧的是马。"

"一点不错……"

阿尔泰蒙·培吉诺夫质问道：

"枯草怎么办呢，照人数来分么？照人数？"

---

① Lokomotive（机关车）的错误的发音，遂成为俄文的"温额"之意。——译者。
② 共产农地。——译者。

"唔,到学校去,加入康谟那去罢!"

"连梦里也没有见过的事,可成了真的哩,康谟那! 唔,唔!……且慢,怎么一回事,这就会知道的。"

人们拥到学校方面去了。铁厂里开始了激烈的工作的音乐。莱捷庚留在机器的旁边,因为觉得会被拿走,非用靠得住的眼睛来管不可的。村子里滚着各种人的亢奋了的声音。屋子里是农妇们用了尖利的声音,在互相吆吆喝喝:

"康谟那里,放进那样的东西去,还不如放进我这里的猪猡去,倒好得多哩! 还是猪猡会做事呀。我去笑去。你……"

"笑去么! 好,走罢。你可知道,听说凯赛典加·马理加也有了姘头了哩。四五年前,是没有一个肯来做对手的。到底也找着对手了。"

铁厂后门的草地上,孩子们在喧闹:

"什喀诺夫那里的机器,成了我们的了!"

"倒说得好听! 你们的。那么,我们的呢?"

"也就是你们的呀!"

"但什喀诺夫的呢?"

"'起来罢,带着咒诅……用自己的手'……"

"唉唉,你这死在霍乱病里的! 七年总说着这句话。回家去罢,趁没有打。这不可以随便胡说的。"

"伯母,你不要这么吼呀!"

先前的时代,是早已过去了。

弥漫着焦急的,暖热的,郊野的香气的一日,是很快乐的。一天早上,康谟那的代表者要划分草地去了。村里的男男女女,便成了喧嚷的热闹的群集,来送他们。

拿着木尺,骑在马上的人们,排成了一列。

"喂,技师们,好好的量呵。"

"不要担心罢。这尺是旧的呢。"

走在前面的骑者扬起叫声来,后面的人们便给这以应和。这是自愿去做康谟那的代表的农民和孩子们,是为了旷野的雄劲的欢喜,和农民一同请求前去的志愿者。栗壳色毛和棕黄色毛的马展开了骏足,于是成为热闹的一队,向旷野跑去了。

满生着各种野草的旷野正显得明媚。雪白的花茅在鞠躬。白的,红的,淡黄的无数眼睛——花朵,在流盼,在显示自己的饶富。禽鸟的歌啭,蟋蟀的啸吟,甲虫的鼓翼,在大气里,都响满着旷野的声音。旷野是虽在冬季,也并没有死掉了的。于是一切东西,便都甘甜地散着气息。花草无不芬芳,连俄罗斯的苍穹,也好像由太阳发着香气。风运来了烟霭。苦草的那苦蓬,也都已开花,送着甜香,锋利地,至于令人觉得痛楚地。旷野全都爽朗,只要一呼,仿佛就会答应似的。呵,呵,呵,呵,唉,唉,唉,唉,远处的微微的轰响……哦,旷野传着人声。哦,野兽呀,禽鸟呀,甲虫呀,来听人声罢!唉,唉,唉……为了叫喊,胸膛就自然扩大起来了。

大家都跳下马。拿了木尺,踏踏的走上去。

"慢慢的,慢慢的罢!……为什么这样踏踏的尽走的呀?慢慢的!……"

"'踏踏的尽走'么!有这样的脚,就用这脚在走罢咧!"

"唔,唔,唔!不,兄弟,朦混的时代,是早已过去了。要从这里开手的。"

于是旷野反响道,"唉,唉,唉……"孩子们放轻了脚步,从这一草丛到那一草丛里,在搜寻着鹌鹑。凡尼加·梭夫罗诺夫在草莽里,将所有的学问都失掉了;他跳过了盘旋舞之后,又用涌出一般的声音唱起歌来:

> 这个这鹌鹑,
>
> 这鹌鹑,
>
> 鹌呀呀鹑!……

"阿尔泰蒙伯伯，捉到鹌鹑没有呀？"

阿尔泰蒙正在想显显本领；他向草丛里看来看去，忽然捉住了……没有鹌鹑，却捉了一条蛇。他拼命的一挥手，抛掉了。

"阿呀！讨厌的畜生！跑出了这样的东西来！"

格莱皤夫喷出似的笑了起来；他在旷野上，也成了开阔的快活的心情了。

"这样子，阿尔泰蒙，能量别人的田地的么？捉不到鸟，倒捉了蛇！"

凡尼加摆出吵架模样，替阿尔泰蒙向格莱皤夫大叱道：

"放屁，蛇就还给你们。随便你用什么，你们不正是蛇的亲戚么？"

格莱皤夫提高了喉咙，沉痛地，也颇利害地回骂了，但不过如此，并没有很说坏话。在整一天里，草原几乎被农民的痛烈的言语震聋了。倘若单是讲些知道的事情，懂得的事情，那在他们也自有其十分鲜明的言语的。他们的言语，是充满着形容，恰如旷野的充满着花卉一样。

仍像往常那样，一过彼得节，便开始去收割。今年没有照旧例，早一星期，就到野外去了。老人们都吆喝道：

"这是破了老例的呀！立规则未必只为了装面子，况且地不是还没有干么？"

"不要紧的，有血气旺盛的我们跟着呢。就叫它干起来！"

最先，是机器开出去了。接着这，那载着女人，孩子，桶，衣服，锅子，碗盏的车子也开出去了。大家一到野外，旷野便以各种的声音喧嚷起来。旷野的这里那里，就有包着红和黄的，白和红的，各样颜色的手巾的女人的头，出没起来了。

阿尔泰蒙的康谟那，是从丛林的处所开头的。那丛林，是茂密的小小的丛林，在旷野的远方，恰如摆在食桌上面的小小的花束一样。大家的车子到了那处所，一看，那是爽朗的绿荫之下，涌着冷冷的清水的可爱的丛林。

主妇们便在聚集处勤勉地开始了工作。孩子们哭了起来。男人们使机器在草地上活动。山村的台明·可罗梭夫坐着机关车出去了;他的样子,好像孩子时候,初坐火车那时似的,战战兢兢的颇高兴。

于是在聚集处,就只剩了留着煮粥的达利亚·梭夫罗诺伐一个人。旷野上面,凡是望得见的很远很远的处所,无不在动弹。凡尼加·梭夫罗诺夫在计算。

"我们的康谟那是八家,男人加上孩子一共十三个,女人十七个。班台莱夫的康谟那是十家……唔,野外的人手尽够了……"

"凡尼加!凡尼!站着干什么,来呀!"

"来……罗!"

"怎样!班台莱,你来得及么?"

"来得及的!……总之,平铺的集在一块罢……"

兵士的老婆阿克西涅用了透胸而出一般的声音叫喊道:

"啐,草叶钻进头巾里去了。"

汗湿的小衫粘住了身体。血气将脸面染得通红。鼻孔吸乏了草的馥郁的死气息。

肩膀渐渐的沉重,发胀了。但无论那一个康谟那,都没有宣言休息,因为个个拉着自己的重负,谁也想不弱于别人。终于阿尔泰蒙用了大声,问自己的一伙可要休息了。别的野地上,机器也开始了沉默。

"妈妈,赶快呀。吃东西去罢!"

"好,去罢!已经叫了三遍了!"

喝了!倘不首先喝些凉水,添上元气呵。凉气是使嘴唇爽快的。用清水洗一通脸,拍拍地泼着水珠,喝过凉水,高兴着自己的舒服,于是一面打着呃逆,一面也如作工一样,快捷地从公共的锅子里吃着达利亚所煮的杂碎,喝着乡下的酸汤。

午膳以后的旷野，是寂静的。康谟那上，大家都在躺着睡午觉。睡得很熟，不怕那要晒开头一般的暑热的太阳光。因为是身体要睡的时候，去睡的觉，所以就没有害怕的东西了。然而从草莽中，听到男子的大鼾声和女人的小鼾声，也只是暂时的事。康谟那起来了。于是骚音和瑟索声和劳动的喧嚣又开始了。格莱皤夫穿了旧的工作服，和大家的劳动合着调子，轻快地在做事。事务临头的时候，他就忘却了野外的主子，并不止自己一个人。到夜里，这才想起来了。于是虽然做工已经做得很疲劳，也还总是睡不着。他翻一个身，就呻吟一通了好几回。

从丛林里，漏出些姑娘们的笑语声，手风琴声，青年们的雄壮的歌声来。知趣的夜的帷幕一垂到地面上，青年们便从聚集处跑到远远的处所去了。于是许多嬉笑声的盘旋，就摇动了夜的帷幕。丛莽里面，好几对青年的男女，在互相热烈地拥抱，互相生痛地接吻，并且互相爱恋。但黎明的凉气一荡漾，从聚集处驱逐了睡眠的困倦，老的起来了，年青的却也并不迟延。

都去作工去了，并且给那为高谈和曲子的沉醉所温暖了的过去之夜祝福。在康谟那上，当劳动之际，是不很有吵架的。

有一回，梭夫伦闹了一个大岔子。他坐在枯草上，于是机关车破掉了。

"喂，儿郎们，到铁厂去呀！"

"你多么识趣呀，康谟那是点人数分配的呢。"

"但是，没有机器的我们，康谟那又怎么办呢？"

"用钩刀来割就是了！"

"如果能'用钩刀'来割的话，割起来试试罢。"

不高兴了，但也就觉得了萨伏式加的话并不错。

执行委员会也就有了命令，许打铁的人们免去割草，但仍将枯草按人数分给他们。新的机会，每天教育着人们，逐渐决定了秩序。而梭夫伦和他的交情，也日见其确实了。

有时也觉得节日的有趣，然而并不来举行。大家都拒绝这事情，只在为自己劳动。一到开手搬运枯草的时候，这就发生了纠纷。格莱皤夫用自己的马搬运了好几回，但阿尔泰蒙的马却疲乏之极了。他搔着后脑，仰望着起雾的天空，叹息道：

"你在干吗？马在玩把戏哩！穷人真是到处都倒运！"

凡尼加对梭夫伦说：

"我们好容易聚集了枯草，后来也许要糟糕的哩。天一下雨，就会腐烂，但背着来搬运却又不行。"

"并不拜托你！知道的，我来办，你看着就是。"

新的命令，将财主们的遮掩着的忿懑戳穿了。当发布了在康谟那里，马匹也是公有，枯草是挨次运到各家去的这命令的时候，县里就永是闹了个不完。

梭夫伦走到大门的扶梯边，说道：

"你们还想照老样子么？你们要自己一点不动，大家来给你们做工么？不，那样的时代，已经过去了。鞭子是在我们的手里了！"

他于是将脸向着那从别处到来了红军的方面动了一下。马匹交出来了。只有坦波夫加的豪农班克拉陀夫，坏了两匹马，是生了病。兵士的老婆阿克西涅来声明了这事。马医请来了。并且从班克拉陀夫的家里，没收了枯草。别的人们也很出力。从别的野地上，运了好几捆高山一般的枯草，到自己的康谟那这边来。但是，顶年青的人们做事做得最好。在监视那些干坏事的脚色。给太阳晒黑了的凡尼加和梭夫伦，则在自己的康谟那上监督着搬运的次序。

"喂，喂，格莱皤夫，不要模胡呀，这回是轮到这边了。拉到那里去呀？"

"你不说也知道的。这混蛋！"

"现在是要想一想的了，带点贪心，就都要给革命裁判所捉去的。捞得太多的小子，就要拉去的呵。"

"这畜生，当心罢。这就要吃苦的！近来竟非常狡猾，胆子也大起来了。"

"胆了怎能不大呢。不是成了俄罗斯联邦社会主义共和国了么？懂了罢！"

格莱旛夫真想拿出拳头来了，但不过呸的吐了一口唾沫完事。然而在心里是很愤激的。年青的人们，有锋利的言语。在他们那甘美的俄国话里，外国话就恰如胡椒一般的东西。

从早到晚，载满了枯草的车子总在轧轧的走动。马匹摆着头，放开合适的脚步，将车子拉向山村的各家去。多年渴望着草堆的堆草场，这回是塞得满满的了。财主们并不欢迎那枯草，只将对于割草的新怨恨，挂在自己的心头。但莱捷庚的老婆却很高兴，摩着牛，说道：

"今天辛苦了，牛儿，不要动罢，不要动罢，多给你草儿吃……"

莱捷庚是在割草的中途，便躺在床上，弱透了的。对于康谟那，不很能做什么事。虽是暑热的夏天，在野外也发抖，而且想要温暖。但他一家应得的枯草，却也算在计算里面了。阿尔泰蒙·培吉诺夫有一次来看他，凝视了一通，于是沉思着，说道：

"精神很好，也许不会死的。如果要死，还是到了春天死。很不愿意死罢。可是也很难料的，会怎么样呢。"

老婆已经痛哭过两回了，后来就谈到最后的家计：

"你把皮包忘在市镇上了，教安敦式加取去罢。因为孩子也用得着的。"

然而莱捷庚并不像要死，虽然发着沙声，却在将死亡赶开去。有一回，凡尼加带了先前的司书亚历舍·彼得洛维支来了。他现在在食粮委员会里办事，是和巡视人员一同来调查的。亚历舍·彼得洛维支很同情于莱捷庚，但是忍不住了，便说：

"不是这样吃苦，也没有人来医治一下么！为什么杀掉医生的呢？时势真是胡闹。简直是野蛮的行为呀。"

莱捷庚只动着眼睛，发出沙声说：

"但愿一下子弄死我就好……"

于是凡尼加用了直捷的孩子似的声音,说道:

"说是胡闹的人也有,说是正义的人也有。要是照先前那样,恐怕还要糟罢。没有智识——没有智识是不好的。"

亚历舍·彼得洛维支目不转睛的对他看,于是沉默了。

傍晚,凡尼加在家里,突然对父亲说:

"冬天,市镇上有人到这里来,可还记得么?那人说的真好,说是倘不去掉乡村,是不行的,乡村倘不变成有机器的市镇,是不行的。说是如果割草,全村大家都用一种叫作什么的机器的。"

梭夫伦党康谟那的运进枯草的事,给全村添上了力量。纳贝斯诺夫加的两个豪农叫作贝列古陀夫·安敦和罗忒细辛·保惠尔的,提出请愿书来了。——

"印透那卓那罗伏村,旧名坦波夫斯珂·纳贝斯诺夫加村布尔塞维克党公鉴

同县印透那卓那罗伏村公民

安敦·贝列古陀夫

保惠尔·罗忒细辛

请 愿 书

民等,即署名于左之安敦·密哈罗夫·贝列古陀夫及保惠尔·马克西摩夫·罗忒细辛等,谨呈报先曾置有田地,安敦·贝列古陀夫计百五十兑削庚①,保惠尔·罗忒细辛计百五十兑削庚。但民等深悉布尔塞维克党之所为,最为正当,故敢请求加入,愿于反对旧帝制一端,与贫农取同一之道,共同进行。 谨呈。

安敦·贝列古陀夫

保惠尔·罗忒细辛"

---

① 一兑削庚约中国三千五百尺。——译者。

梭夫伦在会场上报告了这件事。集会决定了允许他们入党，并且因为两人是豪农，所以仍须征取田地的租钱。安敦·贝列古陀夫还应该将小麦二百普特①，保惠尔·罗忒细辛是一百普特，纳给印透那卓那罗伏村的布尔塞维克党。两人允诺了这事，一星期后，便将那小麦交付了。

县里的骚扰，好容易静下去了。纳贝斯诺夫加的人们，知道了哥萨克人又用秘密的方法，准备着袭击布尔塞维克。便将这事通知了坦波夫加的财主们。格莱幡夫就到哥萨克村的市上去了。

因为伊理亚节日，全村都醉得熟睡着。十个武装了的人们，在昏黑的夜半，严紧地围住了梭夫伦的屋子。梭夫伦竟偶然正在屋外面。听到了索索的声音。

"在那边的是谁呀？"

但不及叫喊，嘴里就被塞上了麻桃，捆了起来。只有女人们大声嚷闹。然而坦波夫加和纳贝斯诺夫加的豪农们，已经借了哥萨克的帮助，将这几月来渐渐没了力量的土地的守备队解决了。布尔塞维克的首领们都遭捕缚，别人是吃了豪农们的复仇。当东方将白未白之间，被捕的人们便被拉到村外去受刑罚。醒了的白日，用和蔼的早上的微风，来迎人们的扰嚷。被缚的人们的头发在颤动。最末的一日，是又瘦又黄的什喀诺夫来用刑的。

"怎样，梭夫伦·阿尔泰木奴衣支，康谟那怎样了。没收机器么。这是机关车的罚呵！"

他吐一口唾沫在缚着的梭夫伦的脸上，向右眼下，挥去了坚硬的拳头。拳头来得不准，打着了眼睛，眼白里便渗出了鲜血。梭夫伦跳起来了，呻吟起来了。大野上响亮地反响着叫唤的声音。

什喀诺夫打倒了梭夫伦，又用那沉重的长靴，跳在他肚子上：

"毁了我的家呵，这就是罚呀！将我家弄得那么样子，这就是回

①　四十磅为一普特。——译者。

敬呵,收这回敬罢!"

梭夫伦被用冷水洒醒了,于是又遭着殴打。大家使那些被毒打,被虐待的人们站起来,命令道:

"唱你们的国际歌来看看罢!"

二十九人之中,只有十个人,好像唱自己的挽歌一样,胡乱唱了起来:

"起来罢,带着咒诅……"

但只到这里,就又被打倒了。还有些活的梭夫伦,在地上辗转着,吼道:

"畜生! 住口! ……"

安敦·贝列古陀夫在脊梁上吃了二百下。

什喀诺夫沙声叫喊道:

"瞧罢,同你算帐,交了多少普特呀?"

保惠尔·罗忒细辛也挨了一百鞭。

半死半活的莱捷庚,被从人堆里拖出来了。于是被用长靴踏得不成样子。当二十九人被摔在污秽的,怕人的洞穴里面的时候,暑热的太阳已经升了起来。还有些活的八个人,在死尸下面蠕动。都给泥土盖上了。

阿尔泰蒙·培吉诺夫是到了正午,被一个赭色头发的哥萨克在稻丛里发见的。哥萨克将他拖了出来。他摇一摇白头发,好像要摇掉上面的麦叶片似的。于是很镇静地问道:

"没有饶放莱捷庚罢?"

"管你自己罢! 这回是要你的命。这老坏蛋!"

"请便请便。原想为了孙子,在这世上再活几时的,但也不必。这样也好罢。"

他于是向着东方,划了个诚恳的十字:

"主呵,父呵,接受布尔塞维克的阿尔泰蒙的灵魂罢。"

他被痛打了一顿。后来便将还是活着的他,拖进快要满了的污秽的洞里去。

正要掉下去时,便用了断断续续的声音,阿尔泰蒙说:

"这里,流血了……用骨头来做肥料了……"

哥萨克用那枪托,给了他最后的一击。达利亚·梭夫罗诺伐的肚子被人剖开,胎儿是抛给猪群了。布尔塞维克连家眷也被杀掉。将十五个人塞在什喀诺夫的地窖中。旧的村子的吓人的脸,在怒目而视了……纳贝斯诺夫加的豫言者伊凡·卢妥辛,总算逃了性命。他在野外……从野外一回来,就吃了刀鞘的殴打,这就完事了。他一面扣着裤上的扣子,一面用了沉著的声音说道:

"从此田地要肥哩。因为下了布尔塞维克的肥料呵。"

运命掩护了凡尼加·梭夫罗诺夫。凡尼加在伊理亚节日之前,就上市镇去了。

原载 1931 年 9 月 20 日、10 月 20 日《北斗》月刊创刊号、第 1 卷第 2 期。署隋洛文译。

初收 1933 年 3 月上海良友图书印刷公司版"良友文学丛书"之一《一天的工作》。

十日

日记　晴,热。晚浴。夜同广平携海婴访王蕴如及三弟。风。

十一日

日记　昙,风。上午以海婴照片寄母亲。下午得靖华信。

十二日

日记　晴,风而热。夜同蕴如,三弟及广平往奥迪安观电影。

《肥料》译者附记

这一篇的作者,是现在很辉煌的女性作家;她的作品,在中国也绍介过不止一两次,可以无须多说了。但译者所信为最可靠的,是曹靖华先生译出的几篇,收在短篇小说集《烟袋》里,并附作者传略,爱看这一位作家的作品的读者,可以自去参看的。

上面所译的,是描写十多年前,俄边小村子里的革命,而中途失败了的故事,内容和技术,都很精湛,是译者所见这作者的十多篇小说中,信为最好的一篇。可惜译文颇难自信,因为这是从《新兴文学全集》第二十三本中富士辰马的译文重译的,而原译者已先有一段附记道:

“用了真的农民的方言来写的绥甫林娜的作品,实在是难解,听说虽在俄国,倘不是精通地方的风俗和土话的人,也是不能看的。因此已有特别的字典,专为了要看绥甫林娜的作品而设。但译者的手头,没有这样的字典。……总是想不明白的处所,便求教于精通农民事情的一个鞑靼的妇人。绥甫林娜也正是出于鞑靼系的。到得求教的时候,却愈加知道这一篇之难解了。……倘到坦波夫或什么地方的乡下去,在农民中间生活三四年,或者可以得到完全的译本罢。”

但译文中的农民的土话,却都又改成了日本乡村的土话,在普通的字典上,全部没有的,也未有特别的字典。于是也只得求教于懂得那些土话的 M 君,全篇不下三十处,并注于此,以表谢忱云。

又,文中所谓“教友”,是基督教的一派,而反对战争,故当时很受帝制政府压迫,但到革命时候,也终于显出本相来了。倘不记住这一点,对于本文就常有难以明白之处的。

一九三一年八月十二日,洛文记于西湖之避暑吟诗堂。

原载 1931 年 10 月《北斗》月刊第 1 卷第 2 期。署名
洛文。
初收 1933 年 3 月上海良友图书印刷公司版"良友文学丛
书"之一《一天的工作》。

十三日

日记　晴,热。上午内山书店送来『川柳漫画全集』(六)一本,
二元五角。子英来。午后片山松藻女士绍介内山嘉吉君来观版画。
下午从商务印书馆取得由德购来之书四本,共泉三十四元。从蟫隐
庐取得豫约之《铁云藏龟》一部六本,四元。

十四日

日记　晴,热。午后得蔡永言信并《士敏士〔土〕》跋。得靖华
信,七月廿八日发。

题《陶元庆的出品》

此璇卿当时手订见赠之本也。倏忽已逾三载,而作者亦久已永
眠于湖滨。草露易晞,留此为念。乌呼!

一九三一年八月十四夜,鲁迅记于上海。

据手稿编入,未另发表。
初未收集。

十五日

日记　晴,热。午后得靖华所寄 *Zhelezniy Potok* 一本。下午同

广平携海婴上街买肚兜，磁碗并玩具等，并为阿菩买四件。晚得小峰信并七月份版税四百。夜交柔石遗孤教育费百。访三弟，还铁床泉二十，得杨梅烧酒一瓮。

十六日

日记　星期。晴，热。邀三弟来寓午餐，下午同赴国民大戏院观电影 *Ingagi*，广平亦去，夜并迎阿菩来同饭。

致 蔡永言

永言兄：

七月廿六日信早收到，《士敏土》校正稿，则收到更在其前。雪兄如常，但其所接洽之出版所，似尚未十分确定。盖上海书店，无论其说话如何漂亮，而其实则出版之际，一欲安全，二欲多售，三欲不化本钱，四欲大发其财，故交涉颇麻烦也。但无论如何，印出是总可以印出的。

当印行时，插画当分插本文中，题语亦当照改，而下注原题，此原题与德译本亦不尽合，是刻者自题的。戈庚教授论文，可由我另译一篇附入。书拟如《奔流》之大，不能再大了。作者像我有底子，另做一块，所费亦甚有限。

大江书店之线订法，流弊甚多，我想只好仍用将线订在纸边之法。至于校对，则任何书店，几于无一可靠，有些人甚至于识字不多，点画小有不同，便不能辨了。此次印行时，可属密斯许校对，我相信可以比普通少错一点。

此复，即颂

近佳

迅　上　八月十六夜

绍兄均此致候不另

题版题语能否毫无删改，须与出版者商量，采其意见

十七日

　　日记　晴。晨复永言信。复靖华信。请内山嘉吉君教学生木刻术，为作翻译，自九至十一时。下午得母亲信二封，十三及十四日发。

十八日

　　日记　晴。上午作翻译。午后往内山书店买书一本，二元。

十九日

　　日记　晴。上午作翻译。午后得『浮世絵傑作集』（十二）一帖二枚，直十四元。夜浴。

二十日

　　日记　昙。上午作翻译。午后以 Käthe Kollwitz 之 *Weberaufstand* 六枚赠内山嘉吉君，酬其教授木刻术。晚得秉中信。夜始校《铁流》。闷热。

二十一日

　　日记　晴，热。上午作翻译。下午得内山信。得靖华信并《铁流》注。

二十二日

　　日记　晴，热。上午作翻译毕，同照相，并分得学生所赠水果两

筐,又分其半赠三弟。下午得诗荃信,一日发。晚内山完造君招饮于新半斋,为其弟嘉吉君与片山松藻女士结婚也,同坐四十余人。

二十三日

日记　星期。晴。午后同三弟往北新书局编辑所访小峰不遇,因至文明书局买书。夜同增田君,三弟及广平往山西大戏院观电影《哥萨克》,甚佳。大风吹麦门冬一盆坠楼下,失之。

二十四日

日记　晴,大风。上午为一八艺社木刻部讲一小时。季市来,未遇。午邀章矍秋,高桥悟朗,内山完造往东亚食堂饭。下午得靖华信并《铁流》注解,九日发。夜王蕴如来,并赠鲞四片,鸡一只,即并偕广平往三弟寓,四人又至山西大戏院观《哥萨克》。

二十五日

日记　昙,大风,午大雨至夜。寓屋漏水,电灯亦灭也。

二十六日

日记　小雨。上午寄母亲信。午后晴。往日语学会。晚得林兰信。得母亲信,二十一日发。

二十七日

日记　晴。晨复秉中信。下午赠同文书院《野草》等共七本。

二十八日

日记　晴。午后寄开明书店信。以左文杂志二份寄靖华。夜访三弟,得《苏俄印象记》一本,愈之所赠。

118

二十九日

日记 昙。午后往内山书店,得『浮世絵大成』一本,四元四角。晚得季志仁所寄 *Les Artistes du Livre*(16—21)六本,约值六十六元。

三十日

日记 星期。昙。午后得绍明信。夜同广平携海婴访三弟。

三十一日

日记 昙。午后映霞,达夫来。下午得商务印书馆景印百衲本《二十四史》第二期书《后汉书》、《三国志》、《五代史记》、《辽史》、《金史》五种共一百二十二本。以《士敏土之图》一本赠胡愈之。得开明书店信。

九月

一日

日记　昙。无事。

二日

日记　晴，风。午后得诗荃信，八月十六日发。得同文书院信。下午得靖华信并《铁流》序文等，八月十六日发。晚骤雨。

三日

日记　雨。无事。

四日

日记　阴雨。上午寄靖华信。下午收编辑费三百元，七月分。

五日

日记　阴雨。午后往内山书店，得『書道全集』（二十二）一本，『岩波文庫』本『昆虫記』（二，一八）二本，共泉三元六角。得靖华信并绥氏论文等，八月二十一日发。得司徒乔信。

六日

日记　星期。阴雨。下午寄三弟信。复司徒乔信。

七日

日记　晴。松藻小姐将于明日归国，午后为书欧阳炯《南乡子》

词一幅,下午来别。广平往先施公司买茶腿两只,分寄母亲及紫佩,连邮费共十四元。晚得韦丛芜信。

八日

日记 晴。午后寄紫佩信。晚径三来。三弟来,留之晚饭。

九日

日记 晴。午后往内山书店,得『日本裸体美術全集』(二)一本,值十五元也。下午收韦丛芜所寄《罪与罚》(下)两本。夜访三弟。

十日

日记 晴。无事。夜雨。

十一日

日记 昙,风,时而微雨。下午寄母亲信。寄小峰信。往内山书店买『チヤパーエフ』一本,三元四角。

致 李小峰

小峰兄:

昨遇舍弟,谈及种种,甚慰。

《小说史略》未知已出版否? 出时希见赠二十本。

《旧时代之死》之作者之家族,现颇窘,几个友人为之集款存储,作孩子读书之用。该书八月应结版税,希为结算示知,或由我代取,或当由其旧友走取均可。

迅　上　九月十一日

十二日

日记 昙。午后往看内山君疾。夜始校《朝花夕拾》。

十三日

日记 星期。昙。上午同广平携海婴往石井医院诊。午后得湖风书局信并《勇敢的约翰》校稿,即复。晚小雨旋止。治肴三品,邀蕴如及三弟夜饭,饭毕并同广平往国民大戏院观电影。夜雨。校正印稿之后,继以孺子啼哭,遂失眠。

十四日

日记 昙,下午雨。无事。

十五日

日记 昙,午后雨。下午达夫来。得小峰信并八月分板税四百,订正本《小说史略》二十本,即赠增田君四本。夜校《毁灭》讫。风。

毁　灭

[苏联]A. 法捷耶夫

第　一　部

一　木罗式加

在阶石上锵锵地响着有了损伤的日本的指挥刀,莱奋生走到后院去了。从野外流来了荞麦的蜜的气息。在头上,是七月的太阳,浮在热的,淡红色的泡沫里。

122

传令使木罗式加,正用鞭子赶开那围绕着他身边的发疯了似的鸡,在篷布片上晒燕麦。

"将这送到夏勒图巴的部队去罢,"莱奋生递过一束信去,一面说,"并且对他们说……不,不说也成,——都写在那里了。"

木罗式加不以为然似的转过脸去,卷他的鞭子,——他不大高兴去。无聊的上头的差遣,谁也没有用处的信件,尤其是莱奋生的好像外国人一般的眼睛,他已经厌透了。这又大又深,湖水似的眼睛,和他的毛皮长靴一同,将木罗式加从头到脚吸了进去,而且在他里面,恐怕还看见了木罗式加自己所不知道的许多的事情。

"坏货,"生气似的睐着眼睛,传令使想,——照例立刻下了结论了,"犹太人都是坏货。"

"为什么老站在那里的?"莱奋生发怒说。

"但是,究竟是怎么一回事呢,同志队长,一要到什么地方去,立刻是木罗式加,木罗式加的。好像部队里简直没有别人一样……"

木罗式加故意称作"同志队长",还他一个职分,平常是简单地称呼名字的。

"那么,我自己去么,唔?"莱奋生冷嘲地问。

"为什么要自己去呢? 人们多得很……"

莱奋生带着人们用尽平和的方法,还是说不明白的阴凄凄的相貌,将信件塞在衣袋里。

"到经理部长那里去缴了枪械来。"他用了极冷静的调子说,"并且你可以离开这里,我用不着你那样的多讲废话的东西。"

从河上吹来的软风,梳过了顽固的木罗式加的卷毛。小屋近旁,枯焦的苦蓬丛里,螽斯不疲倦地在赤热的空气中打鼓。

"且慢……"木罗式加不服地说。"拿信来……"

一将信件藏在小衫和胸脯之间,较之对于莱奋生,倒是对于自己说道:

"叫我走出队去,那是断乎做不到的,缴械就更不行了。"他将满是灰尘的帽子向后一推,用了快活的,响亮的声音,添上去说:"哪,朋友莱奋生,因为并不是为了你那漂亮的眼睛,我们这才动手来革命的呀。你我之间……明白告诉你,像我们矿工……"

"就是呵,"队长笑了起来,"但你开头竟这样地开玩笑……这蠢才……"

木罗式加抓住莱奋生的衣扣,拉过他去,很秘密似的低声说:

"真的,朋友,我正要到野战病院里的华留哈①那里去,全都准备停当了,你可恰恰拿出你的信件来。所以蠢的不是我,倒是你哩……"

他用那绿褐色的眼睛,狡猾地使一个眼色,并且笑了出来——直到现在,一讲到他的妻子,在他那笑影中,也还露出霉菌一般多年滋长在他那里的猥亵的基调。

"谛摩沙!"莱奋生向着呆站在阶沿那边的孩子,叫道,"去管燕麦去:木罗式加要出去了。"

马厩旁边,工兵刚卡连珂跨在翻转的洗濯槽上,整理着皮革的包囊。闪闪的太阳照着他光着的头,——他那暗红色的须髯的结子,纠结得像毛毡一样。砥石似的脸俯在包囊上,宛如挥着铁扒一般地在用针。强有力的肩头,石臼似的在小衫下面摇动。

"什么,你又出去么?"工兵问道。

"是的,工兵阁下! ……"

木罗式加直得如弦,将手掌举在未必适宜的处所,给看一个敬礼。

"稍息。"刚卡连珂谦虚地说,"我也有过你那样蠢的时代的。叫你去干什么呀?"

"哼,小事情;队长叫我去运动运动。要不然,他说,你大概就要生孩子了。"

---

① 华理亚——他的女人——的昵称。——译者。

“昏蛋，”工兵用牙齿咬着线，一面在嘴里说，“废料。”

木罗式加从马厩里拉出他的马匹来。那强壮的小牡马，注意地耸着耳朵。它有力，多毛，善走，而且很像它的主人：有着亮亮的，绿褐色的眼睛，一样地身子茁实，脚是弯的，[①]一样地单纯的狡猾，并且诡谲。

“米式加……好，好……这恶魔，”木罗式加将革带收紧，爱抚地喃喃地说：“米式加……好，好……上帝的牲口。”

“如果有人好好地看一看你们俩里面谁聪明，”工兵认真地说，“是不应该你骑着米式加走，倒应该米式加骑着你走的，真的呢。”

木罗式加从园里骑着跑出去了。

野草蒙茸的村路，向着河那边。河对岸展开着荞麦和小麦的田，浴着日照。在温暖的，朦胧的远处，颤动着希霍台·亚理尼连峰的青尖。

为了谷粒的甜味，木罗式加的鼻孔张开，脸上的皱纹也伸直了，他的眼睛晃耀得像长明灯一样，而且深深地一起一落，又宽阔，又调匀，像给太阳晒热了的锅子的，是他的胸脯。

在胸膛里——由不能知道的远祖的静穆的黑土之力——已经几乎被煤屑所蚀的魂灵，便波动起来了。

木罗式加是第二代的矿工。被上帝和人们所破败的他的祖父，还是耕种田地的，他的父亲才用煤来替代了黑土。

当嘶嘎的汽笛叫人们早上换班的时候，木罗式加生在第二号竖坑相近的，昏暗的小屋里了。

“男的么？……”当矿区的医生走出小屋子，告诉他生下来的是男孩子的时候，父亲回问道。

“那么，是第四个了……”他和善地计算。“好热闹的生活……”

后来，他穿起防水布的，满是煤末的短衫，去做工去了。

---

① 俄国农民的走相，腿都有点弯曲。——译者。

到十二岁，木罗式加就和汽笛一同起身，推手车，说些不必要的，大抵是粗野的话，学会了喝烧酒。苏羌的煤矿的四近，有许多酒店，至少是不亚于打洞机器的。

离矿洞一百赛旬①的处所，谷是完了，而熄火山的小丘冈开了头。老枞树上生着苔藓，从这里俨然俯视着小村落。灰色的多雾的早晨，便听到泰茄②的鹿，怎样地和汽笛竞叫。在山间的青的峡谷里，越过峻坂，沿着无穷的铁轨，货车载了煤块，日复一日的爬向亢戈斯车站去。山脊上给油染黑了的卷扬机，在不歇的紧张中发抖，卷着滑润的索子。丘冈的脚下，在芳香的枞树林中，造着砖屋，这风景的侵入者；人们在——不知道为了谁——作工；小铁路的机器在歌吟，电气起重机在怒吼。

生活实在是热闹的。

在这种生活中，木罗式加并不寻求新路，但走着旧的，已经几代走稳了的路。时候一到，他便买下绸的短衫，皮的接统的长靴，每逢节日，跑到平地的村里去。在那里和别的少年们拉风琴，和朋友们吵架，唱淫猥的曲儿，而且使村姑们"堕落"。

归途中呢，"矿山的人们"便在田里偷些西瓜和圆圆的谟隆的胡瓜，向峻急的溪谷里用水来浇身体。他们的响亮的，高兴的声音，使泰茄惊动，缺了的月，从岩阴嫉妒似的来窥；在河上，是漂着温暖的夜的湿气。

时候一到，木罗式加也被人摔在污秽的，发着包脚布和臭虫的气味的警察署里了。这是出在四月的同盟罢工的高涨，煤矿的瞎马的眼泪一般，暗的地下水无日无夜地从矿洞的天井上滴下，谁也不想去汲它出来的时候的。

他被监禁，决不是因为做了什么伟大的工作，只因为他会多话：

① 俄尺名，一赛旬约中国七尺弱。——译者。
② Taiga，西伯利亚的森林之称。——译者。

他们希望来威吓他,也许能够知道罢工领袖的名字。和玛辛斯克的酒精私贩子们一同坐在臭的小房间里,木罗式加对他们讲了无数的淫猥的奇闻,但关于罢工主使者,却终于什么也没有说。

时候一到,他又被送上战场去,进了骑兵队了。他在那里,也像大家一样,学会了对于"跑路狗"①轻蔑地睨视。他受伤了六回,被空气打击了两回,到革命前,已经完全免了兵役了。

他一回家,连醉了两礼拜,和一个好的有名人物结婚了,是在第一号竖坑抽水的,虽然不受孕,却是放荡的女人。无论做什么,他都不很估量:在他,觉得生活是十分简单的,毫不复杂,享受些什么,只如苏羌园里偷来的一条圆圆的谟隆的胡瓜。

或者就为了这种性子,一九一八年,他带了妻子,去拥护苏维埃。

无论为什么,从那时起,他被禁止,不准进煤矿去了,因为苏维埃终于失败,而新政府对于这样的人物,是不很看重的……

米式加不耐似的橐橐地顿着带铁的蹄。橙子色的飞虻,在耳朵周围固执地营营地叫,一钻进蒙茸的毛里,便一直叮得它流出血来。

木罗式加骑向斯伐庚的战斗区域去了。明绿的榛树的丘冈那边,克理罗夫加河藏得看不见形姿;在那里,就站着夏勒图巴的部队。

"苏……苏……"闷热地,不会疲乏的飞虻在唱歌。

忽然,起了奇怪的,炸裂似的声音,滚到丘冈的那边去了。接着这,是第二——第三……好像挣断了链子的野兽,在刺柴丛中蓁地飞跑过去一般。

"且慢。"略略收住缰绳,木罗式加说。

米式加将苗壮的身体向前突着,驯良地站住了。

---

① 指步兵。——译者。

"你听！……在开枪……"在鞍桥上伸直了身子，传令使亢奋地说："在开枪！……是罢？"

"拍拍拍。"——机关枪的声音，好像用火焰的线，缝合了培尔丹枪的呻吟声和短而分明的日本的马枪的呜咽声，从丘冈后面流了过来。

"快跑！……"木罗式加用了强有力的激昂的声音叫喊。

脚是照例深深地踏在踏镫里，发抖的手指，揭开了手枪的皮匣，米式加已经跳过瑟瑟作响的丛莽，在山顶上疾走了。

刚近绝顶，木罗式加就勒住马：

"等在这里罢。"他一面跳下地来，一面说，并且将缰绳抛在鞍桥的后面：忠实的奴隶米式加，是用不着系住的。

木罗式加爬上了绝顶。从右边，是远绕着克理罗夫加河，端正到像阅兵式时候一样，作成整然的散兵，走着帽上缀有黄绿色带的小小的一式的人影。在左边，人们混乱着，成了杂乱的堆，在带着金色穗子的大麦里，一面开着培尔丹枪，一面在逃走。愤怒的夏勒图巴（木罗式加因为乌黑的马和尖顶的狸皮帽，知道了那是他）虽在四面八方挥着鞭子，也还不能使人们站下来。看见有几个人，已在暗暗地撕掉红带了。

"这贱胎，在干甚么，他们究竟在干甚么呀！……"木罗式加喃喃地说，因为射击，愈加愤激了起来。

逃走过去的最后的人堆里，有一个瘦弱的青年，将手帕包了头，身穿本地的短衣，用没有把握的手势拖了枪，跄踉地在奔走。别的青年们怕将他剩下，看去像是特地在迁就他的步调。人堆忽然疏散，白绷带的青年也倒下了。然而他并没有死——他屡次起身，想爬，两手一伸，便叫些知不清的什么话。人们抛下他，也不回顾，加紧地跑走了。

"贱胎，他们究竟在干什么呀！……"木罗式加又这样说，他的手指亢奋地捏紧了满染着汗的马枪。

"米式加,这里来!"他突然用了异乎寻常的声音叫道。

受了伤,浴着血的马,用鼻子作一大呼吸,便和幽微的嘶声一同,跳上了山坡。

几秒钟之后,木罗式加已如平飞的小鸟一般,在大麦中间驰走了。他的头上,吃喝纷飞着火和铅的飞虻,马背似乎腾过了深渊,大麦在它的脚下低声叫喊……

"躺下!……Tvoju matj……①"木罗式加叫着,将缰绳换在一边,便用一侧的拍车拚命地刺马。

米式加不愿意躺在枪弹下,却在头上流血的扎着白色绷带的,被弃而在呻吟的人的周围,用四条腿跳来跳去。

"躺下!……"木罗式加仿佛要用嚼子勒破马的嘴唇一般,用愤怒了的嗄声叫喊道。

米式加为了吃紧,将发抖的膝头一弯,伏在地上了。

"痛呵,阿唷,好痛呵!……"传令使将他载在鞍上的时候,负伤者便呻吟起来。青年的脸是苍白的,没有胡须,虽然涂着血,却见得颇有些漂亮。

"不要响,孱头……"木罗式加沙声说。

过了几分时,他就放掉马缰,用两手扶定所载的人,绕着丘冈,走马向那设着莱奋生的部队的村落那面去了。

二 美谛克

其实,救来的汉子,从最初就为木罗式加所讨厌的。

木罗式加不喜欢有些漂亮的人。在他的生活的经验上,那是轻浮的,全不中用的,不能相信的人物。不但这样,负伤者从最初起,就将自己是不很有丈夫气概的人这一件事曝露了。

"小白脸……"将失了知觉的青年,放在略勃支的小屋的床上

---

① 这句是俄国的骂人的话,意义未详。——译者。

时，木罗式加喃喃地说。"只受了一点擦伤，这小子就已经软绵绵了。"

木罗式加很想说些非常侮辱底的事，但他寻不出相当的话来。

"当然的，拖鼻涕娃娃……"他终于用了不满的声音，唠叨着。

"住口罢。"莱奋生严厉地将他的话打断了。"巴克拉诺夫！……到了夜里，你应该带这年青人到病院去。"

负伤者扎上绷带了。从上衣的旁边的袋子里，发见了一点钱，履历证（那上面写着他叫保惠尔·美谛克），一束信件和一个少女的照相。

大约二十多个什么也不佩服的，被太阳晒得黑黑的，胡子蓬松的男人们，挨次研究了淡色卷发的柔和的少女的脸。于是照相就羞答答地回到原先的处所去了。负伤者是失了神，显着僵硬的没有血色的嘴唇，死了似的将手放在毛毯上，躺着。

他没有知道在昏暗的蓝色的闷热的傍晚，载在桌兀的货车上，被运出了村子。待到他觉得时，已经卧在舁床上。在水上荡摇一般的最初的感觉，溶合在浮在头上的星天的茫然的感觉中。毛茸茸的没有眼的昏暗，从四面逼来。流来了针叶树和阔叶树叶的浸了酒精似的强烈的新鲜的气息。

他对于这样舒服地，小心地搬着他走的人们，感到了幽静的感谢之念。他想和他们说话，动一动嘴唇，但在什么也还没有说出的时候，又已失掉意识了。

第二回苏醒时，天已经很明亮。烟似的杉树枝上，溶着明朗的悠闲的太阳。美谛克躺在树阴的旅行榻上。右边站一个身穿灰色的病人睡衣的瘦长而挺直的男人，左边呢，是静淑的，柔和的女人的形姿，弯腰在行榻的上面。她那沉重的金红色的辫发，直拖到他的肩头。

美谛克从这淑静的形姿——她的大的雾一般的眼睛，柔软的卷发，还有温暖的，带点黑味的手，所首先感到的，——是一种怜悯之念,一种柔情,她将这一律施舍,及于一切,几乎并无限制。

"我在那里?"美谛克轻轻地问。

那长的,挺直的男人,更从上面什么地方伸下骨出的坚硬的手来,按了他的脉:

"不要紧的……"他静静地说:"华理亚,准备换绷带罢,再去叫哈尔兼珂来……"他默然片刻之后,不知道为什么,又添上去道:"那么,就立刻做完了。"

美谛克熬着疼痛,睁开眼来,望一望在说话的男人那一面。他有着黄色的长脸,洼得很深的发光的眼睛,那眼睛冷冷地钉住负伤者,而有一只忽然厌倦地睐起来了。

将粗的纱布塞进干了的伤口里去的时候,痛得非常。但美谛克是在自己身上,不断地觉着温和的女手的小心的接触的,没有叫喊。

"这就可以了,"绷带一完,长大的男人说。"三个真的洞,头上没有什么——不过是擦伤。过一个月,一定好的。难道我不是式泰信斯基么?"他略略有了些元气,将指头动得比先前更快了,只有眼睛仍旧发着寂寞的光在看望,而右眼——是单调地睐着。

人们洗过了美谛克。他用肘支起身来,环顾了四近。

不相识的人们,在粗木材的小屋里,做着些事情。烟通里腾起青烟来,屋顶上点滴着树液。黑嘴的大啄木鸟,在林边专心致志地敲出声音来。拄了拐杖,身穿病院的睡衣的白髯的安静的老翁,慈和地巡视着一切。

在老翁上面,小屋上面,美谛克上面,为树脂的气味所笼罩,飘浮着泰茄的饱足的幽闲。

在大约三星期之前,将许可证藏在长靴里,手枪放在衣袋里,从市街来到的时候,美谛克是模胡地推测,以为人们是在等候他的。他活泼地用口哨吹出市街的调子来;他的血液在血管里奔腾,他热望着斗争和活动。

矿山的人们——他先前仅从报章上面知道的——以活的形相，——穿着火药的烟和英雄底的伟业所做成的衣服，在他面前出现了。为了好奇心，勇敢的想像，以及仿佛亮色卷发的娃儿的苦而且甜的回忆，他膨胀了起来……

她一定像先前一样，每天早上和饼干一同喝咖啡，将皮带缚了绿纸包着的书本，去上学校的罢……

走到克理罗夫加的近旁时，从丛莽里，用培尔丹枪指着他，跳出几个男人来。

"你什么人?"戴着水兵帽的一个长脸孔的青年问道。

"呵……是从镇上保送来的……"

"证书呢?"

他只得脱了长靴，拿出许可证书来。

"沿……海区……委……员会……社会……革命党……"水兵时时向美谛克射来刺蓟一般的眼光，一字一字地读下去。"哦……"他拖长了声音说。

忽然间，他满脸通红，抓住美谛克的衣领，用枯嘎的嘎嘎地响的声音，叫喊起来：

"你这流氓，你这坏透的! Tvoju matj，tvoju matj!"

"什么? 什么? ……"美谛克惶惑地说。"但那是从'急进派'①那里拿来的呵……请你读完罢，同志! ……"

"搜～～～查! ……"

几分钟之后，被打坏而解除了武装的美谛克，便站在戴着尖顶的狸皮帽，有着看透一切的黑眼睛的汉子的面前了。

"他们没有看清楚……"美谛克亢奋地呜咽着，吃吃地说。"那上面，是写着——'急进派'的……请你自己看一看……"

---

① 十月革命时，社会革命党(S. R.)大部分加入了反革命，但其中的一派"急进派"(Maximalist)，则和布尔塞维克一同，与白军争战。——译者。

"拿纸来我瞧。"

戴着狸皮帽子的人，将全副精神注在许可证书上，团得稀皱的纸，在他的如火的眼光下冒烟。于是他将眼移向水兵那面去。

"昏蛋！……"他粗暴地说，"你没有看见写着'急进派'么？……"

"对，对了！"美谛克高兴地大声说："我也早就说了的——是'急进派'！……那是完全两样的……"

"一说明白——我们可就白打了……"水兵感了幻灭似的，说。"古怪！"

从这一日起，美谛克便成了这部队的同人的一员。

周围的人们，和从他奔放的想像所造成的，是全不相同的人物。他们很污秽，粗野，残酷，不客气。他们互偷彼此的子弹，因为一点小事，就用最下贱的话相骂，因为一片肥肉，便闹出见血的纷争。他们又用所有的事，来揶揄美谛克，——笑他市上的短衫，笑他正确的发音，笑他不知道磨擦枪械，甚至于还笑他用膳之际，吃不完一斤的面包。

因此他们就并非书本上的人物，却是真的活的人。

到如今，美谛克躺在密林中的寂静的平地上，从新经验了一切了。他烦恼这善良，朴素，然而诚实的感情，使他和部队联合起来。又由一种特别的病态的敏感，感到了他周围的人们的爱和愁，以及睡着的密林的寂静。

病院是设在两条流水汇合的尖端。在啄木鸟凿着的林边，暗红色的满洲枫树在柔和地私语。下面，在坡下，是包在银色的野草里的细流两道，不倦地在歌吟。

病人和负伤者很稀少。重伤二名：是肚子上受了伤的苏羌的袭击队员弗洛罗夫，还有美谛克。

每天早晨，将他们领出那气闷的小屋的时候，美谛克那里，便跑来一个淡色胡子的闲静的老人毕加。他将一种古旧的，完全被人忘了的光景,描出来给他看:在崩颓的生满莓苔的庵院近旁,不像这世间的幽静里,在湖侧,在安罗特的岸边,坐着一位头戴圆帽,萧闲的白发老翁在钓鱼。老翁上面是平静的天空,在催倦的暑热中,是沉寂的枞树,平静的,芦苇茂密的湖。平和,梦,静寂……

美谛克的魂灵所向往的,岂不是正是这梦么?

毕加用了好像乡下教士的唱歌那样的声音,讲出儿子——红军之一的儿子的事来。

"是的……他回到我这里来了。我呢,不消说,是坐在养蜂场里的。长久没有见面了,大家接吻,那自然无须说得。但一看,他总有些轻浮的脸相……'阿爹,'他说,'我到赤塔去。'——'那又是怎么一回事呢?……'——'阿爹,'他说,'捷克·斯罗伐克人到了那里了呀。'——'那么,要和那捷克·斯罗伐克人怎样呢?……留在这里罢;你瞧,不是很安稳么,我说……'真的,说起我的养蜂场来,可真像天堂一样:白桦,你知道,还有菩提树开着花,亲爱的蜜蜂……嗡嗡……嗡嗡……"

毕加从头上除下柔软的黑帽子来,高兴地摇着圆圈。

"但是,怎么样?……他到底走掉了! 他不曾留下……走掉了……现在是,科尔却克①们将我的养蜂场捣毁了,儿子也不见了……说这是——人生! ……"

美谛克喜欢听他的讲说。他爱那老人的单调的歌声和从他的舒坦的心中所流露的态度。

然而他更喜欢"好心姊妹"②到来的时候。她是为野战病院全体缝纫,洗濯的。在她那里,人能感到对于人类的很大的爱,而对于美谛克,她却尤其显着特别的柔顺与温情。创伤逐渐好起来,他也逐渐用了世俗的眼来看她了。她的腰微弯,颜色苍白,她的手,以女人

---

① Koltchak,白军的将领。——译者。

② 谓看护妇。——译者。

的手而论,是大到必要以上的。然而她以特别的,稳确的脚步走路,她的声音里,常常含蓄着一些东西。

而且一遇到她并坐在行榻上,美谛克就不能静卧了(关于这事,他大约是决没有告诉那亮色卷发的姑娘的)。

"是轻浮的女人呵,那个华留哈!"有一回,毕加对他说。"木罗式加,她的男人,就在部队里,她却还在兜兜搭搭……。

美谛克向老人用眼睛所指示的方向去一看。那"姊妹"正在森林的空地上洗衣服,助医哈尔兼珂,则浮躁地在她旁边纠缠。他时时弯腰向她这面去,说些什么有趣的事。她好几次停下做事的手来,用了神秘的烟一般的眼睛,向他那面看。"轻浮"这句话,在美谛克里面,是引起锋利的好奇心来了。

"她为什么……这样的呢?"他问毕加,并且竭力遮掩着自己的错乱。

"鬼知道罢了,为什么她是那么随便的。就是前面没有准儿……不能说一个不字——就为此……"

美谛克记起了"姊妹"给他的最初的印象,于是莫名其妙的寂寞,在他里面蠢动了。

从那时起,他就更加留心地注视了她的行动。其实,她和男人们——至少,和可以不靠别人帮助的男人们,是"在一处"得太多了。但在病院里,确也没有一个另外的女人。

一天早晨,换了绷带之后,她整理美谛克的行榻,比平时更长久。

"在我这里坐一坐罢……"他红着脸,说。

许多工夫,她钉定他看——恰如那一天,一面洗东西,一面凝视着哈尔兼珂的一样。

"你瞧……"她带着几分惊疑,不自觉地说。

但是,枕头一放好,她就和他并排坐下了。

"哈尔兼珂可中你的意呢?"美谛克问。

她似乎没有听到质问——并且用了大的烟一般的眼睛,看定了美谛克,凭自己的意思回答道:

"还这么年青……"于是好像觉到了:"哈尔兼珂? ……唔,不坏呀。你们都一样的——很多。"

美谛克将手伸到枕头下面去,拿出包着报纸的小小的一束来。从褪色的照片上,一个熟识的少女的脸,向着他凝视。但在他,已经不见得是先前一般可爱了,——那总好像是用了并不亲热的,做作出来的欢欣,在对他凝视,而且——美谛克虽然怕敢自白这件事——为什么先前竟那么常常想到她的呢,他也觉得诧异起来。他将亮色卷发的少女的肖像,送到"姊妹"面前去时,为什么要送过去,该不该送过去,是自己没有明白的。

"姊妹"先是接近地,后来是较远地伸开手去望照相。但忽然叫了一声。掉下照片,从榻上跳了起来,慌忙向后回顾了。

"好一个出色的婊子呀!"从树阴里,出了谁的嘲笑的,发沙的声音。

美谛克向那边斜睨过去,就看见一个格外熟识的脸,不驯服的暗红色的前发,挂在帽下面,而且有着嘲笑的,绿褐色的眼,这和前一回的,是两样的神情。

"唔,你吓了一跳?"发沙的声音平静地接着说。"我并不是说你呵——倒是说照相……我虽然换了许多女人了,却不曾有过那样的照相。恐怕什么时候你会送我一张的罢? ……"

华理亚定了神,笑起来了。

"哪,我真给吓了一跳……"她说,并且似乎变了和平日不同的唱歌似的妇人的声音了。"你从那里跳出来的呀,你这粗毛鬼? ……"于是向着美谛克这面:"这是木罗式加,我的男人。他总喜欢闹些什么花样的……"

"我知道这人的……有一点。"传令使在"有一点"这字上,添上了嘲笑底的音节,说。

美谛克为了羞和恨，没有话说，躺着像一个打得稀烂的人。华理亚已经忘记了照相，和男人说着话，用脚将它踏住了。美谛克正在惭愧，也不敢叫她拾起照相来。

待到他们到密林里去了的时候，他因为腿痛，咬着牙齿，自去拾起那污了泥土的照相，并且将这撕得粉碎了。

三　用嗅觉 ①

木罗式加和华理亚傍晚回来了，彼此不相顾盼，疲劳而且乏力。

木罗式加来到森林的空地上，将两个指头塞在嘴里，像强盗一般，尖利地吹了三下。恰如在童话里那样，从林中跑出一匹长毫的，蹄声响亮的马来时，美谛克就记起在什么地方见过这人和马来了。

"米赫留忒加②……狗养的……等久了罢？……"传令使爱抚地低声说。

经过美谛克的旁边，他射了他一眼，带着讥刺的微笑。

于是直下斜坡，走进峡谷的丛绿之处，这时木罗式加又记起美谛克的事来了。"为什么就是那样的东西跑到我们这里来的呢？"他怀着憎恶和疑惑，自己想。——"我们开手的时候，谁也不来，现在在成功了的当儿，他却跑来了。……"在他，便觉得美谛克真是"在成功了的当儿，"跑了进来似的，——但在实际上，前面却横着艰难的十字架的道路。"这样的废物跑了来，做些屠头的事，无聊的事，却教我们去弄好……但是，我的老婆这贱货，究竟看中了小子的什么地方呀？"

他又觉得生活麻烦起来，旧的苏羌的路，已经走不通，人要给自己另寻新路了。

----

①　这是指哺乳动物所特有的灵敏的嗅觉而言，英文本译作"第六感觉"。——译者。

②　米式加的爱称。——译者。

沉在比平时更不愉快的深思中的木罗式加，竟没有觉得已经骑到了溪谷。这处所——是在甜香的蓼草里，在卷毛的苜蓿里，响动着大镰刀——人们将自己耗在艰难的工作的日子里。人们都有苜蓿般卷缩的胡子，穿着长到膝髁的小衫。他们迈开整齐的，弯曲的腿，踏着割过的地方向前走，野草便馥郁地，无力地，倒在他们的脚下了。

见了武装的骑马的人，大家便慢慢地停下作工的手来，将疲于工作的手遮在前额上，向后影望了许多时。

"简直像蜡烛一样！……"当木罗式加将身子在踏镫上站直，而将那站直的身子，扑向前方，恰如蜡烛的火焰一般，微微动摇，用稳稳的快步，跑了过去的时候，他们赞叹着他的风采，说。

弯曲着的河的那边，是村会议长呵马·略勃支的瓜田，木罗式加将马勒住了。在田里，是荒芜的，到处没有主人的用心的照管。（当主人专心于社会底的工作的时候，瓜田上满生野草，父祖的小屋是顾不到了，大肚子的甜瓜，好容易总算在芬芳的苦蓬丛中成熟，而吓鸦草人则宛如濒死的鸟儿一般。）

偷儿似的环顾了周围，木罗式加便使马向歪斜的小屋那边去。他小心地向里面窥探。没有一个人。那里面，只散乱着些破布，锈镰刀的断片，胡瓜和甜瓜的干了的皮。解开袋子，木罗式加跳下马，于是伏身靠地，在地面上爬过去。热病一般地拗断瓜藤，将甜瓜塞在袋子里，有几个是用膝盖抵断，就在那地方吃掉了。

米式加掉着尾巴，用狡狯的，懂得一切似的眼，眺望着主人。忽然听到了索索的声音，便竖起多毛的耳朵，慌忙将毛鬣蓬松的头转到河那边去了。从柳阴里，岸上走出一个身穿麻布裤，头戴灰色毡帽，长髯阔背的老人来。他手上沉重地提着一把颤动的鱼网，网里面是平鳃的青鱼在垂死的苦痛中挣扎。在麻布裤上，壮健的裸露的脚上，染着些从鱼鳞流出，被冷水冲淡了的血腥。

一看见呵马·爱戈罗微支·略勃支的高大的形相，米式加就知道他是栗壳色的大屁股的牝马——它隔着板壁一同住,在一个马房一同吃,而且它常常苦于对她的欲情的那牝马的主人了。于是它欢迎似的竖起耳朵,仰了头,愚蠢地,而且高兴地嘶鸣了起来。

木罗式加吓了一大跳,就是半弯的姿势,用两手按住袋子,僵掉了。

"你……你……在这里干什么呀?……"略勃支用了很严厉和痛苦的眼光,向木罗式加一瞥,发出带着受气和发抖的声音,说。他没有从手里放下那抖得很利害的鱼网来。而那些鱼,则仿佛沸腾的不可以言语形容时候的心脏一样,在脚边乱跳。

木罗式加抛了袋子,胆怯地垂着头,跑到马那边去。一跨上鞍,他就想,应该取出甜瓜,拿了袋子来,不给留下证据的。但也很明白,没有这个也横竖都是一样的了,便用拍车将马一刺,开了扬尘的发疯般的快步,顺着路跑掉了。

"哪,等着罢,即刻惩办你——自然要办的!……自然要办的!……"略勃支只是连喊着这句话;他也总不能相信,一个月来,像自己的儿子一般给了衣,给了食的人,却会在那主人为了给社会服务而荒掉田地的时候,来偷那田地里的东西的。

略勃支家中的小园里,树阴下放着一张圆桌,那上面摊开着裱过的地图,莱奋生正在询问刚才回来的斥候。

那斥候——穿着农人的短袄和草鞋——是刚到过日本军的阵地的中心来的。他的晒黄的圆脸,因了幸而脱险的高兴的亢奋,还在发光。

据斥候的话,则日本军的本部,设在雅各武莱夫加。两个中队,是从卜斯克·普理摩尔斯克向着山达戈进展,但在斯伐庚斯克的铁路支线那里,却全不见日本军的踪影,从夏巴诺夫斯基·克柳区起,斥候是和夏勒图巴的部队的两个武装的袭击队员,一同坐了火车来的。

"那么,夏勒图巴退到那里去了呢?"

"在高丽人的农场里……"

斥候想在地图上寻出那地方来,然而并不是容易事,他怕敢露出自己的无学,便用指头乱点了什么一处邻境。

"在克理罗夫加,受损得很利害,"他哼着鼻子,活泼地说下去。"现在是,大半的人们,都散在各处的村子里,夏勒图巴是躲在高丽人的冬舍里面,吃刁弥沙①哩。听说酒喝得很凶,全不行了。"

莱奋生将这新的报告,和昨天由陀毕辛的酒精私贩子斯替尔克沙传来的报告,以及从市镇上送来的报告,比较了一下,于是不知怎地感到了不利的前征。对于这样的事,莱奋生是有特别的感觉的——蝙蝠所禀的第六感。

到司派斯科去的协同组合的委员长,两星期没有回家来;几个山达戈的农夫,忽然记得起家乡来,前天从部队逃走;而且和部队同是向着乌皤尔加前进的跛脚的马贼李福,不知道为什么忽而向抚顺河的上流那面转了弯,走掉了,——在这些事情上,感到了不利的前征。

莱奋生从头到尾问了一回斥候。细细地研究着地图。他坚忍执拗得怕人,恰如泰茹的老狼,虽然几乎没有牙齿了,而仗着许多代的优胜的智慧,还能够率领全群,跟着它走动。

"那么,什么特别的事……没有觉到么?"

斥候不懂得那意思,惘惘然看他。

"什么也没有嗅出来,什么也没有嗅出来!……"莱奋生攒聚了三个指头,急忙送到鼻子下面去,说明道。

"不,什么也没有嗅出来……只是这样……"斥候认错似的回答说。"我是什么——是一只狗,还是什么呀?"——他懊恼地想,他的脸就突然发红,带诮,宛如山达戈市场的卖鱼女人的脸一般了。

"好了,去罢……"莱奋生挥手,从他后面,冷嘲底地睐一睐那深

---

① 用玉蜀黍煮成的粥,一说是中国的一种小米,未详。——译者。

渊似的碧绿的眼睛。

独自一个，他沉思着，在小园里徘徊。站在苹果树旁，许多工夫他注视着大头的沙土色的甲虫，在树皮里做些什么事，但突然，没来由地到了这样的结论了——倘不即加准备，部队是就要全灭的。

在栅门那里，莱奋生撞见了略勃支和自己的副手巴克拉诺夫，——他是一个强壮的有了十九岁的青年，身穿青灰色的军装外套，带上有一把常不收好的短剑。

"将木罗式加怎么办呢？……"眉头打着紧结，从那下面的热烈的黑眼里闪出愤怒来，他就在那地方叫喊。"他偷了略勃支的瓜了……请你听罢……"

他向队长和略勃支点头，伸出两臂，像给他们绍介一般。莱奋生久没有看见他的副手有这样地亢奋了。

"但是，不要嚷罢。"他平静，并且劝谕地说："嚷是没有意思的。到底为了什么事呀？……"

略勃支用了发抖的手，交出那晦气的袋子来。

"他把我的田地的一半都糟掉了，同志队长，真的！没有工夫到那里去，——许多日子之后，我终于去扳网了，——我一从柳树丛里钻出……"

他于是说出自己的各种不幸来，尤其特别申明的，是自己在为了大众的幸福做事，因此农事那一面便只好疏忽了。

"家里的女人们，你该是知道的，不像别家那样，去做田里的事，却在割草的。简直像犯人一样……"

莱奋生注意地忍耐地听完了他的话，便叫木罗式加来。这人进来了，将帽子靠后脑戴得随随便便地，并且带着明知道是自己的不好，但以准备说了谎，来辩护到底的人的傲慢的表情。

"这是你的袋子？"队长要将木罗式加吸进自己的永不昏暗的眼珠里去似的，问。

"我的呀……"

"巴克拉诺夫,拿下他的'斯密斯'①来……"

"你什么意思,拿下?……不是你给了我的么?……"木罗式加跳到旁边,解开了手枪的皮匣的扣子。

"不要发昏罢,不要……"眉间的结打得更紧了,巴克拉诺夫用了粗暴的声音,但忍耐着,说。

被解除了武装的木罗式加,立刻温和起来了:

"究竟说我拿了多少那里的瓜呀?……况且,呵马·爱戈罗微支,你可知道你在干什么事,这实在是不值得说的……真是!"略勃支等候着似的低了头,扭着带泥的赤脚的趾头。

因为要审议这木罗式加的行为,莱奋生便发命令,于傍晚召集村民大会,部队也去参加。

"得给大家知道……"

"约瑟夫·亚伯拉弥支……"木罗式加用了茫然的,暗淡的声音,说。"部队呢——不要紧……那是没有什么的;但为什么要通知乡下人呢?"

"喂,朋友,"莱奋生不理木罗式加,向着略勃支那边,说。"我和你说句话……单是两个。"

他拉了委员长的臂膊,引到一边,托他在两天之内,收集了村中的麦子,做十普特②硬面包。

"不过谁也不要给知道呀——为了谁,为了什么,要硬面包的……"

木罗式加知道谈话已经完毕,失望地钻进卫兵所去了。

莱奋生和巴克拉诺夫两个人还留着,命他从明天起,给马加添些燕麦的成数。

"到经理部长那里去说去,要竭力放得多。"

---

① 一种手枪的名目。——译者。

② 四十磅为一普特(Pud)。——译者。

四　孤　独

木罗式加的到来,将美谛克在单调的平和的病院生活的影响之下,在内部产生了的心的平和破坏了。

"为什么他那么轻蔑地看我的呢?"传令使一去,美谛克想。"即使他是将我从火里面救出来的,这就给了嘲笑我的权利么? 况且,全体,最要紧的……是全体的人们……"他望着自己的细瘦的指头和缚在床垫下面的副木上的腿。而且按在心中的旧日的愤恨,以新的力量燃烧起来了。他的魂灵,像负伤的野兽一般,在不安和痛楚中战栗。

自从那个生着蓟草似的有刺的眼的长脸的青年,挟着敌意力抓了他的衣领的时候以来,人们就都用嘲笑来对付美谛克。谁也不帮助他,谁也不同情于他的冤枉。虽在如睡的寂静,呼吸着爱与平和的这病院里,人们也只是因为义务,所以爱抚他的。而在美谛克,所最痛苦,最哀伤者,是当他的血滴在那大麦田里以后,觉得自己是孤独的人了。

他慕毕加。但老人是铺着睡衣,将柔软的帽子当作枕头,在林边的树下呼呼地睡着。从圆的,发光的秃处,后光似的,透明的银色的头发,向四面散开。两个伙伴——有一个一只手缚着绷带,一个是跛脚的——从林子里出来了。一到老人那里,就站住,狡猾地互使着眼色。跛子就去寻出一枝干草来,于是好像自己想要打嚏一般,动着鼻子,扬着眉毛,用草去探毕加的鼻孔。毕加懒洋洋地絮叨着,动着鼻子,用手来拂除了两三回,但到底给大家满足,竟打了一个大嚏。两个人都失了笑,低弯着腰,恰如闹了恶作剧的孩子一般,回顾着,逃到小屋那边去了,——有一个小心地曲着臂膊,别一个是偷儿似的蹩着脚。

"喂,你这掘坟的帮手!"第一个汉子看见哈尔兼珂在土堡上,坐在华理亚的旁边,便叫了起来。"你为什么搂着我们的女人的?

……来，来，也给我搂一下罢……"他就在那里并排坐下，用那没病的手，抱住"姊妹"，一面发出猫打呼卢声，说，"我们喜欢你呢——因为你是我们中间独一无二的女人呀，但是，赶走这肮脏的小子罢，赶他到魔鬼那里去，赶掉这狗养的！……"他还是用那一只手，竭力要推开哈尔兼珂，但助医却从一面紧靠住华理亚，咬紧了被"满洲尔加"①所染黄了的整齐的牙齿。

"但是我钉在那里才是呢？"跛子可怜地用鼻声说。"究竟是怎么一回事呀，正义在那里呵，谁看重着伤兵呢，——你们究竟是在怎么想的，同志们，亲爱的诸君？……"他映着湿润的眼睑，将手乱挥，弹簧装置一般飞快地说。

他的对手想不给他走近，踢着脚，像在吓他；助医悄悄地将手伸进华理亚的衣服下面去，用大声不自然地笑了。她并不推开哈尔兼珂的手，只是温和地疲乏了似的在看他们。但忽而感到美谛克的惶惑的视线，她便跳了起来，慌忙整好上衣，脸上红得像芍药一般了。

"你们简直像苍蝇跟蜜一样，只是钉，你们这班雄狗！……"她粗野地突然说，低垂了头，跑进小屋里去了。门间夹住了衣角，她恼怒地拉出，再尽力关上门，连破缝里的苔藓也落了下来。

"哪，了不得的姊妹呵！"像唱歌一样，跛子说。于是好像嗅了鼻烟似的，蹙着脸，静静地，微微地，讨厌地笑起来了。

从枫树下的行榻上，从叠了四张的高高的垫被上，将给病痛磨瘦了的黄色的脸向着空中，冷淡地，严峻地，负了伤的袭击队员弗洛罗夫在凝眺。他的眼，就如死人的眼一般，昏暗，空虚。弗洛罗夫的伤，是没有希望的了；而他自己，从脏腑痉挛得痛到要死，开始在他自己的眼中，凝眺了空虚的广大的天空的那时以来，也已经明白。美谛克在自己身上，感到他的不移的视线，便发起抖来，吓得将眼睛看了别处。

---

① Manzhurka，一种价钱很便宜的烟草。——译者。

"大家……在闹……"弗洛罗夫沙声说,动动手指,——好像在通知谁,自己还是活着似的。

美谛克装作没有听见。

连到了弗洛罗夫早已忘却他了之后,他还是久不敢向他那面看,——他仿佛觉得这负伤者总含着骨瘦如柴的微笑,还在对他凝视似的。

从小屋里面,在门口拙笨地弯着身子,走出医生式泰信斯基来。他一走出,便如折叠小刀一样,伸直了身子,于是他出门的时候,怎么能够弯转的呢,便令人觉得奇怪了。他大踏步走近大家来,而且因为忘记了为什么,便睐着一只眼,愕然站住了……

"热……"他终于弯了臂膊,倒摩着剪短的头发,悬空地说。他原是要来说,将不能同时给大家做母,且又做妻的人,这样地加以窘迫,是不行的。

"躺着,闷气罢?"他走近美谛克去,将干瘪的热的手掌按在他的额上,问道。

他的突如的恳切,动了美谛克的心,恰如坚硬的球在咽喉里忽然温暖地柔软地消释了:

"我是——不……因为复了原就出去的。"美谛克微微颤抖地说,"但是,你怎样?……长久住在森林里。"

"但是,倘若这是必要的呢?……"

"什么是必要的呢?"

"我住在森林里的事呵……"式泰信斯基拿开手,而且这才用了人间底的好奇心,以那发光的黑眼睛,认真地来注视美谛克的眼。那眼睛显得辽远而且凄凉,正如将对于每当长夜,在烟气蓬勃的希霍台·亚理尼连峰的篝火旁,啃着密林的孤独的人的说不出的神往,吸了进去一样。

"我知道的。"美谛克寂寞地说,也亲昵地,寂寞地微笑了。

"但不能宿在村里么?……我的意思是,自然不只你一个,"他赶忙堵住了意外的疑问,道,"是全个病院。"

"在这里,危险少呵……你是从那里来的呀?"

"从镇上来的。"

"很久以前?"

"是的,已经一个多月了。"

"可认识克拉什理曼么?"式泰信斯基骤然活泼起来了。

"是的,认识一点……"

"那么,他在那里现在怎样? 还有,你另外认识谁呢?"医生更剧烈地眨着一只眼;于是忽然之间,好像有谁从后面推了他的膝弯一般,坐在树桩上面了。 他总是寻不出适宜的位置来,将臀部在树桩上移动。

"认识洪息加,蔼孚列摩夫……"美谛克数了出来,"古略耶夫,弗连开勒。 不是那戴眼镜的一个——那是不认识的,但这别一个,是小个子……"

"那岂不是全是'急进派'的人们么!"式泰信斯基吃惊似的说。"你怎么会认识那些人们的呢?"

"因为我和那些人们相处很久的……"美谛克不知道为什么,惴惴然含胡地低声说。

"这,这……"式泰信斯基好像要说话了,但没有说出来。

"谈得很好。"他用了总是毫不亲热的声音,冷淡地说着,站起身来。"总之……好好地保养罢……"他并不看着美谛克,接着说。 于是宛如怕给叫了回去似的,赶紧向小屋那面走去了。

"还认识华秀丁……"想要拉住什么一般,美谛克从后面叫道。

"哦……哦……"式泰信斯基略略回头,连声答应,然而走得更快了。

美谛克知道有什么不合他的意了——他就缩了身子,满脸通红。

忽然,这一个月里的一切经验,一下子都奔到他上面来,——他想再拉住一点什么东西，然而已经不能够。他的嘴唇发抖了，他想熬住眼泪，赶紧睒着眼，但终于熬不住，很多很快地涌了出来，流下他的脸。他像忍苦的孩子一样，用被布盖在头上，低低地哭了起来，——竭力不发抖，不出声，免得给别人觉得他不中用。

他绝望地哭了许多时，而他的思想，也眼泪一般地咸而苦。后来渐渐平静了，他也还这样地蒙了头，不动地躺着。华理亚近前了好几回。他很知道她那稳实的脚步声，——恰如"姊妹"的负着义务，要推了装满东西的手车，直到死的瞬息间一般地。她暂时停在榻旁，好像难于决心模样，但她就又走掉了。毕加也跛着脚走了过来。

"你在睡觉么？"他谨慎而柔和地问。

美谛克装作睡着模样。毕加等了一会。听得在被布上，唱着黄昏时候的飞蚊。

"那么，睡罢……"

一到昏暗，又有两个人走近来了——华理亚和别的一个谁。他们小心地抬起行榻，运进小屋里面去。那里面是潮湿，熏蒸。

"去——去……到弗洛罗夫那里去……我就来，"华理亚对那一个人说。

她站在榻旁几秒时，于是小心地从头上揭开被布来，一面问道：

"你怎么了，保卢沙？……不舒服么？……"

这是她第一次称他为保卢沙①了。

美谛克在暗中看不清她的脸，但觉得在小屋里，和她的存在一共只有他们这两个人。

"很不舒服……"他阴郁地，静静地说。

"腿痛么？……"

"不，只是……"

---

① 保惠尔的爱称。——译者。

她忽然弯下身子，将大的柔软的胸脯紧帖着他，在嘴唇上接吻了。

五 农 民

想证实自己的推测，莱奋生比定刻还早，就到集会去；为了混进农民们里，听听有什么特别的风闻。

集会是开在小学校里的。人们还到得很有限——从田地里回来得早的几个，在阶上讲废话。从开着的门口，望见略勃支在忙着收拾那生锈的洋灯。

"约瑟夫·亚伯拉弥支，"农民招呼着莱奋生，于是一个一个，恭敬地向他伸出黑的，因为做工而成了木头似的手来。他一个一个拉了手，谨慎地坐在一级阶段上。

河的对面，村姑们齐声唱着歌；有些干草，潮湿的尘埃，篝火的烟的气味。从渡头，传来着疲马的蹄声。农民的劳倦了的日子，在温暖的暮霭中，满载干草的车轮声中，吃饱了而还未榨乳的母牛的拖长的鸣声中消去了。

"好像并不多呀。"略勃支走到门口来，说。"今天是不会多来的，因为有许多人就都在割草的地方过夜……"

"为什么在工作日开起什么会来了？还是出了什么要紧事情了呢？"

"唔，出了一点事……"议长微微踌躇着，承认说。"他们一伙里，有一个干了坏事了，——就是住在我那里。那原也算不得什么事，并不大，可是弄得非常麻烦起来了！"他没法似的，看一看莱奋生这边，便不说话。

"如果是算不得什么的事，先就不应该召集我们呀！……"农民们统统嚷了起来。"在种田人，现在是，就是一个钟头，也是要紧的时光呵。"

莱奋生解释了一番。他们便闹闹嚷嚷地摊出农民式的哀诉来，——那是大抵关于割草和商品的缺少的。

"约瑟夫·亚伯拉弥支，你自己到割草地方去，看看大家用什么东西在割草才是。好好的镰刀，就是敷衍门面的也没有呵，——都是修补过的。这简直不是工作，是受苦呀。"

"前天，绥蒙将很好的一把弄坏了！给这小子，应该比谁都早些——因为是爱做事的农夫呀，割起草来，简直像机器一般发响……正割着——碰着了沙鼠窠……倘你听到这样的响，你会看见火星……现在是，无论怎么修，总赶不上原样了。"

"那是一把很出色的镰刀！……"

"我的家里的那些人怎样？……"略勃支沉思地说。"还顺手么？因为今年草是真多呵！到礼拜日为止，能够割掉夏天的一块，就好。这战争，真是了不得的吃亏呵。"

从黑暗中，几个穿着长的肮脏的小衫的新的人影，出现在颤动的光条里面了。有的拿着包裹，——是作工之后，顺脚到了这里的。他们和他们自己一同，带来了嚷嚷的农夫的语声，和柏油，汗，新鲜的割倒的草的气味。

"上帝保佑你家……"

"哈——哈——哈！……伊凡么？……来，到亮地方，给我看看你那狗脸，——哪，很给土蜂叮了罢！我看见的，你怎样屁股一摆一摆的在逃走……"

"你这猪狗为什么在我的地上割草的？"

"怎么在你的地上？不要说昏话！……我是一丝不差，看定地界来割的。我不要别人的东西——自己的尽够了。"

"人知道的……自己的尽够了！你家的猪，不是赶一回，赶一回，总还是钻进田里来么？……就要在我的田里生小猪了……哦，自己的尽够！人知道的……"

不知是谁，有着一只眼睛在暗中发闪的，弯腰的苗实的男人，站出在群众之上，说起话来了：

"三天以前,日本人到了山达戈哩。是秋圭斯克的人们说的。到来占领了学校——立刻就是女人:'露乌西亚姑娘,露乌西亚姑娘……嘶,嘶,嘶。'呸,鬼,Tvoju matj,上帝宽恕我……"他将臂膊用力一挥,愤愤地砍断似的住了口。

"他们也要到我们这里来的,那一定……"

"怎么会有这样的灾殃的呵?"

"百姓全没有静一静的工夫……"

"况且什么都是百姓受损,什么都是百姓当灾! 那一边都随便,快点有一个定局就好……"

"就是这呀,两边可都不成的。往前走是棺材,向后走是坟墓——都一样的!"

莱奋生默默地听着,没有插嘴。人们将他忘掉了。他,看起来,是一个矮小的并不出色的男子——全体好像是从帽子和红胡须,还有高过膝盖的毛皮的长靴所造成的一般。然而倾听着杂乱的农民们的话,莱奋生却从中听出只有他知道的不安的调子来了。"我们要被人打败的……一定……"他即刻想,而且跟着这思想,还生出了别的——实际底的清清楚楚的分明的思想来:"至迟明天,应该写信给式泰信斯基,教他将负伤者藏起来,随便那里都可以……暂时之间,要躲掉,好像并没有我们一样……还有,应该将卫兵增添……"

"巴克拉诺夫!"他叫副手道。"来这里一下……因为这样……近一些坐下罢。我想,栅门口一个卫兵是不够的。还应该派骑兵的巡察到克理罗夫加去……尤其是夜里……我们已经太不小心了……"

"出了什么事么?……"巴克拉诺夫愕然。"有了什么危险么?还是,什么呢?……"他将那剃光的头,向着莱奋生那边,而他的鞑靼人一般的眼梢扬起的细长的眼,则很注意地,探索地在凝视。

"战争是,亲爱的朋友,常常有危险的。"莱奋生温和地,然而冷嘲地说。"战争是,我的好友,和在干草小屋里和玛卢沙睡觉,是不同的呀……"他忽然喷出有力的愉快的笑来,向巴克拉诺夫的胁肋抓了一下。

"你瞧,这样的滑头……"巴克拉诺夫回答说,捏住莱奋生的手,立刻变了爱闹的,善良的,活泼的青年了。

"不要嚷,不要嚷,——没法逃脱的!……"他将莱奋生的手扭在背后,于不知不觉间一直将他推到门口的柱子上,温和地在齿缝里低声说。

"去罢,去罢!——那边玛卢沙在叫你哩……"莱奋生笑道。"喂,放手罢,你这小鬼!……在会场上,这可不行……"

"正因为在会场上,是你的运气,要不然,我简直教你知道……"

"去罢,去罢,那边玛卢沙是……去罢!"

"我想,卫兵一个人不就很够了?"巴克拉诺夫站起身来,一面问。

莱奋生微笑着,目送他的后影。

"你的副手实在是好家伙呵。"一个人说。"既不喝酒,也不抽烟。况且第一是年青呀。大前天到小屋子里来借马轭……我说,'哪,可要喝一杯加了辣料的东西呢?''不,'他说,'我不喝。''如果你要给我吃什么东西,'他说,'就给一点牛乳罢——牛乳,'他说,'那实在是很喜欢的。'后来他喝了,你知道,就像小孩子一样——在大钵子里,加了一小片的面包……一个好小子,不会错的!……"

在群众之中,闪着枪口,渐渐看见袭击队的踪影了。他们照着定刻,亲睦地聚到集会来。最后来的是矿工,谛摩菲·图皤夫走在前面,他是苏羌的高大,强壮的选矿手,现在做了小队长了。他们成了亲密的集团,并不分散,挤进群集里面去。只有木罗式加显着阴郁的脸相,坐在离开一点的壁前的凳子上。

"阿,阿……你也在这里?"见了莱奋生,图皤夫高兴地叫道,——仿佛和他多年不见,而在这里相遇,是出乎意料之外似的。"在那边,我们的朋友干出什么来了罢?"他将那大的乌黑的手,伸向莱奋生去,一面铜一般沉重地问。

"我们应当教训他,教他一课……给别人看看榜样的!"他没有听完莱奋生的说明,便又怒吼起来。

"对这木罗式加,是早该留心的了,——丢部队全体的脸。"头戴学生帽,脚穿擦亮长靴,叫作企什的声音甜腻腻的青年,插嘴说。

"没有请教你呀!"图幡夫头也不回,打断了话。

那青年受了恨,咬着嘴唇,俨然地又想回嘴,一看见莱奋生的冷嘲的眼光,射在自己身上,便躲到群集里去了。

"你看见了这家伙了罢?"小队长阴郁地说。"你为什么留他在这里的呢?人说,他自己就因为偷东西,给专门学校斥退的。"

"不要相信那些风闻,"莱奋生指教地说。

"你们站在外面多么长久呵!……"没法似的摆着手,略勃支从门口叫喊道,好像他万不料因为他那满生野草的田地,竟会聚起那么多的人们来一样。"就开起来,可好呢——同志队长?……还是我们老是缠着,直到公鸡叫呢?……"

六 矿山的人们

因为烟气,屋子里就青苍,闷热了起来。凳子不够了。农夫和袭击队员们夹杂着,塞满了通路,挤在门口,就在莱奋生的颈子后面呼吸。

"开手罢,约瑟夫·亚伯拉弥支,"略勃支不满意似的说。他对于自己和队长,都不以为然。——所有的事情,到了现在,已经都好像完全无聊而且麻烦了。

木罗式加挤进门口,显着阴郁而狞恶的脸,和图幡夫并排站下。

莱奋生特地郑重说明,倘若他不以为这案件和农夫以及袭击队两面有关,倘若队里面没有许多本地人,他是决不使农人们放下工作的。

"照大家判定的办就是了。"他学着农夫的缓慢的调子,沉重地收了梢。他慢慢地坐在凳子上,向后一转,便忽然成了渺小的并不惹眼的人，——将集会留在暗地里，使他们自己来议事，他却灯心似的消掉了。

起初有许多人同时说话，杂乱无章，不得要领，后来又有人随声附和，集会立刻热闹起来了。好几分钟中，竟不能听清一句话。发言的大批是农人，袭击队员们只是沉静地默默地在等候。

"这也不对，"夏苔一般的白头发，总是不平的遏斯泰菲老头子严峻地大声说，"先前呢，米古拉式加①的时候呢，做出这等事来的小子，是在村子里打着游街示众的。偷的东西挂在颈子上，敲着锅子，带着走的！……"他仿佛学校里的校长那样，摇着他干枯了的手指，好像在吓谁。

"不要再给我们来讲你的米古拉式加了罢！……"曲背的独只眼的——讲过日本人的那人大声说。他常常想摆手，但地方狭，他因此更加发狠了。"你总是你的米古拉式加！……时候过去了哩！……请了请了哩，再也不会回来的了！……"

"是米古拉式加也好，不是米古拉式加也好，做出这样的事来，总之是不好的。"——老头子很不屈服。"就是这样种作着，在养活大家。不过来养偷儿，我们却不必。"

"谁说要养偷儿呀？偷儿的帮手，是谁也不来做的。说起偷儿来，你倒说不定正养着哩！"独眼的男人隐射着十年前逃到不知那里去了的老头子的儿子，说。"这里是要两样的天秤的！这小伙子，已经战斗了六年，——为什么尝了个瓜就不行了？……"

"但是为什么要偷呢？……"一个人诧异地说。"我的上帝，这算什么大不了的事……他只要到我们这里来，我就给他装满一口袋。有有，拿罢，——我们又不是喂牲口，给一个好人，有什么不情愿的！……"

在农民的声音中，并不含有愤懑。多数的人们，于这一件事是

_____

① 尼古拉的爱称，这里是指最末的皇帝尼古拉二世。——译者。

一致的，——旧的规则已经不中用了，必须有什么特别的方法。

"还是大家自己来决定罢，和议长一起！"有人大声说。"这一件事，我们没有什么要插嘴的……"

莱奋生从新站起，敲着桌子。

"同志们，还是挨次来说罢。"他镇静地，然而分明地说了，给大家能够听到。"一齐说起来，什么结局也不会有的。但木罗式加在那里呢？……喂，到这里来……"他显了阴沉的脸，接着说，大家的眼睛便都转向传令使所站的地方。

"我可是在这里也看见的……"木罗式加含胡地说。

"去罢，去罢！……"图髻夫推着他。

木罗式加踌躇了。莱奋生向前面走过去，像钳子似的，用那不瞬的视线，钉一般将木罗式加从群集中间拔出了。

传令使不看别人，垂着头走到桌子那边去。他汗出淋漓，他的手在发抖。他觉得自己身上有几百条好奇的视线，想抬起头来，但立刻遇到了生着硬麻一般胡子的刚卡连珂的脸。工兵同情地而且严厉地在看他。木罗式加受不住了，向着窗门那面，就将眼睛凝视着空虚的处所。

"那么，我们就来评议罢。"莱奋生仍像先前一样，非常平静地，然而使一切人们，连在门外的也能够听到地，说。"有谁要说话么？……哪，你，老伯伯，你有什么要说罢？……"

"在这里，有什么话好说呢。"遏斯泰菲老头子惶窘着，说："我们是，不过是，自己一伙里的话呀……"

"事情不很简单么，自己们去决定就是了！"农民们又嚷嚷地叫了起来。

"那么，老伯伯，让我来说罢……"突然间，图髻夫用了按住的力量，说，不知道为什么，他看着遏斯泰菲老头子那一面，也将莱奋生错叫作"老伯伯"了。

在图髻夫的声音中，有一种难名的威逼，使大家的头都转到他那面去。他走近桌子，和木罗式加并排站定了，——并且用了那大的，茁壮的身子，将莱奋生遮掩起来。

"叫我们自己来决定？……你们担心么!？……"他挺出胸脯，拖长着热心的怒声，说。"那么，就自己来决定罢！……"他忽然俯向木罗式加，将那热烈的眼钉在他上面。"你是我们一伙么，你说，木罗式加？……是矿工?"他紧张着，刻毒地问。"哼，哼，是肮脏的血呀，——苏羌的矿石呵！……不愿意做我们的一伙么？胡闹么？丢矿工们的脸么？——好！……"他的声音，恰如响亮的硬煤一样，发着沉重的钢一般的声音，落到寂静里去了。

木罗式加白得像布一样，牢牢地凝视着他的眼，心脏是在摇摆，仿佛受了枪弹的打击似的。

"好！……"图皤夫重复说……"去捣乱就是了！……倒要看看你离开了我们，会怎样！……至于我们呢……要赶出这小子去！……"他忽然向着莱奋生，简捷地说完话。

"瞧着罢，——只不要闹糟了自己！……"袭击队中的一个大声说。

"什么?!"图皤夫凶猛地回问，向前走了一步。

"我的上帝，好了罢……"从角落上，发出吃了惊的老人的鼻声来。

莱奋生从后面拉着小队长的袖子。

"图皤夫……图皤夫……"他静静地叫道。"再靠边一点，——将人们遮住了。……"

图皤夫已经射出了最后的箭，看着队长，惶惑地跄踉着，平静了下来。

"但是，为什么我们总得赶走这呆子的呢?"将那卷发的给太阳晒黑了的头，昂在群众上面，刚卡连珂忽然开口说。"我毫不想来给他辩护，因为人是不能没有着落的呀，——他做了坏事，况且我是天天和他吵架的……但是他，说起来，是一个能战斗的小子，——这总是不该抹杀的。我们是和他经历了乌苏里的战线的,做着前卫部队。他是我们的伙伴——决不做内应,也决不卖大家的……"

"伙伴……"图嶓夫悲痛地插嘴说。"那么,你以为我们就不是他的伙伴么?……我们在一个矿洞里开掘……差不多有三个月,我们在一件外套下面睡觉!……现在该死的臭黄鼠狼,"他忽然记起了那甜腻声音的企什来,"却想来教训我们一下了!……"

"我就在说这个,"疑心似的斜瞥着图嶓夫那面,刚卡连珂接下去说,(他以为那骂詈是对他的了。)"将这事就这样简单地拉倒,是不行的。但要立刻驱逐,也不是办法,——我们就毁了自己。我的意见是这样的:应该问他自己!……"他于是用手掌沉重地在空中一劈,仿佛要将别的无用的意见,从自己的意见分开。

"不错!……问他自己罢!……如果他在懊悔,他该会自己说出来的!……"

图嶓夫想挤回原地方去,但在通路的中途站住了,搜查一般地凝视着木罗式加。他却毫无主见地呆看着,只用汗津津的指头在弄小衫的扣子。

"说呀,你在怎么想,说呀!……"

木罗式加用横眼向莱奋生一瞥。

"是的,我这样……"他低声说了起来,但想不出话,沉默了。

"说呀,说呀!"大家像是激励他似的叫喊。

"是的,我这样……干了一下……"他又想不出必要的话来了,便转脸向着略勃支那面……"哪,这些瓜儿……如果我知道这是不对……还是怀了坏心思来做的呢?……我们这里的孩子就是……大家都知道的,我也就这样……并且照图嶓夫说,我是将我们的伙伴全体……我实在是,弟兄们!……"骤然之间,他的胸中有什么东西迸裂了,他抓着胸膛,全身挺向前面,从他两眼里,射出了温暖的湿润的光,……"为了伙伴,我可以献出我最末的一滴血来,这样子……这样子,我还丢你们的脸……还是怎样!……"

另外的声音从街上透进了屋子中，——狗在式尼德庚的村庄里叫，姑娘们在唱歌，从牧师那里的邻居传来了整齐的钝声，好像挨磨一样。在渡头，是人们拖声喊着"呵，拉呀!"的声音。

"可是叫我怎样来罚自己呢？……"木罗式加接下去说，悲痛地，但比先前已经更加稳当，也没有那样诚恳了。"只能够立誓……矿工的誓呀……那是不会翻的……我决不干坏事了……"

"但是，如果靠不住呢?"莱奋生很注意地问。

"靠不住……"木罗式加愧在农民们的面前，鞏了脸。

"但是，如果做不到呢？……"

"那时候，怎样都可以……枪毙我……"

"好，要你的命!"图皤夫严紧地说，但在他眼睛里，已经毫无怒色，只是亲爱地，嘲笑似的在发闪了。

"那么，完了罢！……完了哩!"人们在凳子上嚷着。

"那么，总算这就完了……"农民们高兴这麻烦的集会，不久就完，便说。"一点无聊的事，话倒说了一整年……"

"那么，这样决定罢，还是？……没有别的提议么？……"

"快闭会罢，落地狱的！……"从刚才的紧张忽然变了畅快的心情，袭击队员都嚷了起来。"烦厌透哩……肚子又饿得多么凶，——肚肠和肚肠挤得铁紧罗！……"

"不，等一等，"莱奋生举起手来，镇静着，映着眼睛，说。

"这问题，这算完了。这回是别的问题了！……"

"什么呢，又是?!"

"我想，有定下这样决议的必要的……"他向四近看了一转……"这里简直是没有书记的么！……"他忽而微微地，温和地笑起来了。"企什，到这里来写罢……是这样的决议：在军事的闲空的时候，不得追赶街上的狗，却须帮一点农民的忙……"他仿佛自己相信着有谁要帮农民的忙似的，用了含有确信的口气说。

"不呀，那样的事，我们倒一点不想的!"农民中有人说。

莱奋生想：——"着了！"

"嘘……嘘！……"别的农人打断了他。"听罢。叫他们做做罢——手也不会就磨损的！……"

"给略勃支，我们格外帮忙罢……"

"为什么格外？"农民们嚷了起来。"他是怎么的一位大老爷呀？……？……做议长算得什么，谁都会做的！……"

"闭会，闭会！……没有异议！……写下来罢！……"袭击队员从位置上站起，也不再听队长的说话，橐橐地走出屋子去了。

"唉呀……凡涅！……"一个头发蓬松的，尖鼻子的少年，跑到木罗式加这里来；穿着长靴，开小步拉他往门口走。"我的顶爱的小宝宝，小儿子，拖鼻涕小娃娃……唉呀！……"他灵巧地拉歪了帽子，别一只手拥着木罗式加，走得门口的地板得得地响。

"放手，放手！"传令使推开他，却并不是坏意思。

莱奋生和巴克拉诺夫，开快步从旁边走过了。

"图皤夫这家伙，倒像是强的。"副手亢奋着，口喷唾沫，挥着手说。"使他和刚卡连珂吵起架来，该是有趣的罢！你想，谁赢？……"

莱奋生在想别样的事情，没有听到他的话。潮湿的尘埃，在脚底下觉得软软地。

木罗式加不知什么时候剩在后面了。最后的农夫，也赶上了他。他们已经平静地不慌不忙地在谈论，——恰如并非从集会，却从工作之后回来的一般。

"那犹太人像个样子。"一个说，大概是指莱奋生了。丘冈上面爬着欢迎的小屋的灯，在招人们晚膳。河流在烟雾里，喧嚷着几百絮絮叨叨的声音。

"米式加还没有喂哩……"木罗式加逐渐走到平时走惯的处所，便记得起来了。

在马厩里，是觉得了主人的到来，米式加就静静地，不平似的嘶着，——好像在问"你在那里乱跑呀？"的一般。木罗式加在暗中摸到硬的鬃毛，便将马牵出了马厩。

"瞧哪，多么高兴呀。"马用了那冰冷的鼻子，来乱碰他的头的时候，他推着米式加的头，说："你光知道装腔，我呢，——我却得来收拾。"

七　莱奋生

莱奋生的部队，已经什么事也不做，屯田了五星期，——所以豫备的马匹，辎重，还有从那四近，别的部队的破破烂烂的驯良的逃兵们所曾经藏身的大锅之类的财产，就增多起来。人们睡得过度，连站着在做哨兵的时候，也睡着了。不安的报告，也不能使这庞然大物移一个位置，——他是怕了轻率的移动了。——新的事实，对于他的这危惧，或则加以证明，或则给以嘲笑。自己的过于慎重，他也自笑了好几回，——尤其是在日本军放弃了克理罗夫加，斥候在数百威尔斯忒①之间，不见敌人只影的事，明明白白了的时候。

但除了式泰信斯基之外，却谁也不知道这莱奋生的动摇。部队里面，大抵是谁也不知道莱奋生也会动摇的。他不将自己的思想和感情，分给别一个人，只常常用现成的"是的"和"不是"来应付。所以，他在一切人们，——除掉知道他的真价值的图畸夫，式泰信斯基，刚卡连坷那些人之外的一切人们，就见得是特别正确一流的人物。一切袭击队员，尤其是什么都想学队长，连表面的样子也在摹仿的年青的巴克拉诺夫，大体是这么想的："我呢，自然，是孽障的人，有许多缺点，例如许多事情，我不懂得，自己之中的许多东西，也不能克服。我的家里，有着精细的温和的妻或是新娘，我恋爱她；我吃甘甜的瓜，喝加面包的牛奶，或者又因为要在那里的晚上引诱姑娘们，爱穿刷亮的长靴。然而莱奋生——他却是全然别样的人。不能疑心他做过这样的事，——他懂得一切事，做得都适如其分。他

---

①　Verst，俄里名，一威尔斯忒计长一千一百七十码。——译者。

并不巴克拉诺夫似的去跟姑娘们，也不木罗式加似的去偷瓜。他只知道一件事——工作。因此之故，这样的正确的人，是不得不信赖他，服从他的。"

从莱奋生被推举为队长的时候起，没有人能给他想一个别的位置了，——大家都觉得惟有他来指挥部队这件事，乃是他的最大的特征。假使莱奋生讲过他那幼时，帮着他的父亲卖旧货，以及他的父亲直到死去，在想发财，但一面却怕老鼠，弹着不高明的梵亚林的事，那么，大约谁都以为这只是恰好的笑话的罢。然而莱奋生决不讲这些事。这并非因为他是隐瞒事物的人，倒是因为他知道大家都以他为特别种类的人物，虽然自己也很明白本身的缺点和别人的缺点，但要率领人们，却觉得只有将他们的缺点，指给他们，而遮掩了自己的缺点，这才能办的缘故。对于摹仿着他自己的事，他也决不愿意略略嘲笑那年青的巴克拉诺夫的。像他那样年纪之际，他也曾摹仿过教导他的人们。而且那时候，在他看来，他们也都见得是正确的人物，恰如现在的他之于巴克拉诺夫一样。到后来，他知道他的教师们并不如此了，然而他对于那些人，仍然非常感激。现在，巴克拉诺夫岂不是不但将他的表面的样子，并且连他先前的生活的经验——斗争，工作，行动的习惯，也都在收为己有么？莱奋生知道这表面的样子，当随年月一同消亡，而由个人底经验所积蓄的这习惯，却会传给新的莱奋生，新的巴克拉诺夫，而这件事，也非常重要，非常必要的。

……八月初的一个潮湿的夜半，骑兵的急使驰到部队里来了。这是袭击队各部队的本部长，年老的司荷威·珂夫敦所派遣的。老司荷威·珂夫敦写了信来，说袭击队的主力所集中的亚奴契诺村，被日本军前来袭击；说伊士伏忒加近旁的决死的战斗，苦得快死的有一百多人；说自己也中了九弹，躲在猎人的过冬的小屋里，还说自己的性命，恐怕也不会长久了。……

败北的风闻，以不祥的速度，沿着溪谷展了开去。然而急使尚且追上它，走掉了。于是各个传令使，就直觉了那是自从运动开始以来，所派遣的最可怕的急使。人们的动摇，又传播到马匹去。毛鬣蓬松的袭击队的马，露着牙齿，顺了阴郁的湿的村路，从这村狂奔到那村——泼起着马蹄所激的泥水……

莱奋生遇见急使，是夜里十二点半，过了半点钟，牧人美迭里札所率的骑兵小队，便越过了克理罗夫加村，循着希霍台·亚理尼的人所不知的鸟道，扇似的向三方面扩张开去，——并且将不安的通知，送给斯伐庚战斗区的诸部队去了。

莱奋生汇集诸部队送来的零散的报告，已经有四天了。他的脑紧张着，直感地在动作，恰如正在倾听一般，但他却仍像先前，冷静地和人们交谈，眈着那与众不同的碧绿的眼，并且挪揄巴克拉诺夫的跟着"肮脏的玛沙"。有一回，由恐怖而胆子大了起来的企什，问他为什么不讲应付的方法的时候，莱奋生便温和地敲着他的前额，答道，"那不是小鸟儿①的脑袋所能知道的。"他好像在用那一切样子，示给人们，只有他分明地知道这一切何以发生，怎样趋向，其中并无什么异样的可怕的事，而且他莱奋生，早已有了适宜的万无一失的救济之策了。但实则他不但并无什么策略，倒像勒令一下子解答那含有许多未知数的许多题目的学生一样，连自己也觉得为难。那不安的急使的一星期之前，袭击队员凯农尼珂夫到一个市镇去了，他还在等候从那地方来的报告。

这人在急使到后的第五天，弄得胡子蓬松，疲乏，饥饿，然而仍旧是出发以前照样的狡黠，红毛——只有这他毫没有改样——回来了。

"市镇统统毁掉了，克拉什理曼是被关在牢里了……"用了打牌上做手脚的人一般的巧妙，从很大的袖子里的一个袋子里，取出几封书信来，凯农尼珂夫说，还用嘴唇微微地笑着，——他是毫没有什

---

① 企什（Tchish），是"舞羽"的意思，故云。——译者。

么高兴的,然而倘不微笑,他就不能说什么了。"在符拉迭尔罗·亚历山特罗夫斯基和阿里格——有日本的陆战队在……苏羌是全给弄糟了……这事简直像坏烟草! ——哪,你也吸罢……"他便向莱奋生递过一枝金头的烟卷来。这"你也吸罢"是说烟卷的呢,还是说"像坏烟草"一样不好的事情的呢,竟有些不能辨别了。

莱奋生望一望信面——于是将一封装进衣袋里,拆开另一封信来:那正证实着凯农尼珂夫的话。在充满着虚张声势的公文式的字里行间,那败北和无力的悲愤,却令人觉得过于明白。

"不行么,唔?"凯农尼珂夫同情地问。

"可以……不算什么……但信是谁写的——绥图赫?"

凯农尼珂夫肯定地点头。

"就像他——他是总要分了部门来写的……"莱奋生用指甲在"第四部:当面的任务"之处的下面抓了一条线,——嗅一嗅烟草。"坏烟草呵,是不是? 给我一个火……但大家面前,你不要多话呵……关于陆战队和别的事……给我买了烟管没有呢?"他并不听凯农尼珂夫的为什么不买烟管的说明,又在注视纸上了。

"当面的任务"这一部,是由五个条项所构成的。其中的四条,从莱奋生看来,仿佛是呆气的不能实行的事。("唉,穆绥不在,真糟,"——他想,他这时才痛惜克拉什理曼的被捕。)第五条是这样地写着的:

> ……目下,袭击队指挥者所要求的最重要的事,——排除任何的困难也须达成的事,——是即使不多,也须保持强固而有规律的战斗单位,他日在那周围……

"叫巴克拉诺夫和经理部长来。"莱奋生迅速地说。

他将信件塞进图囊中,于是在那战斗单位的周围,他日会形成什么呢,他也没有看到底……从许多的任务里,只描出了一件——"最

162

重要的东西"。莱奋生抛掉熄了的烟卷,敲着桌子……"保持战斗单位"……这思想他总是不能消释,以化学铅笔写在便笺上的六个字的形象,留在他的眼前。他机械底地取出第二封信,望着信封,知道是妻子所寄的。"这可以且慢,"他想着,又藏进袋子去:——"保持战斗单位……"

经理部长和巴克拉诺夫到来的时候,莱奋生已经知道,他要做的是什么了,——他和在他指挥之下的人们:他们为要保持这部队,作为战斗单位起见,是来做凡有一切的事的。

"我们应该立刻从这里出发。"莱奋生说。"我们的准备,都停当了么?……经理部长的发言……"

"是的,经理部长的发言。"巴克拉诺夫反响似的说,显着仿佛豫知了这一切的趋向一般的脸相,收紧了皮带。

"要我——这个,没有办妥的工作,我是不做的。我准备着,什么时候都可以出发……不过那些燕麦又怎么办呢?那是……"于是经理部长将一大串湿的燕麦,破的货包,病的马匹"不能运送燕麦"的事,一句话,就是将表明他全未准备的事,他以为这移动是有损的计划的事的情形,冗长地说了一通。他竭力想不看队长,病底地颦着脸,映着眼睛,而且咳嗽着,这是因为豫先确信着自己的失败了的。

莱奋生抓住了他的衣扣,说:

"你说昏话……"

"不,这是真的,约瑟夫·亚伯拉弥支,我想,我们还是驻屯在这里好……"

"驻屯?……这里?!……"莱奋生恰如同情于经理部长之愚似的,摇一摇头。"头上已经就要出白头发了。你说,你究竟在用什么想的,用脑袋还是用卵袋的呀?……"

"我……"

"住口!"莱奋生含着许多意义地抓着他的扣子只一拉。"准备去,要什么时候都能走。懂了没有?……巴克拉诺夫,你监督着罢……"他放掉扣子。"羞人！……你的货包之类，毫没有什么要紧的……小事情！"他的眼睛冷下去了，在他的峻峭的视线之下，经理部长终于也确信了他在着忙的货包之类——真是小事情了。

"是的，自然……那是明明白白的……问题并不在这里……"他喃喃地说，好像倘若队长认为必要，便连自己背着燕麦走路，也将赞成的一般。"那有什么烦难呀？还可以立刻的！即使是今天——即使是一转眼……"

"哪，就是呵……"莱奋生笑起来了。"这就是了，就是了，去罢！"他在他的背脊上轻轻一推。"你要给我什么时候都可以……"

"老狐狸，厉害的，"怀着恚怒和感叹，经理部长走出屋子去的时候，想。

到傍晚，莱奋生召集了部队评议会和小队长。

他们各执了不同的态度，接受莱奋生的报告。图皤夫是捻着浓厚的沉重地拖下着的髭须，默默地坐了一晚上。他分明是和莱奋生同意的。对于出发，最为反对的，是第二小队长苦勃拉克。他是这一群中的最旧，最有功劳，而且最不高明的队长。但没有一个帮衬他的人。苦勃拉克是克理罗夫加的本地人，他所主张的，是克理罗夫加的田地，而不是工作的利益，那是谁都知道的。

"盖上盖子罢！得带住了……"牧人美迭里札打断他。"已经是忘掉老婆的裙子的时候了呀，苦勃拉克伯伯！"他照例地因了自己的话而激昂，用拳头敲着桌子。而且他的麻脸上，也即刻沁满了汗。"再在这里，人会将你们像小鸡一样——带住而且盖上的！……"他于是响着胡乱的脚步声，用鞭子敲着椅子，在屋子里走来走去。

"不要这么拼命，朋友，不然，立刻会乏的。"莱奋生忠告他。但在心里，却佩服着软皮鞭似的紧紧地编成的柔软的身体的激烈的举动。这人连一分钟也不能镇静地坐定，全身是火和动，他的凶猛的眼睛里，燃烧着再来战斗的无厌的欲求。

美迭里札将自己的退却的计划立定了。由此看来，显然是他的热烈的头,虽对于很大的广漠,也并无恐怖,而且未曾失掉了军事上的锐敏。

"对的!……他的头很不错。"巴克拉诺夫感叹起来,但对于美迭里札的独立的思想的过于大胆的飞跃,又略有些歆羡。"前几时还在看马的,再过两年,一定会成为指挥我们的罢……"

"美迭里札么?……呵——阿……是的,是一个脚色呀!"莱奋生也共鸣了。"但是,小心些罢,——不要自负……"

然而利用了各人都以自己为比别人高强,不听别人的话的这热心的论争,莱奋生就将美迭里札的计划,用了更单纯,更慎重的自己的计划换了出来。但他做得很巧妙,很隐藏,他的新的提案,便当作美迭里札的提案而付了表决,并且为大家所采用了。

在回答市镇和式泰信斯基的书信中,莱奋生通知几天之内,就要将部队移到伊罗罕札河的上流希比村去,而于病院倘没有特别的命令,便还留在那地方。莱奋生是还住在那镇上的时候,就认识了式泰信斯基的。这回是他写给他的第二封告警的信了。

他在深夜里才做完他的工作;洋灯里的油已经点尽了。从敞开的窗间,流来了湿气和烂叶的气味。蟑螂在火炉后面索索作响,隔壁的小屋里,有略勃支的打鼾声。莱奋生忽然,记起了他妻子的信,便将油添在洋灯里,看了起来。并没有什么新鲜的,高兴的事。仍像先前一样,找不到什么地方做事,能卖的东西已经全部卖掉,现在只好靠着"工人红十字"的款子糊口,孩子们是生着坏血病和贫血症了。而且每一行里,无不流露着对于他的无限的关切。莱奋生沉思地理着胡子,动手来写回信。开初,他是不愿意将头钻进和这方面的生活相连结的思想里去的,但他的心情渐被牵引过去,他的脸渐渐缓和,他用难认的小字,写了两张纸,而其中的许多话,是谁也不能想到,莱奋生竟会知道着这样的言语的。

于是欠伸了疲倦的手脚,他到后院去了。马厩里面,马在踏蹄,啮着新鲜的草。守夜的卫兵紧抱着枪,睡在天幕下。莱奋生想:"倘若别的哨兵们也这样地睡着,可怎么呢？……"他站了一会,好容易克服了自己的渴睡的心情,将一匹雄马从马厩里牵出。他加了马具。那卫兵仍旧没有醒。"瞧罢,这狗养的。"——莱奋生想。他注意地拿了他的帽子,藏在干草里,便跳上鞍桥,去查卫兵去了。

他沿着灌木丛子,到了栅门口。

"谁在这里?"哨兵粗暴地问,响着枪闩。

"伙伴……"

"莱奋生？……为什么在夜里走动的?"

"巡察员来了没有?"

"十五分钟前来过了一个。"

"没有新消息么?"

"现下,是都平稳的……有烟草么？……"

莱奋生分给他一点满洲尔加,于是涉了河的浅滩,到了田野。

半瞎的月亮照临着,苍白的,满是露水的丛莽,显在昏暗中。浅河的每一个涟波,碰着砾石,都在分明地发响。前面的丘冈上,跳动着四个骑马的人。莱奋生转向丛莽那边去,躲了起来。声音逐渐近来了。莱奋生看清了两个人:是巡察。

"等一等,"一个一面说,一面勒马向路上去,马歕着鼻子,向旁边跳了起来。有一匹感到了莱奋生跨着的雄马,轻轻地嘶鸣了。

"不是吓了我们么?"前面的一个用了激动的勇壮的声音,说。"忒儿儿儿,……畜生！……"

"同你们在一起的是谁呀?"莱奋生将马靠近去,一面问。

"阿梭庚的斥候呵……日本军已经在马理耶诺夫加出现了……"

"在马理耶诺夫加?"莱奋生出了惊,说。"那么,阿梭庚和他的部队,在那里呢?"

"在克理罗夫加。"斥候的一个说。"我们是退却了的……这战斗打得很凶恶,我们不能支持了。现在是派来和你这面来连络的。明天我们要退到高丽人的农场去了……"他沉重地俯向鞍上,——恰

166

如他自己的言语的厉害的重担,压着了他一般。"都成了灰了。我们给打死了四十个。一夏天里,这样的损害,我们是一回也未曾有过的。"

"你早就离开克理罗夫加了么?"莱奋生问。"回转罢,我和你一同去……"

到了太阳快出的时候,他衰惫,瘦削,带着充血的眼和因为不眠而沉重的头,回到队里来了。

和阿梭庚的会面,决定底地证明了莱奋生所下的决心——销声匿迹,从速离开这里的决心之正当。不特此也,阿梭庚的部队的样子,还将这事显得很分明:所有连系,都在朽烂了,宛如锈的钉子和锈的铁箍的桶,却遭了强有力的大斧的一击。人们不听指挥者的话,无目的地在后园徘徊,而且许多人还喝得烂醉。有一个人特别留在莱奋生的心里:一个卷发的瘦削的人,坐在路旁的广场上,用浑浊的眼睛,凝视着地面,在盲目底的绝望中,向灰白的朝雾一弹一弹地放枪。

一回来,莱奋生便将自己的信发出,给与受信人。但他已经决定于明晚离开这村庄,却没有给一个人知道。

八 对 头

开了可纪念的农民集会的第二天,莱奋生就在寄给式泰信斯基的第一封信里,提议将野战病院也渐次加以整理,以减自己的危惧,且免他日分的烦难。医生将信看了好几遍,——于是他就格外频频映眼,在他的黄脸上,颚骨也见得更加峻嶒起来,大家也就不知怎地成了不愉快的阴郁的心情了。恰如从干枯的两手所拿的小小的灰色信封中,爬出了不安的莱奋生的惊愕,咻咻作响,将每一片叶,每一个人的心里所存在的平安和静谧,全都赶走了似的。

……不知道为什么,晴朗的天气忽然变化,太阳和雨轮流出现。满洲的黑枫树,也比别的一切都早觉得临近的秋气,悲哀地歌唱起来了。老了的黑嘴的啄木鸟,以异常的急促,啄着树皮,——毕加则感到乡愁,成了坏脾气。他终日在泰茄中仿徨,疲乏,还是照旧的不满,走了回来。来缝纫呢,线就乱,下棋呢,总是输的。而且在他,有宛如用干草来吸了腐败的池水一般的感觉。然而人们已经分散,回到各各的村子去了——整理起没有兴头的兵丁的包裹来,悲哀地微笑着,各各分手。"姊妹"是一面还检查一回绷带,一面和"小兄弟"们接吻,作最后之别。于是他们就将草鞋浸在苔藓里,向不知边际的远方,向泥泞里走去了……

华里亚在最后送了跛子的行。

"再会,小兄弟,"吻着他的嘴唇,她说。"你看,上帝是爱你的——赐给了这样的好天气!不要忘记我们这可怜人罢……"

"上帝,那是在那里的呀?"跛子微微一笑。"上帝是没有的……不,不,见鬼!……"他想像平时一样添上愉快的笑话去,但突然,脸肉发跳,挥一挥手,回过头去,阴森森响着饭盒,一趸一趸从小路上走掉了。

负伤者之中,现在剩下的,就只有弗洛罗夫和美谛克,还有虽然一向什么病痛也没有,然而不愿出去的毕加。美谛克穿了托"姊妹"缝好的沙格林皮的袄子,用枕头和毕加的睡衣垫着背脊,半坐在行榻上。他的头上已经不扎绷带,他的头发长了起来,卷成带深黄色的轮子,颧颥上的伤疤,使他全脸见得更加诚实和年老了。

"你也好起来了;你也就要去的罢……""姊妹"凄凉地说。

"但我到那里去呢?"他含胡地问,自己也有些吃了惊。这问题,是刚才烧起来的,于是生了模胡的,然而已经相识的表象——在这里,毫不能觉得什么的欢欣。美谛克皱了眉。"我是没有什么可去的地方的。"他莽撞地说。

"瞧罢!……"华理亚愕然说。"到部队去,到莱奋生那里去。你会骑马么?——到我们的骑兵队去……不要紧,一学就会的……"她和他并坐在行榻上,拿了他的手。美谛克没有转过脸去,但凝视着

168

小屋的上面。而迟迟早早,总得走出这里去的一个思想——他现在好像用不着的这思想,就苦得恰如毒草之在舌上了。

"不要怕哪!"仿佛她也明白他似的,华理亚说。"这么漂亮,年青,却胆小……你胆子小呵。"她亲爱地重复说,并且悄悄地环顾了周围,在他额上接吻了。在她的爱抚中,觉得总有些似乎母亲的爱抚。"在夏勒图巴那里,虽然那样子,但我们这里却不要紧……"她没有说完话,忽然附着他的耳朵,说道:"在那边的,都是乡下人,但我们这边,大概是矿工呵——好家伙——和你们马上会要好的……你常常到我这里来罢……"

"但木罗式加,——他会怎么说呢?"

"那么,照片上的那人,会怎么说呢?"她笑着回答,同时将身子离开美谛克,——因为弗洛罗夫转过头来了。

"……我是连想到她的事也早已忘掉了……我将照片撕碎了。"他说了之后,又慌忙加上去道:"那一回没有看见纸片么?……那就是的。"

"那么,木罗式加就更没有什么了——他一定是已经惯了的。他自己也在游荡……你用不着担什么心的——要紧的是常常来看我。不要给什么人赶上前……冲上去。不要怕我们那些小子们,那只是看看好像凶狠,——将手指放进嘴里去,便会咬断的一般。但并不坏到这样——不过样子罢了。你只要自己先露出牙齿来……"

"你就也露出牙齿来的么?"

"我是女人,我恐怕全用不着这样的——我恐怕就用爱来制胜。不过在你们男子汉,不这样可不行……只是怕你做不到。"她沉思地加添说。于是又弯身向他,低语道:"也许,我的爱你,就为此……这我可不知道了……"

"这是真的,我一点也不勇敢,"到了后来,美谛克将两手托在头后面,用不动的眼睛看着天空,想。"但我就真的做不到么?总得来做一做才是,如果别人是做得到的……"他的思想里,这时已经没有悲哀,或凄凉孤独的感觉了。他已经能够从旁来看事物,用别种眼光来看事物了。这的来由,是因为他的病有了一种转变,伤是好得快了,身体也茁壮,健康起来了的缘故。(但这也许是由于地土,——因为土是在发酒精和马蚁气味的,——或者也许是由于华理亚,——因为她有柔和的,烟色的眼睛,又总是用了善良的爱之心来说话——而且极愿意信任她的。)

"……实在,我有什么悲观的必要呢?"美谛克想,这时候,他就觉得好像并无悲观的什么原因了。"应该现在就好好地站起来:不要赶不上谁……对谁都赶不上,是不行的……她的话一些不错。在这里是别样的人们:所以,我也应该变过……我来改罢。"他对于华理亚,对于她的话,对于她的善良的爱之心,几乎觉得是儿子一般的感谢,一面用了未曾有的决心,想。"……这么一来,一切便会从新改变下去的罢……待到我回到镇上去的时候,谁都将另眼相看的罢——我是一个全然别样的人了……"

他的思想,远远地弯向旁边——未来的光明的日子去了。所以那些也就轻淡地,仿佛在泰茄的空地上所见的柔软的蔷薇色云一般,自行消褪。他想,——在窗户洞开的柔软的客车中摇晃着,和华理亚两个人回市镇去,窗外面,是渐远渐淡的群峰和那一样的柔软的蔷薇色云,浮漾空中的罢。而他们两人,是紧偎着坐在窗际——华理亚说给他温言,他抚摩着她的头发——而她的卷发,则金光灿烂,将如白昼似的……华理亚在他的幻想里,也毫不像煤矿第一号的曲背的抽水女工了,——因为美谛克所想像,是并非现实所有,而只是他所但愿如此的。

……过了几天,从部队又送到了第二封信——送信来的是木罗式加。他捣了一场大乱子,疾风似的从林中冲出,大声嚷着,使马用后脚站起,说些辨别不清的话。他这么一闹,就为了精力的过多,并且——不过为了开玩笑。

"你干什么呀,你这恶鬼,"受惊的毕加,用了唱歌似的叱责声,说。"这里是有一个人要死了,"他将头歪向弗洛罗夫那面,"你却在嚷嚷……"

"阿呀,阿呀……绥拉菲谟爹爹!"木罗式加向他作礼。"给你致敬!……"

"我并不是你的老子,况且我的名字,是菲,菲陀尔呀……"毕加恼怒了,——他近几时常常发怒,——那时候,他就见得是一个可笑的,可怜的人了。

"那有什么相干呢,菲陀舍,不要那么生气罢,那么生气,头要秃的呵……阿呀,给太太请安!"木罗式加除下帽子,套在毕加的头上,向华理亚鞠躬。"真好,菲陀舍,帽子和你很合式。不过你裤子再拉高一点罢,要不然,拖了下来简直像吓鸦草人一样——很不像智识阶级哩!"

"什么——我们非立刻卷起钓竿来不可么?"拆着信封,式泰信斯基问。"停一会,到营屋里来取回信罢。"他对于从他肩上,望得颈子快要拔断了的哈尔兼珂,遮掩着书信,一面说。

华理亚在和丈夫的会见中,这时才觉到了奇妙的关系的不像样子,弄着围身布,站在木罗式加的面前。

"为什么长久不来的?"最后,用了好像做作出来的镇定,她问。

"你一定在等得太久了罢?"他觉到了她那不可解的客套,嘲笑地回问道。"不,不要紧,这回可要高兴了——到林子里去罢……"他沉默了一息,讥讽地加添道:"去吃苦……"

"你的事,就只有那一件的,"她不看他,想着美谛克,不在意地回答。

"那么,你呢?……"木罗式加弄着鞭子,像在等候。

"我并不是头一回了。我们并不是外人……"

"那么,我们去么?……"他注视不移地说。

她解下围身布,将卷发披在肩上,用那不稳当的不自然的脚步,从小路上走掉了——并且竭力不向美谛克这面看。她知道他在用了可怜的惶惑的眼光相送,而且即使到了后来,也不会了解她是只在尽无聊的义务的。

她在等候木罗式加从背后来抱住她。然而他并不走近。他们保着一定的距离,这样默默地走了许多时。她到底忍不住了,站了下来,怀着惊愕和期待向他看。他走近来了,但是并没有来拥抱。

"在玩什么把戏呀,姑娘……"他忽然用了沙声,一字一字地说。"你已经入了迷了呢,还是怎样?"

"在说什么呀——审问么?"她抬起头来,凝视着他——反抗底地,而且大声地。

木罗式加是早就知道她正如处女时代的行为一样,当他外出的时候,也在轻浮的。他从那结婚生活的第一天,喝得烂醉了的他,早晨从地板上的人堆里醒来,看见他那"青年的","合法底的"妻,和煤矿第四号的选矿手的红毛的该拉希谟抱着睡觉的时候起,便知道这事的了。然而——在后来的生活中,也和那时候一样——他对于这事,却完全取着冷淡的态度。其实,他是从来没有尝过一回真的家庭生活,他本身也决不觉得自己是结了婚的人的。但美谛克那样的汉子,能做他妻子的情人,在他却以为是非常的侮辱。

"究竟迷了谁呢,这倒愿意知道知道的呵?"他注视了她的眼光,用随便的平静的嘲笑,格外客气地问,——因为他不愿意露出自己的忿恨来。"恐怕是那个小花娘的儿子罢?"

"是那个小花娘的儿子便怎样……"

"对了,小子倒不坏——有点儿漂亮,"木罗式加补足说。"有味的罢。应该给小子缝一块手帕,好擦擦小鼻子。"

"倘若要用,会给缝,会给擦的……我给他擦呵!懂了没有?"她紧对着脸,兴奋了,便很快地说:"可是你到底是狠什么呀,你发狠,那就怎样呢?三年里面弄不出一个孩子来——只有嘴巴会说得响亮……不中用的东西……"

"姘的汉子有一个分队了,叫我怎么来和你生孩子——恐怕连

172

赶忙张开腿来也来不及罢……不要对我这么发吼了!"他怒喝着。
"要不然……"

"要不然,又怎样?……"她挑衅似的说。"莫非要打么?……来试试罢,我倒要看看你……"

他举起鞭子,愕然地,好像受了意外的思想的启示,但随即又将手垂下了。

"不,我不打你……"他含胡地,遗憾地说,似乎还在疑惑,是否真不妨来打她。"打也不要紧,但我可不愿意打娘儿们。"他的声音里,含着她所未尝听过的调子了。"哪,还是一同过活去罢,走你自己的路。会做太太也说不定的。……"他骤然回转身,向小屋那面走去了——一面走,一面用鞭子敲落着草的花。

"喂,等一等!……"她忽然充满了少有的同情,叫了起来。"凡涅!……"

"我是不要公子哥儿的吃剩东西的。"他激烈地说。"将我的给他去用就是了……"

她踌躇了——在他后面追上去了呢,还怎样——没有追上去。她等着,直到他转了弯,不见了——于是舐着干燥的嘴唇,缓缓地在后面走。

一看见从密林里回来得有这么快的木罗式加(传令使是大摆着两手,沉重地,愤怒地,动着身子,走了去了),美谛克便——凭着似乎毫无什么实据,然而绝不容一点疑问的那意识下的确信——知道木罗式加和华理亚之间的"没有事",而那原因,则是——他,美谛克了。一种不安宁的高兴和说不出的犯罪感,在他里面无端蠢动起来。于是一遇到木罗式加的毁灭一切似的眼光,就开始觉得有些可怕了。

行榻的近旁,木罗式加的粗毛的马在吃草,索索有声;看去好像传令使在弄马,而实际上,却由一个暗的刚愎的力,将他引到美谛克这里来了。然而充满着受了创伤的自负和侮蔑的木罗式加,是连对自己也隐瞒着这事的。他每一步,美谛克的犯罪感便生长起来,高兴消了下去。他用胆怯的,退缩的眼,看定了木罗式加,不能将眼从那里离开。传令使抓起了马缰。马用鼻子推开他,恰如故意似的,推得和美谛克对面了。于是美谛克突然受了因为愤怒而沉重,昏浊的冷的眼光,几乎不能喘气。这短促的瞬间,他觉得自己是大受压迫,非常肮脏,至于动着嘴唇,开始要说了,却并没有话——他没有话说。

"你们坐在后方的这里呀,这色鬼们,"不愿意来听美谛克的无声的说明,木罗式加只照了自己的模胡的思想,带着愤慨,说。"穿上了什么沙格林皮的袄子哩……"他觉得他的愤怒,美谛克也许以为是因嫉妒而来的,那就是一件憾事。但他自己却也没有意识到真的缘故,只是滔滔地,不干净地骂了出来。

"骂什么呀?"美谛克满脸通红,回问道。自从木罗式加破口骂詈之后,不知什么缘故,他倒觉得轻松一些了。"我是腿给砍坏了的,并不是在战线后面……"他显着带怒的颤抖和热烈,说。这瞬间,他就自己觉得仿佛两腿真被砍伤,而穿沙格林的袄子者,大概不是他,倒是木罗式加似的了。"便是我们,也知道在战线上的人们里,有怎样的人的。"于是他更加脸红,添上去道:"便是,我也要对你说,倘使我没有受过你的帮助……不幸的是……"

"嗳哈……恼了么?"木罗式加像先前一样,不听他的话,也不想了解他的义气,几乎要跳起来,叫喊道。"忘了我将你从火里救出来了么?……我们是将你似的家伙带在自己的头上走着的呀!……"他大声嚷,——恰如每天将负伤者像栗子一般,在"从火里"带出来那样。"我们的头上呀!……你们是坐在我们的那里的,要好好地记住!……"他说着,还用了无限的粗野,拍着自己的后项。

式泰信斯基和哈尔兼珂从小屋里跳出来了。弗洛罗夫带着病底的惊愕,转过了脸来。

"你们为什么在嚷嚷的？"用了令人惊怕的速度，眨着一只眼，式泰信斯基问道。

"我的良心在那里么？"木罗式加回答着美谛克所问的良心在那里的话，叫喊说。"我的良心，藏在裤裆里呀！……这里是我的良心——这里，这里！"他暴怒得说不出话来，装着猥亵的姿势。

从泰茄中，从不同的两侧，"姊妹"和毕加都高声叫着，跑了过来。木罗式加只一跳便上了马，仍如他在非常愤激之际的举动一样，用力加上一鞭去。米式加便用后脚一站，仿佛受了火伤似的，跳向旁边了。

"等一等。拿了信去！……木罗式加！……"式泰信斯基惶惑着，叫道。但木罗式加已经不在了，只从喧嚣的森林里，传来了渐渐远去的风狂的蹄声。

九　第　一　步

……道路如有波浪的无穷的带，向他流过，垂下的树枝拂着木罗式加的脸，而他，则满怀着愤怒和恚恨和复仇，策了发狂一般的马，奔驰前去。和美谛克的愚蠢的斗口的每个要素，一个比别个更加强有力地，接连在他热了的脑里发生——但虽然如此，木罗式加却还觉得对于这样的人，自己的侮辱的表现还没有尽致。

他也能够使美谛克记得起来，例如，在那大麦田里，他怎样地用了撇不开的手，抓住了他；在他那疯狂了似的眼中，怎样地旋转着对于自己的小性命的卑贱的恐怖。他也能够将美谛克对于那卷发的小姐之爱——那照片恐怕还在他洋服的帖近心胸的袋子里的小姐之爱，刻毒地嘲笑一通，并且用了最讨厌的名称，来称呼那有点漂亮的小姐……他到这里，便想起美谛克既然和他的妻"弄成一起"，对于那有点漂亮的小姐，就早已毫不感到什么侮辱了。于是制服了敌人的胜利之感，便即消亡，木罗式加又觉到了自己的无可奈何的恚恨。

……为了主人的不公道，受了很大的气苦的米式加，一直跑到觉得流涎的唇间，马嚼子已经放缓，——那时候，它就放慢了脚步，而且一知道不再听到新的叱咤声了，便用了只在表面上见得迅速的步调前行，——正如感着侮辱而不失自己的威严的人类一样。它连榭雀的声音也毫不介意，——今晚那鸟儿太多叫，然而照例只是并无意义地叫，它以为比平常更琐碎，更呆气了。

泰茄以黄昏的白桦为尽头，疏朗起来；太阳穿过了树干的罅隙，来扑人面。这里是舒适，澄明，爽快，——和那像榭雀的人类的琐碎，是绝不相同的。木罗式加的激怒淡下去了。他已经说给，以及将要说给美谛克的侮辱的言语，早失却了那复仇本身的辉煌的毛羽，显现在他面前的只是堕落的精光的可怜相，——只见得是好像胡乱张扬的，并无意思的东西。他已经后悔和美谛克吵架——没有给自己"保住招牌"到底了。他这时觉得华理亚这人，还是像他先前所料一样，对于他总决不是一个好女人，也知道了将决不再回到她那里去。华理亚者，还是他"和大家一样地"过活，凡事都看得单纯，明朗时候，将他连在煤矿的生活上的最为亲密的人，现在和她分离，使他经验了一种感情，好像他生活中的这大而长的时期已经收场，而新的生活却还未开始一样。

太阳向木罗式加的帽子的遮阳下面窥探进来——像冷冷的，不瞬的眼睛一般，还挂在山顶上，而周围的原野，则已是不安地杳无人踪了。

他看了些在还未收割的田地上的没有收拾的大麦束，忙得忘掉在堆积上的女人的围身布，将头钻在路边的铁扒。歪斜的干草堆上，是悲哀地，茫然无主地停着乌鸦，一声不响。但这些一切，都在他的意识上滑过了，毫无关系。木罗式加是吹起了记忆上的极旧极旧，积叠起来了的尘埃。并且明白了这是完全没有乐趣的，没有欢欣的被诅咒的重担。他觉得自己是被弃的，孤独的人了。他好像飘过了广大的无主的荒原，而可怕的空虚，却只是更来增长他的孤独。

因了忽地从丘冈后面奔腾出来的惊惶的马蹄声,他就定了神。没有抬头的工夫——他向前已经竖着跨在大眼睛的会捣乱的马上的,体面的,身上紧束皮带的矮小的巡察,——马吃了意外的人影子的吓,用后脚站了起来。

　　"阿呵,你这该得诅咒的雌马……"巡察一面从半途中接取那为了冲突而落了下来的帽子,一面骂。"木罗式加,可是? 快跑回去,快跑,——那边已经是糟透了……"

　　"怎么了呀?"

　　"是的,那边跑来了逃兵,在吹很大的牛屎呵,很大的牛屎哩——日本人来了呀,什么什么呀! ……农人们从田里跑了来,女人们是叫喊……都将货车拉到渡头去了,市场到人家倒是一片污秽。管渡人几乎给打死了,去了来,来了去,不能将大家都渡过去——将大家! ……但是我们的格里式加跑了十二威尔斯式去一看,——什么日本人那些,连影子也没有,——都是胡说八道。就是造无聊的谣呀。本该枪毙他的——如果不可惜子弹,真是! ……"巡察喷着唾沫,挥着鞭子,将帽子忽脱忽戴,一面乱整着卷头发,好像除了自己在讲的一切之外,还想说道:"喂,瞧罢,朋友,姑娘们是多么喜欢我呵。"

　　木罗式加记得起来,这青年是两个月前偷了他的洋铁的热水杯,后来却主张这是"从欧战时候"就有了的。热水杯是已经不可惜了,但这回忆,却立刻——较之满心是别的事,木罗式加并不在听的巡察的话还要迅速地——将他推上了部队生活的平常的轨道。——急使,凯农尼珂夫的到来,阿梭庚的退却,传遍部队的风闻——这些一切,就洗掉了往日的黑的渣滓,成为不安的波涛,扑向他来了。

　　"你唠叨些什么——逃兵?"他打断巡察的话。那人吃了一惊,扬起眉毛,拿着刚刚除下,又正要去戴的帽子,动也不能动了。"你单会出风头,混帐小子!"木罗式加轻蔑地说。他愤怒着,将缰绳一拉,几分钟后,就到了过渡的处所了。

膝髁上生一个大疮,缚着一只裤脚的多毛的管渡人,将装得满满的渡船,前推后推,已经完全疲惫。但这一岸上,还拥挤着许多人。渡船将要到岸,人们,口袋,手推车,哭喊的婴孩,以及摇篮的巨大的雪崩,便直挤向那上面去——人们各要首先上船,大家就挤,叫,轧,掉,——管渡人想维持秩序,叫破了喉咙,然而没有效验。得了和逃兵亲口交谈的机会的狮子鼻的女人——为从速回家的志愿和将自己的新闻告诉别人的志愿之间不能解决的矛盾所苦恼,——三回赶不上渡船,背后拖一个装着喂猪的芜菁叶子的比她自己还大的口袋,刚在"上帝呀,上帝呵"的呼天,却又说起话来了,——说是再等第四回的摆渡罢。

木罗式加遇到了这骚扰,照老脾气,是很想("开开玩笑地")将人们更加吓唬一通的,但不知为什么竟转了念头,一跳下马,便去安抚大家了。

"你在这里讲什么日本人呀,那都是谎人的。"他去打断那模样已经发了痴的女人的话:"她还对你们说,他们'放瓦~~~斯'……什么瓦斯? 大概是高丽人在烧干草罢咧,她就当作瓦~~~斯了……"

农民们便忘掉了那女人,都来围住他——他骤然觉得自己是伟大的,有责任的人了。而且连对于这自己的特别的职务,以及按下了自己要去"吓人"的意思的事,也感到高兴,——他反驳,嘲笑着逃兵的胡说,一直到最后跑来的人,都完全走散。待到下一次的渡船到岸的时候,已没有先前那样混乱了。木罗式加自己去指点马车挨次上船,农民们后悔着从田地里回来得太快了,就恨恨地骂马。连拖着口袋的狮子鼻女人,也终于载上了谁的货车,坐在两个马头和大大的农夫的屁股之间了。

木罗式加从阑干上弯身下去,看见船间走着两个水泡的圈,——这一个圈,没有追上别一个,——这自然的秩序,使他记起了他自己现在怎样地组织了农民们的事来,——这回忆,是很愉快的。

　　他在村子的栅门口,遇见了巡察的轮班,——那是五个人,属于图皤夫的小队里的。他们用了笑声和好意的骂詈,来欢迎他。为什么呢,因为他们是常常喜欢会见他的,但并无什么可说的话,——也因为他们都是健康的,茁壮的家伙,而暮天又复凉快,清爽了。

　　“折断脖子折断腿!……”木罗式加作别,羡慕地目送着他们。他愿意和他们以及他们的笑声和骂声在一起,——充了巡察,和他们一同在这凉快,清爽的暮天里驰驱。

　　和袭击队的会见,使木罗式加记起他离开病院时,没有带回式泰信斯基的信,并且也许要因此受罚的事来。他几乎要被赶出部队的那集会的情形,便突然历史底地在眼前出现,而且有东西来刺了他的心。木罗式加到这时候,这才觉得这一件事,在他是这一月里最为重要的事——较之病院里所发生的事,也重要得很远的。

　　“米赫留忒加。”他对马说,抓住它的鬐甲。“我是什么事都不高兴干了……”米式加将头一摇,喷着鼻子。

　　木罗式加一面向本部走,一面下了坚固的决心,“一切都不管,”只去请给自己解除了传令使的义务,放他回小队,伙伴的地方去。

　　在本部的大门口,巴克拉诺夫正在审逃兵,——他们都被解除了武装,在监视之下。巴克拉诺夫坐在一级阶沿上,在写下名姓来。

　　“伊凡·菲立摩诺夫……”一个人竭力伸长颈子,用了哀诉的声音,吞吞吐吐地说。

　　“什么?……”巴克拉诺夫像莱奋生平时的举动一样,将全身转过来向着他,吓人地问。(巴克拉诺夫的意思,以为莱奋生这样做,是为了加重自己的发问的斤两的,——但其实,莱奋生之所以如此,却因为颈子上曾经受过伤,不这样便往往转不过去的缘故。)

　　“菲立摩诺夫?……父称呢!……”

　　“莱奋生在那里呀?。木罗式加问了。回答是向门昂一昂头。他整好头发,走进小屋去。

莱奋生在屋角上办事,没有看到他。木罗式加蹰蹰着弄着鞭子。在木罗式加的意中,本也是像在队里的一切人们一样,以为队长是极正的人物的。然而生活的经验,却将并无正人的事,教给了他,于是他努力使自己相信,莱奋生倒正相反——是一个最大的坏人,无论什么,都"要掩饰的汉子"。但虽然如此,他也相信队长是"从头到底,无不看透"的,所以几乎瞒他不得,——因此来托事情的时候,木罗式加总经验到一种奇怪的心虚。

"你总是老鼠一样,将脑袋钻在书本里,"他终于说。"我是没有差池地送了信回来了。"

"没有回信么?"

"没～～～有……"

"好罢。"——莱奋生将地图推开,站了起来。

"听哪,莱奋生……"木罗式加开头了。"有事情托你哩……如果肯听——就做永久的朋友,真的……"

"永久的朋友?"莱奋生微笑着回问道。"那么,托什么事,说出来罢。"

"给我回小队去罢……"

"为什么忽然要回小队去了?"

"说起来话长呀——总之,我是厌透了。真的……简直好像我并不是袭击队,倒是……"木罗式加将手一摆,蹙了脸,仿佛怕说话不慎,弄坏了事情似的。

"那么,谁做传令使呢?"

"教遏菲谟加能够担当,就好。"木罗式加逼紧说。"呵,那小子,一说到马,我告诉你罢,是好到在旧军队里受过赏的!"

"你说是做永久的朋友罢?"用了恰如这事有着特别的意义似的调子,莱奋生再问道。

"不要开玩笑了罢,你这鬼东西! ……"木罗式加熬不住,说出来了。"来和你商量事情,你却在发笑……"

"不要这么气恼罢,气恼,是坏身体的呵……对图皤夫说去,教送遏菲谟加米,并且你……去你的就是了。"

"这正是朋友了呀,这正是朋友了!……"木罗式加高兴得叫了起来。"莱奋生……tvoju matj……这真好透了!……"他向头上去硬扯下帽子来,摔在地板上。

"呆子……"

木罗式加到得小队的时候,天已经暗了。他在小屋里,遇见了大约二十个人。图皤夫骑在凳子上,在小灯的灯光下弄"那干"①。

"嗳哈,坏种……"他用低音,在胡子下面说。看见木罗式加手里的包裹,他吃了一惊。"你怎么又带行李回来了? 莫非革掉了么?"

"完了!"木罗式加叫道。"开缺! .……连酬劳也没有,就滚出来了……教遏菲谟加准备罢——队长的命令……"

"那么,是承你的情,推荐了我的罢?"生着疮的瘦削的总在不平的青年,那遏菲谟加,冷嘲地问。

"去罢,去罢——去就知道。……总之,遏菲谟·绥密诺微支,就是贺你高升呀!……你应该请我们喝一杯……"

为了再在伙伴队里了的欢喜,木罗式加是遍开玩笑,揶揄,抓那管事的女人,在小屋里跳来跳去,终于碰了小队长,将擦枪油和手枪的一切机件一同翻倒了。

"你这废物,锈轴子!……"图皤夫骂着,在他的背上就是一掌,打得这样有力,木罗式加的头几乎要从身上脱落了。

这虽然很痛,但木罗式加却并不生气,——倒爱听图皤夫用了谁也不懂的自己的言语和表现的骂詈:他承认在这里是一切应当如此的。

"是的……正是时候了,已经是这时候了……"图皤夫说。"你

_____

① 手枪的一种。——译者。

回到我们这里来,很好。要不然,会全学坏了的——像那不用的螺丝钉一般锈掉,大家都为了你丢脸……"

大家为着别的原因,赞成着这是好事情,——因为许多人们,对于木罗式加,凡为图皤夫所讨厌的处所,倒是喜欢的。

木罗式加竭力要不记起到病院去的时候的事来。他极怕有人来问他道:"那么,你的女人怎样了呢?……"

于是他和大家一同,走到小屋那边去给马匹喝水……岸上的林中,猫头鹰在叫,钝钝地,并不吓人;水上的雾里,是点染着马头,帖耳伸颈,一声不响,——在岸上,则乌黑的丛莽,将身隐在芬芳的冷雾中。"唉,这才是生活哩……"木罗式加想着,和气地喊了马。

在屋子里,是修鞍,擦枪;图皤夫高声读那矿工寄来的信。并且一面就寝,一面为了"回到谛摩菲的怀里来了的记念",将木罗式加添任了守夜的哨兵。

一整夜里,木罗式加觉得自己是真正的兵士,而且是好的,有用的人了。

夜间,图皤夫在肋下觉到了重重的冲撞,醒过来了。

"什么事?什么事?……"他惊问着坐起,——还不及在暗淡的灯光中睁眼,——就有远远的枪声,接着是第二响,与其说是他听到,倒是觉得了……

卧床旁边站着木罗式加,在叫喊:

"快起来!听到对岸有枪声哩!……"

疏疏的凄凉的枪声,隔着颇有规则的间隔,一枪一枪地接续着。

"叫大家起来,"图皤夫命令道:"立刻到所有小屋去……赶快!……"

几秒钟后,完全整好武装,他跳在后院里了。展开着无风的寒冷的天空。银河的迷蒙的穷途上,星在慌张地走。从干草小屋的昏暗的洞里,陆续跑出袭击队员的纷乱的形姿来,——且骂,且走且系弹匣带,拉出了马匹。从栖枝上,鸡发狂地叫,掉了下去;马是倔强,嘶鸣。

"拿枪!……上马!"图皤夫指挥着。"密忒加·绥涅!……跑到小屋去,叫起大家来……赶快!……"

炸药的火花,咻咻地响着,和烟一同从本部的广场上飞向空中了。睡了的妇女,由窗口伸出脸来,又即缩了回去。

"动手哩……"有谁用了带些发抖的低声,说。

从本部跑来的遏菲谟加,在门口叫道:

"警报!……大家全副武装到集合地去!……"他在门上迅速地勒转马嘴,还喊些什么知不清的话,跑掉了。

派去的人回来的时候,才知道小队的大部分,并没有宿在营里,——傍晚出外去散步,睡在姑娘们那里了罢。惶惑了的图皤夫,决不定还是单将聚集了的人们出发好呢,还是自己到本部去,探明出了什么事情好。他就一面骂着上帝和教士,一面派人到各方面,一个一个的去搜索。传令使带了"全小队立刻集合起来"的命令,已经来了两次了,但他还不能将人们召集,只如被捕的野兽一般,在院子里跑来跑去,绝望之余,几乎要用弹子打进自己的额角去,而且实在,倘使他没有常常觉着自己的重大的责任,恐怕也打了进去了。这一夜,许多人们就都吃了他毫不饶放的拳头。

疲乏了的犬吠声送在后面,小队终于跑向本部去了,——发狂的马蹄的铁声,充满着为恐怖所压的街道。

图皤夫看见全部队都在广场上,很吃了一惊。大路上排列着移动的准备已经妥当的辎重,——许多人下了马,坐在马旁边在吸烟。他用眼去寻莱奋生的小小的身材,——他站在照着炬火的粗木材旁,镇静地和美迭里札在谈话。

"你怎么会这么迟的?"巴克拉诺夫对他发话了,"还在说:'我们……矿工……'哩。"他已经有些着忙,要不然,大约是决不会向图皤夫来说这样的话的。

小队长单是摇手。

他最为怅恨的，是意识着这年青人，巴克拉诺夫，现在正有用一切言语来斥骂他的十足的权利，而且虽是这斥骂，对于他图皤夫之罪，也还未能算是十足的惩罚。况且巴克拉诺夫又触着他最痛之处了：在他自己的心的深处，图皤夫是以为惟有矿工这名目，乃是在这地上，人类所能有的最尊的名目的。现在他确信了惟有他的小队，却正将他自己，将苏羌的矿工们，而且将全世界的一切矿工们辱没了，至少直到第七代。

像心纵意的骂过之后，巴克拉诺夫就去叫回巡察去了。图皤夫由五个从河边回来的自己的兵士口中，才知道并无什么敌人，他们是奉了莱奋生的命令，"毫无目标，向空中"开了枪。他这时便明白了莱奋生是要试一试部队的战斗准备。但这队长的试验，不能给他满足，为了他不能来做别人的模范了的这种意识，他更加觉得狂躁了。

这样地各小队整列起来，举行点呼的时候，就知道了虽然如此，却还是缺少许多人。而散失得最多的，则是苦勃拉克的队里。苦勃拉克自己也因为日间去和家族作别，酒还没有醒。他屡次向着自己的小队演说道——"怎么能尊敬自己这样的废料，猪一般的东西呢？"——并且哭起来了。于是全部队就都看见苦勃拉克醉着。只有莱奋生却装作没有觉得，因为倘不然，便须将苦勃拉克撤换，然而又没有可以替他的人。

莱奋生检查过队伍，回到中央，举起一只手。手冷冷地，严厉地在空中停了几秒时。在只波动着神秘的夜的声息中，便发生了一种寂静。

"同志们！……"莱奋生开口了，他的声音是低的，但在各人，却听得很分明，恰如自己的心脏的鼓动一样。"我们从这里出发……到那里去——现在用不着说明。日本军的势力——固然没有看得它太大的必要——然而，还是有我们不如隐藏起来，到时机的来到为妙

184

的那么大小的。这并不是我们完全走出危险之外了的意思。并不的。危险是常常挂在我们上面的。一切袭击队员，都应该明白这件事。我们没有辱没我们的袭击队之名么？……在今天，是不能说没有辱没的。我们是女孩儿似的散乱了！……倘若真的是日本军到来了，会怎样？……他们就会将我们杀了个干净，好像小鸡！……是多么的耻辱呵！……"莱奋生忽然屈身向了前方，而他的结末的话，则如放开的涡卷钢条一样，顿时弹了过来，于是一切人们，便忽然被其围住，觉得自己就像给不可捉摸的铁的手指，在暗中扼杀的小鸡一般了。

连什么都不懂得的苦勃拉克，也仿佛有着确信似的说道：

"不错……都不错的……"他将四角的头转到旁边去，用大声打起呃逆来。

图嶓夫是一秒一秒的在等候莱奋生来这样说："例如图嶓夫——他今天就是事情完了的时候才到的。但我的属望于他，岂不比对谁都还大的么——是耻辱呵！……"然而莱奋生却谁的姓名都没有提起。他总是不多说话的，但他恰如敲那又钝又强的钉，以作永久之用的人一般，就只执拗地敲着一个处所。只是为了要查明他的话，达到了那本人之处没有，他便看着图嶓夫那边，突然这样说：

"图嶓夫的小队跟着辎重去……因为他们是很敏捷的……"于是他在马蹬上站起，将鞭一挥，发号令道：——"立……正！……从右三列走动……开步走！……"

马嚼子一齐发响了，马鞍相轧有声，而且恰如海底的大鱼一般摇荡着，紧密的人列，在深夜里游向那从古老的希霍台·亚理尼山巅之后，升起古老的，然而永是新鲜的曙光之处去了。

第 二 部

一 在部队里的美谛克

式泰信斯基从为了粮食,跑到野战病院里来的经理部长的助手那里,才知道了出发的事。

"是刁钻的脚色——这莱奋生。"助手将苍白色的驼背晒着太阳,说。"倘若没有他,我们怕都完了罢……你想想看!——到野战病院去的路,谁也不知道。所以,来攻击我们的时候,——我们领了全部队,到了这里了!想一想罢,我们是怎么的……况且在这里,是粮食呀,粮秣呀,都已经准备得停停当当。真会想……"助手感叹着,摇摇头。但式泰信斯基却觉得他的称赞莱奋生,与其说为了他真是"刁钻的脚色",倒是因为将自己所没有的性质归之别人,于助手自己反而觉得舒服的。

这一天,美谛克第一次能够站起来了。他支着臂膊,走向草地去。在脚下感着惊人地愉快的有弹力的短草,他无端地欢笑。后来躺在行榻上,也许因为疲劳了,或者是为了这大地的欢欣的感觉,心脏高声地跳个不停。两脚还为了衰弱在发抖,而快活的好像马蚁在爬一般的痒觉,却穿透了全身。

美谛克散步时,弗洛罗夫羡慕似的向他望,于是美谛克就总不能克服了仿佛对他不起的感情。弗洛罗夫已经病得很久,久到将周围的人们的同情都汲尽了。在他们的不能省的爱护和挂念中,他听到了"你究竟什么时候才死呢?"这一个永是存在的疑问。然而他不愿意死。对于"生"的他的执迷的这分明的盲目,就像墓石一样,将大家压着了。

直到美谛克留居病院的最后的一天,他和华理亚之间,就继续着奇妙的关系,这好像一种游戏,那对手希望着什么,是彼此都明白的,然而又彼此害怕着对手,谁也不敢跨出大胆的,决定底的一步去。

在她那结识了许多男人,多到在记忆里,他们的眼睛的颜色,头发的颜色,或者连姓名也分不清了的辛苦而很难忍受的一生中,华理亚对谁也从来不能说出"可念的,可爱的人"的话过。美谛克是她有对他来说这话的权利,而且也要说这话的最初的男人。在她,是只有他,——只有这样美,这样温和的男人,——才能够使她那为母的热情,得到平静,她以为正因为这缘故,所以爱了他的。(但其实,这确信是在她爱了美谛克之后,才在她里面发生出来的,而她的不孕性,和她的个人底的希望也有着独立的生理底原因。)在不安的沉默中,她每天呼唤他,每天不倦地贪婪地寻求他——将他从人们之中领出,将自己的迟暮的爱来献给他罢……但不知道为什么,她竟没有决计直白地来说出。

美谛克虽然也以那刚刚成熟的青春的热和空想,希望着一样的事,然而他竭力回避着和她两个的牵连——或者招毕加和自己在一处,或者诉说着自己的不舒服。因为从来没有接近过女人,他胆怯了。他也想到,自己竟不能像别人一样么,于是十分羞。他偶然也战胜了这胆怯,然而这回是愤怒的木罗式加的形相,他挥着鞭子,从泰茄中走了出来的形相,涌现于他的眼前,于是美谛克便经验到锐利的恐怖和对他还未报答之恩的意识的混合起来的东西了。

在这游戏中,他消瘦而成为长条子了。但直到最后的瞬息间,他终于没有克服那胆怯。他和毕加一同,简直好像对于外人似的,向大家作了勉勉强强的别,走掉了。华理亚在小路那里追上了他们。

"来,连作别,也不好好地作么?"她因为飞跑和感奋,红着脸说。"在那边,不知怎地我难为情起来了……这样的事倒向来没有过,什么难为情。"她说着,就照矿山里的年青姑娘们谁都做的那样,将镂花的烟盒,好像做坏事似的塞在他的手中。

她的感奋和这赠品，和她很不相称。美谛克可怜她了，而当毕加的眼前，又觉得抱愧。他微微地一碰她的嘴唇，她用了烟一般的最后的眼向他看，于是她的嘴唇牵歪了。

“来看我，不要忘记罢！……”当他们为森林所隐蔽时，她大声叫道。待到知道了并无回答，便倒在草上，哭起来了。

在道上，从深的回忆得了解放的美谛克，时时觉得自己已是真的袭击队员，为了晒太阳，竟还卷起了衣袖，——这在他，以为当和那大可记念的“姊妹”交谈之后，他所开始了的新生活，是十分紧要的。

伊罗罕札的河口，已被日本军和科尔却克军所占领。毕加是骇怕，焦躁，一路诉说着想像出来的痛苦。美谛克竟无法使他同意，避出村子，绕道从山谷前行。他们遂只好顺爬过山，沿着人所不知的山羊的小路走。到第二夜，他们从多石的峭壁，拼死命降向河流那面去。美谛克还没有觉得自己的脚的健壮。几乎到早晨，他们才摸到了高丽人的农场。两人贪馋地吸了没有盐的刁弥沙。一看见乏透了的可怜的毕加的模样，美谛克总不得不记起曾经使他心醉的坐在幽静的苇荡旁边的那闲静的，爽朗的老人的形相来。毕加就好像用了自己的压碎了似的神情，在映发没有休息和救援的这寂寞的不安和空洞。

他们于是在疏疏落落的田庄里走，在这里，没有一个听到关于日本军队的人。部队经过了这里没有呢？——对于这询问，他们是向河上指点，打听新闻，请喝蜜的克跋斯①，姑娘们则窥看美谛克。是收获时期已经开始了。道路隐没在密丛丛的沉重的麦穗里；一到早晨，空的蛛网上，便停着露水，在空气里，是充满着秋前的像在申诉一般的蜂鸣。

他们到得希比希，已是傍晚了。村庄站在多树的丘冈的向阳之

① Kvass，一种饮料。——译者。

处，——从相反的一面，射过西下的夕照来。看见在倒败的，生菌的祈祷所旁，有一群帽上满缀红布的快活的，喧嚷的青年们，在玩九柱戏。一个穿着高背的农人长靴的，生着三角的尖劈一般的红胡子的，好像童话插画上的侏儒那样的小男人，刚将柱子抛完，却出丑地全部失败了。嘲弄的笑声是那酬答。这小男人也没法地微笑，但好像并不介意，倒也一样地非常高兴似的。

"那是他，莱奋生。"毕加说。

"那里？"

"哪，那边，那个红胡子的……"毕加就抛下正在惊诧的美谛克，用了恶魔似的敏捷，奔向小男人那边去了。

"喂，大家，瞧罢——毕加！……"

"唔，是毕加哩……"

"爬来了么，这秃头鬼！……"

青年们放下游戏，围住了老人。美谛克立在一旁，决不定走过去好呢，还是等到叫他好。

"和你同来的是谁呀？"莱奋生终于问。

"从病院里来的一个人——很好的青年……"

"那是木罗式加带了来的负伤者呵。"有知道美谛克的，插口说。美谛克听得在说他了，便走近大家去。

原来九柱戏那么不行的小男人，却有着大的敏捷的眼——那眼抓住了美谛克，将他翻一个转面，恰如检查其中的一切似的，就这样地过了几秒时。

"到你的部队里来的，"美谛克因为忘记了放下袖子，红着脸，一面说。"先前是在夏勒图巴那里的……到受伤为止。"他添上一句，想增些重量。

"从什么时候起，到夏勒图巴那里去的？……"

"从六月的，唔，的中旬……"

莱奋生又射过他那试探的，检查的眼光来，问道："能放枪么？"

"能的……"美谛克含胡地回答。

"遏菲谟加……拿一支马枪来……"

去取马枪之间,美谛克觉得有几十只好奇的眼睛,从各方面将他钉住。他将这无言的缠绕,开始当作敌意了。

"那么……打什么好呢?"莱奋生用了眼向四近搜寻。

"打十字架!"有人高兴地提议。

"不,打十字架,那不必……遏菲谟加,拿九柱戏的柱子去竖起来,是的,那边,在那里……"

美谛克拿了枪,因为惊惶,几乎要闭上了眼睛。(这惊惶的笼罩他,并非因为要打靶,却是为了他觉得大家好像都在希望他失败的缘故。)

"将左手再靠近些——那么,就容易了。"有人忠告道。

表示出分明的同情的这话,很帮助了美谛克。他一扳机头。于是枪在音响中发射了——那时他不能不闭一闭眼——但他还能够分辨那站着的柱子已经飞开。

"好……"莱奋生笑了。"养过马没有呢?"

"没有。"美谛克用了在这样的成功之后,即使担当了别人的罪孽也不要紧那样的心情,自白说。

"这可惜,"莱奋生说。人看见,他是真在可惜的。"巴克拉诺夫,将'求契哈'牵给他罢。"他狡猾地睐着眼:"好好地养去,是温和的马呵。怎么养法,小队长会教的……我们将他编到那一个小队里去呢?"

"据我想来,还是苦勃拉克那里,——他那里正缺着人。"巴克拉诺夫说。"和毕加一起罢。"

"也好……"莱奋生同意了。"那么你去就是了……"

……向"求契哈"的最初的一瞥,逼得美谛克非将自己的成功和因此发生的孩子一般自以为荣的希望,全都忘却不可了。她是一匹善于流泪的,瘦弱的,污白色而且有着洼脊梁和大肚子的,温和的马,先前为农民或别人所有,一生中连耕了许多兑削契那①的地面。还不但这些哩,最坏事的是她怀着胎,她的奇特的名字,适合到恰如上帝的祝福,正适合于没有牙齿的老婆婆一般。

"这给我,唔?……"美谛克低声地问。

"这马看相不很好,"苦勃拉克拍着她的屁股,说。"蹄子有点缺劲——不知道为了粮食,还是为了有些生病的意思……但骑着走,是可以的……"他将盖着带白色的针的四方形的头,转向美谛克这一面,用了愚钝的确信,重复说道:"骑着走是可以的……"

"这里没有另外的马么?"美谛克一面对于"求契哈"和骑着她也可以走路的事,突然感到要命的憎恶,一面便反对了。

苦勃拉克并不回答这话,但无聊地,单调地,开始讲起为了养护这脱毛的牝马的无数的危险和疾病,早晨,日中,晚上的该做的事来。

"一从行军回来不要即刻将鞍子除下,"小队长教导他说:"给她立一会,等她有些凉。一将鞍子除下,就给她擦背——用手掌,或是干草,还有,上鞍之前,也得擦的……"

美谛克嘴唇发着抖,只凝视着马匹之上的地方,却并没有听。他的勇敢的袭击队员的心情,恰如小碟子里的水一般,全都干涸了。他自己觉得只因为开初就要轻贱他,所以特地分给他这样伤了蹄子的丢脸的牝马。这时候,美谛克是从他非开始不可的那新的生活的观点,在看一切自己的行为的。现在带了这样讨厌的马,那新的生活之类,就好像无从说起——此时的他,恐怕谁都以为不再是完全两样了的,强有力的有自信的人物,他也还是先前的可笑的美谛克,连好马也不能交给他的了。

"除此之外,这马,舌头还在发炎……"小队长并不管美谛克怎样地在受辱,这话可能进他耳朵去,只是坚决地说。"这是应该用矾

---

① 　地积名,1 Dessiatina 约中国三千五百步。——译者。

来医治的,但不幸这里没有矾,我们在用鸡粪医治着这病——这也是很有效验的方子。用破布包起来,在加上嚼子去之前,裹在嚼子的周围的——真灵得很……"

"我是——小孩子,还是什么呢?"美谛克不去听小队长的话,自己想。"不,我到莱奋生那里去,说我不高兴骑这样的马罢……替别人受苦的义务,我是丝毫也没有的。(在他,是要自以为好像在做谁的牺牲,这才舒服的。)不,我要统统直白地说出来,给他不至于误会……"

但小队长一说完,马匹完全交给美谛克之手的时候,他才后悔他没有听取小队长的讲解了。"求契哈"低着头,在动她懒懒的白色的嘴唇。美谛克省悟了她的全生命,现在就在他手里。然而他不知道怎样处置这单纯的马的生命,却仍如先前一般;他连拴好这温和的牝马也做不到,她就在暗中将头伸到别个的干草去,使别的马和守夜人发恨,并且在马厩里往来。

"遭瘟的,那个新家伙在那里呀?……怎么连自己的马也不拴好的?……"有人在小屋里大叫。于是听到发怒的鞭声。"滚滚,昏蛋!守夜人!——带了马去呀,滚她娘的……"

美谛克因为奔跑和内部的热,浑身流汗,头里充满着最恶毒的骂詈,时时碰着有刺的树丛,在黑暗的,睡了的街道上行走,要寻出本部来。有一处,他几乎撞进散步的一群里面去,——嘶嘎的手风琴在绞出"萨拉妥夫斯卡耶"的曲子,烟卷在烧,剑和拍车在响,姑娘们在发尖声,而大地则因发疯似的跳舞而在颤抖。美谛克怕向他们问路,绕开了。倘没有一个人的形相,从路角那边向着他出现,他也许会走一整夜的罢。

"同志! 本部在那里呀?"美谛克走近去,一面说。并且知道了那是木罗式加。"阿阿,晚安……"他惴惴地,羞惭地说。

木罗式加发了一种含胡的声音,就在惶惑中站住……

"到第二个后院,往右。"他终于不想别的事,回答说。于是两眼异样地发着闪，并不回顾，从旁边走过了……

"木罗式加……是的……他在这里……"美谛克想。他就恰如先前一样，突然觉得自己是孤独，环绕着各种的危险，木罗式加呀，暗的不熟识的街道呀，不知怎么调理的温和的马呀。

走到本部时，他的决心已经完全无力。他已经不知道来干什么，不知道做什么好，说什么好了。

大约二十个袭击队员，躺在空虚的，平野一般广大的后院中央所烧的篝火的周围。莱奋生是高丽式地曲着腿，为生烟发响的火焰所魅惑，就坐在火的直近旁。这使美谛克更加想起童话里的侏儒来了。美谛克走近去，站在那后边，——谁也没有向他这面看。袭击队员们顺次讲着淫亵的故事，其中是一定夹着奇怪的教士，淫乱的教士的妻，还有轻步地上，因了教士之妻的温婉的心情，巧妙地欺骗教士的勇敢的青年的。从美谛克看来，他们的讲着这些事，并非因为这真可笑，倒因为此外无可讲，而且他们的笑，也只是为了义务。然而莱奋生却总是注意倾听，大声地，好像真是出于本心地哄笑。当大家要他也来讲述的时候，他就也讲了几件可笑的事情。他在聚集于此的人们里，是最有教养的人，所以他所讲的，也就成了最好的最淫亵的故事。但看起来，莱奋生却毫无顾忌，用了滑稽的平静模样开谈，并且淫亵的句子，仿佛别人的话一般滔滔而出，和他全不相干似的。

一看见他，美谛克便自然而然地自己也想去讲一讲，——他是以这样的事为可耻的，并且竭力装着超然于这些之上的样子，但其实却爱听这一类话，——然而他害怕，倘若他在火旁坐下，大家就会诧异地对他看，他觉得那是最不愉快的。

他于是没有加入，走掉了，——心里怀着对于自己的不如意，对于一切人们，尤其是莱奋生的怨恨的心情。"哼，不要紧，"他愤悲地闭着嘴唇，想。"无论如何，我不来伺候那马的，要死，死掉就是。看他说什么罢；我不怕的……"

从此他真不再留心到马匹上去了。只在练习和喝水时候，牵出她去。如果他在注意较深的指导者那里，他是一定要立刻遭打的。然而苦勃拉克对于自己的小队的情形，并无兴致，就只听其自然。"求契哈"是遍身疮疖，饿着，渴着走，只偶然受些别人的照应，而美谛克则被大家所憎恶，以为是"傲慢，懒惰的人"。

　　全小队中，只有两个人和他有些亲密，——那是毕加和企什。但他和他们交际，决不是因为他们合了他的意，乃是因为谁也不和他相往来的缘故。企什是竭力想博他的欢心，自己来寻他的。趁着美谛克为了没有擦过的枪，和小队长吵闹之后，独自躺在天篷下面，惘惘然凝视着篷顶的瞬间，企什便用了逍遥的脚步，走近他来，这样说了：

　　"您在生气么？……吓，算了罢！这样的一个胡涂的没有学识的东西，用不着当真的。"

　　"我也并不生气。"美谛克叹了一声，说。

　　"那么，无聊？倘是这，那又是一回事，倘是这，我也知道……"企什坐在拆掉了的车子的前段上，照平常那样子，伸开了抹得很浓的长靴。"唔，其实是，我也无聊的——因为在这里，知识分子真少。恐怕只有莱奋生，然而他也是……"企什将手一挥，含蓄地望着自己的脚。

　　"他也是——怎样呢？……"美谛克因为好奇心，追问道。

　　"唔，然而他也是没有什么了不得的学问的人呵。单是狡猾罢了。就在想将我们当作踏脚，来挣自己的地位。您不这样想么？"企什哀伤地微笑起来。"自然，您总以为他是很有勇气，很有才能的队长罢。"——他用了特别郑重的发音，说出"队长"这两字来。"哼，岂有此理！——那都是我们自己幻想的！我告诉您……就拿我们的开拔的具体底的事情来看罢——我们不用一直的冲锋，去打败敌人，却钻进这肮脏的窟窿里来了。自然，您早知道，那是因为高明的战略底观点！在那边，我们的同志们正在死掉也说不定，而我们却在这里——是为了战略底观点哩……"企什不自觉地从轮子上拔出木闩来,又惋惜地将这塞进原先的处所去。

美谛克并不相信莱奋生是真像企什所形容出来那样的人,但听他的话,是有趣的,——他久没有听到这样有教养的谈吐了,并且不知道为什么,他相信其中也有几分的真实。

"真是这样的么?"他站起来,说。"在我,却原以为他是好像极其出色的人物的。"

"出色的人物?!"企什讨厌了。他的声音失掉了平常的甜腻的调子,其中并且响着现今自己的优越的意识。"这是怎样的误解!……只要看他挑选的是怎样的人,就是了!……那个巴克拉诺夫,是什么东西呀? 一个胡涂虫!……自己以为了不得,但小子是怎样的副手呢? 莫非寻不出别的人了么? 自然,我是生病,负伤的人——我受了七粒子弹和空气的撞伤——我是不耐烦做那样麻烦的工作的,然而无论如何,我总该不会比小子还要坏——这无须夸口来说……"

"恐怕他没有知道你是懂得军事的罢?"

"吓,会不知道! 谁都知道的,您去问问看。自然,大家是因为嫉妒,要说坏话的,然而这是事实!……"

美谛克渐渐有了元气,也开讲些自己的心情。他们在一处周旋了一天。这样的几次谈天之后,不知怎地他有些反对企什了。然而他不能离开他。长久不见的时候,他竟会自己去寻觅。企什又教给他逃脱守夜和烧饭的事,凡这些,是早已失去那新鲜的魅力,只成着无聊的义务的了。

从那时候起,部队的沸腾一般的生活,就从美谛克的旁边走过了。他没有看见部队的机构的弹簧,没有感到正在做着的一切事情的必要。在这样的隔绝中,对于新的大胆的生活的他的幻想,就消失下去了,——虽然他学会了回嘴,不怕人;晒惯了太阳,习惯了穿著,在外观上也和别的人不相上下。

二 开 始

　　木罗式加遇见了美谛克,自己也以为奇的,是先前的怨恨和愤怒,都不再觉得了。所剩下的,只是这样的有害的人,何以又在路上出现的这一种疑心,以及他木罗式加,对他应该愤慨的一种无意识底的确信。但是这邂逅,也还是将他打动,使他要将这事即刻和谁去谈谈。

　　“刚才在横街上走,”他对图旛夫说。“刚要转弯,跑到我的鼻子尖前来了,——那个夏勒图巴的小伙子呵,我带来的,那个,记得么?”

　　“这怎样?”

　　“不,没有什么了不得的事……他问说‘到本部去,该怎么走呢?……’‘到后边的——我说——第二个后院,往右……’”

　　“那又怎么了呢?”图旛夫在这里面毫不能发见奇特之处,以为还有后文,便试探地问。

　　“不,遇见了就是了!……这还不够么?”木罗式加含着不可解的愤怒,回答说。

　　他忽然凄凉起来,不再愿意和人们说话。原想到晚上的集会里去的,但却钻进了干草小屋子,然而不能睡。不愉快的回忆,成了沉重的担子,向他上面压来。在他,仿佛觉得美谛克是为了要使他从一种正当的方向脱出,所以特地在路上出现似的。

　　第二日,他好容易,才按住那再遇见美谛克的希望,什么地方也静不下:彷徨了一整天。

　　“我们为什么连事情也没有,却老坐在这里的?”他怅恨地,去对小队长说。“要为了无聊,烂掉的呵……他究竟在那里想些甚么呀,我们的莱奇生?……”

　　“就在想要怎么办,才能使木罗式加开心呵。说是因为只是坐着想,所有的裤子都破完了。”

图皤夫竟并不体察复杂的木罗式加的心情。得不到帮助的木罗式加，便在不祥的忧郁中跑来跑去，知道他倘不能有强烈的工作来散一散闷，那可就要浸在酒里了。他从有生以来，这才第一次和自己的欲望战斗。然而他的力量是孱弱的，但有一偶然的事故，将他从没落里救出了。

钻在偏僻处所的莱奋生，和别的部队的连络几乎统统失掉了。有时能够到手的报告，描给他看的是瓦解和苦痛的腐蚀这两种可怕的图像。死的铁靴，毫无慈悲地蹂躏着马蚁群，而疯狂了的马蚁，则或者因为绝望，即投身靴下，或者成了混乱的群，逃向不能知的彼方，徒为自己本身的酸所腐蚀。不安的乌拉辛斯克的风，是送来了烟一般的血腥。

莱奋生沿着多年绝了人迹的无人知道的泰茄的小径，和铁路作了连络。他又得到报告，知道载着枪械和衣服的军用货车就要到来。铁路工人约定了来详细通知日子和时刻。莱奋生知道，部队是迟迟早早，总要被发见的，而没有弹药和防寒衣，要在泰茄里过冬，是不可能的，于是决定了实行最初的袭击。刚卡连珂赶紧放好急性佬①。浓雾之夜，悄悄地绕出了敌阵，图皤夫的小队突然在铁路线边出现了。

……刚卡连珂将接着邮件车的货车截断，客车并无损坏。在爆发的声响中，在炸药的烟气中，破坏了的铁轨跳上空中，于是抖着落在斜坡下面了。急性佬的闩子上系着的一条绳，缠住了电线，挂着，后来使许多人绞尽了脑浆，想知道谁为了什么和甚么缘故，将这东西挂在这地方。

当骑兵斥候在四近侦察之间，图皤夫带了满满地载着物件的马匹，藏在斯伐庚的森林的田庄里，一到夜，就逃出叫作"面颊"的山谷去了。几天之后，到了希比希，一个人也不缺。

---

① 地雷的绰号。——译者。

"喂，巴克拉诺夫，可就要动手哩……"莱奋生说。但在他的起伏的视线里，却辨不出他是在开玩笑呢，还是在说真话来。就在这一天，他只留下些可以带走的马，将外套，弹药，长刀，硬面包，都分给各人，仅剩了驮马能够运送的这一点。

到乌苏里的乌拉辛斯克山溪，已经都被敌军占领。新的兵力集中于伊罗罕札河口，日本军的斥候在各处侦察，常常和莱奋生的巡察冲突起来。到八月底，日本军开始前进了。他们从这田庄进向那田庄，一步一步都安排稳妥，侧面布置着绵密的警备，伴着长久的停止，慢慢地进行。在他们的动作的铁一般固执之中，虽然慢，却可以感到有自信的，有计算的，然而同时是盲目底的力量。

莱奋生的斥候显着杀伐的眼回来了，但他们的报告，是互相矛盾的。

"这究竟是怎么的！"莱奋生冷冷地回问。"昨天说他们是在梭罗孟那耶的，今朝却在摩那庚了，——那么，他们是在后退么？……"

"那我我不知道，"斥候呐呐地说。"也许前哨在梭罗孟那耶罢……"

"那么，在摩那庚的，不是前哨，却是本队，你怎么知道的呢？"

"农人们说的……"

"又是农人们！……人怎样命令你的呀？"

斥候于是捏造了些胡说八道的事情，说明他何以不能深入。但其实，他是给女人们的饶舌吓住了，离敌十威尔斯式，就坐在丛莽里，吸着烟卷，在等候可以回去了的时候。"你自己拱出一回鼻子去罢。"——他一面睐着眼，用鬼鬼祟祟的农夫眼色，斜瞥着莱奋生，一面想。

"你应该自己去走一趟了，"莱奋生对巴克拉诺夫说。"否则，在这里我们会给人家扑杀，像苍蝇一般。这些家伙是没法可想的。你带了谁，在太阳未出之前就动身罢。"

"带谁去呢？"巴克拉诺夫问。他内心虽然汹涌着剧烈的战斗底的欢欣,但硬装着认真的深思远虑模样,他也如莱奋生一样,是以为必须将自己的真感情遮掩起来的。

"你自己挑选罢……那个苦勃拉克那里的新来的也可以——是叫作美谛克的罢?又可以顺便看看那是怎样的青年。人们说他好像不行,但是他们弄错的也说不定……"

做斥候去是美谛克的无上的机会。他在部队中的短短的生活之间,已经贮了非常之多的尚未成就的工作,不会完结的约束,和未曾实现的希望,而于那每一事,则连本可成就的事,也至于失掉那价值和意义了。而且综合起来,这些责任和懒惰,压在他身上,是沉重而且苦痛,使他不能从这被囚的,无意思的狭窄的环境中逃出,现在他觉得,仿佛仗这勇敢的一击,便可以冲破了。

他们在未明之前出发。泰茄的尖顶上,已经闪着微红,山脚下的村中,送来了第二遍的公鸡叫。四周是寒冷,昏暗,还有些阴森。这境遇的异常,危险的豫感,成功的希望,——凡这些,在两人里面,激起了一种战斗底的心情;各种另外的情感,全不重要了。在身体中——是血液生波,筋肉见韧,而空气则冰冷地,竟至于显得好像在钻刺,在发声。

"阿呀,你的马,满生着疥癣哩。"巴克拉诺夫说。"没有照管么?那是不行的……一定是苦勃拉克模模胡胡,没有教给你怎么理值罢?"一个知道如何养马的人,会毫无良心,一直弄到这模样,巴克拉诺夫是连梦里也想不到的。"没有教罢,唔?"

"我怎么说呢?……"美谛克窘急起来:"就全般说,他是不很肯照应的。可是听谁好呢,也不知道"他愧对自己的谎话,在鞍桥上缩着身子,一瞥巴克拉诺夫。

"谁都可以,你只要好好地问就是了。在那里明白这等事情的人很多。他们里面尽有着好小子……"

美谛克也几乎翻掉了据为己有的企什的意见,巴克拉诺夫有些中他的意了。他胖得圆圆的,缀住了似的坐在鞍上。他的眼褐色而

锐敏,将一切事物,在动荡中抓住,而在这瞬息间也已经将要点从不关紧要的事物中析出,发出实践底的结论来:

"喂,朋友,我先前就在看你的鞍子为什么宽滑了的! 你将后面的肚带收得很紧,前面的却拖着。不反一反,是不行的。好,给你来系过罢……"

美谛克还没有明白怎么一回事,巴克拉诺夫已经跳下马,在鞍子那里动手收拾了。

"哪……你的鞍鞯也打着皱哩……下来罢,下来罢——要把马槽踢了。给你从头弄好罢。"

数威尔斯忒之后,美谛克就确信起来,巴克拉诺夫比他良好而且能干得远,不但这一点,巴克拉诺夫也是非常强壮而且勇敢的人,因此他美谛克应该服从他,毫无贰话。巴克拉诺夫这一面,则不挟一些先入之见,以接近美谛克去,虽然接着也觉得自己的优越,但还是竭力要凭着没有羼杂的观察,来定他的真价值,一面看作同等的脚色,和他去谈天:

"谁绍介你来的呢?"

"原没有谁,是自己跑来的,虽然给我证明书的,是急进派……"

美谛克记起了式泰信斯基的奇特的举动,就想将保送他的团体的意义,设法弄得含胡些。

"急进派? ……你不该和他们往来的——和这些臭小子……"

"但我是不管这些的……只因为有两三个高中学校的同学在那里,我就也……"

"你在高中学校卒了业么?"巴克拉诺夫截住话。

"唔? 是的,卒了业的……"

"那很好。我也进过职业学校。学旋盘工。但没有卒业,因为上学太晚了。"恰如分辨似的,他说。"后来我在造船厂做工,直到兄弟长大……这之间,这回的乱子就闹起来了……"

暂时缄默之后,他沉思似的,拖长了调子说:

"是的……高中学校……孩子时候,我也很想进去的,但怎么能……"

美谛克的话,好像在他心里唤起许多无用的回忆来了。美谛克用了突然的热心,开始来说明巴克拉诺夫的不进高中学校,并不算坏事情,倒是好。他在无意中,想使巴克拉诺夫相信自己虽然无教育,却是怎样一个善良,能干的人,但巴克拉诺夫却不能在自己的无教育之中,看见这样的价值,美谛克的更加复杂的判断,也就全然不能为他所领会了。他们之间,于是并不发生心心相印的交谈。两人策了马,在长久的沉默中开快步前进。

路上时时遇见斥候,但他们仍然说谎,像先前一样。巴克拉诺夫只是摇头。他们在离梭罗孟那耶的小村三威尔斯忒的田庄里下了马,步行前去。太阳已经西倾,农妇们的杂色的头巾,点缀着疲倦了的田野。从肥大的禾堆上,则静静地躺下浓厚的,柔软的影子来。巴克拉诺夫向着迎面遇见的马车,问在梭罗孟那耶可有日本兵没有。

"听人说,早上来了五个人,现在却又没听说了……但愿能够给我们收起麦子来——他们先在地狱里……"

美谛克的心狂跳起来了,但他并不觉得恐怖。

"那么,他们是真在摩那庚了。"巴克拉诺夫说。"来的那些一定是斥候。总之,去罢……"

他们被忧愁的犬吠声所迎接,进了村中。在竖起一束缚在竿上的干草和门前停着马车的客店里,他们"巴克拉诺夫式地"将面包放在大碗里,喝过牛乳。到后来,美谛克每当带着一种不舒服,想起这回的驰驱,则在自己的眼前,总看见巴克拉诺夫显着活泼的脸相,上唇带些牛乳点,走出街上去了那时的神情。他们走不到几步,突然从横街里跑出一个提高了裙子的胖女人来,一撞见他们,就柱子一般站住了。她的圆睁的眼,陷在头巾中,她的嘴,是被捕的鱼似的在吸空气。而且忽然,用了最尖利的高声,叫起来了:

"孩子们，我的孩子们，你们那里去呀？许许多日本兵，就在学校里边呵。他们就要到这里来了，快逃罢，他们就要到这里来了！……"

美谛克还没有全领会她的话之际，从横街里已经出现了开正步，背枪枝的四个日本兵。巴克拉诺夫发一声喊，同时也抓起了手枪，就在眼前瞄了准——向两个发射了。美谛克似乎看见他们的背后喷出血团，两个人都倒毙在地面上。第三弹没有打中，手枪也不灵了。余下的日本兵中的一个，连忙逃走，别的一个是从肩头取下枪枝来。但是，当此之际，为强有力地主宰了他的新的力量所动，压倒了恐怖的美谛克，却对他连放了好几枪。当最后的一弹打中了日本兵时，他已经倒在尘土里抽搐了。

"我们跑罢！……"巴克拉诺夫叫道。"到马车那里去！……"

几分钟之后，他们就解下了在客店前发跳的马，扬起着尘埃的热的旋涡，在街上疾走了。巴克拉诺夫站在马车上，时时反顾，看可有追来的人，一面用缰绳的头，竭力打马。大约在村子的中央模样，有五六个喇叭卒在吹告警的喇叭。

"他们在这里……统统！……"他用了得意的愤怒，大声说。"统统！……是主力！你听到他们在吹喇叭么？……"

美谛克是什么也没有听到。他倒在马车的底板上，正在自己能够逃脱了的狂喜中，料想那在热而乏的尘土里被他打死了的日本兵，因为临终的苦恼，在拼命地挣扎。他看见巴克拉诺夫时，似乎他那痉挛的脸，也见得讨厌，可怕了。

过了些时，巴克拉诺夫已经在微笑。

"我们干得出色！是不是？他们进村子，我们也进村子——就是一下子。但是你，朋友，是一个好脚色。我还料不到你会这样哩，真的！没有你，他的弹子就要将我们打通了！"

美谛克竭力要不看他，躺着，埋了头，黄而且青，脸上显着暗色的斑，在车子里——好像烂了根的谷穗。

走了两威尔斯忒远近，听不见有人追来，巴克拉诺夫便将马靠近遮在路上的独株的榆树下。

"你，等在这里，我赶紧上树去，看一看怎么样……"

"为什么？……"美谛克用了断然的声音问。"我们快走罢，应该去报告一切……主力在那地方，是明明白白的……"他要使自己相信自己所说的话，然而不能。他现在怕敢留在敌人的左近。

"不，还是等一等好。我们不是专为了来杀三个蠢才的。给嗅出确实的事情来罢。"

大约过了三十分钟，二十人上下的骑兵，从梭罗孟那耶村缓步出来了。"倘给看见了，不知道会怎样哩?"巴克拉诺夫心中感着战栗，一面想："我们恐怕不能坐这马车去了罢。"然而他自制着，决计等到最后的可能的时间。被丘冈遮住，为美谛克所看不见的骑兵已经到了半路之际，巴克拉诺夫就在那了望处望见了步兵，——他们踏起浓尘，闪着枪，排成密密的柱子，正从村子里走出……在火速的疾驱，直到田庄之间，两个袭击队员几乎弄死了马匹。他们在田庄里换骑了自己的马，数瞬之后，已在路上向希比希疾走了。

长于先见的莱奋生，在他们未到之前（他们是夜里才回来的），就布置了加严的警备——苦勃拉克的徒步小队。小队的三分之一，和马匹一同留下，其余则在村旁的旧蒙古城寨的堡垒后面，当警备之任。美谛克将马交给巴克拉诺夫，和队一同留下了。

美谛克虽然很疲劳，但不想睡。雾从河边展布开来，空气是冷的。毕加翻一个身，说着梦话。步哨的脚下，野草在作响，像谜一般。美谛克仰卧着，睁眼在寻星星。星在仿佛躺在雾帐背后的黑的空虚中，依稀可见。于是美谛克自己里面，感到了更暗的、更钝的——因为那地方是星也没有的缘故——和这一样的空虚。他还以为这一样的空虚，弗洛罗夫一定常常感到。他突然想起，这人的运命，不和他的运命相像么，因此就立刻害怕起来了。他竭力想逐出这恐怖的思想，然而弗洛罗夫的形相，总浮在他的眼前。他没有活气地带着挂下的手和枯透了的脸,躺在行榻上在看他,他的上面,枫叶在幽静地作响。"他死了呵!……"和恐怖一同,美谛克想。然而弗洛罗夫动起指头来,并且转脸向他,带着骨立的微笑,说:"大家……在闹……"忽然之间,他在行榻上发了痉挛,从他那里有什么团块迸散,于是美谛克看见那全不是弗洛罗夫了,是日本兵。"这可怕……"他全身发着抖,又这样想。但华理亚弯腰在他上面,低声说:"你,不要怕呀。"她冷静,温柔。美谛克立刻轻松了。"你不要怪我没有好好地作别罢,"他温和地说,"我是喜欢你的。"她将身挨近他来。忽然,一切飞散,沉没在无何有中,几瞬间后,他已经坐在地上,映着眼,用手在寻枪枝了。在很明亮了的周围,则人们卷着外套,忙碌着。藏身丛莽中的苦勃拉克,是在看那望远镜。大家都聚在那里,问道:

"那里?……""那里?……"

美谛克摸到了枪,爬到墙上,知道大家是在说敌人。然而看不见敌,于是他也发问了:

"那里?……"

"你们为什么挤作一团的?"小队长忽然用力将谁一推,怒叱道。"散开!……伏倒!……"

沿着堡垒排开时,美谛克还伸了颈子,努力想看敌人。

"但是敌在那里呀?"他向那在他旁边的人问了好几回。那人爬着,不理他的话,不知道为什么总是侧着耳朵,而他的下唇是拖下的。他突然回顾,发狂似的向他吆喝起来。美谛克来不及回答,——就听到号令之声了:

"小队……"

他挺着枪,还是什么也没有看见,并且因为大家看见,他却看不见而发恼——和"放"的号令一齐,胡乱地开枪。(他没有知道小队的大约一半的人们,也是什么也没有看见,只因为免得后来给人笑话,瞒着罢了。)

"放!……"苦勃拉克再号令说,于是美谛克又开枪。

“唉唉,给逃走了!……”人们在四处大声说。大家都忽然随便高谈,脸上也活泼地亢奋起来了。

“够了,够了!……”小队长叫喊道。“在那里放枪的是谁呀?爱惜子弹!……”

美谛克从大家的话里知道,日本军的斥候已经来过了。也一样地并未看见的许多人,这时就嗤笑美谛克,并且自夸着他们所瞄准的日本兵,是怎样地从鞍桥滑落。这时大炮声轰然而起,反响充满着溪谷中。几个人因为怕,就伏在地面上,美谛克也毛骨悚然,像给打倒了一样,——这是他平生所听到的最初的炮声。炮弹在村子后面的不知什么处所炸裂了。接着机关枪的发狂地拼命地作响,频繁的马枪声到处殷殷然。然而袭击队并不回答。

过了几分钟,或者一点钟——时间感觉是被苦恼所消灭了——美谛克觉得袭击队员已经增加起来。并且看见了巴克拉诺夫和美迭里札,——他们是从堡垒上走下来的。巴克拉诺夫拿着望远镜。美迭里札则脸在痉挛,鼻孔张得很大。

“伏着么?”展开了额上的皱纹,巴克拉诺夫问。“哪,怎样?”

美谛克悲苦地微笑了。并且对于自己,呈着非常的紧张,问道:

“我们的马在那里?……”

“我们的马在泰茄里,我们也就要到那边去了……只要略略一防,就好……我们是不要紧的。”他分明要使美谛克放心,加添说。“但是,图旛夫的小队,却在平地上……呀,恶鬼!……”他给近处的爆炸一悚,忽然怒号起来。“莱奋生也在那里……”于是用两手按住望远镜,沿着散兵线,跑到不知那里去了。

到其次应该射击的时候,美谛克却已经能够看见日本兵——他们作成几条散兵线,走着丛莽之间的路,正在前进。从美谛克看去,是近到虽在必要之际,也早不能逃出他们了。他这时所感到的,不是恐怖,倒是一种苦痛的期待,不知道这一切要什么时候才完。

在这样的瞬间之中,苦勃拉克不知从那里出现,叫了起来:

"你瞄着那里呀？……"

美谛克向周围四顾，才知道小队长的话，和他并不相干，是在说先前不知道为什么他竟没有留心到的毕加。毕加将脸紧靠了地面，躺着。在头上胡涂地探着枪闩，正在射击他自己面前的树木。苦勃拉克叱骂了他之后，也不过是子弹已完，空有枪闩发响这一点不同罢了，他仍旧继续着无异于前的工作。小队长将他的头用靴子踢了几下，但毕加依然没有抬头。

……这之后，大家开始是杂乱地，后来则成了疏疏的链子，向什么地方疾走。美谛克也一同奔跑，对于这些一切的为什么和怎样地出现，全都莫名奇妙。他只觉得虽是这最绝望底的扰乱的瞬息间，也还是决非偶然，决非无意识；而且在指导他和他的周围的人们的行动者，乃是和他现在的经验不同的许多人。这些人们，他没有看见。然而他在自己中，感得他们的意志，待到进了村落的时候——那时他们是作着长的链子，在走的——他不知不觉，用眼来搜寻那主宰着他的运命者，究竟是什么人。走在最前面的是莱奋生。然而他见得非常之小，而且那么滑稽地挥着很大的盒子炮，要相信他是主要的指导底力，可不容易。美谛克正在努力想解决这矛盾，而密密地，恶意地，四面又飞下子弹来。这些子弹，仿佛掠过头发，甚至于掠过耳朵上的茸毛。链子向前疾奔，几个人死掉了。美谛克感到，倘若再要应战一回，他就会和毕加毫不两样了。

作为这一天的混乱的印象，遗留下来的，还有跨着扬开火焰似的鬃毛，露着牙齿的马的木罗式加的形相。他跑得极快，令人分不出木罗式加从那里为止，马从那里开头来。到后来，他才知道木罗式加是被选为战斗之际，联络小队的骑兵的一个。

美谛克的完全恢复原状，是在泰茄之中，被近时走过的马所踏烂了的山间小路上。这处所，是幽暗，寂静，端严的杉树，用了那安稳，苔封的枝干，荫蔽起来的。

三 苦 恼

恰如在不容情的强有力的机械之下的苦恼的布一样,日子是如飞的过去了,寸寸互相类似——都是无眠的夜和非人类底的挣扎的果实。而在那日日的布上面,则忙着人们的不倦的梭……

战斗之后,藏身在繁生着木贼草和羊齿的深邃的山峡里,莱奋生检查马匹了,遇见了"求契哈"。

"这是怎的?"

"什么呀?"美谛克口吃了。

"哪,解下鞍来,将背脊给我看……"

美谛克用发抖的手,解开了肚带。

"你看,那自然……背上满生着疮。"莱奋生用了仿佛毫不期望什么好事情似的口气,说。"莫非你以为马是单单骑坐的东西,用不着理值的,小阿叔……"

莱奋生竭力要不提高声音,但他好容易才做到,——他非常疲劳,他的胡子在抖动,他还用两只手兴奋地旋着不知从那里折来的枝条。

"小队长,喂,这里来……你为什么单是看着的?……"

小队长眼也不映,凝视了美谛克不知道为什么而抖抖地拿在手里的鞍,于是阴郁地,慢慢地说道:

"对这蠢才,我是说过好几次了……"

"我也这样想!"莱奋生将枝条抛掉了。向着美谛克的他的眼,是冰冷,森严。"往经理部去,到这医好为止,骑着运货马罢……"

"你听,同志莱奋生……"美谛克以为并非因为他管理坏,是因为他得到的是很重的鞍,于是用了由他所经验的自卑而发抖的声音,喃喃地说:"并不是我不好……请你听我说……请你等一等……这回一定……我将这马弄得好好的给你看……"

但莱奋生头也不回,走向其次的马匹去了。

……粮食的不足，使他们只得跑向邻近的山溪去。数日之间，部队为了战斗和辛苦的跑路，弄得精疲力尽，一面又绕着乌拉辛斯克的支流间蠫行。不被占领的田庄的数目，总是减少下去，要得一片面包和燕麦，也须经过战斗，旧的创伤还未医好，新的又起来了。人们就都成了枯燥，寡言，狠毒。

莱奋生深信着——驱使着这些人们者，决非单是自己保存的感情，乃是另外的，粗粗一看，是隐藏着的，连他们之中的许多人也还没有意识到的，不下于此的重要的本能，借了这个，他们才将所忍耐着的一切，连死，都售给最后的目的，倘没有这，恐怕谁也未必会自己走进这乌拉辛斯克的泰茄里而去送死的罢。然而他又知道，这本能之生活于人们中，是藏在魂灵的深处，在他们的细小，平常的要求和顾虑——也很细小，然而是活的个体——的下面的，这因为各人是要吃，要睡，而各人是孱弱的缘故。看起来，这些人们就好像担任些平常的，细小的杂务，感觉自己的弱小，而将自己的最大的顾虑，则委之莱奋生，巴克拉诺夫，图皤夫那样的较强的人们，并且使他们惦念这一端，较多于惦念自己也有睡食的必要，而其余一切，就一任别人去想去了似的。

莱奋生现在是常在队伙里——自领他们战斗，在一个锅子里吃，夜里不睡，去察看哨兵，而且是还没有忘记了笑的几乎惟一的人了。连和人们谈些最平常的事情的时候，在他的言语的每一句里，也听出这样的意思来："看罢，我也在和你们一同吃苦，——我明天也被杀死，也说不定的，或者饿得倒毙，也说不定的，但我却像先前一样地活泼，固执，为什么呢，因为这些一切，是没有什么大要紧的……"

但是，虽然如此……系住他和袭击队之心的看不见的绳索，却一天一天断下去了……而且这些绳索愈少，就愈使他难于说服人，也愈使他变为只是居部队之上的权力了。

通常，为了捕取食用的鱼，先将它们在水里闹昏，这时是谁也不愿意进冷水去拾取，总是赶最弱的一个，最多的是先前的牧豕奴拉孚路式加——这不知姓氏，胆怯而口吃的一个下去的。他非常怕水，发着抖，划着十字，从岸上走下去。美谛克往往悲哀地凝望着那掘取了马铃薯的田似的，不平的土色的高高低低的瘦削的他的背脊。有一回，莱奋生看见这情形了。

"且慢……"他对拉孚路式加说："为什么你自己不下去的？"他问那正在推拉孚路式加下去的，脸的一面好像给门夹过了的两面不匀的青年。

青年将那恶意的白睫毛的眼向着他，意外地回答道：

"自己下去试试罢……"

"我不下去，"莱奋生平静地答说："我别的事情多着哩，但是你应该下去……脱掉裤子，脱掉……哪，鱼已经在流走了。"

"让它们流掉……我可不是呆子哩……"青年一转背，就从岸边走开了。几十对眼睛，仿佛称赞他似的，并且嘲笑莱奋生似的，在望着。

"真是麻烦的小子们……"刚卡连珂一面自己脱小衫，一面想去，但给队长的异乎寻常的大叫吓得站住了。

"回来！……"莱奋生的声音中，响着充满了意外之力的权力者的调子。

青年站住了，而且自己在后悔着争这样的事，但不愿意在大家面前丢脸，便又说：

"说不做，便不做……"

莱奋生捏定盒子炮，陷下而吓人的闪闪的收小了的眼，看定了他，用沉重的脚步，向他这面踱过去了。青年慢慢地，好像很不愿意地，脱起裤子来。

"赶快！"莱奋生带着沉郁的威吓，又走近去。

青年向他这边一瞥，忽然吓得仓皇失措起来，裤子是兜住了，又怕莱奋生不明白这偶然的事，竟杀掉他，就很快地说道：

"立刻,立刻……兜住了哩……唉,鬼……立刻,立刻……"

莱奋生环顾周围时,大家都在怀着尊敬和恐怖对他看,然而,只是这点罢了,——却没有同情。在这瞬间,他觉得自己是居部队之上的敌对底的力,但他已经觉悟,竟要向那边去,——他确信他的力是正当的。

从这时候起,莱奋生当必须收罗粮食,削减过多的休息日之际,就什么都不顾虑。他偷牛,掠取农民的田地和菜园,然而连木罗式加,也觉得这和在略勃支的田里偷瓜,道理是全然不一样的。

……越过绵延数十威尔斯忒的乌兑庚支脉的行军——那时部队是只靠野葡萄和用火蒸熟的菌类养活的——之后,莱奋生走进离伊罗罕札河口二十威尔斯忒的"虎溪"的寂寞的高丽人的小屋去。一个高大身材,多毛如他自己的长靴,不戴帽子,腰带上挂着生锈的"斯密斯"枪的汉子,来接他们。莱奋生认识他是陀毕辛斯基的酒精私贩子斯替尔克沙。

"嗳哈,莱奋生!……"斯替尔克沙用了嘶嗄的,没有好过的伤风的声音,说。从浓毛间,带着照例的峻烈的嘲笑,望着他的眼睛。"还活着么?……很好……人正在这里寻你哩。"

"谁在寻我呀?"

"日本人,科尔却克军……另外还有谁会寻你呢?……"

"恐怕不见得寻着罢……这里有我们可吃的东西么?……"

"恐怕也不见得,"斯替尔克沙谜似的说。"他们也不是呆子,——你的头上是挂着金子的呀……在村的集会上读过命令——给捕得活的或是死的的人,是——赏金呵。"

"阿呵……出得多么?……"

"西伯利亚票子五百卢布。"

"便宜得很……"莱奋生嘲笑道。"我说,有没有我们吃吃的东西?"

"怎会有,怎会有……高丽人自己是只靠小米活着的。猪肉有十普特,但他们简直在向它礼拜——冬天的肉呀。"

莱奋生寻主人去了。被铁丝的帽子所压,颤巍巍的白发的高丽人一开口,就求他不要碰他的猪。莱奋生记得他后面有一百五十张饥饿的嘴,也可怜这高丽人,想要证明除此以外,更没有怎样的办法。高丽人不懂这些,只是哀求地合着掌,反复说道:

"不吃,不吃⋯⋯不,不⋯⋯"

"不管,杀罢。"莱奋生一挥手,皱了眉,——好像要将这人杀掉似的。

高丽人也皱了眉,哭了。他突然跪下,胡子擦着草,在莱奋生的脚上接起吻来。但他并不去扶起他,——他恐怕这么一来,就会忍不住,收回了自己的命令。

美谛克看见这一切,他的心很沉重,逃到小屋后面去,将自己的脸埋在干草中。但在这里,他面前也现着哭坏了的老脸,在莱奋生的脚边,是猬缩起来的白衣的小小的形相。"真非这么办不可么?"——美谛克热病似的想;于是他前面,又有也是被取去最后的东西的,驯顺的,恰如在空中仓皇失措的农民的脸,成着长串,浮了上来。"不,不,这残酷,这太残酷了。"——他又想,愈将自己埋进干草里去了。

美谛克知道,倘是自己,是决不会将高丽人弄得这样的,但他和大家一同吃了肉,为什么呢,因为他饿着。

早晨,莱奋生的山路被敌截断了,战斗两小时之久,大约失掉了三十个人,他才硬夺了一条路,以向伊罗罕札的山谷。科尔却克的骑兵紧追着他的踪迹。他弃掉所有驮货的马,在正午,才走到往病院去的认识的道路。

于是他觉得在鞍子上很难坐住了。心脏当非常的紧张之后,就缓缓地,缓缓地跳,并且似乎就要停下来。他要睡觉,他垂了头,立刻在鞍上开始摇动——凡有一切,都成为单纯的不相干的东西了。忽然,他受了什么从中发动的刺戟,愕然环顾了周围⋯⋯谁也没有觉得他睡着。一切人们,都在自己之前看见像平常一样的稍为弯曲的背脊,谁能够想到他也会如大家一般,要疲倦,想睡觉的呢?……"是的……我的力可还够么?"——莱奋生想。而且这问的仿佛并非他自己,倒是别的人,莱奋生摇摇头,于是在膝头觉到了微微的,讨厌的颤动。

"究竟……你也就会见你的老婆了。"两个人骑着马走向病院那边去的时候,图皤夫对木罗式加说。

木罗式加不开口。他以为这事是已经完结了的,虽然他一向也想看见华理亚。他自欺着,将自己的希望,只当作"他们之间是怎么了呢"这一种旁观者的自然的好奇心。

但他见了她时,——华理亚,式泰信斯基,哈尔兼珂都站在小屋旁边,笑着,伸着手,——他心里的一切都改变了。他禁不住,就和小队一同通过了枫树下,一面放松肚带,在马旁边调护了许多时。

华理亚寻觅着美谛克,对于欢迎的招呼,只是简单地回答,对大家含羞地,敷衍地微笑了。美谛克一遇到她的眼睛和点头,便满脸通红,低垂了颈子:他怕她立刻跑近他去,给大家觉得他们俩之间有些蹊跷。但在她的心中不知道是什么主意,却并不显出喜欢他的来到模样。

他连忙拴好"求契哈",躲进森林中。走了两三步,便碰着了毕加。他躺在自己的马匹旁边,集中于自己本身的他的眼色,是荒凉而且空虚。

"坐下来……"他疲乏地说。

美谛克并排坐下了。

"我们这回是到那里去呢?……"

美谛克没有回答。

"我呢,很想捉捉鱼……"毕加愁思地,说。"在养蜂场那里……现在鱼正在向下走……是做起小瀑布来捉的……只要用手去捉就是……"他沉默了一会,悲哀地加添说:"是的,养蜂场那些,现在是早已没有了……没有了!否则多么好呵……那里很幽静。这时候,蜂儿是不叫的……"

他忽然用一只肘弯支起身来,使横眼看着美谛克,用了因忧愁和哀伤而发抖的声音讲起来了:

"听哪,保卢沙……听呀,我的孩子,保卢沙!……莫非真不能再有这样的一块小小的地方么?……我怎么活下去呢,我的孩子,保卢沙?……我在世界上,没有一个人……只是一个人……精光的一个……上了年纪……就要死的……"他寻不出话,没法地吸一口气,而空着的一只手,则痉挛地紧抓着野草。

美谛克不看他,连他的话也没有听,然而他的话的每一句中,总有一点东西在静静地颤动,恰如有谁的怯弱的手指,在他的心中从还是活着的干子上,摇落着已经枯掉的叶子一般。"一切都有完结,决不回来的……"美谛克想,而且这使他为他的枯叶哀伤。

"我去睡……"他想设法逃开此地,便对毕加说。"我乏了……"

他更加深入森林中,躺在丛莽之下,于是入了不安的微睡……忽然,好像给什么东西所触的一样,他醒了。心脏不整地跳着,浸了汗的小衫粘在身体上。丛莽后面有两个人在谈天,——美谛克知道这是式泰信斯基和莱奋生。他小心地拨开枝条,望过去。

"……无论如何,"莱奋生阴郁地说:"要停在这里,是万万做不到的。惟一的路,是向北方——土陀·瓦吉斯克萨溪去……"他打开他的图囊,抽出地图来。"这里……我们可以顺着这岭走,下到伊罗罕札去。这是一条远路,但也没有法……"

式泰信斯基并不看地图,只眺望着泰茄的深处,——仿佛测量着浇了人汗的每一威尔斯忒一般。他忽然一只眼睛眯得更快了,并且看着莱奋生,问道:

"但是,弗洛罗夫呢?……你又忘了他了……"

"是的——弗洛罗夫……"莱奋生沉重地坐在野草上。美谛克就在自己的正对面,看见他苍白的一边的面庞。

"自然,我是可以和他一同留下的……"暂时沉默之后,式泰信斯基阴郁地说。"其实,这是我的义务……"

"不行,"莱奋生摇手。"等不到明天正午,日本兵就追着我们的新的踪迹,到这里来……莫非你的义务,是给人杀掉么?"

"那么,应该怎么办呢?"

"我不知道……"

美谛克从来没有在莱奋生的脸上,见过这样的无法可想的表情。

"总之,只剩了一条办法……我早经想过了的……"莱奋生的声音沉下去了,并且粗暴地咬了牙,不说话。

"唔?……"式泰信斯基等着似的问。

美谛克觉到了一种不吉的事情,几乎要挺出身子去,使他们知道自己在这里。

莱奋生要一句话说出剩在他们那里的惟一的方法来,然而这一句话,好像有他所不能说出的那么苦痛。式泰信斯基怀着危疑和惊愕,看定他,于是……懂得了。

他们不相互视地,在极苦痛的艰难中,抖着,停顿着,谈起两人已经明白,然而不能用一句话来说明的事情来了,虽然这并不将一切说明,并且结束他们的苦恼。

"他们要谋死他。……"美谛克想,失了色。他的心脏用了丛莽那边也许听到那样的力,跳了起来。

"但他怎样——不行么? 很不行? ……"莱奋生问了好几回。"倘不这么办……我想……倘使我们不将他……总之,他还有一点医好的希望么?"

"希望是一点也没有的……然而问题是在这里么?"

"总之,心里可以觉得轻松些,"莱奋生自白说。他这时以欺了自己为愧,然而他实在觉得轻松起来了。沉默一会之后,他轻轻地说:

“应该今天就做……但要小心，给谁也不觉得，尤其是他自己……可以么？……”

“他不会觉得的……他立刻就该喝溴素剂了，换出它就是……还是等到明天呢？唔？”

“还拖延什么……有什么两样呢。”莱奋生收好地图，站了起来。“总得做的……另外什么法子也没有……总得做的不是？……”他寻求着他自己所要支持的人的支持。

“总得做的，正是……”式泰信斯基想，但他没有说出口。

“听哪，”莱奋生慢吞吞地开始了：“你明白说，你下了决心没有？倒不如明白说……”

“我下了决心没有？”式泰信斯基想：“是的，我决心了。”

“去罢……”莱奋生将手放在他的肩上，于是两个人慢慢地走向小屋那面去了。

“他们真要做这勾当么？……”美谛克仰天倒在地面上，用手按着脸。他恰如当战斗之前的恶梦似的，躺在巨大的，没有生命的空虚中，不知道多少时候。后来他起来了，攀着丛莽，负伤者一般摇摇摆摆地，跟着式泰信斯基和莱奋生的踪迹而前去了。

卸了鞍的马，全凉了，将疲乏的头向他看，有些袭击队员在林间的空地上打鼾，有些是煮着吃的东西。美谛克搜寻着式泰信斯基，没有见，便几乎飞跑一般，径向小屋那边去。

他碰到恰好的时间，式泰信斯基背对着弗洛罗夫，正向亮处伸出发抖的手，在将什么东西倒进玻璃杯里去。

“等一等！——你在干什么？……”美谛克显着吓得圆睁的眼，扑向他。“等一等！我都听到了！……”

式泰信斯基栗然，回过头来，他的手更加发抖了……突然，他走近美谛克去，可怕的紫色的脉管，在他额上涨了起来。

“滚！……”他用了凶险的绞杀似的低声，说。“要你的命！……”

美谛克吃了一惊，不禁跳出小屋去。式泰信斯基也即刻定了神，转向弗洛罗夫那面去了。

"什么？……这是什么？……"弗洛罗夫向杯子一瞥，担心似的问。

"这是溴素剂，喝罢……"固执地，严正地，式泰信斯基说。

他们的眼光相遇了，并且彼此心照，被缚在一个思想上，凝结了……"完了。……"弗洛罗夫想，然而并不很吃惊——他于恐怖，于不安，于悲戚，都不觉得了。一切都看得是极其单纯而且安易。当"生"只约给他新的苦恼，而"死"却是由此脱离的意思的时候，他为什么那么苦恼，那么求生而怕死的呢，倒是莫名其妙的事。他恰如搜求什么似的，惴惴地环顾了周围，眼光就留在旁边小桌上没有动过手的剩着的食物上。那是加了牛乳的果子羹，已经冷掉，苍蝇在那上面飞舞的了。从伤病以来，在弗洛罗夫的眼睛里，这才现出了人类底的哀情——是对于自己的怜悯，或者对于式泰信斯基的怜悯罢。他顺下眼去，一到再睁起时，他的脸便平静而温顺了。

"倘若到苏羔去，"他缓缓地说："给我说一声，不要太伤心……我是完结了……大家也都是总有一天要走到这一步的……大家。"他用了关于人们的必然的死的思想，虽然还没有全得到明白的证明，然而已经从个人底的——他弗洛罗夫的——死，灭掉了那特别的，各个的，恐怖的意义，而将它——这死——弄成什么普通的，一切人们所固有的东西了那样的表情，重复地说。于是想了一下，他又说："我有一个孩子……在矿山里……他叫菲迦……平和了之后，请想到这小子，怎样都好，照顾照顾他……好，拿来罢！……"忽然间，他用了润泽的，发抖的声音收束了。

牵着苍白的嘴唇，觉着寒栗，眏着眼睛，式泰信斯基将杯子送到他那里去。弗洛罗夫用两手捧住，喝完了……

……美谛克被枯树绊着，跌着，不管路径，奔进密林中。他失了帽子，头发挂在眼睛上，讨厌地而且粘粘地，好像蛛网，太阳穴在跳动，而且他的血液每一搏，他便重复地说着无用的，哀伤的言语，一面又固执着那言语，因为除此以外，也没有什么可以抓住了。忽然间，他撞到了华理亚，便闪着狞野的眼，跳到旁边。

"我正在寻你哩……"她高兴地说，但给他的疯狂似的模样一吓，不说下去了。

他拉住她的手，急躁地，断续地说起来：

"听哪……他们将他毒杀了……弗洛罗夫……你懂么？……他们将他……"

"什么？……毒杀了？……住口！……"她一切都明白了，一面忽然叫了起来。于是强有力地拖他向自己那边，用热的，湿湿的手，将他的嘴按住。"住口，不要管罢……来，从这边去……"

"那里去？……唉，放手罢！……"他挣脱身子，咬响着牙齿，推开她。

她又拉住他的袖子，要带他走，一面执拗地重复说道：

"不要管罢……来，从这里去……人要看见我们了……有一个少年人……他跟住着我……来，赶快！……"

美谛克几乎要打她，才又挣脱了身子。

"你那里去呀？站着！……"她叫着，在后面追了上来。

这瞬间，从丛莽后面就跳出了企什来——她电光一般迅速地逃向旁边，连忙跳过小溪，躲进榛树的密处。

"不要玩么——怎的？"企什跑近美谛克来，一面问。"试试罢，恐怕我运气好一些！……瞧！……"他拍拍自己的腿，污秽地笑着，迈开大步，追赶华理亚去了……

四 路 径

木罗式加是从幼小时候以来，就受惯了美谛克一类的人，将他那真实——单纯而不出色，正和他的一样——的感情，藏在伟大的，响亮的句子后面,借此来隔开木罗式加那样,不能装得很漂亮的人们的。他还未意识到这就是如此,也不能用自己的话表白出来,但他总在自己和这一类人们之间,觉得有走不过的墙壁,这便是他们从不知什么地方拖出来的虚伪的盛装的言语和行为。

在木罗式加和美谛克的难忘的冲突中,美谛克总竭力寻求表示,以见因为救了自己的性命的感激,所以对于木罗式加是在客气的。为了毫无价值的人,按下自己的低级的冲动,这思想,使他的存在里充满了愉快的,坚苦的悲伤。然而在心底里,他却怨恨着自己和木罗式加的,因为在实际上,他本愿意木罗式加遇到一切不好的事,但只为怯,也只为体验坚苦的悲伤,较为美丽和愉快,所以没有亲自去做罢了。

木罗式加觉得,华理亚是正因为他自己里所没有的美,而在美谛克之中——却认为不仅是外表底的美,也是真实的,和灵魂紧接的美,所以弃掉自己,取了美谛克的。因此他再看见华理亚时,便不禁又跑进没有出路的思想的旧道上去了——关于她,关于他自己,关于美谛克。

他觉得华理亚日日夜夜总在忙着些什么事("一定是和美谛克!"),而且他久久不能睡觉,——虽然也想自信,一切事情于他是毫不相干的。一有微声,他便昂起头来,向暗中留心注视:没有隐现着两个畏罪的私奔的影子么?

夜里,他被微声惊醒了。湿的枯树在篝火中发爆,庞大的黑影闪烁于林间空地的尽头。小屋的窗子一亮,又黑暗了——有谁划了火柴。于是哈尔兼珂走出小屋来,和站在旁边的队员讲了几句话,就在篝火之间走过,找寻着什么人。

"你找谁呀?"木罗式加沙声说,但听不清那回答,便问道:"有什么事?"

"弗洛罗夫死掉了。"哈尔兼珂阴郁地说。

木罗式加格外裹紧了他的外套,又睡着了。

……到黎明,弗洛罗夫被埋到土里去,木罗式加和别的人们一同,平静地掩了他的坟。

　　当马上加了鞍的时候,人们发见了毕加是消失了。他的小小的钩鼻马,整夜背着鞍,悲苦地站在树底下。它见得很可怜。"老头子,再也受不住,跑掉了。"——木罗式加想。

　　"哪,好,让他跑罢。"莱奋生说,因为早晨以来的胁肋痛,皱了眉。"可不要忘记了马……不,不,不要装货! ……经理部长在那里? 都准备了么? ……上马!"他深深地吐一口气,再一皱眉,好像因为负着重而大的东西,使他沉重而艰难的一般,在鞍上伸直了身子。

　　谁也不以毕加的事情为可惜。只有美谛克觉得苦痛,仿佛一个损伤。近来毕加从他的心里,虽然除乡愁和苦恼的回忆之外,毫不引起什么来,但他还觉得自己的有一部分,和毕加一同消失了。

　　部队顺着峻急的,山羊所走的山岭,向上面开拔了。头上罩着冷冷的钢灰色的天空,底下依稀可见青碧的深处。沉重的石块发出大声,就从脚下滚到那地方去。

　　在久待的秋光的寂静里,泰茄的带金色的叶子和枯草笼罩了他们。在槎枒的羊齿草的黄色花纱中,苍髯鹿褪失了颜色。露水澄明地——清彻而且微黄,像草莽一样,整日地发着光。但野兽却从早晨起便咆哮起来——不安静地,热心地,不能忍耐地,好像在泰茄的金色的雕零中,有着一种强大而有永久生命的怪物的呼吸。

　　首先觉察出木罗式加和华理亚之间的纠葛的,是传令使遏菲谟加,他是在正午的略略休息以前,将"缩短尾巴,免得给人咬断"的命令,送到苦勃拉克这里来的。

　　遏菲谟加用尽气力,通过了长列,给有刺的灌木钩破了裤子,和苦勃拉克骂起来了,——小队长就忠告他,与其多管别人的尾巴,倒不如小心他"自己的鼻子"。此外,遏菲谟加又看出了木罗式加和华理亚骑着马走,都在互相远离,而且他们昨天也并不在一起。

在归途中,他追到木罗式加旁边,问道:

"你好像在避着你的老婆,你们俩中间有了什么了?"

木罗式加惶窘地,气恼地看定了他那瘦削的焦黄的脸,并且说:

"我们中间有什么呢?我们中间什么也没有。我不要她了……"

"不要了?……"遏菲谟加默然看了一些时,便不高兴地向了别处,——好像他在思索,在木罗式加和华理亚的先前的关系上,原也没有紧密的家庭的关系,现在这样说法,是否适当的一般。

"不算什么——常有的。"他终于说:"适逢其会……哪,哪,这瘟马!……"他用劲地将马打了一鞭,而且送着他的羽纱袄子的木罗式加,则看见他向莱奋生报告了一些话,于是和他并马前进了。

"我的乖乖——这是生活呀!……"木罗式加怀着出于最后之力的绝望,想,而且于自己的有所束缚,不能那么放心地在队伍里往来或者和邻人谈话,也十分的悲哀,"他们有福气——要怎样就怎样,无忧无愁,"他欣羡地想。"他们实在那里会有忧愁呢?例如莱奋生罢,……自己捏着权力,大家都尊敬他——而且要做的事,什么都做得……这是值得活的。"他不想到莱奋生冒了风寒,胁肋在作痛,莱奋生对于弗洛罗夫之死,负有责任在身上,以及人们正在悬赏募他的头,比谁都有先行离开颈子的危险。——木罗式加只觉得在这世界上,尽有着健康,平静,满足的人们,而他自己,却在这生活中,完全没有幸福。

当他在暑热的七月天气,从病院回来,卷发的割草人们佩服了他那确有自信的骑马的姿势的时候,这才发生出来的那混乱的,倦怠的思想,——当他和美谛克相争之后,经过旷野,看见孤独的,无归的乌鸦,停在歪斜的干草堆上的时候,以特别的力,捉住了他的那一样的思想,——这些一切的思想,现在都显出未曾有的苦恼的分明和锋利来了。他觉到了为先前的自己的生活所欺的自己,并且又在自己的周围,看见了虚伪和欺瞒。他也毫不疑心,从他出世以来的自己的全生活——这一切沉闷而无聊的安闲和劳动,他所流了的血和汗,连他那一切"无愁的"玩笑——那也决不是欢欣,只是向来无人尊敬,此后也将无人尊敬的不透光的流卅的劳役罢了。

他又怀着连自己也是生疏的——悲伤,疲乏,几乎老人似的——苦恼,接续着想:他已经二十七岁了,但已无力能够来度一刻和他迄今的生活不同的生活,而且此后也将不会遇见什么好处,恐怕他就要像谁也不惜的弗洛罗夫的死掉那样,作为谁也不要的人物,中弹而死的了。

木罗式加现在是拼命尽了他一生的全力,要走到莱奋生,巴克拉诺夫,图幡夫(连遏菲谟加仿佛也走到了这道路上),这些人们所经过的,于他是觉得平直的,光明的,正当的道路去,但好像有谁将他妨碍了。他想不到这怨敌就住在他自己里,他设想为他正被人们的——首先是美谛克一类的人们的卑怯所懊恼,于是倒觉得特别地愉快,而且也伤心。

进膳之后,他给马到溪边去喝水的时候,显着秘密的脸相,曾经偷了他洋铁水杯的那活泼的,卷头发的少年,跑到他这里来了。

"我要告诉你的……"他迅速地低声说:"是她是坏货,这华留沙——真的……对这等事,我是有特别的鼻子的!……"

"什么?……为什么事?……"木罗式加抬起头来,粗暴地问。

"女人呵,女人这东西,我知道她底底细细。"那少年有些窘急了,申明道。"自然还没有闹出事情来罢,但要瞒过我,朋友,可不行……她的眼睛总是钉着他,钉着他呵。"

"他呢?"木罗式加知道这话是指美谛克的,但忘记了自己应该装作什么也不知道,便愤激起来,红着脸问道。

"他怎么样?他不怎样……"那少年用了含胡的,畏怯的声音说,——仿佛他说过的一切,本来不关紧要,只要在木罗式加面前洗掉自己的旧罪一般。

"随她妈的,和我什么相干?……"木罗式加哼着鼻子。"恐怕你也和她睡过了——我那里知道。"他带着侮蔑和恚恨,加添说。

"什么话！……我倒是……"

"滚你的蛋！"木罗式加忽地愤然大叫起来。"和你的鼻子都滚到你妈的婊子那里去，滚！……"他就使劲在他屁股上踢了一脚。

米式加给他那激烈的举动大吃一惊，跳向旁边，弯着的后腿浸在水里，向人们竖起耳朵，动也不动了。

"你，狗养的你……"那少年为了惊愕和愤怒，说不出话来，一面就奔向木罗式加去。

他们大家交手，好像两匹獾。米式加连忙回转身子，开轻步离开他们，回顾着跑掉了。

"永不超生的畜生，我来打塌你的鼻子。……我来将你……"木罗式加用拳头冲着他的肋骨，又恨那少年缠住他，不能自由地打，便咆哮着说。

"喂，孩子！"一个吃惊的声音向他们叫喊。"那是在干什么呀……"

两只骨节峻嶒的大手，在争斗者之间劈了进来，并且抓住各人的衣领，将他们拉开了。两人不明白是怎么一回事，大家又都想扑过去，但这回是各各吃了沉重的一脚，木罗式加飞得脊梁撞在树木上，那少年是颠过一枝坠地的枯枝，挥着臂膊，木桩头似的坐在水里了。

"伸出手来罢，我来帮你……"刚卡连珂并不嘲笑地说。"要不然，你们总没有什么法子的。"

"我可总得有法子……这猪狗……应该打死他……"木罗式加发着吼，又要奔向那湿淋淋的在发呆的少年这边去。

少年用一只手拉住刚卡连珂，一只手用力地拍着自己的胸膛，他的头在发抖。

"不，说来罢——说来罢，"他用了要哭的声音，对着他的脸嚷叫道："无论谁，只要高兴在屁股上踢一脚，那在屁股上踢一脚就是么，唔？……"待到他看见人们聚集起来了，便厉声大叫道："谁的错呀，

222

谁的错呀，——如果那老婆，他的老婆……"

刚卡连珂怕闹乱了，尤其是担心木罗式加的运命（如果莱奋生知道了这事呢），便摔开那嚷着的少年，抓住木罗式加的臂膊，拉着他走了。

"来罢，来罢。"他向那还在挣扎的木罗式加，严峻地说。"人要赶出你的，你这狗养的……"

木罗式加终于明白了这强有力的，严厉的汉子，是同情于他的，便停止了抗拒。

"那边出了什么事了？"美迭里札的小队里的一个绿眼睛的德国人，对他们迎面跑来，问道。

"他们捉了一匹熊。"刚卡连珂冷静地说。

"一匹熊？……"德国人张着嘴站了一会，便突然又飞跑过去，好像还要去捉第二匹熊似的。

木罗式加这才怀了好奇心去看刚卡连珂，微微地笑着。

"你这瘟疫，你倒是有力气。"他对于刚卡连珂的刚强，抱着一种满足，说。

"你们为什么打起来的？"工兵问道。

"为什么……一个那样的畜生……"木罗式加从新愤激起来了。"那就应该……"

"好了，好了，"刚卡连珂打断话，来镇静他。"那是有你的道理的……那就是了，那就是了……"

"归～～～队！……"什么地方叫着响亮的，夹着成人和孩子的声音，是巴克拉诺夫。

同时从丛莽中也昂出蓬松的米式加的头来，——米式加用了那聪明的，灰绿色的眼，看着他们，轻轻地嘶叫。

"阿，你！……"木罗式加爆发似的说。

"好机灵的马儿……"

"人可以为它不要性命的！"木罗式加高兴地拍着马的脖颈。

"性命还是留着好罢——还能有什么用处的……"刚卡连珂在暗色的,打卷的须髯后面微微一笑。"我还得给我的马匹去喝水,你自己走罢。"于是他迈开稳实的大步,走向自己的马匹去了。

木罗式加又用好奇心目送着他,——并且想,他为什么早先没有留心到这惊人的人物的呢。

后来,当小队集合了的时候,他不自觉地和刚卡连珂并排着在行列中,而且直到呵牛罕札,在路上也没有分散。

分在苦勃拉克的部队里的华理亚,式泰信斯基和哈尔兼珂,都走在最近尾巴处,一到山岭上,全部队就分明可见,——是一条细长的链子。他们后面跟着莱奋生,微弯了背,巴克拉诺夫也不自觉地模仿着一样的风姿。华理亚总觉得她背后的什么地方有美谛克在,而且对于他昨天的举动的愤懑,在她里面蠢动,将她常常向他所经验的大而温暖的感情损害了。

自从美谛克离开病院以来,她是瞬息也没有将他忘却,并且只想着重行相见之日而活着的。从这时起,她心中就结了最深的,最秘密的——关于这,是对谁也不能说的——而同时又非常鲜活的,人间的,几乎像是实有其事的梦想。她自己想像,他怎样地在森林尽头出现,——穿着沙格林皮的祆子,美丽,高大,略有一些羞怯——她在自己上面感到他的吹嘘,在自己掌下感到他的柔软的卷发,听到他温柔的挚爱的言辞。她竭力要不记起先前对他的误解来,——不知道为什么缘故,她觉得这样的事不会再有的了。一句话,就是她所设想的,是她和美谛克的未来的关系,虽然迄今未曾有,她却但愿其会这样,而对于实在会有的事,却竭力要不去想到,以免招致了悲哀。

她遇见了美谛克的时候,因了她所特禀的对于人们的敏感,她知道他在她面前是烦乱而且兴奋到不能统驭自己的行为,而且那烦乱的事件,比她任何个人底的愤懑都更重要了。但在先前,这遭遇在她是另一种想像的,所以美谛克的突然的粗暴,就使她觉得受侮而且惊奇。

华理亚这才觉到,美谛克的粗暴,并非偶然,美谛克恐怕全不是她无日无夜,久经等候的那人,然而她另外也没有一个人了。

她没有立即承认这事的勇气,——抛弃了她长日长夜之间,借此生存——懊恼,欢欣的一切,心里突然感到无可填塞的空虚,原不是怎样容易的。她只愿意相信,并没有什么特别的事,一切都只在弗洛罗夫的可怜的死亡,一切都还顺当。然而从清早晨起,她所思想的,却只在美谛克怎样侮辱了她,以及她带了自己的幻想和自己的爱去接近他时,他怎样地并无侮辱她的权利。

她整天感到苦恼的欲求,要会见美谛克,和他谈一些话,但她连一眼也没有向他看,便是食后的休息时候,也没有去走近他。"我怎能娃儿似的跟住那人呢?"她想。"倘如他亲口所说,真是爱我的,那么,到我这里来就是了,我一句也不加责备。但如果不来呢,也好,——我就一个人……那么,就什么事也没有。"

一到山上的平地上,路就宽阔起来了,企什和华理亚并骑而进。他昨夜要捕捉她,并没有成功,但他对于这事是非常坚执的,也并不失望。她觉得他的脚的接触,他在她耳旁吐些无耻的言辞,然而她没有去听他,只沉在自己的思想里。

"唔,怎样呢,您怎么想呢?"企什执拗地问。(他是不管年纪,地位,以及和他的关系,只要对于女性一切的人们,都称为"您"的。)

"您答应么——不?……"

……"我都明白的,我向他要求什么事呢?"华理亚想。"对我退让一点,真就这么难么?……但也许他现在自己在苦恼,——以为我在讨厌他。但我得告诉他么?……怎样地?!……从我?!……等到他赶开我之后?……不,不,——凡事还是由他去的好……"

"但是您怎么了,您聋了么,我的好人?我在问,您答应么?"

"答应什么呀!"华理亚惊觉了。"闭了你的嘴……"

"请您的早安，睡得好么？……"企什懊恼地向空中一挥手。"但是，我的好人，这是怎么的，您简直说着好像还是第一回的，闺女的话。"于是他又忍耐地从新在她耳边私语起来，只以为她是听到，并且明白他的话的，却因为女人的惯技，要抬高价值，所以在"扭捏"。

黄昏到了，山峡上垂下了夜的轻轻的翼子的扇动来，马匹疲倦地歌着鼻子，雾气在溪水上越加浓重，并且慢慢地爬到溪谷里去了。但美谛克总是还不到华理亚那里去，看来就像连要去的意思也没有似的。而她愈确信他终于不到她那里去，也就愈觉得难遣的哀伤和先前的自己的梦想的悲苦，并且也愈加难以和他们走散了。

部队为了歇宿，降到小小的溪谷去，人马在湿的栗栗的黑暗中动弹。

"请您不要忘记，我的好人。"企什用了讨厌而温柔的固执，低声说。"是的，——我将灯摆在旁边……您就可以认识……"几秒钟之后，听得他对人大叫起来："什么叫作'你爬到那里去'呀？倒是你在旁边捣什么乱哩？"

"你跑到别的小队里来干什么的？……"

"什么叫作'别的'？睁开你的眼睛来罢！……"

暂时沉默之后，这其间，大约两人是睁开眼睛来看了的了，先问的人便用了谢罪似的推托似的声音说：

"Matj tvoju——原来是'苦勃拉克派'……美迭里札在那里？"他用了对人不起似的声音，粉饰着自己的错误，一面又拖长了声音，叫喊道："美～～迭里札呀！……"

在下面有人用了不能忍的兴奋，大嚷起来，好像倘不听他的要求，他便要自杀，或者杀人一样：

"点～～火哩！……点～～火～～哩！……"

谷底那面，突然腾起无声的篝火的红焰来，于是从黑暗中，蓬松的马头和疲倦的人头都在弹匣和马枪的冷光里出现。

式泰信斯基,华理亚和哈尔兼珂比别的驻扎处靠边一些,下了马。

"好了,现在我们要休息了,生起火来罢!"哈尔兼珂用了谁也不会因此活泼起来的快活模样,说。"去找点枯树来呵!……"

"……永远是这一著——好时候不歇住,于是来吃苦。"他用那一样的慰安很少的调子说,——用手探着湿草,也实在害怕着湿气,黑暗,以及给蛇来咬的恐怖,还有式泰信斯基的忧郁的沉默。"我记起来了,先前从苏羌出来也这样的——本该驻扎得早些,现在是暗得好像在洞里,但我们……"

"为什么他说这些事?"华理亚想。"苏羌……从什么地方来……暗得好像在洞里……现在对谁还有意味呢?一切,一切都已收梢,什么也没有了。"

她饿了,这饿又加强了她别种的感觉——那她现在无可充填的,缄默的,按住的空虚的感觉。她几乎要哭出来。

然而用过夜膳,温暖了之后,三个人都一时活泼起来了,环绕他们的蓝黑的,陌生的,冷冷的世界,也显得亲近而且温和。

"唉唉,你外套儿呀,我的外套儿呀。"哈尔兼珂脱着外套,用那吃饱了的声音说:"入火不焚,入水不溺。现在只还缺一个姑娘儿……"他眹着眼睛,笑了起来,似乎他想说:"这自然是完全办不到的,但你们该是同意,以为这倒不坏的"模样。"你现在可想和女人睡觉呢,唔?同志医生!"他装一个鬼脸,去问式泰信斯基道。

"想睡的呀。"式泰信斯基还未听完话,便认真地回答说。

"为什么我只是讨厌他的呢?"华理亚为了愉快的篝火,为了吃过的粥,为了哈尔兼珂对她的亲昵的谈话,觉得她平日的柔和和良善,都恢复了,一面想。"岂不是实在并没有什么,为什么我就那么生气的呢?因为我胡涂,那少年独自冷清清地坐着……只要我到他那里去,一切就又会好起来了……"

于是她忽然极不愿意在四近的人们极愉快地醉着,自己也愉快到好像醉着一般的时候，为了心里怀着愤懑和牢骚，所以在懊恼，她遂决计将这些抛开，去会美谛克了。而且这在她，其中也已经没有了委屈和不好。

"我什么，什么都不要。"她忽而活泼起来，想："只要他要我，只要他爱我，只要他在我的身边……不，只要他总是和我走，和我说，和我睡，我什么都交给他——他是多么漂亮，而且多么年青呵……"

美谛克和企什在略略离开之处生着别一个篝火。他们懒着，没有造饭，在火上熏着肥肉，而且较之吃面包，倒更努力于此，全都吃完之后，两个人便饿着肚子坐着了。

美谛克自从弗洛罗夫的死亡和毕加的跑掉以后，还没有复原。他整天的仿佛沉在用了关于孤独和死亡的辽远而严峻的思想，编织而成的烟雾里。一到晚上，这雾幕便落掉了，但他不愿意见人，害怕一切。

华理亚费尽气力，才寻出他们的篝火来。全个山谷，就活在这样的篝火和烟雾蒙蒙的歌唱里。

"你们钻在这样的地方。"她心跳着，走出丛莽来，一面说。"晚安……"

美谛克悚然，用了生疏的，吃惊的眼光看着华理亚，便转脸去向篝火了。

"嗳哈！……"企什高兴地微笑。"就只缺少您一个呵，您请坐，您请坐，我的好人……"他连忙摊开外套，指给她一个坐处，在他的旁边。然而她不去和他并坐。他的油滑，这性质，她是早已觉到了的，虽然不知道这是什么——这时却特别讨厌地刺戟了她了。

"来看看的，你怎样了，要不然，你就将我们完全忘记了。"她向美谛克，并不遮掩惟独为他而来的事，用了唱歌一般的声音，说。"哈尔兼珂也就问过了，你的健康怎样了，为什么不给人知道一点你的消息，——我也想说了好几回了……"

美谛克不开口，耸耸肩。

"我们自然很顽健的——这不成问题!"企什将一切拉在自己身上,满足地大声说。"但请您在我们这里坐一坐呀——您客气什么?"

　　"不,我就走的,"她说。"因为我从这里走过……"她原为美谛克而来的,他却只耸耸肩,因此她忽然发恼了。她接着说道:"你们还没有吃过东西么——锅子干干净净的……"

　　"什么都吃得么? 如果给我们一点较好的材料,可是他们分给这样鬼知道是什么东西……"企什牢骚似的皱了脸。"但您请坐在我的旁边呀!"用了绝望底的亲热,他再说一回,捏住她的手,拉向他那边去。"请您坐一坐呵! ……"

　　她坐在他旁边的外套上。

　　"您还记得我们的约束么?"企什亲密地向她睐眼。

　　"怎样的约束呀?"——她问着,隐约地记起了什么事,吃了一惊。"唉唉,我还是不来好。"——她想,于是一种大的不安的东西,忽然在她胸膛里炸裂了。

　　"什么——怎样的? ……等一等……"企什忽然弯身向了美谛克那边去。"人们面前是讲不得秘密话的。"他说,抱着他的肩头,于是转对华理亚道,"然而……"

　　"什么是秘密呀? ……"她含着偏颇的微笑,说,于是突然睐着眼,用了发抖的,不如意的手指,整起头发来。

　　"你这鬼为什么海狗似的呆坐着的?"他在美谛克的耳旁低声说:"和大家都约过的——就是这样的女人——两个人都干罢,就在这里将她……但是你……"

　　美谛克连忙缩回,向华理亚一瞥,满脸通红了。从她的飘泛的眼色里,好像责备似的在对他说:"现在好。你看,不是闹成这样了么?"

　　"不,不,我要去了……不,不。"当企什将要转身向她,再劝她什么可羞可鄙的事的时候,她喃喃地说。"不,不,我去了……"她跳起

229

来,低着头,跨开小而快的脚步,飞奔而去,终于在暗中消失了。

"又给你错过了……废物!……"企什轻蔑地,恶意地说。突然间,他被原质底的力所指使,一跃而起,好像他内部的谁将他抛了出去的一般,跳似的追着华理亚之后奔去了。

他在二十步之远的处所,追上了她,一只手紧紧地将她抱住,一只手按住她的胸脯,拖她到丛莽里面去:

"来罢,来罢,宝贝,来……"

"走……放我……放我……我要喊起来了!……"她乏了力,恳求说,几乎要哭出来,然而她又觉得喊救的力,在她是没有的,况且为了什么,为了谁个,现在有叫喊的必要呢?

"但是,宝贝,不要这样,不要这样!……"企什用手按住她的嘴,一面被他自己的温柔所兴奋,一面劝慰说。

"这为了什么呢?鬼也不会知道的。"她软乏地想。"然而这是企什……是的,这是企什呵……他从那里来的……怎么是他呢?……唉唉,这不是全都一样么?……"于是在她,实在也成了全都一样了。

她在腿上,觉着一种熟识的温暖的无力,并且,在他的温柔的强迫之下,从顺地溜倒在地面上了,一面烧红在男性呼吸的气息里。

五 重 负

"我和他们合不来,那些农人们,和他们合不来。"木罗式加说,一面规则地在鞍子上晃摇,而且每当米式加踏出右前蹄去,便用鞭子打一下白桦的明黄的枯叶。"我也曾住在祖父那里。有两个叔伯——是种地的。唉,和他们合不来!也并不是,并不是别的血统:小气,阴气,没有胆——毫无例外……都这样!"白桦没有了,木罗式加便用鞭敲着自己的长靴,免得失掉了拍子。"为什么呀,要那么胆怯,那么阴气,那么小气的呢?"他抬起头来,问。"自己是什么吃的也没有——什么也没有。简直像扫过的一样!……"他于是显出一种特别的,淳朴的,同情的笑来。

刚卡连珂将眼光注在马的两耳之间，一面倾听着；在他灰色的眼睛里，泛着一种很能听取，而且——很能思索他所听取了的话的聪明而有丈夫气的神情。

"我是这样想的，"他忽然说。"从我们的无论谁，人如果掘下去，——从我们呵，"他特地提高声音，看着木罗式加，"譬如我，或者你，或者图皤夫也是——在各人里，都会发见农民的，在各人里。"他深信似的反复说，——"总之，属于这边的什么，至多也不过没有穿草鞋……"

"你们在说什么呀？"图皤夫从鞍上回过头来，说。

"而且恐怕连草鞋……我们在说农民呀……我们的各人里面，我说，都藏着一个农民……"

"唔……"图皤夫疑惑地说。

"你不信么？……譬如木罗式加，就有祖父和叔伯住在乡村里，——你呢……"

"我，朋友，没有人。"图皤夫遮断他。"谢谢上帝。老实说，我是不喜欢他们这类人的……我们就拿苦勃拉克来做例子罢：苦勃拉克不过是苦勃拉克（人原也不能期望个个人都懂事的！），但是他带着怎样的小队呀？逃兵，一个又一个——这就是小子们！"图皤夫于是轻蔑地唾了一口。

这谈天是出在部队降向呵牛罕札的水源去，在道上的第五日里的。他们走着软软的，枯掉的野草所铺满的冬天的路。经理部长的助手在病院里所贮蓄的粮食，虽然谁也没有一点了，但大家都意气扬扬；觉得住所和休息已经临近。

"瞧罢，"木罗式加眦着眼。"我们的图皤夫，那老头子，对你们怎么说？"他因为小队长赞成的是自己，而不是刚卡连珂，且惊且喜，笑起来了。

"好罢，"工兵说——毫不窘急。"你没有什么人，是没有关系的，——我现在也没有什么人。我们就拿你们矿工来说罢……自然,你是阅历得多了,但木罗式加呢?他除了自己的矿山之外,怕不很见过什么罢……可对哪?"

"什么叫作怕不很见过什么呀?"木罗式加懊恼地插嘴说。"上过前线的……"

"就是罢,就是罢。"图畹夫向他摇摇手。"好,没有见过什么,那么?……"

"那么你们的矿山,就是一个乡村。"刚卡连珂镇静地说。"各人都有自己的菜园——这是第一件。一半是冬天跑来,夏天又回到村子里去的……是的,还有鹿儿在叫,好像在猪阑里一样!……我知道你们的矿山的。"

"一个乡村?"图畹夫赶不上刚卡连珂的话,诧异地说。

"别的是什么呀?女人们忙着种园,周围都是农民,会没有一点影响……自然有影响的!"工兵于是照着惯相,用手掌向空中一劈,将另外的从自己的东西分开。

"有影响……当然……"图畹夫含胡地说,一面还在想,——其中是否于"矿山的人们"有些丢脸。

"就是呵……我们这回就拿都市来说罢:我们的都市有多么大,另外还有多少呢?人可以用手指来数的……几千威尔斯忒——都是乡村……我问,这可有影响?"

"且慢,且慢,"小队长惶惑地插嘴说。"几千威尔斯忒——都是乡村么?……当然,有影响的……"

"那就在我们各人里面——都藏着一个农民了。"刚卡连珂说,他回到出发点去,由此笼罩了图畹夫所说的全盘。

"说得不错!"从图畹夫加入以来,对于争论,只在人的干练的表现这点上,觉得有味的木罗式加,这时佩服了。"给你碰了壁哩,老头子,你已经喘不出气来了!"

"所以我要说的,"刚卡连珂不给图畹夫有反省的时光,说明道:"就在我们对于农民,没有骄傲的道理,木罗式加也是——倘若没有农民呢,那我们就……"他摇摇头,不说了,而且很明白,图皤夫所说的一切,毫不能将他的确信推翻。

"伶俐鬼,"木罗式加从旁一瞥刚卡连珂,对他逐渐怀起尊敬来,一面想。"他将老头子牢牢地抓住了——使他再也没法逃跑了。"木罗式加很知道,刚卡连珂是也如别的人们一样,有过失,有错处的。他用了那么的确信来说的那农民的重负,木罗式加在自己里也还没有觉得,——然而他献给工兵的信仰,较多于对于别的人。刚卡连珂是"全体中的一员"。他"懂事",他"识得",而且他并不是空谈家和废物。他的大而有节的双手是渴于工作的,一眼看去,好像纡迟,但其实却快——他的每一举动,是周详和正确。

于是木罗式加和刚卡连珂之间的关系,就到了袭击队中所谓"他们在一件外套下睡觉","他们在一个锅子里吃食"的交情上所必要的第一阶段了。

靠着和他每日的亲近,木罗式加也开始相信起来,他自己,木罗式加,也是出色的袭击队的一个:他的马是整顿的,马具是齐整的,枪擦得镜子一般发闪,在战争上,他是第一个勇猛而可信的兵,同志们因此就爱他,敬他……他这样地想着,便于不知不觉间,走进那刚卡连珂好像常是这样地过活的有计划的健康的生活,就是,不给无用和懒惰的想头有一点余地的生活里去了。

"唅……站住!……"前面有人叫了起来。叫声顺着排列传下去,前头已经站住了,后面的却还是往前挤,排列混合了。

"唅……叫美迭里札去呀……"叫声又顺着排列传下去了。几秒钟后,美迭里札便飞跑而过,屈着身子,像一只鹰,于是全部队的眼睛,便都带着不自觉的骄矜,送着他那什么操典上都没有记载的,轻捷的,牧人的骑术。

"我也得去看一看,出了什么事了。"图皤夫说。

过了一会,他兴奋着回来了,但在别人面前,竭力掩藏着兴奋。

"美迭里札做斥候去,我们在这里过夜。"他兴奋着说,但他的声音里,却颤动着谁都听得出来的怨恨的,饥饿的调子。

"怎么,空着肚子么?！在那里怎么想的呀?！"周围都叫了起来。

"遭瘟的!"木罗式加附和着。

前面已经驻下了。

……莱奋生决计在泰茄中过夜,因为他没有的确知道,敌人是否已经放弃了呵牛罕札的下流。然而他还在希望,即使那里有着敌人,仍能够由斥候探路,走到富于面包和马匹的土陀·瓦吉这溪谷去。

在辽远的一路上,日见沉重的熬不住的胁肋痛总在苦恼他,他也早经知道,这病痛——由过劳和少血而起的这病痛,只能由几周间的安静而吃饱的生活,才可以医好。但因为他也很知道,更安静,饱足的生活,在他还很辽远,于是他就靠着使自己相信这"没有什么的病",是平时也生着的,无妨于成就他所以为自己的义务的事,在道上适应了自己的新的景况了。

"我这样想,我们应该前进的……"苦勃拉克不听莱奋生的话,看着那长靴,用了除吃以外,不知其他的人们的固执,第四回重复说。

"去罢,自己去,如果你不能等……自己去……留一个替代人,你走就是了。但带着全部队进危险中去,是不上算的……"

莱奋生用了仿佛苦勃拉克正有着这样不对的计算似的表情,说。

"去罢,朋友,你还是去派定卫兵的好罢。"他不听小队长的新意见,添上去说。但当他看见他仍然固执的时候,便突然皱了眉,严厉地问道:"什么?"

苦勃拉克仰起头来,眒着眼。

"你派骑马的巡察到路的前面去。"莱奋生仍用先前的,带些冷嘲的调子,继续说。"在后面,半威尔斯忒之远,你去派一个步哨;最好是在我们曾经跑过的水泉那里。懂了没有?"

"懂了。"苦勃拉克喃喃地说,——而且奇怪他自己不说真是要说的事,倒是说了别的。"滑头,"——关于莱奋生,他用了对于他的无意识的,包着尊敬的憎恶,和对于自己的同情,想。

夜里,他忽然醒来,这在近时是常有的,莱奋生记起了和苦勃拉克的会话,吸完烟卷之后,便查卫兵去了。

他竭力不踏着睡觉的人的外套,谨慎地经过了将熄的篝火的中间。右边最末的烧得比别的更明亮,近旁蹲着守夜人,在烘手。他好像全不想到现在的事了,——黑的羊皮帽滑在后脑上,睁着做梦似的眼睛;而且他显着忠厚的,孩子一般的微笑。"这真像样……"莱奋生想,并且就用这句话来表现了看见这蓝的将熄的篝火和微笑的卫兵,以及——在深夜中幽暗地等候着他的一切的时候,骤然抓住了他的那沉静的,略觉异样的高兴的,模胡的感情。

他于是更其悄悄地,小心地前行——这并非要不使人觉察他,倒只为了不吓掉守夜人的微笑。但他并没有觉得,仍然微笑着在看火。大约这火和从泰茄中传来的马匹吃草的干燥的索索的声音,使这守夜人记起了孩子时候的"夜巡"①来了罢——含露的,满是月光的草原,村里的鸡的远远的啼声,索索地响着脚链的幽静的马群,在孩子似的,做梦似的眼睛之前的愉快地闪动着的篝火的光焰……这篝火是灭掉了,所以在守夜人,就也觉得比现在的更温暖,更光明了。

莱奋生刚刚离开阵营,潮湿的,霉气的黑暗就将他围住,两脚陷在粘软的泥土中,发着菌子和烂树的气息。"多么阴气呀!"——他想,环顾了周围。他的后面已没有一点金色的微光,——仿佛阵营已经和微笑的守夜人一同没入了地底似的。莱奋生深深地叹一口气,便用了故作活泼的脚步,从小路走进深处去了。

他立刻听到溪水的潺湲声,站了一会,向黑暗中倾听,暗自微笑

_____

① Nochinoe,夜间将马在野外放牧,也加以监视。——译者。

着,这回是走得更快了……竭力要响得厉害,给人们听到。

"谁呀?……那边的是谁?……"从暗地里发出断续的声音来。

莱奋生知道是美谛克,并不答话,直向他走过去。在森然的寂静中,枪闩作响,绊住了,可怜地轧轹着。听到想装子弹的焦急的手的声音。

"应该常常擦油的。"莱奋生冷嘲地说。

"阿呀,是您么?……"美谛克放心地吐一口气。"总在擦的……不知道是怎么的……"他惶窘地看着队长,而且将开着的枪闩忘却,便放下了枪枝。

美谛克是充当深夜中的第三班卫兵的。不到半点钟,便会听到换班的人在草间的匆忙的脚步声,但美谛克自己却觉得已经站得很长久。他和他的思想,在活着和他无缘的,紧张的,凶猛的生活的那一切动弹着,一切徐流着的伟大的,敌对底的世界里,是成了孤独了。

总之,永远是这一种思想。这不知从何时何处,总在他里面发生,而且他无论想什么,总也回到这处所。他知道,这思想是对谁也不说的,他知道,这思想是有些不好,有些可羞的,但他也知道,他现在已不能和这思想分离,——他也知道要竭全力来做这件事,——因为这已是剩在他那里的最末的,惟一的东西了。

这思想,就是必须用什么方法,然而要从速,离开了部队。

而且一想到能够回到先前在他是那么没有乐趣,那么无聊的都市生活去的时候,现在却见得有趣而且无愁,于他也仿佛是惟一的可能的生活了。

当他看见莱奋生时,美谛克的张皇失措,却并非为了没有擦枪,倒是因为他忽然被这种思想所袭击了。

"好汉!"莱奋生和善地说。自从见了微笑的守夜人以后,他不愿意怒骂了。"这样站着,冷静罢,是不是?"

"这倒不……怎么会呢。"美谛克微觉慌张,回答道。"已经弄惯了。"

"我却全没有惯哩。"莱奋生笑着说。"独自走着,骑着,不知道多么久了——日里和夜间——但总觉得阴森森地……唔,这里怎么样,全都平静的?"

"平静的。"美谛克说,怀了一点惊愕和若干的胆怯,看着他。

"我们立刻就要舒服了。"莱奋生仿佛并非回答美谛克的话,却是对于藏在他里面的东西似的,说。"只要我们一到土陀·瓦吉,就会好一点……你抽烟么? 不?"

"不,我不吸的……至多不过是玩玩。"美谛克急忙加上话去,这时他忽然记得了华理亚的烟盒,以为莱奋生是一定知道着有这烟盒的了。

"烟也不抽,不觉得无聊么? ……凯农尼珂夫曾经说,'害人的烟草'。——我们这里曾经有过一个这么出色的袭击队员的。不知道他到了市镇没有……"

"他到那边干什么去的?"美谛克问,其时有一种模胡的思想,使他的心猛跳起来。

"派他送报告去的,但时候是这样地不平静,他又带着我们的一切通知书。"

"许还要派人罢。"美谛克用了异常的声音问,但竭力要显出在他的话里,并不藏着什么特别的东西。"您没有再派一个的意思么?"

"那就怎样?"莱奋生注意了。

"没有什么……如果您有这意思,我却可以去得的……那地方我很熟悉……"

美谛克觉得,他太急遽,而且莱奋生现在是全都看透了。

"不,没有这意思……"莱奋生深思地,慢慢地回答。"你有亲戚在那里么?"

"不,我在那里做过工作的……就是,在那里亲戚也有,但也并非为了这缘故……不，您可以放心：我在那市镇上工作的时候，就常常传递着秘密文件的。"

"你和什么人一起工作的呢？"

"和急进派，但那时我想，这都是一样……"

"什么是一样的呢？"

"就是，无论和谁一起工作……"

"现在呢？"

"现在是有些给人弄胡涂了。"美谛克料不定到底会要求他什么，但轻轻地回答。

"哦～～～。"恰如这话便正是他在等待着的一般，莱奋生拖长了声音说。"不，不，没有这意思……没有派人的意思。"他从新反复道。

"您可知道我为什么又来提起这事的呢？……"美谛克用了突然的神经性的决心，开谈了，他的声音发着抖。"请您不要见怪，也不要以为我对您有什么遮瞒——我都明白告诉您罢……"

"我就要都告诉他。"——他想着，一面觉得现在委实要全都说出，但不知道这是好的呢，还是坏的。

"我说这话的缘故，就因为我相信，我是一个不够格的，不中用的队员，倘若您派了我，倒好一点……不，请您不要以为我有些害怕或者有什么瞒着您，我实在是什么也不会做，什么也不知道的……我在这里，和谁也合不来，谁也不帮助我，但这是我的错处么？我用了直心肠对人，但我所遇见的却是粗暴，对于我的玩笑，揶揄，我是和大家一样，参加一切战斗，并且受了重伤的。——您知道这事……现在我已经不相信人了，我知道，如果我再强些，人们就会听我，怕我的，因为在这里，谁也只向着这件事，谁也只想着这件事，就是装满自己的大肚子，倒不妨来偷他同志的东西；别的一切，他们却都不在意……我常常竟至于这样地感到，假使他们万一在明天为科尔却克所带领，他们便会和现在一样地服侍他，和现在一样地法外的凶残地对人，然而我不能这样,简直不能这样……"

美谛克觉得,仿佛每一句话,阴云就在他那里分散。言语用了异常的轻捷,从逐渐生长的窟窿中,奔进而出,他的心也因此轻松起来。他还想永远说下去,莱奋生对这要怎么说,已经全不在意了。

"这可开场了!……了不得的废话。"莱奋生怀了渐渐增高的好奇心,倾听着在美谛克的言辞之下,神经性地在发抖的藏着的主意,一面想。

"且住。"他终于说,一触他的袖子,美谛克格外分明地觉得自己上面,钉定着他那大的,暗黑的眼睛。"朋友,唠叨了一大通,没法掩饰了!……我们暂且将这当作问题来看罢。我们拿出最重要的来……你说,在这里是各人都只想装满大肚子……"

"那可不是的!"美谛克叫了起来:他觉得这并非他话里的最重要的事,倒在他的生活在这里怎样地不行,大家对于他怎样不正当地欺侮,以及坦白地说出,他是怎样地做得合宜。"我要说的是……"

"不,且慢,这回要给我说了。"莱奋生柔和地打断他。"你说过,各人都只想装满他的大肚子,而且我们倘为科尔却克所带领……"

"我并不是说你个人!……我……"

"那都一样……倘使他们为科尔却克所带领,他们便将和现在一样,残酷地,无意义地来做合于他的意思的工作。但这是决不然的!……"于是莱奋生开始用了平常的话,来说明那错误的缘由。

然而他说得愈多,也愈加分明地觉得是空费自己的光阴了。从美谛克所插说的片言只语中,他知道还应该说些另外的,更加基本底的,更加初步底的——他自己是曾经费了力这才达到,而现在却已经成了他的肉和血的东西了。然而要说这些事,现在却已不是这时候,因为时光已在向各人要求着计划底的,决定底的行动了。

"对你真没法子。"他终于用了诚恳的,好意的哀怜,说:"随你的便罢。你跑开去,却不行。人们会杀掉你,再没有别的了……还是全都仔仔细细地想一想的好,尤其是我告诉了你的那些。将这些再去想想,决没有坏处的……"

"我此外实在也没有想别的事。"美谛克含胡地说,而逼他说得那么多而且那么大胆的先前的神经性的力,也突然离开他了。

"最要紧的,是切勿以为你的同志们比你自己坏。他们并不更坏,不的……"莱奋生取出烟草盒,慢慢地包起烟卷来。

美谛克带了萎靡的哀愁,看着他的举动。

"总之,枪闩还是关起来罢。"莱奋生突然说,可见在他们的谈天之间,他是总记得那开着的枪闩的。"这样的事,已该是省得的时候了。——这里是并没有缒着母亲的裙角了呵。"他划着了火柴,于是暂时之间,在暗中显出了生着长的睫毛的他的半闭的眼睑,他的薄薄的扇动的鼻翼,他的红灰色的沉静的须髯。"是的,你的马怎么了? 还总是骑着那一匹么?。

"还总是……"

莱奋生想了一想。

"那么,听罢:明天我给你'尼夫加',知道不? 毕加骑过的……'求契哈'就还给经理部去,懂了没有?"

"懂了。"美谛克伤心地回答道。

"胡涂汉子。"——后来,莱奋生当他软软地,小心地踏着暗中的草的时候,一面大吸着烟,一面想。为了这会话,他有些兴奋了。他想,美谛克是多么屡弱,多么懒惰而且无志气呢,太多地生了这样的人们——这样可怜而且无用的东西的国度,是多么晦气呵。"只在我们这里,在我们的地面上,"莱奋生放开脚步,还是大吸着烟,一面想:"几万万人从太古以来,活在宽缓的怠惰的太阳下,住在污秽和穷困中,用着洪水以前的木犁耕田,信着恶意而昏愚的上帝,只在这样的地面上,这穷愚的部分中,才也能生长这种懒惰的,没志气的人物,这不结子的空花……"

莱奋生满心不安了,因为他的所想,是他所能想的最深刻,最重要的事,——在克服这些一切的缺陷的穷困中,就有着他自己的生活的根本底意义,倘若他那里没有强大的,别的什么希望也不能比拟的,那对于新的,美的,强的,善的人类的渴望,莱奋生便是一个别的人了。但当几万万人被逼得只好过着这样原始的,可怜的,无意义地穷困的生活之间,又怎能谈得到新的,美的人类呢?

"但是,我有时也曾是这样,或者相像么?"莱奋生又记得了美谛克,想。他试要记起他孩子时代,以及幼年时代的情形来,但很不容易,——因为他自从成了被称为先驱者莱奋生的莱奋生以来,历年所积的层,是很坚固地,很深邃地——而且于他是很有意义地——横亘着了。

他只能记起先前的家族的照相来,那上面是一个孱弱的犹太的小孩——穿了黑的短衣和长着天真烂漫的大眼——用了吃惊似的,不像孩子的固执,在一处地方凝视,从这地方,那时人们对他说,是要飞出美丽的小鸟来的。小鸟终于没有飞出,他还记得,因为失望,几乎要哭出来了。然而,为了要到决定底地确信"那不会这样!",却还必要受多少这样的失望呵。

当他明白了这事的时候,也懂得关于这美丽的小鸟的——关于飞到什么地方去,使许多人徒然渴望了一生的这小鸟的骗人的童话,是将数不清的灾害,送给人们了……不,他已经用不着它!他已经将对于它的无为的,甜腻的哀伤——由美丽的小鸟这骗人的童话所养成的世代所留传下来的一切,毫不宽容地在自己里面压碎……"照现状来看一切,以变革现状,而且支配现状。"①——这是真理——这简单,也最繁难的——莱奋生是已经达到了。

……"不,我是一个坚实的青年,比他坚实得多。"这时他怀了一种谁也不能懂,而且想不到的难于说明的,高兴的得意之情,想。"我不但希望了许多事,也做到了许多事——这是全部的不同。"……他往

---

① "Alles so sehen, wie es ist, um zu ändern, was ist, und zu lenken, was ist."中国恐怕还有更确切的翻译存在,但一时无从查得,因录原文以备参考。——译者。

前走,不再留心道路。冰冷的,带露的枝条,使他的脸清凉。他感到一种异乎寻常的力的横溢,将他提高,出于自己之上(恐怕就是他倾了全心的热力,在所向往的新的人类罢?)——他就从这广大的,世间的和人类底的崇高,克服了他的孱弱和肉体的疾病。

　　……莱奋生回到阵营的时候,篝火已经消灭,守夜人也不在微笑了,——只听到他低声咒骂着,在稍远之处调弄他的马匹。莱奋生走向自己的篝火去,——篝火还剩着微明。在那旁边,巴克拉诺夫裹在外套里,睡着深深的,很安静的觉。莱奋生加上枯草和枯枝,吹起火来。为了剧烈的紧张,他头晕了。巴克拉诺夫觉到了忽然增加的温暖,便翻一个身,在梦中咂嘴,——他的脸外露,嘴唇像孩子一般向前突出,帽子给后脑压得直竖,他那全体就像一个大大的,肥胖的,驯良的小猪。"你瞧。"——莱奋生挚爱地想,并且微笑;在和美谛克交谈之后,看见巴克拉诺夫,于他——自己也不知道为什么——就特别舒服了。

　　于是他吐一口气,躺在他的旁边,刚刚合上眼,——他就眼眩,飘摇,漂荡,不再觉得自己的身体,直到忽然落在一个深得无底的,漆黑的窟窿中。

第 三 部

一　美迭里札的侦察

　　莱奋生派美迭里札去做斥候之际,是命令他无论如何,当夜必须回来的。然而这小队长被派前往的村,比起莱奋生所推想的来,在实际上却远得不少:美迭里札于下午四点钟从部队出发,竭力策马飞跑,鸢鸟似的屈身马上,残忍地,愉快地张着那薄薄的鼻翼,恰如陶醉于厌倦的五天之后的这狂暴的飞奔一样,——然而直到黄昏,追逐着他的都是秋天的泰茄,——在野草的萧骚里,在垂死的太阳的冷而悲伤的光耀里。待到他终于走出泰茄，驻马在一所屋顶倒坏的，旧的，杇的，久无居人的小屋旁边的时候，已经完全昏暗了。

他系好了马，抓着腐烂的，一触便碎的木材，不怕落在发着烂树和腐草的讨厌气味的窟窿里，走到角落里去了。他曲了膝弯，踮着足趾，向林中的地上不能看见的黑夜凝视，倾听，屹然不动地大约站了十分钟，比先前更像一匹鸷鸟。当他前面，在被暗夜衬成漆黑的两山之间所夹的暗淡的堆积和丛莽里，横着一道阴郁的溪流。

美迭里札跳上鞍桥，走出路上去。那乌黑的，久没人走的轮迹，几乎都没在草莽中。白桦的细干在暗中静静地发白，好像熄了的蜡烛一样。

他上了一个丘冈：左边仍如先前，横着小山的暗黑的行列，仿佛庞大的野兽的脊梁。溪水在作响。离这约略两威尔斯忒的地方，有一个篝火——这使美迭里札记起了牧人生活的孤单的寂寞来。更前面，则微露着村落的黄色的不动的灯光，斜射在道路上。右边的山带，却弯向旁边，没在青霭里了。这一面的地势，非常低下。这里曾有先前的河床，分明可见，沿岸是阴郁的森林。

"那是沼泽，一定的。"美迭里札想。他冷了起来：他是在敞领的小衫上面，穿着解开扣子的军用背心的。他决计先到篝火那边去。但为了豫防万一起见，便从皮匣里取出手枪来，插在背心下面的带子上，皮匣则藏在鞍后面的袋子里，他并没有带马枪。这回他已经很像一个从田野回来的农民了，——因为欧洲大战以后，穿着军用背心的人们是很不少的。

他已经到了篝火的近旁，——不安的马嘶声，突然在暗中发响。他的马就一跳，耸起耳朵，抖着强壮的全身，哀诉地，懊恼地在黑夜中嘶鸣着来作回答。同时有黑影子在火旁边动弹。美迭里札打了一鞭，和马一同向空中跳起……

篝火那里，站有一个圆睁了吃惊的眼睛，一只手捏鞭，别一只在大袖子里的手，则自卫似的举起，瘦削的黑头发的孩子，——穿着草鞋,破烂的短裤,用麻绳做带的太大的衣衫。美迭里札几乎要将这孩子踏烂了,就在他鼻子跟前慌忙勒住马,正想叱骂他时,却忽然在自己面前,看见了大袖子上的惊愕的眼睛,露出膝髁的短裤,不成样子的,也许是主人给他的长衫,其中还乞哀地,谢罪地显着细瘦的,滑稽的,孩子的脖颈……

"为什么这样站着的?吃惊了罢?……唉唉,你这呆鸟,——这样的一个昏头!"美迭里札有些慌张,用了平时是只对马说的好意的粗暴,说。"神像似的站着!……如果我踏坏了你呢?……一个这样的昏头!"他完全温和起来,重复说,——而且觉得一看见这困苦的孩子,在他里面也叫醒了一种一样地可怜的,滑稽的,孩子气的东西了。

孩子这才定了神,垂下臂膊去。

"你为什么要恶鬼似的窜来的呀?"他还有些惊惶,但竭力要合理地,独立地,像成人一般地说。"这是吓他不得的,——如果他在这里管马……"

"马~~~~?"美迭里札嘲弄地伸长了声音,说。"再说一回罢!"他两手插腰,扭转身子去,睁大了眼睛,微动着缎子似的灵活的眉毛,看着那孩子。他忽然笑起来了,是很响亮,很仁善,很愉快的声音,怎么从他这里会发出这样的声音来的呢,连自己也觉得诧异了。

孩子是仓皇失措,动着鼻子的,但一知道这并不可怕,倒是有趣的事,便皱着脸,将鼻子一直送到上面地,他也——完全孩子气地——坦白地微细地笑了起来。这很出于意料之外,使美迭里札更加高声大笑了,他们俩虽然并非故意,却各在使对手发笑,这样地笑了几分钟,——这一个在鞍桥上将身子前后晃摇,闪着被篝火映得好像火焰一般的牙齿,那一个是两肘支在地面上,坐着,每一失笑,就向后弯了腰。

"有趣得很!"美迭里札终于说,将脚脱出了踏蹬。"真的,一个了不得的呆子……"他跳到地上,将两手伸向篝火去了。

孩子停止了笑，怀着认真的，高兴的惊异对他看——仿佛还在等候他更加特别的东西。

"你是一个有趣的小子。"好像将自己的观察，给了最后的决算似的，他终于一字一字，清清楚楚地说。

"我么？"美迭里札微笑道。"是的，有趣的哩……"

"可是我很吃了一惊。"孩子招认道。"这里有马。煨着番薯……"

"番薯？这了不得！……"美迭里札并不放掉缰绳。在他旁边坐下。"你那里拿来的呀，那番薯？"

"从那边拿来的……那边多得在烂掉！"孩子向四近挥着手。

"那么，偷来的罢？"

"偷来的呵……拿你的马给我看……这是种马呀……不要紧，我拿得紧紧的……是匹好马，"那孩子将富有经验的视线，向那骏马的停匀瘦劲，苗条而茁壮的身子上一瞥，说。"你从那里的。"

"是一匹出色的马儿。"美迭里札同意道。"但你呢，是那里来的呀？"

"从那边。"孩子将脸向那灯光的旁边一动，说："呵牛罕札呵……一百二十家人家，在一枝头发上就够。"他复述着别人的话，并且唾了一口。

"哦……我是从山后面的伏罗毕夫加来的。这地方你大概知道罢？"

"伏罗毕夫加？不，没有听到过——该是很远的罢……"

"是的，很远。"

"那么，你到我们这里来干什么的？"

"叫我怎么说好呢……这事情说起来话长哩，朋友……我是到你们这里来买马的，人们说，你们养得很多……我是很喜欢马匹的，朋友。"美迭里札带了狡狯的微笑，道："我自己一世就是养马的，虽然是别人的东西。"

"你以为我是自己的么？——主人的呀……"

孩子从大袖子里伸出黑瘦的小手，用鞭子去拨灰土，从这里就诱惑似地巧妙地滚出乌黑的番薯来。

"你要吃么？"他问。"这里也有面包，虽然只有一点点……"

"多谢，我刚刚吃过了，——直到喉咙口。"美迭里札撒谎说，这时他总觉得自己是怎样地肚饿。

孩子擘开一个番薯，吹了几下，将那一半连皮放进嘴里去，在舌头上一滚，便动着尖尖的耳朵，有味地吃起来了。吃完之后，他向美迭里札一瞥，用了和先前说他是有趣的人那时候一样清楚的声音，一字一字地说道：

"我是一个孤儿，从半年以前起，我已经是一个孤儿了。父亲是给哥萨克兵杀死了，母亲遭过凌辱，还被杀死，他们又枪毙了我的哥哥……"

"哥萨克么？"美迭里札活泼了起来。

"另外还有谁呀？恶鬼似的乱杀一通。他们还将全家都放了火。不但是我们这里，另外还有十二家，他们还每月来一趟，现就住着四十个人。在拉吉德诺易村呢，整夏天驻扎着联队！你吃番薯呀……"

"那么，你们为什么不——逃走的？……这里树林多得很……"美迭里札几乎要站起来。

"树林有什么用呀？你不能一世都躲在林子里的。况且那边是泥沼——走不出的——全是烂泥……"

"果然不出所料。"美迭里札记起了自己的推测，想。"哪，"他一面站起，一面说："照应着我的马罢，我到村子里去走一趟。看来你们这里是不必说买，就是自己所有的东西也都要给抢得精光的……"

"你忙什么呢？再停一会罢！……"牧童忽然凄凉地说，也站了起来。"一个人真无聊。"他用了大的，恳求似的湿润的眼睛，看定美迭里札，发出悲苦的声音，说明道。

"不成的，朋友，"美迭里札摇手："我得在没有昏暗之前去跑一转……但是我立刻回来的。我们就将马拴起来罢……他们的本部在那里呢?"

孩子便告诉他,骑兵中队长所住的小屋在什么地方,他最好从后院绕进去。

"他们有很多狗么?"

"狗——我们很多,但是不咬人的。"

美迭里札将马拴好,告了别,便沿着河流,在小路上走去了。孩子用悲哀的眼光送着他,直到他消失在昏暗里。

半点钟之后,美迭里札已经走到村落的近旁。路向右曲了,但他却依着牧童的忠告,仍在割过牧草的平地上走,终于碰到了圆圆地围着农民的园地的栅栏——他就由此弯进后院去。村已经在睡觉。灯光已熄,在星光之下,微微可见空虚寂静的院子里面的小屋的温暖的草顶。风从园地里,吹出新掘过的潮湿的泥土气息来。

美迭里札走过两条小横街口,到第三条,这才转了弯。狗用嘶嘎的不切实的吠声相送,好像它们自己却吃了一吓似的,然而走出街上,来奈何他的人,却一个也没有。觉得这里的居民,于一切都已习惯,对于仿徨街上的外来的陌生的人们,也毫不措意了。平时一到秋天,在村中庆祝婚礼时常常遇到的喁喁相语的新夫妇,也到处都没有见:在柳丛的浓影下,这一秋已没有谈爱的人了。

正如当凡有危险之际一样,他充满了蔑视一切和不顾一切的感情,看着空虚的长板椅,侮蔑底地闭着嘴,而且无端愤怒起来。

依着牧童所说的记号,他在教堂旁边转弯,又走过几条小横街,终于到了牧师家的油过的栅外。(骑兵中队长是宿在牧师的家里的。)美迭里札向里面窥探,倾听,一知道并无什么可虑的,便迅速地无声地跳进栅里去了。

这是一个种有许多树木的,枝条繁密的园,但叶子已经落尽。美迭里札按住发跳的心脏,屏着呼吸,走进里面去。灌木尽处,横着一排的列树,离自己左边二十赛旬之处,他看见了点灯的窗门。窗是开的。里面坐着人们。柔软的幽静的光，射到地面的叶子上，苹果树照在其间，异样地发着金色的光采……

"那就是了！"美迭里札神经底地抖着面颊，想，并且热烈起来；常使他去做最无远虑的伟业的，无所畏惮的绝望的，那可怕而不可离的感情，焚烧着他的全身了，——他明知道即使窃听了点灯的屋子里的这些人们的言语，于谁也没有用处，然而他心里又知道倘不听取，他将决不从这里离开。少顷之后，他已经站在靠窗的苹果树下，侧着贪婪的耳朵，在切记那边所做的一切了。

他们是四个人，坐在屋子的深处，围着一张桌子在打纸牌。右手是稀疏的头发向后梳转的，老年的，机灵的矮小的牧师，——他那瘦削的小手巧妙地在绿的桌布上动作，用了玩具一般的手指将纸牌配搭，一面又注意地竭力去望各人的手头，至于使背向美迭里札的他的邻人一收进找钱，惴惴地数过之后，便藏到桌子下面去了。脸对美迭里札的，是一个漂亮而肥胖的，阴郁的，看起来好像和善的军官，嘴上衔着烟管——也许是因为他胖罢，美迭里札以为他便是骑兵中队长。但在四个打牌的人们之中，因了他自己也不能说明的原因，而始终觉得有趣的，——是一个脸有皱纹，眉毛不动的苍白色的汉子，——他戴着黑的卜派哈①，穿着没有肩章的勃卢加②，每打掉一张牌，便将这向肩上拉一次。

和美迭里札的期望相反，他们只谈些最平常的，没有兴味的事：那谈话的大半，总不离于打牌。

"八十罢。"背向着美迭里札的人说。

"少一点哪，大人，少一点哪。"那黑的卜派哈回答着，且又毫不为意地添说道："一百罢，盲③的。"

---

① 哥萨克人所用的皮帽。——译者。

② 外套，也是哥萨克人用的。——译者。

③ Blind，押钱而不看牌，上海称为"偷鸡"。——译者。

漂亮而肥胖的一个皱着眉头,再看一回账单,从嘴里取出烟管来,加到一百五。

"我派司①。"最先的一个向牧师说,手里拿着赢牌。

"我想是要这样来的……"黑卜派哈嘲笑道。

"如果我没有好牌,叫我有什么法子呢?"最先的一个辩解着,一面向着牧师,仿佛是在求他的赞助。

"小小地玩,小小地玩。"牧师细眯了眼睛,小小地,小小地笑着,说着笑话,——好像要用了这样的小小的笑,来衬出自己的对手的小小的玩来一般。"但是你已经记下了二百零两点了……我们知道你的,朋友!……"他用了不认真的,和气的狡猾,翘起指头来威吓说。

"这样的瘟虫。"——美迭里札想。

"唉唉,你也派司么?"牧师转向阴郁的军官,问道。"拿赢牌去罢。"他对黑卜派哈说,并不开牌,便推给他了。

他们亢奋地敲着桌子,有一两分钟,终于是黑卜派哈输掉了。"当初是那么摆架子。"——美迭里札想,他并没有决定自己的去留。然而他已经不能去了,因为赌输的那一个向窗口转过脸来,美迭里札在自己身上,感到了凝结在可怕的目不转睛的正确之中的他那穿透一般的视线。

这时候,背向窗口的一个便洗起纸牌来,他洗得又热心,又经济,好像一个年纪并不很大的老妇人的祈祷。

"涅契泰罗不在这里。"阴郁佬打着呵欠,说。"一定和谁在一起罢。我也该同去的……"

"两个人么?"卜派哈从窗口回转头去,问道。——于是装着憎恶的歪脸,加添说:"她是原可以和你们一道的。"

---

① Pass,轮到自己,因不合适而让给后一人之谓,也可以译作"通过"。——译者。

"华闪加么?"牧师探问道。"嗡嗡……她是做得到的……我们这里曾有一个读圣诗的人——我已对你们说过了的。……但舍尔该·伊凡诺微支是恐怕不赞成的罢……一定的……他昨天悄悄地对我说些什么呀?'我想带了她去,——他说,——如果和她,结婚也可以。'他说……阿呀,阿呀!"牧师忽然大叫起来,狡猾地闪着伶俐的小眼睛,用手掌按住了嘴。"将一件事情,像一个筛子! 都漏出来了。但为上帝的意志,没有什么告密!"他装着故意的惊愕,将手一挥。大家是也像美迭里札一样,在看他的一切言语和举动的不诚实,以及隐藏着的此后的东西的,然而谁也不说,都笑起来了。

美迭里札弯着腰,侧身离开了窗口。他刚刚弯过打横的列树,忽然正撞着了一个一只肩膀上披着哥萨克外套的人,——还有两个人站在他后面。

"你在这里干什么?"那人一面无意识地按住和美迭里札相撞时几乎落掉的外套,一面诧异地问道。

小队长跳到旁边,奔进灌木里面去。

"拿住! 抓住他! 抓住他! 这里来! ……喂! ……"几个声音叫喊着。接着是尖利的,短促的枪声。

美迭里札冲进灌木里,不知道往那里走,碰着丛树,失掉了帽子,而声音却已在他的前面什么地方呻吟,号叫,从街道上,也起了狗的凶恶的吠声。

"他在那边,拿住他!"有人叫着,伸开一只手,扑向美迭里札来。枪弹从耳朵旁边呼呼地飞过,美迭里札也开了枪。向他扑来的那人,便跄跄着跌倒了。

"胡说,捉我不住的……"美迭里札得胜地说,他实在是到最后的瞬息间为止,不相信会有人能够将他擒住的。

然而一个又大又重的人,从他背后扑来,将他压在下面了,——美迭里札还想挣出一只手来,但在头上的凶猛的一击,便从他夺去了意识。

于是大家就顺次来打他,他虽然已经昏沉,却还觉得遭打,一次又一次,没有穷期……

部队所驻的低地,是昏暗而且潮湿的,但太阳却从呵牛罕札后面的橙色的罅隙里窥探进来,泰茄上面,则漂荡着满是秋天的霉气的白昼。

守夜人在马匹旁边假寐,从睡梦中听到了很像远处的机关枪响的,固执的,单调的声音。他吓得一跳而起,拿了枪。然而那只是一匹啄木鸟,在啄河边的榛树。——守夜人咒骂了几句,冷得缩了身子,将破烂的外套一裹,走到空地上去了。谁也没有醒:人们在做混沌的,绝望底的梦,正如明日一无所冀,饥饿的,损伤的人们的所做的一般。

"小队长总是还不回来……一定是大嚼一通,睡在那里的小屋里了,我们却空着肚子停在这地方。"——守夜人想。他平时是比谁都佩服美迭里札,并且以为荣耀的,这时候却觉得他颇是一个坏小子,不该派他来做小队长的了。他忽然不愿意当别人,例如美迭里札之流,在享人间之福的时候,自己却在泰茄里受着苦恼了。然而他怕敢烦扰莱奋生去,便叫醒了巴克拉诺夫。

"什么?……还没回来?……"巴克拉诺夫用了渴睡的不清楚的眼,凝视着他。"什么还没回来?"他尚未醒透,但已经明白了所说的是什么事,吓得叫起来了。"不要说笑话,朋友,这是决不至于的……唔,是的!哪,去叫起莱奋生来罢!"他跳起身,赶快系好了皮带,蹙着渴睡的眉心,全身也立刻坚劲了。

莱奋生是无论睡得怎么熟,只要听到自己的名字,便睁开眼睛,也就坐了起来的。他一看见守夜人和巴克拉诺夫,便省悟了美迭里札没有回来,和已是应该开拔的时候。最先,他觉得自己非常疲劳,非常困意,几乎要忘掉了美迭里札的事,忘掉了自己的病,头上蒙着外套再来睡一通。然而同时也已经跪起,卷着外套,用枯燥的,冷淡的调子,在答巴克拉诺夫的质问了。

"唔,这有什么呢? 我就这样想……我们在路上自然会遇见他的。"

"但倘若我们不遇见他呢?"

"倘若我们不遇见他么? ……唔,你可还有一条多余的外套带子给我没有?"

"起来呀,起来呀,昏蛋! 要到村里去了!"守夜人用脚踢着睡觉的,叫喊说。从草里就抬起乱发蓬松的袭击队员的头来,于是从各方面,向守夜人飞来了最初的,还未说得清楚的,睡胡涂的毒骂,——图皤夫曾经称这为"曙光"。

"大家多么不高兴。"巴克拉诺夫沉思地说。"要吃……"

"你呢?"莱奋生问道。

"什么——我? ……我是不成问题的。"巴克拉诺夫皱着眉。"我就像你一样——不知道是怎么一回事……"

"不,我知道。"莱奋生用了很柔软,很温和的声音说,至于使巴克拉诺夫才始很注意地来看他了——

"但是你很瘦了,朋友。"巴克拉诺夫用了骤发的哀怜,说。"胡子蓬松了。倘若我在你的地位上……"

"来,来,我们不如洗脸去罢。"莱奋生含着做了坏事似的,惨淡的微笑,截住他说。

他们走到河滨,——巴克拉诺夫便脱去两件小衫,洗了起来。看来他并不畏避冷水。他的身体是丰满而强固,黑褐色,好像铸成一样,但他的头却圆圆地,和善地,仿佛孩子的似的,他也用了天真烂漫的,孩子气的动作来洗头,——他用手掌掬了水,使劲地摩擦。

"我昨天讲了很多话,约了一些事,但到了现在,却好像不行。"——莱奋生忽然记得了昨天和美谛克的谈话以及和这会话相连的自己的思想,便起了暗淡的,懊恼的感情,想。这决不是因为他以为那些并非正确,也就是,没有表现了实在发生于他那里的东西，——不，他倒觉得那是很正确，聪明，有趣的思想的，然而他此刻一想到，却经验了模胡的不满了。"唉，是的，我说过给他一匹别的马的……但这有什么不行呢？不，我现在就要照办，这一点是全都正当的……那么，究竟是怎的呢？……那是……"

"你为什么不洗的呀？"巴克拉诺夫洗讫，用一块肮脏的手巾擦得通红，一面问。"很好，这冷水！"

……"原因是这样的，我生着病，每天支使着我的事情又渐渐坏下去了。"——莱奋生走向水边，并且想。

洗过脸，系好皮带，腰后面感着平常的盒子炮的重量，他总算觉得自己已经休息了。

"美迭里札怎么了呢？"这思想现在完全支配了他。

莱奋生无论如何，总料不到一个不会动弹，或是没有生气的美迭里札。他对于这人，常常感到一种不可捉摸的魅力，和他并辔，和他交谈，或者连单是对他看，在他也觉得开心。他的倾向美迭里札，决不是因为他有什么卓拔的，社会底地有益的性质，——这在美迭里札那里很有限，他自己倒多得多，——却为了他那肉体底柔软性，他里面的不竭的泉流似的洋溢着的活泼的力——这是莱奋生自己所欠缺的——的缘故。他一在面前看见那敏捷的，总是准备着行动的风姿，或者觉得美迭里札就在左近的时候，他便不知不觉地忘掉了自己的肉体底孱弱，好像他也能成为美迭里札那样，强壮的不会疲乏的人了。他的心中，甚至于还以指导着这样的人为荣耀。

美迭里札也许落在敌人的手里了这一种思想，——莱奋生自己虽然逐渐确信起来，——但在袭击队员是很不容易相信的。各个袭击队员都将这思想当作仅是豫约不幸和苦恼的最后的结局，因而分明是全不会有的事，谨慎地危惧地从自己这里推开。而守夜人的"在那里大嚼一通，睡在小屋里了"的推测，——则纵使和那敏捷而忠于工作的美迭里札，有怎样地不符，——却渐渐增多了附和者。许多人们已经对于美迭里札的"卑劣和无意识"，公然鸣着不平，而且立刻迎着他开拔上去的要求，也使莱奋生听得到了烦厌。待到莱奋生用了特别的注意，做完这日的工作，给美谛克换过马匹，最后发出开拔的命令时，——部队里就满是欢声，好像靠这命令，一切的不幸和艰难真就告了终结似的了。

他们一点钟一点钟地策马而进，然而剽悍的，有着油润的前发的小队长，却还不在道上露面。他们更只向前进，而搜索着他的视线，仍复成为枉然。于是不独莱奋生了，便是美迭里札的最为公然的羡慕者和攻击者，也开始怀疑了他的侦察的好运气的出发了。

部队在粗暴的，意义深长的沉默中，行近了泰茄的边际。

二 三 个 死

美迭里札在一间大而黑暗的仓库里，苏醒了过来，——他躺在精光的潮湿的泥地上，首先所感到的，是透骨的湿气的感觉。于是电光似的闪出一切事件的回忆来。所受的打击，还在头颅里扰攘，头发被血液粘住了，——他在额上和颊上，都觉着有这干了的血液。

他生出一个思想来，——最先的，清清楚楚的，——是能否逃走的思想。美迭里札是无论如何，总不能相信在他一生中，身历了一切勇敢的行动和成功，人们都已闻名之后，竟也会和别人一样，终于身死骨朽的。他遍看屋中，探挖窟窿，试毁门户，——但都是徒劳！……他到处遇见死的，冷的木料，窟窿是小到毫无希望，连他自己的视线也不能通，——只是好容易才透进一点秋日清晨的熹微的光气。

然而他的眼光还总在搜寻，——直到了由没有出路的冷酷的分明，省悟到这回是已经无从逃走。待到他决定底地确信了这事之后，不知道为了什么缘故，对于本身的生死问题，倒忽然全不在意了。他那肉体底和精神底的全力，——都集中于倘从他本身的生和死的见地来看，全属无聊，而此后在他最为重要的问题上，——这就是，素以剽悍而不怕死得名的他，美迭里札，对于杀害他的人们，将怎样地示以无畏和轻蔑。

他还未想完,就听得门外有些响动,门闩一响,和微明的,发抖而苍白的晨光一起,走进两个一样苍白,好像搓熟了的,拿枪而裤上缀着侧章的哥萨克兵来。美迭里札跨开两腿,站着,并且皱起眉头来向他们凝视。

他们一看见他,就在门口缩住了,——后面的一个不安地哼着鼻子。

"来罢,乡下人。"前面的说,并无恶意地,倒有些抱歉似的。美迭里札强硬地垂着头,走出外面去。

不多久,他便在昨夜从牧师的院子里窥探过的那一间屋子里,站在已经认识的——黑卜派哈和勃卢加的那人之前了。这里的靠手椅子上,坐着昨夜美迭里札认为骑兵中队长的那漂亮的,肥胖的,好像仁善的军官,诧异地,然而并不严厉地在向美迭里札看。由这接近的观察,他此时才从种种微细的情状,知道了队长并非这仁善的军官,却是别一个——穿勃卢加的汉子。

"你们去罢。"那人向着站在门口的两个哥萨克兵,断续地说。

他们仓皇跳出屋外去了。

"昨天晚上你在院子里干什么呀?"他在美迭里札面前站定,用那尖利而不动的眼光钉住他,迅速地问道。

美迭里札沉默着回看他,而且嘲笑地。他定住眼睛,微动着他缎子一般的眉毛,用那一切的神情,表示着无论给他怎样的质问,怎样逼他的回答,他也总不说能给质问者满足的言语。

"不要胡涂了,"队长又说,毫不发怒,也不高声,然而带着美迭里札此时心境如何,他已经全都了然的调子。

"讲什么空话呢?"小队长谦虚地微笑道。

骑兵队长将他那染着血污的,不动的痘斑的脸面,研究了几秒钟。

"什么时候出了天花的?"他忽然问。

"什么?"小队长惊惶了,回问说。他的惊惶,是因为知道骑兵队长的质问里,并不含有嘲笑或揶揄,他单是对于这麻脸觉得有趣。一经知道,美迭里札便愤怒起来,较之被人骂詈或揶揄更为愤怒了。

"你是本地人,还是过路的呢?"

"算了罢,大人!……"他捏紧拳头,红了脸,制住自己不去奔向他,一面决然地,愤然地说。他还想说下去,然而"为什么现在不扑向这生着不愉快的可怜的红头毛,而沉静得讨厌的,皱脸的黑小子去,将他扼死的呢?"——这思想,突然分明地主宰了他,使他说不出话来,并且前进了一步。他的两手发抖,麻脸上忽而出汗了。

"阿呵!"那人这才愕然地叫喊,然而并不后退,眼睛也没有从美迭里札离开。

美迭里札在迟疑中站住脚,他的眼睛发着光。那人已经从皮匣里掏出手枪来,在他鼻子跟前挥了几转给他看。小队长便又制住自己,转向窗口,凝结在嘲笑的沉默里了。

这之后,虽然用了手枪,用了给看将来的可怕的刑罚来恐吓他,或者托他说出一切的真实,约给他完全的自由,——他总不说一句话了,也没有看一看讯问者。

正在讯问的时候,门缓缓地拉开了,从中伸进一个生着吃惊的又大又呆的眼睛的毛发蓬松的头来。

"暧哈。"骑兵中队长说。"准备已经停当了么? 那么,就是了,去对他们说,来带这小子去。"

仍是先前的两个哥萨克兵将美迭里札带出后院去,指给他开着的门,自己们却跟在他后面走。他并不回顾,但觉得两个军官也在背后跟来了。他们到了教堂的广场。在这里的属于教会的木屋旁边,村民挤得成堆,四面围着骑马的哥萨克。

美迭里札常常想,他对于怀着无聊的琐屑的忧虑,随和着围绕他们的一切的人们,是既不喜欢,也不轻蔑的。他们对他取怎样的态度,他们对他有怎样的议论,他以为和他都不相干。他未曾有过朋友,也不特地去结识朋友。然而他一生所做的最重大,最紧要的一切,却自己不知不觉地,都出于对于人们,为了人们,使他们因此注视他,夸奖他,感叹他,而且称赞他而做的。现在他抬起头来的时候,便不但用了视线,简直是用了全心,将农民,少年,彩色长衫的吃惊的妇人,白花头巾的姑娘,帽沿下露着刷得如画的遒劲而漂亮的卷发的雄赳赳的骑士,这些波动的斑驳陆离的静默的群众,——在湿得好像哭过的草上跳跃的他们的长而活泼的影子,并且连那为如水的太阳所照射,壮丽地,沉重地凝结在寒冷的空中的,他们头上的旧教堂的穹窿,也全都包罗了。

"呵,真好!"他一遇到这些活泼的,斑斓的,可怜的群众——在他周围动弹,呼吸,闪烁,和在他里面搏动的一切,高兴得快要欢呼出来。他用了轻捷的野兽一般,好像足不践地的脚步,摆着柔软的身躯,更迅速,更自由地往前走,广场上的群众便都转脸来看他,并且觉得在这他的柔软而热烈的身体中,就藏着像这脚步的,野兽似的轻捷的力量。

他从群众之间走过,看着他们头上的空中,然而觉着那无言的热烈的注目,在教堂管领的小屋的升降口站住了。军官们追过他之前,走到回廊上。

"这里来,这里来。"骑兵中队长说,并且在自己的旁边指给他一个位置。美迭里札一跳便上了阶沿,在他身边站定。

现在大家看得他清楚了,——他坚强,长大,黑头发,穿着柔软的鹿皮的长靴,小衫祖开着领子,束带的绿穗子,从背心下面露出,——那灵敏的眼里,闪着远瞩的凶猛的光芒,在凝视那凝结在灰色的朝雾中的壮大的山岭。

"有谁认识这人么?"队长问道,用了锐利的,透骨的眼睛环顾着周围,——忽然暂时看在这个的,忽然又看在那个的脸上。

遇到这眼光的人们,便惶恐地睐着眼,低了头,——只有女人们没有闪开眼睛的力量,还是怀着懦怯而贪婪的好奇心,在默默地麻木地对他看。

"没有人认识他么?"队长又问了一回,将"没有人"这三个字,说得带些嘲笑的调子,——好像他明知道大家其实是认识,或者是应该认识"这人"的一般。"这事我们就会明白的……涅契泰罗!"他向一个巧妙地骑着栗壳色马,身穿哥萨克长外套的高大的军官那面招手,叫道。

群众起了轻微的动摇,——站在前面的就向后看,——有一个身穿黑背心的人决然地挤进人堆里来,低垂着头,令人只看见他那温暖的皮帽。

"让一让,让一让!"他用一只手开路,别一只在后面引着一个人,迅速地说。

他终于走到升降口了。大家这才看见,他引来的是一个身穿长长的衣衫,瘦削的黑头发的小孩子。那孩子惴惴地睁着他乌黑的眼睛,交互看着美迭里札和骑兵中队长。群众更加动摇了,听到叹息和女人的低语。美迭里札向下一望,即刻知道那黑头发的孩子,便是他昨夜托他管马的,有着吃惊的眼和细细的滑稽的小颈子的牧童了。

用一只手紧抓着孩子的一个农民,除下了帽子,露出压平似的带些花白头发的秃头(看去好像有谁给他乱撒了一些盐似的),向队长鞠躬,并且开口道:

"这我的牧童……"

但他觉得人们没有听他的说话,吓起来了,便俯向孩子,用指头点着美迭里札,问道:

"是这人么?"

牧童和美迭里札眼对眼相觑,有数秒钟:美迭里札带了装出的冷静,牧童含着恐怖和同情。他于是将眼光移到骑兵队长去,凝视了一会,好像化了石块一样,后来又去看那还是紧抓住他的弯着腰的农民,——他深深地艰难地吁一口气,否定底地摇摇头……静到连教堂长老的牛栏中的小牛的响动，也能听到了的群众，便即有些动摇，但又立刻肃静了。

"不要害怕，蠢才，不要害怕呀，"农民自己惴惴地，用手指热心地指着美迭里札，发出温和的带些发抖的声音，劝慰孩子说。"倘不是他，另外又是谁呢？……说罢，说呀，不要害……唉，这废料！……"他突然愤愤地截住话，用全力在孩子的臂膊上扭了一把。"他就是的，大人，不会是别人的……"他辩解似的，谦恭地将帽子团在手里，大声说。"不过是孩子在害怕，马装着鞍，鞍袋子里藏着皮匣，还会是谁呀——昨夜里他骑到篝火边来的。'管着，——他说——我的马，'他自己就到村里去，孩子不能等他了——天已经亮了——他不再等，将马赶到家里来，马是装鞍的，鞍袋子里又有一个皮匣，——另外还能是谁呢？……"

"谁骑来了？怎样的一个皮匣？"队长注意地听着没有头绪的话，问道。农民更加惶恐起来，团着帽子，仍复颠倒错乱，讲一遍他的牧童在早晨怎样地赶了别人的马来，——马是装鞍的，而且鞍袋子里还有一个皮匣。

"哦，哦。"队长拖长了声音，说。"可是他还不直说么？"他说，将下巴向孩子一伸。"总之，叫他到这里来——我们用我们的法子来讯问他就是……"

孩子被推到前面来了，他走近了升降口，但不敢跨上去。军官跑下阶沿来，抓住他瘦小的发抖的肩膀，拉向自己这面，用了透骨似的可怕的眼色，看定了他那吓得圆睁的眼睛。

"嗳嗳……嗳！……"孩子立刻呻吟起来，轮开了眼。

"这将是怎么一回事呵？"女人里面的一个受不住这严紧了，叹息着说。

就在这刹那间，从升降口飞下一个柔软的身体来。群众吓得将两手一拍，披靡了。骑兵队长遭了强有力的打击，倒在地面上……

"开枪！……这什么样子？……"漂亮的军官大叫道。他无法地伸着手,狼狈得忘了自己也可以开枪了。

几个骑兵冲进群众里面来,用他们的马将人们赶散。美迭里札用全身扑向他的敌人,想扼住那咽喉,但那人张开黑的翅子似的勃卢加,蝙蝠一般扭转身子,一手痉挛着抓住皮带,要拉出手枪来。他终于将皮匣揭开了,在美迭里札刚刚抓着他的咽喉之际,他便对他连开了两三枪……

赶紧跑到的哥萨克们来拖美迭里札的两脚的时候,他还搂着野草,咬着牙齿,想将头仰起,然而头却无力地垂下,伏在地上了。

"涅契泰罗!"漂亮的军官叫喊道。"召集中队!……您也去么?"他郑重地向骑兵队长问道,但并不对他看。

"去的。"

"拉中队长的马来!……"

过了半点钟,哥萨克的骑兵中队便整好一切战斗准备,顺了美迭里札昨夜走过的路,开快步迎上去了。

和别的人们一样,觉着大大的不安的巴克拉诺夫,终于忍不住了——

"听哪,放我到前面去跑一趟罢,"他对莱奋生说。"鬼知道哩,究竟……"

他用拍车刺着马,比意料还要快,跑到了林边的满生苔藓的小屋。他用不着爬到屋顶上去了——约距半威尔斯忒之远,正有五十个骑兵跑下丘冈来。他由他们的有黄点的制服,知道那是正式兵。巴克拉诺夫按住了自己的从速回去,将这危险报告莱奋生(他是时时刻刻在想跳出来的)的愿望,却躲进丛莽里去,等着看丘冈后面可还有另外的队伍出现。然而不再有什么人;骑兵中队并不整列,用平常速度前进。从骑兵的疲劳的坐法和马头的在摇摆上判断起来,应该是刚刚开过快步的。

巴克拉诺夫回转身,几乎要和骑出林边来的莱奋生相撞了。他给他一个站住的记号。

"多么？"到得听到了他的声音之后，莱奋生问道。

"大约五十。"

"步兵？"

"不，骑兵。"

"苦勃拉克，图幡夫，散开！"莱奋生静静地指挥道。"苦勃拉克在右翼，图幡夫左翼……你做什么！……"他忽然叱咤起来，这时他看见一个颊上缚着绷带的袭击队员，溜到旁边，还在对别人做暗号，教学他的榜样。"归队！"于是用鞭子威吓说。

他将指挥美迭里札的小队的事，交给巴克拉诺夫，并且命令他留在这处所，——自己便跛着一只脚，挥着盒子炮，走出散兵线的前面去了。

他藏在丛莽里，使散兵伏下，便由一个袭击队员引导着，走到了小屋。骑兵已经很近了。由黄色的帽章和侧章，莱奋生知道了那是哥萨克。他也能够看见了穿着黄色勃卢加的队长。

"去对他们说，爬到这里来。"他低声告诉袭击队员道，"但不要站起，否则……喂，你在看什么？赶快！……"他皱着眉头，将他一推。

哥萨克的数目虽然少，莱奋生却忽然感到了剧烈的兴奋，正如在一直先前，他作第一次的军事行动时候一般。

在他的战斗轨道中，他划分为两段落。这虽然并无分明的界限，然而据他所经历的本身的感觉，在他是两样的。

最初，他不但并无军事上的教养，连放枪也不会，而不得不由他来指挥大众的时候，是觉得一切事件，和他都不相干，只是经过他的意志的旁边，发展了开去。这并非因为他没有实行自己的义务（他是竭力做了他的力所能及的最大限度的），也不是因为他以为个人并无影响于大众所参加的事变（他以为这样的见解，是人类底虚饰的坏现象，正是这等人们借此来掩饰自己的怯弱，即缺少实行的意志的），——倒是因为在他的军事行动的最初的短时期中，他的一切精神底力，都用到克服那战斗中不知不觉地经验了的对于自己的恐怖，和使大家不知道他这恐怖上去了。

然而他即刻习惯了这环境，到了对于自己的生命的恐怖，已经无妨于处置别人的生命这一种情形了。在这第二期，他才得了统御事件的可能，——他感得那现实的进行和其中的力量，和人们的关系愈分明，愈确切，也就愈圆满，愈成功。

但他现在又经验到剧烈的兴奋，而且不知怎地，这又好像和他的新景况，对于自己以及对于美迭里札之死的一切思想连结起来了。

当散兵在丛莽间爬了近来时，他便又制御自己，而他那短小精悍的形相，就以极有把握的正确的动作，像先前一样，正是人们由习惯和内面底的必然而深信着的，没有错误的计划的化身似的，站在大家的前面了。

骑兵中队已经很临近，能够听到马蹄和骑士们的低语声，——并且可以辨别了各个的面貌。莱奋生看了他们的表情，——尤其是衔着烟管，胡乱地坐在鞍上，刚刚跑上前边来的那漂亮的，肥胖的军官的表情。

"这应该就是畜生了，"莱奋生注视着他，将通常加给敌人的一切可怕的性质，不知不觉地都归在这漂亮的军官上，想。"我的心跳得多么厉害呵！……早可以开枪了罢？……开么？……不，等到了剥了皮的白桦树那地方……但为什么他骑得那么坏的呢？……这实在是……"

"小～～～队！……"他忽然发出高亢的，拖长的声音叫道（这瞬间，骑兵中队恰恰到了剥了皮的白桦之处了），——"放！……"

漂亮的军官一听到他第一个声音，便愕然的抬了头，但这时他的帽子已从头上飞落，他的脸上，现了惊骇和无法可想的表情。

"放！……"莱奋生再叫一次，也开了枪。他对着漂亮的军官瞄准。

骑兵中队混乱了。许多人们 ——其中也夹着漂亮的军官——死在地面上。几秒钟间,仓皇失措的人们和用后腿站起的马匹,都挤在一处,发着为枪声所压,听不明白的喧嚷。从这混乱里,终于现出一个身穿黑的勃卢加的骑士来,显着吃紧的模样,勒住马,挥着长刀,在骑兵队前面跳跃。但别人分明是不听他,有几个已经策马逃走,全中队也立刻跟着他们去了。

袭击队员跳了出来,——射击着其中的最勇敢者,一面追上去。

"马来!……"莱奋生叫道。"巴克拉诺夫,这里来!……上马!……"

巴克拉诺夫显着横暴的脸相,挺着身子,下掠着的手里,拿一把亮如云母的长刀,从他旁边经过,——他后面跟着枪械索索有声,发着呼号的美迭里札的小队。

全部队也都跟着疾走了.

美谛克被潮流所牵惹,走在熔岩的中央。他不但没有感到恐怖,并且还失掉了观察自己的思想和行为,从旁加以品评这一种他平时不会离开的性质,——他只看见前面有熟识的背脊和垂发的头,只觉得尼夫加并不落后,而敌人正在奔逃,他心中著著努力的,是和大家一同追及敌人,不要比熟识的背脊慢。

哥萨克的骑兵中队躲进白桦林子里去了。不多久,就从那边向部队射出许多枪弹来,但这边不但没有放缓脚步而已,仍然疾驰,反因射击而增高了激昂和亢奋。

忽然间,跑在美谛克前面的毛鬣蓬松的马打了一个前失,那有垂发的头的熟识的背脊,便张开臂膊,向前面跌出了。美谛克也和别人一同,跳过了在地上蠢动的黑东西,依旧向前走。

不见了熟识的背脊之后,他便将眼光凝注了正对面的渐渐临近的森林……一个骑了黑马,叫着什么,用指挥刀有所指示的短小有须的形相,忽然在他眼中一闪……和他并排跑着的几个,便突然向左转了弯。然而美谛克不省得，还是向着先前的方向冲过去。于是走进林子里面了，被无叶的枝条擦破了脸，几乎撞在树干上。他费了许多力，才得使发狂而钻过丛莽去的尼夫加停止了下来。

他只是一个人——在白桦的柔和的寂静里，在树叶和草莽的金色里。

这时他仿佛觉得林子里满是哥萨克。他竟至于叫了起来，而且怕得赶紧向原路奔回，不管尖锐的有刺的枝条，打扑着他的脸。

当他回到平野上的时候，部队已经看不见了。离他二百步之远，躺着一匹打死的马和倒在旁边的鞍桥。近旁蹲着一个人，弯了腿，绝望底地两手抱了双膝，靠住胸膛，一动也不动。这是木罗式加。

美谛克一面惭愧着自己的恐怖，一面用平常速度骑近他那里去。

米式加侧卧着，咬了牙齿，睁着大的玻璃一般的眼睛。那有锐利的蹄子的前腿，是弯起来的，好像它至死也还要驰驱一样。木罗式加看着它的门牙那边，他的眼睛发着光，干燥而看不见。

"木罗式加……"美谛克在他前面勒住马，轻轻地叫道。对于他和这死马的下泪的仁善的同情，忽然支配了他了。

木罗式加没有动。他们不交一语，不移一步地停了几秒时。于是木罗式加叹一口气，慢慢地放开手，跪了起来，还是不看美谛克那边，开手去将鞍桥卸下。美谛克不敢对他再说话，只是沉默着在看他。

木罗式加解开了肚带，——有一条是已经断掉了，——他很用心地注视着那断掉的血污的皮条，又团在手里，又将它抛掉了。于是叹息着将鞍负在背脊上，径向森林那面走，——屈着身子，不稳地运着弯曲的两腿。

"拿来，我带去罢，或者，如果你愿意，你就骑了马去，——我可以走的！"美谛克叫道。

木罗式加头也不回。但只因为马鞍的重量,身子更加弯曲了。

不知道为了什么原因,美谛克不愿意再给他看见,便远绕着,向左转了弯。一过树林,就望见横列溪边的村落。在他右边的低地上,——直到旁走而没在昏暗的灰色的远方的山岭为止,——横着一片森林。天空,——早晨那么明朗的天空,现在却低垂而阴郁了,——太阳几乎看不见。

离道路五十步之处,躺着几个砍倒的哥萨克。有一个还活着,——他好容易用臂膊支了起来,但又倒下了,而且呻吟着。美谛克又绕一个大弯,避开着走,要不听到他的呻吟。从村里跑出几个骑马的袭击队员来,正和他相遇。

"木罗式加的马给打死了……"美谛克遇见他们时,便说。

没有回答。有一个向他这面射出怀疑的眼光来,仿佛要问道:"我们正在战斗的时候,你到那里去了呢?"美谛克栗然,依旧向前走。他满怀了很坏的豫感……

当他到得村里的时候,许多袭击队员都已经寻好宿处了,——别的人们是拥挤在高的雕花窗门的五角小屋的旁边。莱奋生戴着破帽,浑身汗水和尘埃,站在回廊上面在发命令。美谛克走到系着马匹的栅边。

"从那里光降的?"哨兵冷嘲地问道。"去采集香菇了么?"

"不,我走错了,"美谛克说。人们怎样推测他,现在在他是全都一样了,但因为从前的习惯,他还想解释一下:"我进了林子去了,你们是,我想,向左转了弯罢?"

"对咧,对咧,向左!"一个脸有天真的笑靥,顶留滑稽的发涡的,白眉毛的短小的袭击队员说。"我叫你的,你没有听到……"于是得意地看着美谛克。好像他怀着满足,在记出一切细微之点来。美谛克将马拴好,和他并排坐下了。

苦勃拉克从一条横街里走出,同着一群的农民,——他们是带了两个反缚两手的汉子来的。一个身穿黑色的背心,不成样子的,被压平一般的花白头发的脑袋，——他抖得很利害，哀求着带他的人们。别一个是瘦弱的牧师，从他撕破了的法衣下面，那稀皱的裤子和垂下的睾丸，都分明可见。美谛克看见苦勃拉克的腰带上有一条银索子，——明明是十字架的索子。

"是这人么，唔?"当他们走近阶沿时，莱奋生指了背心的汉子，青着脸问道。

"是他，正是他!……"农民们嚷嚷地说。

"竟是这样的坏货……"莱奋生向了坐在他旁边的式泰信斯基说，"然而你是医不活美迭里札来的了……"他迅速地眹着眼睛，转过脸去，默默地看着远方，——要避免对于美迭里札的回忆。

"同志们! 我的亲爱的! ……"那俘囚用了狗似的从顺的眼睛，忽然看着农民们，忽然看着莱奋生，哭喊道，"难道是我自己情愿的么? ……我的上帝……亲爱的同志们……"

没有人来听他。农民们都转过了脸去。

"还说什么呢:你怎样威逼了牧童，全村都看见的，"有一个向俘囚阴沉地冷淡地一瞥，说。

"自己不好呀……"别一个证实道，便将脸躲掉了。

"枪毙，"莱奋生冷冷地说。"但带得远些。"

"牧师呢?"苦勃拉克问道。"也是坏种，和军官们一气的……"

"放掉他，——给魔鬼去! ……"

群众——其中也夹杂着许多袭击队员——跟了带着穿背心的汉子的苦勃拉克，涌出去了。那人打着寒噤，弯着腿，哭着，抖着他的下巴。

企什走近美谛克来了。他显着遮掩不住的胜利的高兴，头上戴一顶肮脏的帽子。

"你原来在这里!"他高兴而且骄傲地说。"多么俨然呀! 我们到什么地方去吃一点东西罢……现在他们在分给大家哩……"他别有意义似的拖长了声音，吹着口笛。

他们为了吃，走了进去的小屋，是很不干净的，空气闷人，发着面包和切碎的白菜的气味。炕炉的角上，乱抛着肮脏的白菜头。企什一面吞下面包和白菜羹去，一面将自己的英雄事业讲个不住，一面又时时去偷看那在给他们搬东西的，长辫发的苗条的小姑娘。她窘了，也高兴。美谛克总在侧耳倾听，一有什么声音，便紧张得发抖。

"……他们忽然回转身来了，——向着我……，"企什满口喷喷地，唠叨道，"那我就，吓！给了他们一枪……"

这时玻璃窗震得作响，起了一齐射击的声音。美谛克愕然落掉羹匙，失了色。

"这些事情什么时候才了呵！……"他在绝望中叫了起来，用两手掩面，跑出小屋去了。

……"他们将他打死了，将这穿着背心的人"，他将脸埋在外套的领子中间，躺在一处的丛莽里，想，——他怎么跑到了这处所，已经全不记得了。"迟迟早早，他们总也要杀掉我的罢……然而我现在也就并不活着了，——我就和死掉了一样：我已经看不见爱我的人，和那亮色的卷头发的，我将那照片撕得粉碎了的，可爱的少女，也不能相会的了……他一定哭了罢，那个穿背心的可怜的家伙……我的上帝，我为什么将这撕碎了的呢？我真将不再回到她那里去了么？我多么不幸呵！……"

当他带着枯燥的眼，显着苦恼的表情，走出丛莽来的时候，周围已经是黄昏了。从极近的什么处所，听到烂醉的人声，一个手风琴在作响。他在门口，遇见了长辫发的苗条的姑娘，——她在水槽里汲了水，摇摆着弯得像一枝柳条一样。

"你们里面的一个和我们的年青人在逛着哩，"她睁上暗色的睫毛，微笑着说。"你听哪，他多么……？"于是她合了从街角传来的粗鲁的音乐，摇着她美丽的头。水桶跟着摇动，溅出水来，——那姑娘便羞得躲进门里面去了。

而且我～～～们是，囚徒一伙，
　　终竟来到了此～～～处……

唱着一个很酩酊的，美谛克很为熟识的声音。美谛克向街角一望，就看见拿着手风琴的木罗式加。散乱的前发挂在眼睛上，他那通红的出汗的脸是粘粘地。

　　木罗式加挺出肚子，用了仿佛说过不要脸的话，然而立刻懊悔了一般的——"出于真心真意的"——表情，拉着手风琴，冷嘲地在街道中央阔步，——他后面跟着不系带，不戴帽，一样地烂醉的少年一大群。两边跑着赤脚的农家孩子们，嚷着，扬起许多尘土来，放纵而粗暴得像小恶鬼一样。

　　"阿呀……我的好朋友！……"木罗式加看着美谛克，显出烂醉的做作出来的高兴，叫道。"你那里去呀？那里去？不要怕，——我们是不打的……和我们来喝……那就到鬼那里去——我们一同完结罢！……"

　　那一大群便围住了美谛克，他们拥抱他，将他们那好意而烂醉的脸弯向他，用酒臭的气息吹嘘他。一个人又将酒瓶和咬过的胡瓜塞在他手里。

　　"不，不，我不喝。"美谛克挣脱着，说，"我不想喝……"

　　"喝罢，到鬼那里去！"木罗式加叫道，因为任性，几乎要哭了。"一同完结罢！……"于是他不干不净地骂了起来。

　　"那么，一点点，我实在是不喝的，"美谛克依从着，道。

　　他喝了两三滴。木罗式加拉着手风琴，用沙声唱起歌来。少年们合唱着。

　　"同我们去，"一个抓住美谛克的手，说。"我住在那～～～边……"他用鼻声说了偶然得到的一句话，便向美谛克靠过没有修剪的面庞来。

他们沿街唱着走，——戏谑，跄踉，吓着狗。诅咒着自己，亲戚，朋友，全不安稳的艰难的大地，直到现在没有星星的昏暗的圆盖，罩着他们的天空。

三 泥 沼

华理亚没有参与攻击（她和经理部一同留在泰茄里面了），到得大家已经分住在各家的时候，她才进到村里来。她觉得占领住处是完全任其自然的——小队混合起来，谁在那里，谁也不知道，又不听司令者的指挥，——部队分散得好像各管各的，彼此毫无关系的小部分一样。

她在进村的路上，看见了木罗式加的马的死处。但他自己怎么了呢，却没有一个人说得清楚。有的主张他给人打死了，——他们是亲眼看见的——；别的人却道不过负了伤；又一些人则全不知道他，一向就只在庆幸自己的活了出来的运气。这些一切，合并了起来，就使华理亚自从想和美谛克和解，而没有成功的那时候以来，便笼罩了她的颓唐和绝望底的失意的状态，更加利害了。

她苦熬着无限的逼迫，饥饿，自己的思想和苛责，几乎连坐在鞍子上的力气也没有了；她快要哭出来，这才寻到了图囊夫——真是高兴她，给她粗野的同情的微笑的第一个。

当她看见了带着又浓又黑的拖下的胡须的他那年老的阴郁的脸，并且看见了围绕着她的，别的也是成了灰色，给煤末弄成粗糙的，熟识而亲爱的，粗野的脸的时候，她的心便为了对于他们的甘美的，凄楚的哀伤——爱和对于自己的怜悯，颤抖起来：他们使她记起了她还是一个美丽的天真烂漫的姑娘，有着丰盛的卷发和大的悲凉的眼睛，在黑暗的滴水的矿洞里推手车，夜里则在人们中间跳舞的年青之日来了。这样的脸，这样的羡慕着和微笑着的脸，那时候也正是这样地围绕了她的。

她自从和木罗式加争吵以后，就全然和他们离开了，然而惟独这些人，却正是曾经一同生活，一同作工，而且追求她的，和她相近的生来的矿工们。"我已经多么长久没有看见他们了呵，我将他们完全忘记了……唉唉，我的亲爱的朋友！……"她怀着爱情和懊悔，想，她的太阳穴畅快地跳动着，几乎要流出眼泪来了。

只有一个图嶓夫这回能够办到，使他的小队有秩序地宿在邻近的小屋里。他的人们在村庄的边境放夜哨，并且帮莱奋生收集粮秣。于是先前被一般的兴奋和骚扰所遮掩了的一切，到这一天就忽然全都明明白白：只有图嶓夫的小队，是完全集合在一气的。

华理亚从他们那里知道了木罗式加活着，而且也没有负伤。人们将他那新的，从白军夺来的马给她看。那是一匹高大而细腿的，栗壳色的雄马，有着剪短的鬣毛和细薄的脖子，但因此就见得有很不可靠，会做奸细的样子，——人们已经给它一个名字，叫作"犹大"①了。

"那么，他活着的……"华理亚惘惘然望着那马，想。"那就好，我高兴……"

食后，她钻进干草小屋去，当她独自躺在芬芳的干草上，在朦胧中倾听着可有"老朋友里面"的谁来接近她的时候，——她又用了一种温柔的心情，想到木罗式加还在，于是就抱着这思想，沉沉睡去了。

……她忽然醒了转来……在剧烈的不安中。她的两手僵得像冰一样。从屋顶下，闯进那在雾中飘荡的无穷的夜来。冷风吹动干草，摇撼枝条，鸣着园里的树叶……

"我的上帝，木罗式加在那里呢？所有别的人们在那里呢？"华理亚抖着想。"我又得孤草似的只剩一个人么——在这里的这黑洞里？……"她用了热病底的着急，发着抖披上外套，不再去寻袖子，便慌忙爬下干草小屋去。

---

① 耶稣的门徒，而卖耶稣者。——译者。

门口站着守夜人的黑影子。

"谁在这里守夜?"她问,一面走近去。"珂斯卡?……木罗式加已经回来了么,你知道不?"

"原来你就睡在干草小屋里么?"珂斯卡可惜而且失望地问道。"我竟没有知道! 木罗式加是用不着等的——跑来,跑去只有一件事:给他的马办祭品……冷呵,不是么? 给我一根火柴……"

她寻出火柴匣子来,——他用大手掩护着火,点上烟,于是使火光照在她上面:

"你见得瘦了,好姑娘……"便微笑起来。

"火柴你存着罢……"她翻起外套的领子,走出门去了。

"你那里去?"

"我去寻他!"

"木罗式加? ……阿唷! ……还是我来替代他呢?"

"不,你是不行的……"

"什么时候起,变成这样了的?"

她没有回答。"唉——出色的女人。"——守夜人想。

非常黑暗,致使华理亚好容易才能辨出路径来。下起细雨来了。满园就更加不安地,钝重地作响。什么地方的栅栏下,有一匹冻得发抖的小狗,哀伤地叫。华理亚摸到它,塞在外套下面的肚子之处了,——它发着抖,用鼻子在冲撞。她在一所小屋旁边,遇见了苦勃拉克的守夜人,便问他可知道木罗式加在什么地方逛荡。那人就将她送到教堂的近旁。他走完了半个村子,毫无用处,终于萎靡着回来了。

她从这横街向别一横街转弯了许多回,已经忘却了路径,现在就几乎不再想到她的出行的目的,只是信步走去,——但将暖热了的小狗按在自己的胸前。待到她寻到回家的路上,差不多费去一点钟的光阴了。她怕滑跌,用那空着的手,抓住编就的栅栏转一个弯。走不几步,便几乎踏着了躺在路上的木罗式加,站下来了。

他头靠栅栏，枕了两手，伏卧着，微微地在呻唤，——分明是刚刚呕吐过的。华理亚的认识了这是他，倒不如说觉得了这是他，——他的这样的情形，她是见过许多回数的。

"凡涅!"她蹲下去，用那柔软的和善的手，放在他的肩头，叫道。"你为什么躺在这里么？你不舒服么，唔?"

她扶起他的头来，看了他那吃惊的，浮肿的，苍白色的脸。她觉得可怜了——他是这样地羸弱而且渺小。他一看出她，便勉强地微笑，于是自己坐了起来，注意地支持着姿势，靠住栅栏，伸开腿。

"阿阿……是您么？……我的最尊敬的……"他发出无力的声音，竭力用了不恼人的平静的调子，呐呐地说。"我的最尊敬的，同志……木罗梭伐……"

"同我去罢，凡涅，"她拉了他的手，说。"还是不能走呢？……等一等，——我们就都会妥当的，我敲门去……"她决然地跳起来，要去托邻近的小屋。她毫不顾虑到在这样的黑夜里，是否可以去叩人家的门，以及将一个喝醉的男人塞进人家去，别人会对她怎样想，——这样的事，她是一向不管的。

但木罗式加却立刻愕然摇头，用沙声喊道：

"不不不……我来敲！……静静的！……"于是就用捏着的拳头，来敲自己的太阳穴。从她看来，好像因为惊骇，连酒都吓醒了。"那地方住着刚卡连珂，你不知道么？……怎么可以……"

"那又怎么样呢，刚卡连珂？他又不是一位大老爷……"

"不是～～～呀，你不知道，"他仿佛苦痛似的皱了前额，抓着头，"你不知道呵，——这怎么可以! ……他是当我一个人看的，我却……这怎么行？不行的，怎么能这样子……"

"你唠叨些什么昏话呵，我的亲爱的，"她说着，又蹲在他旁边。"瞧罢，下着雨，湿了，明天又得走，——来罢，最亲爱的……"

"不不，我是完了，"他这时已经全是悲哀和直白了，说。"我现在是什么，是甚么人，我怎么可以——请想一想罢，诸位？……"他忽然用了自己的浮肿的,含泪的眼睛,凄凉地向周围四顾。

她于是用那空着的手抱住他,嘴唇快要触到睫毛,仿佛对于一个孩子似的,柔和地悄悄地向他低语道:

"你苦什么呀?什么使你这样伤心呢?……可惜那匹马,是不是?但他们已经给你弄到别的了,——好一匹出色的马儿……不要苦了,亲爱的,不要哭了,——瞧罢,我弄到了一只怎样的小狗,怎样的一个有趣的小东西!"她便打开外套,将渴睡似的耳朵拖下的小狗给他看。她很热烈,不但她的声音,连她的全身,也好像为了仁厚在发响。

"啧,啧,小家伙!"木罗式加用酩酊的柔和,去提小狗的耳朵。"你在那里弄来的?……呵,要咬人的,这畜生!……"

"哪,你瞧!……来罢,最亲爱的……"

她总算使他站了起来,用话来说得他从不好的思想离开,领往住所去。他也不再抵抗,相信她了。

在路上,他对她没有说起一回美谛克,她也绝不提到,好像他们之间,原没有一个什么美谛克一般。后来木罗式加就显出阴郁的相貌,不再开口了,——他分明已从酒醉里清醒。

他们这样子,走到了图畼夫借宿着的小屋。

木罗式加抓住扶梯,要攀上干草小屋去,然而两脚不听话。

"我得来帮一下?"华理亚问道。

"不,自己就行了,蠢才!"他粗暴而不好意思地回答。

"那么,再会……"

他放掉梯子,吃惊地看她。

"怎么样'再会?'"

"哪,就是怎样地……"她矫作而且悲哀地笑道。

他忽然走近她去了,不熟手地抱住她,将自己的不惯的面庞靠向她的脸。她觉得他要和她接吻了,而他也确是这意思,然而他惭愧,因为矿山的人们一向只和姑娘们睡觉,爱抚她们的事是很少有的。在他们的同居生活全体中，他只和她接吻了一回，——是他们的结婚那一天——，当他喝得烂醉，而大家叫起"苦"来①的时候。

……"这算收场了，一切又都变了先前一样，就像什么也未曾有过似的，"木罗式加靠着华理亚的肩头，熟睡了时，她怀着悲痛和热情，想。"又是老路，又是这一种生活，——什么都是这一种……但是，我的上帝，这可多么无聊呵！"

她转背向了木罗式加，合上眼睛，曲了腿，然而总是睡不去……远在村庄的后面，从那通到呵牛罕札的省道由此开头，而放着哨兵的那一面，——发了两响当作记号的枪声……她将木罗式加叫醒，——刚刚抬起他毛发蓬松的头来时，就听到村后面又有哨兵的培尔丹枪发响，恰如回答这枪似的，机关枪的飞速开火，便立刻打破了夜的黑暗和寂静，沸腾吼叫起来了。

木罗式加阴沉地摇手，跟着华理亚爬下干草小屋去。雨已经停止，风却更大了，——什么地方有窗子的保护门在作声，湿的黄叶在黑暗中飞舞。各处的小屋里点了灯。守夜人在街上且跑且喊，叩着窗户。

木罗式加走到马房，牵出他的"犹大"来，当这几秒间，他又记起了昨天之所遭遇的一切。一想到那玻璃眼的米式加的被杀，他的心就紧缩起来；又以嫌恶和恐怖，突然记得了自己昨天的不成样子的举动，他喝得烂醉，在街上走，人们都来看他，看这烂醉的袭击队员，而他还发了全村可以听到的大声，唱着不识羞的曲子。和他一起的是美谛克，他的对头，——他们一同逛荡，像一颗心脏，一个魂灵，而且他，木罗式加，还向他誓了爱，讨了饶——什么缘故呢？为了什么呢？……他现在觉到了他那举动的一切不可耐的虚伪了。莱奋生会怎么说呢？而且这样捣乱之后，真还可以和刚卡连珂见面么？

---

① 俄国旧俗，当结婚的宴会时，倘宾客举杯，叫道"苦呵，苦呵，放甜些罢！"则新郎与新妇必须接吻。——译者。

他的伙伴，大半已经装好鞍子，出了门去了，然而他毫无准备，——马肚带不在手头，马枪又放在刚卡连珂的小屋里。

“谛摩菲，朋友，帮我一下？……”他向那跑过后院的图幡夫，用了诉苦的，几乎要哭的声音，央告道。“给我一条多余的肚带——你有一条，我见过的……”

“什么?!!”图幡夫吆喝起来。“你先前那里去了？……”于是恼怒着，咒骂着，将马按住，——因为它用后脚站起来了，——走近自己的马匹的身边，去取了肚带。

“这里……昏蛋!”他霎时走向木罗式加来，愤愤地说着，忽然竭全力用肚带抽在他脊梁上。

“自然，现在他能打我了，我做了这些事，”木罗式加想，连牙齿也不露，——因为他没有觉到疼痛。然而世界于他，却显得更加暗淡了。而且这使昏夜发抖的射击，这黑暗，正在畜栏后面等待着他的运命，——这些一切，由他看来，就好像便是他一生之业的正当的刑罚似的。

当小队正在集合，排队之际，射击已经占了半个圈子，一直到河边。炸弹投射机发着大声，灿烂的怒吼的鱼，在村落上面飞舞。巴克拉诺夫已将外套穿得整齐，捏着手枪，跑向门口去，——他叫喊道：

“下马！……排成一列！……你留二十个人在马这里，”他对图幡夫说。

“跟我来！快跑！……”几秒钟后，他叫着奔进黑暗里去了。防御队跟定他飞跑，一面穿外套，一面揭开子弹匣。

他们在道上遇见了逃来的哨兵。

“敌军强大得很!”哨兵们叫道，惶恐得摇着手。

大炮的一齐射击开始了，——炸弹在村子中央爆裂，照得天的一片，倾斜的钟楼，在露水中发闪的牧师的庭园，皆暂时雪亮。天色更加黑暗起来。炸弹隔着短时间，一个一个接连地爆裂。村边的什么地方升上火焰来了，——是草堆或是房子着了火。

巴克拉诺夫是应该抵御敌人，以待莱奋生集合了散住全村中的部队的。但当巴克拉诺夫的小队还未跑到村边空地之际，他——在炸弹的亮光下——已经看见了向他这面奔来的敌人的队伍。他从射击的方向和子弹的声音，知道敌军是在从左翼，从河那边包抄他们，不一会，那边的一头恐怕就要攻进村里来了。

小队一面应战，一面开着快步，忽伏忽起，横过横街和菜园，斜着向右角退却。巴克拉诺夫倾听了河边的轰击情形，——已在向中央移动，——那一侧分明已被敌军所占领了。忽然间，和吓人的叫喊一同，从大街上来了敌人的马队的冲锋，只见人马的暗黑而喧嚣的，许多头颅的熔岩，沿街涌了过去。

巴克拉诺夫已经无法阻止敌人，便领着伤亡了十多人的小队，从未被占领的一角上，向森林方面飞跑。几乎已经到了最后的一排小屋，拖在向溪的斜坡上之处的近旁，才遇着了莱奋生居先的正在等候他们的部队。

"他们到了，"莱奋生放了心似的说。"快上马！"

他们上了马，用全速力，奔向那黑压压地横在他们下面的森林方面去。大概是觉察出他们了，——机关枪在背后发响，他们的头上在暗中唱着铅的飞虻。怒吼的火鱼，又在空中飞舞。它们拖着灿烂的尾巴，从高处坠下，于是大响一声，就当马前钻在地面上。马向空中张着血一般的热的大口，发出女人似的尖叫，跳着避开，——部队遗弃了死伤的人们，混乱了。

莱奋生四顾，看见村落上面，浮着一片大火的红光，——全村的四分之一烧掉了，——而在这火焰的背景之前，则奔波着孤立的，以及集团的，暗黑的，显着火色脸孔的人们的形相。并排走着的式泰信斯基忽然从马上倒下，脚还钩住马蹬，拖了几步，——终于落掉了，马却依旧前行。全部队怕踏了死尸，都回避着走。

"莱奋生，看哪！"巴克拉诺夫指了右边，亢奋着叫道。

部队已经到了最低之处,迅速地在和森林接近,但在上面,却已有敌人的马队,冲着黑暗的平野和天空的阴影,止对着他们驰来,伸开黑色的头的马匹和屈身在它背上的骑士,在天空的最明亮的背景中一现,又立刻向这边跳下低地,消在黑暗里了。

"赶快!……赶快!……"莱奋生频频回顾,用拍车踢着马,叫喊道。

他们终于跑到森林的旁边,下了马。巴克拉诺夫和图嶓夫的小队又留下来,作退却的掩护,别的人们则拉着马辔,深入森林中。

森林是平安而且深奥:机关枪的格拉声,马枪的毕剥声,大炮的一齐射击,都留在后面,仿佛已经全不相干,——并不搅扰森林的寂静似的了。不过时时听到深处的什么地方,有炸弹落下,炸掉树木,轰然作响。有些处所,则天际的火光透过森林,将暗淡的,铜一般的,边际逐渐昏暗的反照,投在地面和树干上,可以分明地看见蒙在干子上的染了鲜血似的湿润的莓苔。

莱奋生将自己的马匹交给了遏菲谟加,说了该走的方向,使苦勃拉克前进(他的选定了这方向,不过因为对于部队,总得给一个什么方向罢了),自己却站在旁边,看看剩在他这里的人们,究竟还有多少。

他们,——失败,濡湿,而且怨愤的这些人们,沉重地弯着膝髁,注意地凝视着暗中,从他旁边走过,——他们的脚下溅起水来。马匹往往没到腹部那里,——地面很柔软。特别困苦的是图嶓夫的小队的人们,他们每人须牵三匹马,——仅有华理亚只牵着两匹,她自己的和木罗式加的。接着这些损伤的人们的全队之后,便是一条肮脏的,难闻的踪迹,好像有一种什么发着恶臭的,不干净的爬虫,爬了过去的一般。

莱奋生硬拖着两腿,跟在大家的后面走。部队忽然站住了……

"那边怎么了?"他问。

"我不知道,"走在他面前的袭击队员回答说。那是美谛克。

"上前问去……"

少顷之后，回答到了，由许多发白的发抖的嘴唇反复着：

"我们不能前进了，那地方是泥沼……"

莱奋生制住了两腿的骤然的战栗，跑到苦勃拉克那里去。他刚刚隐在树后面，人堆便向后一拥，往各方面乱窜了。然而到处展布着柔软的，暗淡的，不能走的泥沼，遮断了道路。只有一条路，和这里相通。那便是他们曾经走来，通到矿工的小队正在奋勇战斗之处的道路。然而从林边传来的枪声，已经不能当作不相干了。这射击，还好像和他们渐渐接近了似的。

绝望和愤怒支配了人们。他们搜寻着自己们的不幸的责任者，——不消说，是这莱奋生！……倘若他们立刻能够看见他，恐怕就要用了自己的恐怖的全力，向他扑去的罢，——如果他将他们带了进来了，现在就将他们带出去！……

忽然间，他真在大家面前，人堆中央自行出现了，一手高擎一个烧得正旺的火把，照出他紧咬牙关的死灰色的胡子蓬松的脸，用了大而圆的如火的眼，迅速地一个个从这人的脸看到别人。在只有从那边，从人们在林边玩着死的游戏之处，还透进一些声息的寂静中，听得他那神经底的，细的，尖的，嘶嘎的声音道：

"骑出队外来的是谁呀？……归队！……不要发慌……静着！"他蓦地大喝一声，狼似的咬了牙，拔出他的盒子炮，那反抗的叫声，便立刻在一切嘴唇上寂灭了。"部队！听令！我们在沼上搭桥——我们没别的路……波里梭夫（这是第三小队的新的队长），留下拉马的人们，快帮巴克拉诺夫去！对他说，他应该支持着，直到我下了退却的命令……苦勃拉克！派定两个人，和巴克拉诺夫连络……全队听令！系起马来！二分队砍枝条去！不必可惜刀！……所有其余的人——都听苦勃拉克指挥。要无条件地听他的命令。苦勃拉克！跟我来！……"他将背脊转向大家，弯着身子向泥沼方面进行，冒烟的火把高高地擎在头顶上。

278

于是沉默的，苦恼的，挤成一堆的大众，刚才在绝望中擎了手，敢于杀人或号哭的大众，便忽然转到超人底地迅速的，服从的，奋发的行动上去了。咄嗟之间，系好了马，斧声大作，榛树的叶子，在剑的砍击之下动摇。波里梭夫的小队鸣着兵器，在烂泥里响着长靴，跑进黑暗中去，和他们对面，人已经运来了第一束湿湿的枝条……听到树木的仆倒声，庞大的，槎枒的怪物，便呼啸着落向一种什么柔软的，祸祟的东西上面去。而在树脂火把的光中，则看见暗绿色的，仿佛满生青萍似的表面，发着有弹力的波动，恰如大蛇的身躯。

那地方，他们抓住枝条，——火把的冒烟的火焰，从暗中照出着他们的牵歪的脸，弯曲的背，以及巨大的树枝的堆积，——在水中，泥中，毁灭中蠕动。他们脱了外套在工作，透过了破碎的裤子和小衫，隐约着他们那吃紧的，流汗的，还至于出血的身体。他们失掉了时间和空间的感觉，失掉了自己的肉体的羞耻，痛楚，疲劳的感觉了。他们用帽子舀起沼里的，含有死了的蛙卵的水来，赶忙地，贪婪地喝下去，好像受伤的野兽一样……

然而射击逐渐近来，逐渐响亮而且剧烈。巴克拉诺夫——接连地派了人——来问："还早么？立刻？……"他只好丧失了战士的一半，丧失了流血的图畨夫，慢慢地一步一步退了下来。他终于到了砍来造堤的枝条旁边，——不能再往后走了。敌人的弹丸，这时已经密密地在沼上呼啸。几个人受了伤，——华理亚给他们缚着伤口。给枪声惊吓了的马匹，不住地嘶叫，还用后脚站了起来，——有几匹还挣断缰绳，在泰茄里奔跑，跌入泥沼中，哀鸣着求救。

停在柳条中的袭击队员们，一知道堤路已经搭好，便大家跑上去了。显着陷下的面庞，充血的眼，被硝烟熏黑了的巴克拉诺夫，则挥着放空了的手枪，一面奔跑，一面狂躁得在哭泣。

发着叫喊，挥着火把和兵器，拉着倔强的马匹，全部队几乎同时都拥向堤路这里去。亢奋了的马匹不听马卒的导引，癫痫似的挣扎着。后面的人们吓得发狂一般挤上前边，堤路沙沙作响，开裂了；快到对岸的处所,美谛克的马又跌了下去,人们发着暴怒的刻毒的骂詈,用绳索拉它起来。美谛克痉挛底地紧抓着因为马的狂暴而在他手里颤动的滑溜的绳,将两脚踏在泥泞的枝条中,拼命地拉着拉着。待到终于将马拉了上来的时候,他又长久解不开那缚在前腿上的结子,便以发狂的欢喜咬着来解它,——那浸透了泥沼的臭味和令人呕吐的粘液的结子⋯⋯

最后走过堤去的,是莱奋生和刚卡连珂。

工兵已经装好了炸药,就在敌人刚要走到渡头的瞬息间,堤便在空中迸散了⋯⋯

少顷之后,人们都定了神,才知道已经是早上。蒙着闪闪的蔷薇色的霜的泰茄,横在他们的面前。从树木的罅隙间,透漏着青天的明朗的片片,——大家觉得森林的后面,太阳也已经出来了。人们于是抛掉了不知什么缘故,至今还是捏在手里的热的火把头,来看自己那通红的,无声的,擦破了的手,和冒着渐散渐稀的热气的,濡湿的,疲乏了的马匹——而于他们这一夜所做的一切,从新惊异起来了。

四 十九人

离渡过沼泽,得以脱险之处五威尔斯式的地方,——有通到土陀·瓦吉的大路。怕莱奋生不在村子里过夜,哥萨克们便于昨夜在距桥约八威尔斯式的大路那里,设下了埋伏。

他们整夜坐着,在等候部队,并且倾听着远远的炮声。早晨驰来了一个传令使,带到命令,说敌人已经冲出泥沼,正向他们这方向进行,所以仍须留在原处。传令使到后不上十分钟,莱奋生的部队既不知道埋伏,更不知道刚才有敌人的传令使从旁跑过,就也进向这通到土陀·瓦吉的大路去了。

太阳已经升在森林上。霜早化了。天空澄澈,蓝得如冰。群树蒙着濡湿的灿烂的黄金,斜倾在道路上。是一个温暖的,不像秋天的日子。

莱奋生用了茫然自失的眼光,一瞥这辉煌的,清纯的,明朗的美,然而并没有感到。他看见无力地走着路的,疲惫的,减成三分之一的自己的部队,便觉得自己是乏得要死,而且为那些爬一般跟在他后面的人们做些事,是怎样地没有把握了。独有他们,独有这大受损伤的忠实的人们,乃是他现在惟一的,最相接近的,不能漠视的,较之别人,较之自己,还要亲近的人们,——因为他是念念不忘自己对于这些人们负着责任的……然而他觉得现在好像无能为力了,他已经不在指导他们,只是他们还不知道,顺从地跟着他,恰如惯于牧人的畜群一样。而这是当他昨天早上想到关于美迭里札之死的时候,所最为恐怖的……

他想再制御自己,集中于一些什么实践底地必要的事,但他的思想,却散漫而纷纭,眼睛合上了,而且奇怪的形象,回忆的断片,雾似的互相矛盾的不分明的周围的感觉,都成了变化不绝的无声无实的群,在他意识里旋转……"为什么这长远的无穷的道路,这湿的叶子和天空,现在有这样地死气沉沉而且可有可无的呢?……现在我的义务是什么?……是的,我必须走出土陀·瓦吉的溪谷去……土…陀…瓦…吉——多么奇怪呵——土…陀…瓦…吉……我倦极了,我真想睡觉!我这样想睡觉,这些人们还能要求我什么呢?……他说——斥候……是的,是的,斥候……他有着圆圆的良善的头,很像我的儿子,自然应该派一个斥候去的,于是就睡觉……睡觉……他这头也全不像我的儿子的,好像……那么,什么呢?……"

"你说什么?"他忽然抬起头来,问道。

和他并骑的,是巴克拉诺夫:

"我说,应该派一个斥候。"

"是的,是的,应该派一个的,你办就是……"

几分钟后,一个开着疲乏的快步的骑士,跑上莱奋生前面去了。他目送了这前屈的背脊,知道是美谛克。派美谛克去当斥候,他觉得很不合宜,然而他不能制御自己,来分析这不合,而且也将这事忘掉了。于是又有一个人从旁边驰上去。

"木罗式加!"巴克拉诺夫从第二个骑士的背后叫喊道。"你们大家不要失散……"

"那么,他是活着的?"莱奋生想。"图幡夫却死了……可怜的图幡夫……但木罗式加是怎么的呢?唉唉,是的,——那是昨天的夜里了。很好,我那时没有对他着眼……"

美谛克已经跑得颇远了,回过头来:木罗式加在他后面五十赛旬之处骑着前行,部队也还分明可见。后来部队和木罗式加都被街道的转角遮住了。尼夫加不愿意开快步。美谛克机械底地催促着它:他不知道为什么派他上前面去的,但既然命令他快跑,他就来照办。

道路沿着濡湿的斜坡,坡上密生着尚存通红的秋叶的槲树和榛树。尼夫加怕得战战兢兢,只是紧挨着丛莽。一向上走,它就用了常步了。美谛克在鞍桥上打瞌睡,也不再去管它。他时时惊醒,诧异地看一看这永是走不完的森林。这既没有终,也没有始,恰如他目下正在亲历的朦胧的,麻木的,和外界隔开的状态,也是既没有终,也没有始一样……

尼夫加蓦地愕然喷着鼻子,跳向旁边的丛莽里,美谛克碰着一种什么柔韧的枝条……他一抬头,那朦胧状态便立刻消失了,换上了无可比拟的生物底恐怖的感情:相去几步的道路上,站着一些哥萨克。

"下来!……"有一个用了威压的,尖利的低声,说。

有人拉住了尼夫加的辔头,美谛克轻轻地叫了起来,滑下鞍桥,做了一些卑下的举动,忽然飞速地转身,窜进丛莽里去了。他用两手按在湿的树干上,跳跃,滑跌,——暂时吓得发了昏,爬着来挣扎,于是终于站起,顺着溪谷跑下去了,——也不再觉得自己的身体,路上所遇的一切,凡手之所及,无不攀援,并且行着异乎寻常的飞跃。

人们在追赶他：后面的丛莽沙沙有声，有人在恨恨地用唇音咒骂……

木罗式加知道自己之前还有一个斥候，便也不大留心了周围的情形。他已在凡有人类底思想，便是最无用的也都消失，只剩下休息——牺牲一切的休息的直接底的希望时候的，极端的疲劳状态里了。他已经不想到自己的生命和华理亚，不想到刚卡连珂对他将取怎样的态度，而且连可惜图皤夫之死的力量也已经没有，虽然他是和他最为接近的一个人，——他只想着什么时候，这才在他面前，终于展开了可以倒下头去的豫定的土地。这豫定的土地，是作为一个大的，平和的照着太阳的村落，满是吃草的牛，以及发着家畜和干草气息的人们之处，显在他脑里的。他就将他怎样地系好马；喝牛奶，饱吃了发香的裸麦的面包，于是钻进干草小屋里，紧裹着外套，酣睡一通的情状，描画了出来……

但当忽然间，哥萨克帽的黄条在他面前出现，"犹大"向后退走，将他擦在眼前的血一般晃耀着的白辛树丛上的时候，——这照着太阳的大村落的可喜的景况，便和正在这里发现的未曾有的可怕的翻案的感觉，突然融合起来了……

"他跑掉了，这粪小子……"木罗式加忽地用了异常的分明，记得了美谛克的讨厌的漂亮的眼睛，同时又感着对于自己和跟在自己后面这些人们的痛楚的同情，说。

他所懊恨的，并不在他眼前的死亡，就是他停止了感觉，苦恼和动作，——他连将自己放在这种奇特的境况里来设想，也做不到了，他在这瞬息间，还在活着，辛苦着，动作着，——但他却清清楚楚，省悟了他将从此永不再见那照着太阳的树木，和跟在他后面的亲爱的可敬的人们。然而他关于这些疲乏的，失算的，信托着他的人们的感觉，是极其真切的，于是除了想到还可以给一个警告之外，心里就再也没有为自己的别的可能的思想了……他忽然拔出手枪来，给大家容易听到地高擎在头顶上，照着豫先约好的话，连开了三响……

这刹那间,火花一闪,枪声起处,一声呻唤,世界好像裂为两半,木罗式加和"犹大"就都倒在丛莽里了。

莱奋生听到枪声时,——这来得太鹘突,在他现在的情况上,是不很会有的事,他竟完全没有省得。只在对木罗式加发了一齐射击,马匹昂头耸耳,钉住一般站定了的时候,他才明白了那意义。

他无法可想地四顾,仿佛在求别个的支持,然而在苍白而萎靡的袭击队员们的相貌,融成一个恐怖的,默求解答的脸上,——只看见了一样失措和害怕的表情……"这就是的,——就是,我所担心的事,"——他想着,装一个似乎想抓住什么,而不能发见所抓的东西的手势……

于是他在自己面前,忽然分明地看见了单纯的,有些天真烂漫的,被硝烟熏黑了的,因疲劳而残酷了的巴克拉诺夫的脸。巴克拉诺夫一手捏着手枪,别一只紧抓着马背上的突起,至于他那短短的孩子似的手指都要陷进肉里去了,——注意地凝视着起了一齐射击声的方向。他那下颚凸出的天真的脸,略向前伸,被部队的较好的战士将因此送命的最真实,最伟大的恐怖所燃烧,等候着命令。

莱奋生愕然清醒起来了。有什么东西在他里面苦楚而甘美地发响……他蓦地拔出长刀,显着闪闪的眼睛,也如巴克拉诺夫一般伸向前面。

"冲出去,唔?"他热烈地问着巴克拉诺夫,忽然挥刀举在头上。刀在日光中辉煌。所有袭击队员们一看见,便也都站在踏蹬上伸出了身子。

巴克拉诺夫狂暴地一瞥这长刀,立即转向部队,深切地强有力地叫喊了些什么话。莱奋生已经不能明白了,因为在这一霎时,——被支配巴克拉诺夫和使他自己挥起刀来的那内部底威力所驱使,——他觉着全部队必将跟在他后面,已向路上冲上去了。

几秒钟后,他回头一看时,人们果然屈身俯向鞍桥,前伸了下颚,在他后面跃进。他们的眼睛里,都显着他见于巴克拉诺夫那里一样的紧张的热烈的表情。

这是莱奋生所能存留的最后的有着联络的印象。因为同时就有一种什么眩眼而怒吼的东西，伸到他上面，——打击他，旋转他，蹂躏他，——他早不意识到自己，只觉得自己还是活着，而奔向沸腾的橙红色的深渊上去了……

……美谛克并不回顾，也不听到追随，然而他知道还有人在追蹑他。当手枪三响，接连而起，于是发出一齐射击声来的时候，他以为是打他的，就跑得更快了。山峡突然展开，成了一个狭小的树林茂密的溪谷。美谛克忽而向左，忽而向右，直到他再到了斜坡。这时起了第二次一齐射击，于是一次又一次，没有停时，——全森林都咆哮，苏醒了……

"唉唉，我的上帝，我的上帝……阿～～～呀……我的上帝……"每一次震耳的一齐射击声起，美谛克便发着抖，轻轻地说，他的伤破的脸上，也显出悲哀的苦相，恰如孩子们想要挤出眼泪时候的模样一般。然而他的眼睛却干燥得讨厌而且羞人。因为他提起了最后的气力，跑着跑着，跑得很久了。

射击声低下去了，好像换了一个方向。这之后，就全然听不见了。

美谛克回顾了几次：看不见一个追蹑的人。没有一物来扰这主宰周围的，远远地遍是响声的寂静。他气息奄奄地倒在最近的最适宜的丛莽下。他的心跳得很厉害。他用两手枕在颊下，将身子曲成线团一样，紧张地凝视着前面，静卧了几秒钟。离他十步之处，在一株几乎弯到地面，浴着日光的细小的脱尽叶子的白桦树上，站着一匹条纹的栗鼠，用了天真的带黄的小眼睛在看他。

美谛克忽然坐起，抱了头，大声呻唤起来。栗鼠吓得唧唧地叫着，逃进草里去了。美谛克的眼睛简直好像发疯一样。他用那失了感觉的手指，抓住头发，发着哀诉似的呻吟，在地上辗转。"我做了什么事了……阿～～～阿……我做了什么事了，"他用肘弯和肚子打着滚，反复说。每一瞬息，他更加分明地，难熬地，哀伤地，悟出自己的逃走，三响的枪声，和接着的一齐射击的真的意义来了。"我做了什么事了，我怎能做出这样的事来，——我，一个这样好，这样高尚，愿意大家都好的脚色，——阿～～～阿……我怎能做出这样的事来的呢？"

他的行为愈见得可鄙而且可憎，他就愈觉得未有这种行为以前的自己，愈是良善，洁白而且高尚。他的苦恼，也不很为了因为他的这种行为，致使相信他的几十个人送了命，倒是为了这行为的洗不掉的讨厌的斑点，和他在自己里面所发见的一切良善和洁白相矛盾了。

他机械底地拔出手枪来，怀着惊疑和恐怖，凝视了好一响。但他也就觉得，自己是决不会自杀，决不能自杀的了，因为他在全世界上，最爱的还是自己，——他的白晰的，肮脏的，纤弱的手，他的唉声叹气的声音，他的苦恼和他的行为，连其中的最可厌恶的事。他早已用了偷儿似的悄悄的顾忌，装作只被擦枪油的气味熏得发了昏，自己全无所知的样子，赶紧将手枪塞在衣袋里了。

他现在已不呻吟，也不啼哭了。用两手掩了脸，静静地伏卧着。自从他离开市镇以来，最近的几个月之间所经历的一切，又排成疲乏的，悲凉的一串，在他眼前走过去：他现在已以为愧的他那幼稚的梦想，第一回战斗和负伤的苦痛，——木罗式加，病院，银发的老毕加，死了的弗洛罗夫，有着她那大的疲劳的眼睛的华理亚，还有在这之前，一切全都失色了的泥沼的可怕的徒涉。

"我禁不起了。"美谛克用了忽然的率直和真诚，想，而且对于自己起了大大的同情。"我禁不起了，这样低的，非人的，可怕的生活，我是不能再过下去的。"——他为了要将自己显得更加可怜，并且将本身的裸露和卑劣，躲在自己的同情之念的光中，便又想。

他还是总在审判自己的行为，而且在懊悔，但一想到现在已经完全自由，能够走到更无这可怕的生活之处，更没有人知道他的行为之处去了的时候，却又即刻禁不住在心中蠢动的个人底的希望和欢欣。"我到市镇去就是，一到那边，我就干干净净了。"——他一面想，一面竭力在这决定上，加上伤心的万不得已的调子去。而且费了许多力，他这才按住了生怕这决定也许不能实现的恐怖，羞愧，和高兴的感情。

……太阳已经倾到细小的，弯曲的白桦的那边去了，树在这时都成了阴影。美谛克掏出手枪来，将它远远地抛在丛莽里。于是寻到一个水泉，洗过脸，就坐在这旁边。但他还总在踌躇，不敢走出大路去。"如果那里还有白军呢？……"——他苦恼地想。他听到极细小的流水，在草莽里轻轻地潺湲……

"但这岂不是都一样么？"——美谛克忽然用了他此时从一切良善和同情的思想的堆积中，寻了出来的率直和真诚，想。

他深深地叹息，扣好短衫的扣子，慢慢地走向通到土陀·瓦吉的街道之所在的方向去了。

莱奋生不知道他的半无意识的状态继续了有多么久。——他觉得好像很长久，但其实是至多不过一分钟——然而当他定了心神的时候，他大为惊讶的，是自己还像先前一样坐在鞍桥上，只是那长刀已经不在他手里了。在他眼前，有他的长鬃毛的黑马的头和那鲜血淋漓的耳朵。

他这时才听到枪声，并且知道了这是在向他们射击。——枪弹就在头顶上呼呼地纷飞。但他又立刻省悟到这射击是来自背后，最可怕的顷刻也已经留在后面了。这刹那间，又有两个骑马的追及了他。他认识是华理亚和刚卡连珂。工兵的颊上满是血。莱奋生记起了部队，回过头去看，——并没有什么部队在那里：满路都躺着人和马的尸骸，——有几个骑士以苦勃拉克为头，在跟着莱奋生疾走，远一点还有几个小团体，迅速地消散了。一个人骑着跛脚的马，落在后面,挥着手在叫喊。黄色帽带的人们围上去,用枪柄来打他,他摇着跌落马下了。莱奋生皱着眉,转过了脸去。

这时他和华理亚和刚卡连珂都到了道路的转角。射击静了一点,枪弹已不在他们的耳边纷飞。莱奋生机械底地勒马徐行。生存的袭击队员们也一个一个地赶到。刚卡连珂一数,加上了他自己和莱奋生,是十九人。

他们一声不响,用了藏着恐怖,然而已经高兴的眼睛,看着丧家之狗一般,孤寂地,不停地,跑在他们前面的那狭窄的,黄色的,沉默的太空,在斜坡上飞驰。

马渐渐缓成快步,于是晒焦的树桩,丛莽,路标,远处的树林上面的明朗的天,都一一可以分辨了。此后马又用了常步前进。

莱奋生骑着,垂头沉思,略略走在前头。他时时无法可想地四顾,好像要问什么事,而不能想起的一般,——他用了长的没有着落的眼光,奇特地,懊恼地向大家凝视。忽然间,他勒住马,转过脸来了,这才用了他那大的,深的,蓝褐色的眼,深沉地遍看了部下的人们。十八人同时站住了,就像一个人。立刻很寂静。

"巴克拉诺夫在那里?"莱奋生问道。

十八人一言不发,失神似的看着他。

"巴克拉诺夫给他们结果了……"刚卡连珂终于说,严肃地看着他那指节峻嶒的,巨大的拉着缰绳的手。

在鞍上屈着身子,和他并骑的华理亚,便忽然伏在她的马颈上,高声地歇斯迭里地哭了起来。她的长的散掉了的辫发,几乎拖到地面上,而且在颤动。马就疲乏地将一只耳朵一抖,合上了那挂下的嘴唇。企什向华理亚这边一瞥,也呜咽起来,转过了脸去。

莱奋生的眼,还停在大家上面几秒钟。于是他不知怎地,全身顿然失了气力,萎缩下去了。大家也忽然觉得他很衰弱,很年老。然而他已经并不以自己的弱点为羞耻,或是遮掩起来了。他垂了头,映着长的湿润的睫毛,坐着。而且眼泪滚到了他的须髯……大家都转眼去看别处,——来制住自己的哭。

莱奋生拨转他的马头,缓缓地前进了。部队跟在他后面。

"不要哭了,哭什么……"刚卡连珂扶着华理亚的肩头,使她起来,一面抱歉似的说。

莱奋生也终于镇静了,他总是时时失神似的四顾,而且——每一想到巴克拉诺夫已经死掉,——便又哭了起来。

他们这样地走出森林去了,——这十九人。

非常突然地森林在他们面前一变而为广漠:高远的蔚蓝的天,太阳照着的,已经收割的,一望无际的平野。在别一面,即柳树森然,使弥漫的河流耀作碧色之处,有一片打麦场,丰肥的麦积和草堆的金色圆顶正在晃耀。那地方,在过他们一流的——愉快的,热闹的,勤苦的生活。斑斓的小甲虫似的爬着人们,飞着麦束,有节奏而枯燥地响着机械,从闪烁的糠皮和尘埃的云烟里,发着兴奋的声响和女娃的珠玑一般纤细的欢笑的声音。河的那边,是蓝闪闪的连山,上支苍穹,又将它那支脉伸到黄色绻毛的林子里。在峻峭的山峰上,向谷间飞下一片被海水所染的,带些蔷薇颜色的白云的透明的泡沫,沸沸扬扬,斑斑点点,恰如新挤的牛乳一般。

莱奋生用了沉默的,还是湿润的眼,看着这高远的天空,这约给面包与平和的大地,这在打麦场上的远远的人们,——他应该很快地使他们都变成和自己一气,正如跟在他后面的十八人一样。于是他不哭了:他必须活着,而且来尽自己的义务。

一九二五——二六年。

第一、二部原载《萌芽》月刊第 1 期至第 5 期及《新地》月刊第 1 号,题作《溃灭》。1931 年 9 月由上海大江书铺出版,同年 10 月由三闲书屋再版。

致 李小峰

小峰兄：

今日收到八月份版税四百并《小说史略》二十本，谢谢！本月版税能早日见付，尤感。

未名社内情，我虽不详知，但诗人韦丛芜君，却似乎连说话也都是诗，往往不可信，今我已向开明提出抗议，他的取款不大顺利了，我这边的纸版，大约不久总要归还的。

至于代偿欠款，我以为犯不上。一者因为《小约翰》销路未必佳，《坟》也一半文言，不算什么；二者因为我想这两种之被扣，未必因为本书，而是由于新排之别种书籍之欠款，数目未必寥寥，倘去代付，那就成为替别人付账了。还是"由它去罢"。

印好之印花，已只剩了一千，拟去新印，但恐未必即能印出。《朝花》出版时，先用一千再说罢，倘那时尚未印好的话。

迅　上　九月十五夜

《旧时代》款，能速交下，最好。

致 孙 用

孙用先生：

久不问候了。看见刊物上时有文字发表，藉知依然努力于译作。

近来出版界很销沉，许多书店都争做教科书生意，文艺遂没有什么好东西了，而出版也难，一不小心，便不得了……

《勇敢的约翰》有一个湖风书店印去了。它是小店，没有钱，所以插图十二幅及作者像一幅，是由我印给它的。但我希　先生给与印花壹千个，为将来算账地步，虽然能否算到不可知。

我想印花最好用（裁小）单宣，叠出方格，每张数十或百余，上加名印，如 [印] 之大，由他们去帖去。

原稿现已校毕，日内当与世界语译本三页，一同挂号寄上。但原稿已被印局弄得一塌胡涂了。我所加的格式，他们也不听。（这里是书局不听作者的话，印刷局也不听书局和作者的话的。）

将来寄印花时，地址可如寄奉原稿时所列。

此上，即颂

著祺。

迅　启上　九月十五夜

十六日

日记　昙。上午寄小峰信。寄孙用信。得季志仁信，八月十日发，下午复。寄紫佩信并十月至十二月家用泉三百，托其转交。寄三弟信。寄湖风书店信并还校稿。

十七日

日记　昙。上午同广平携海婴往石井医院诊。以《勇敢的约翰》原稿寄还孙用。以《中国小说史略》改订本分寄幼渔，钦文，同文书院图书馆各一本，盐谷节山教授三本。下午往内山书店买『现代芸術の諸傾向』一本，一元六角。

十八日

日记　晴。午后得靖华信，一日发。

十九日

日记　昙。午后往内山书店，得『浮世絵版画名作集』（十三回）

一帖二枚,值十六元。下午以关于版画之书籍八本赠一八艺社木刻部。钦文来。晚径三来,赠以《中国小说史略》一本。得现代木刻研究会信。

二十日

日记 星期。晴。午后钦文来,赠以《士敏土之图》一本。夜同广平携海婴访三弟。

凯绥·珂勒惠支木刻《牺牲》说明[*]

珂勒惠支(Käthe Kollwitz)以一八六七年生于东普鲁士之区匡培克(Koenigsberg),在本乡,柏林,明辛学画,后与医生 Kollwitz 结婚。其夫住贫民区域,常为贫民治病,故 K. Kollwitz 的画材,也多为贫病与辛苦。

最有名的是四种连续画。《牺牲》即木刻《战争》七幅中之一,刻一母亲含悲献她的儿子去做无谓的牺牲。这时正值欧洲大战,她的两个幼子都死在战线上。

然而她的画不仅是"悲哀"和"愤怒",到晚年时,已从悲剧的,英雄的,暗淡的形式化蜕了。

所以,那盖勒(Otto Nagel)批评她说:K. Kollwitz 之所以于我们这样接近的,是在她那强有力的,无不包罗的母性。这漂泛于她的艺术之上,如一种善的征兆。这使我们希望离开人间。然而这也是对于更新和更好的"将来"的督促和信仰。

原载 1931 年 9 月 20 日《北斗》月刊创刊号。题作《牺牲——德国珂勒维支木刻〈战争〉中之一》。未署名。

初未收集。

二十一日

　　日记　昙。上午寄靖华信。汇寄绍兴朱宅泉五十。午后往内山书店买日译《阿Q正传》一本,一元五角。得靖华信,一日发,并《绥拉菲摩维支全集》卷一一本。

答文艺新闻社问

日本占领东三省的意义

　　这在一面,是日本帝国主义在"膺惩"他的仆役——中国军阀,也就是"膺惩"中国民众,因为中国民众又是军阀的奴隶;在另一面,是进攻苏联的开头,是要使世界的劳苦群众,永受奴隶的苦楚的方针的第一步。

九月二十一日

　　原载1931年9月28日《文艺新闻》周刊第29期。

　　初收1932年10月上海合众书店版《二心集》。

二十二日

　　日记　晴。午后得孙用信并印花千枚。得诗荃信,三日发。

二十三日

　　日记　昙。午后往内山书店,得『詩と詩論』(十三)一本,四元五角;『生物学講座』(十八完)一函十本,五元。得钦文信。得绍明信。得清水君所寄复制浮世绘五枚。晚得紫佩信并照片,十九日发。小雨。

二十四日

日记 雨。上午寄湖风书店信。午晴,下午雨。

二十五日

日记 昙。下午湖风书店交来印图之泉五十元。晚治肴六种,邀三弟来饮,祝海婴二周岁也。夜雨。

二十六日

日记 晴。午后往内山书店,得嘉吉君所赠浮世绘复刻本一帖四枚,又买『理論芸術学概論』一本,三元五角。得山本夫人留诗一枚。增田君之女周晬,以前年内山君赠海婴之驼毛毯一枚赠之。传是旧历中秋也,月色甚佳,遂同广平访蕴如及三弟,谈至十一时而归。

二十七日

日记 星期。晴。无事。

《夏娃日记》小引

玛克·土温(Mark Twain)无须多说,只要一翻美国文学史,便知道他是前世纪末至现世纪初有名的幽默家(Humorist)。不但一看他的作品,要令人眉开眼笑,就是他那笔名,也含有一些滑稽之感的。

他本姓克莱门斯(Samuel Langhorne Clemens,1835—1910),原是一个领港,在发表作品的时候,便取量水时所喊的讹音,用作了笔名。作品很为当时所欢迎,他即被看作讲笑话的好手;但到一九一

六年他的遗著 *The Mysterious Stranger* 一出版,却分明证实了他是很深的厌世思想的怀抱者了。

含着哀怨而在嘻笑,为什么会这样的?

我们知道,美国出过亚伦·坡(Edgar Allan Poe),出过霍桑(N. Hawthorne),出过惠德曼(W. Whitman),都不是这么表里两样的。然而这是南北战争以前的事。这之后,惠德曼先就唱不出歌来,因为这之后,美国已成了产业主义的社会,个性都得铸在一个模子里,不再能主张自我了。如果主张,就要受迫害。这时的作家之所注意,已非应该怎样发挥自己的个性,而是怎样写去,才能有人爱读,卖掉原稿,得到声名。连有名如荷惠勒(W. D. Howells)的,也以为文学者的能为世间所容,是在他给人以娱乐。于是有些野性未驯的,便站不住了,有的跑到外国,如詹谟士(Henry James),有的讲讲笑话,就是玛克·土温。

那么,他的成了幽默家,是为了生活,而在幽默中又含着哀怨,含着讽刺,则是不甘于这样的生活的缘故了。因为这一点点的反抗,就使现在新土地里的儿童,还笑道:玛克·土温是我们的。

这《夏娃日记》(*Eve's Diary*)出版于一九〇六年,是他的晚年之作,虽然不过一种小品,但仍是在天真中露出弱点,叙述里夹着讥评,形成那时的美国姑娘,而作者以为是一切女性的肖像,但脸上的笑影,却分明是有了年纪的了。幸而靠了作者的纯熟的手腕,令人一时难以看出,仍不失为活泼泼地的作品;又得译者将丰神传达,而且朴素无华,几乎要令人觉得倘使夏娃用中文来做日记,恐怕也就如此一样:更加值得一看了。

莱勒孚(Lester Ralph)的五十余幅白描的插图,虽然柔软,却很清新,一看布局,也许很容易使人记起中国清季的任渭长的作品,但他所画的是仙侠高士,瘦削怪诞,远不如这些的健康;而且对于中国现在看惯了斜眼削肩的美女图的眼睛,也是很有澄清的益处的。

一九三一年九月二十七夜,记。

最初印入 1931 年 10 月湖风书店版《夏娃日记》（李兰译）。署名唐丰瑜。

初收 1932 年 10 月上海合众书店版《二心集》。

二十八日

日记　阴雨。无事。夜大风。

二十九日

日记　昙。午后往内山书店买『世界裸体美術全集』（二及五）二本，十五元；丛文阁版『昆虫記』（九）一本，二元二角。下午得朱积功信。得紫佩信，二十二日发。晚三弟来，留之夜饭。

三十日

日记　昙。下午在内山店买书二本，共七元八角。

十月

一日

日记　晴。无事。

二日

日记　晴。无事。

三日

日记　晴。上午三弟引协和及其次男来,留之午膳。收八月分编辑费三百。午后往内山书店,得『世界美術全集』(别册八)一本,三元四角。广平托张维汉君在广州买信笺五元,下午寄到,仍是上海九华堂制品。夜访三弟。小雨。

四日

日记　星期。昙。无事。

五日

日记　昙。晚三弟来,留之食蟹,并赠以饼干一合。夜雨。

致 孙 用

孙用先生:

惠函并印花一千枚,早已收到。诗集尚在排印,未校完。中国的做事,真是慢极,倘印 Zola 全集,恐怕要费一百年。

这回印诗,图十三张系我印与,制版连印各一千张共用钱二百三十元,印字及纸张由湖风书店承认,大约需二百元上下,定价七角,批发七折,作将来全数可以收回计,当得四百九十元。书店为装饰面子起见,愿意初版不赚钱,但先生初版版税,只好奉百分之十,实在微乎其微了。而且以现在出版界现状观之,再版怕也不易,所以这一本翻译,几乎是等于牺牲。

版税此地向例是卖后再算,但中秋前他们已还我制版费一部分,所以就作为先生版税,提前寄上,希便中向商务分馆一取汇款人用周建人名义,取得后并寄给我一收条,写明收到《勇敢的约翰》版税洋七十元,以便探得销完后向之索回垫款,因我在上海,信息较灵,易于措手也。倘幸而能够再版,那时另定办法罢。此上,即颂

著祺。

　　　　　　　　　　迅　启上　十月五夜

书大约十一月总可以印成了,先生欲得多少本,希便中示知。

六日

　　日记　晴。午后寄孙用信,并代湖风书店预付《勇敢的约翰》版税七十。寄小峰信。得湖风书店信并校稿。晚季市来,赠以《中国小说史略》及《士敏土之图》各二本。夜雨。

七日

　　日记　晴。下午还湖风书店校稿。夜同广平往奥迪安观电影。雾。

八日

　　日记　晴。午后往内山书店,得『世界裸体全集』(六),『書道全

集』(三)各一本,共泉九元四角。得大江书店信。

九日

日记 晴。下午得小峰信并九月份版税四百。夜邀王蕴如,三弟及广平同往国民大戏院观《南极探险》电影。小雨,大风。

十日

日记 晴。风。无事。

《铁流》编校后记

到这一部译本能和读者相见为止,是经历了一段小小的艰难的历史的。

去年上半年,是左翼文学尚未很遭迫压的时候,许多书店为了在表面上显示自己的前进起见,大概都愿意印几本这一类的书;即使未必实在收稿罢,但也极力要发一个将要出版的书名的广告。这一种风气,竟也打动了一向专出碑版书画的神州国光社,肯出一种收罗新俄文艺作品的丛书了,那时我们就选出了十种世界上早有定评的剧本和小说,约好译者,名之为《现代文艺丛书》。

那十种书,是——

1.《浮士德与城》,A. 卢那卡尔斯基作,柔石译。

2.《被解放的堂·吉诃德》,同人作,鲁迅译。

3.《十月》,A. 雅各武莱夫作,鲁迅译。

4.《精光的年头》,B. 毕力涅克作,蓬子译。

5.《铁甲列车》,V. 伊凡诺夫作,侍桁译。

6.《叛乱》,P. 孚尔玛诺夫作,成文英译。

7.《火马》,F. 革拉特珂夫作,侍桁译。

8.《铁流》,A. 绥拉菲摩维支作,曹靖华译。

9.《毁灭》,A. 法捷耶夫作,鲁迅译。

10.《静静的顿河》,M. 唆罗诃夫作,侯朴译。

里培进斯基的《一周间》和革拉特珂夫的《士敏土》,也是具有纪念碑性的作品,但因为在先已有译本出版,这里就不编进去了。

这时候实在是很热闹。丛书的目录发表了不多久,就已经有别种译本出现在市场上,如杨骚先生译的《十月》和《铁流》,高明先生译的《克服》其实就是《叛乱》。此外还听说水沫书店也准备在戴望舒先生的指导之下,来出一种相似的丛书。但我们的译述却进行得很慢,早早缴了卷的只有一个柔石,接着就印了出来;其余的是直到去年初冬为止,这才陆续交去了《十月》《铁甲列车》和《静静的顿河》的一部份。

然而对于左翼作家的压迫,是一天一天的吃紧起来,终于紧到使书店都骇怕了。神州国光社也来声明,愿意将旧约作废,已经交去的当然收下,但尚未开手或译得不多的其余六种,却千万勿再进行了。那么,怎么办呢?去问译者,都说,可以的。这并不是中国书店的胆子特别小,实在是中国官府的压迫特别凶,所以,是可以的。于是就废了约。

但已经交去的三种,至今早的一年多,迟的也快要一年了,都还没有出版。其实呢,这三种是都没有什么可怕的。

然而停止翻译的事,我们却独独没有通知靖华。因为我们晓得《铁流》虽然已有杨骚先生的译本,但因此反有另出一种译本的必要。别的不必说,即其将贵胄子弟出身的士官幼年生译作"小学生",就可以引读者陷于极大的错误。小学生都成群的来杀贫农,这世界不真是完全发了疯么?

译者的邮寄译稿,是颇为费力的。中俄间邮件的不能递到,是常有的事,所以他翻译时所用的是复写纸,以备即使失去了一份,也还有底稿存在。后来补寄作者自传，论文，注解的时候，又都先后寄出相同的两份，以备其中或有一信的遗失。但是，这些一切，却都收到了，虽有因检查而被割破的，却并没有失少。

为了要译印这一部书，我们信札往来至少也有二十次。先前的来信都弄掉了，现在只钞最近几封里的几段在下面。对于读者，这也许有一些用处的。

五月三十日发的信，其中有云：

"《铁流》已于五一节前一日译完，挂号寄出。完后自看一遍，觉得译文很拙笨，而且怕有错字，脱字，望看的时候随笔代为改正一下。

"关于插画，两年来找遍了，没有得到。现写了一封给毕斯克列夫的信，向作者自己征求，但托人在莫斯科打听他的住址，却没有探得。今天我到此地的美术专门学校去查，关于苏联的美术家的住址，美专差不多都有，但去查了一遍，就是没有毕氏的。……此外还有《铁流》的原本注解，是关于本书的史实，很可助读者的了解，拟日内译成寄上。另有作者的一篇，《我怎么写铁流的》也想译出作为附录。又，新出的原本内有地图一张，照片四张，如能用时，可印入译本内。……"

毕斯克列夫(N. Piskarev)是有名的木刻家，刻有《铁流》的图若干幅，闻名已久了，寻求他的作品，是想插在译本里面的，而可惜得不到。这回只得仍照原本那样，用了四张照片和一张地图。

七月二十八日信有云：

"十六日寄上一信，内附'《铁流》正误'数页，怕万一收不到，那时就重钞了一份，现在再为寄上，希在译稿上即时改正一下，至感。因《铁流》是据去年所出的第五版和廉价丛书的小版翻译的，那两本并无差异。最近所出的第六版上，作者在自序里却道此次是经作者亲自修正，将所有版本的错误改过了。所以我就照着新版又仔细校阅了一遍，将一切错误改正，开出奉寄。……"

八月十六日发的信里,有云:

"前连次寄上之正误,原注,作者自传,都是寄双份的,不知可全收到否?现在挂号寄上作者的论文《我怎么写铁流的?》一篇并第五,六版上的自序两小节;但后者都不关重要,只在第六版序中可以知道这是经作者仔细订正了的。论文系一九二八年在《在文学的前哨》(即先前的《纳巴斯图》)上发表,现在收入去年(一九三〇)所出的二版《论绥拉菲摩维支集》中,这集是尼其廷的礼拜六出版部印行的《现代作家批评丛书》的第八种,论文即其中的第二篇,第一篇则为前日寄上的《作者自传》。这篇论文,和第六版《铁流》原本上之二四三页——二四八页的《作者的话》(编者涅拉陀夫记的),内容大同小异,各有长短,所以就不译了。此外尚有绥氏全集的编者所作对于《铁流》的一篇序文,在原本卷前,名:《十月的艺术家》,原也想译它的,奈篇幅较长,又因九月一日就开学,要编文法的课程大纲,要开会等许多事情纷纷临头了,再没有翻译的工夫,《铁流》又要即时出版,所以只得放下,待将来再译,以备第二版时加入罢。

"我们本月底即回城去。到苏逸达后,不知不觉已经整两月了,夏天并未觉到,秋天,中国的冬天似的秋天却来了。中国夏天是到乡间或海边避暑,此地是来晒太阳。

"毕氏的住址转托了许多人都没有探听到,莫城有一个'人名地址问事处',但必须说出他的年龄履历才能找,这怎么说得出呢?我想来日有机会我能到莫城时自去探访一番,如能找到,再版时加入也好。此外原又想选译两篇论《铁流》的文章如D. Furmanov 等的,但这些也只得留待有工夫时再说了。……"

没有木刻的插图还不要紧,而缺乏一篇好好的序文,却实在觉得有些缺憾。幸而,史铁儿竟特地为了这译本而将涅拉陀夫的那篇翻译出来了,将近二万言,确是一篇极重要的文字。读者倘将这和附在卷末的《我怎么写铁流的》都仔细的研读几回，则不但对于本书的理解，就是对于创作，批评理论的理解，也都有很大的帮助的。

还有一封九月一日写的信：

"前几天迭连寄上之作者传，原注，论文，《铁流》原本以及前日寄出之绥氏全集卷一（内有数张插图，或可采用：1.一九三〇年之作者；2.右边，作者之母及怀抱中之未来的作者，左边，作者之父；3.一八九七年在马理乌里之作者；4.列宁致作者信），这些不知均得如数收到否？

"毕氏的插图，无论如何找不到；最后，致函于绥拉菲摩维支，绥氏将他的地址开来，现已写信给了毕氏，看他的回信如何再说。

"当给绥氏信时，顺便问及《铁流》中无注的几个字，如'普迦奇'等。承作者好意，将书中难解的古班式的乌克兰话依次用俄文注释，打了字寄来，计十一张。这么一来，就发见了译文中的几个错处，除注解的外，翻译时，这些问题，每一字要问过几个精通乌克兰话的人，才敢决定，然而究竟还有解错的，这也是十月后的作品中特有而不可免的钉子。现依作者所注解，错的改了一下，注的注了起来，快函寄奉，如来得及时，望费神改正一下，否则，也只好等第二版了。……"

当第一次订正表寄到时，正在排印，所以能够全数加以改正，但这一回却已经校完了大半，没法改动了，而添改的又几乎都在上半部。现在就照录在下面，算是一张《铁流》的订正及添注表罢：

一三页二行　"不晓得吗！"上应加："哑，发昏了吗！"

一三页二〇行　"种瓜的"应改："看瓜的"。

一四页一七行　"你发昏了吗？!"应改："大概是发昏了吧？!"

三四页六行　"回子"本页末应加注："回子"是沙皇时代带着大俄罗斯民族主义观点的人们对于一般非正教的，尤其是对于回民及土耳其人的一种最轻视，最侮辱的称呼。——作者给中译本特注。

三六页三行　"你要长得好像一个男子呵。"应改："我们将来要到地里做活的呵。"

三八页三行　"一个头发很稀的"之下应加："蓬乱的"。

四三页二行　"杂种羔子"应改："发疯了的私生子"。

四四页一六行　"喝吗"应改："去糟塌吗"。

四六页八行　"侦缉营"本页末应加注：侦缉营（译者：俄文为普拉斯东营）：黑海沿岸之哥萨克平卧在草地里，芦苇里，密林里埋伏着，以等待敌人，戒备敌人。——作者特注。

四九页一四行　"平底的海面"本页末应加注：此处指阿左夫（Azoph）海，此海有些地方水甚浅。渔人们都给它叫洗衣盆。——作者特注。

四九页一七行　"接连着就是另一个海"本页末应加注：此处指黑海。——作者特注。

五〇页四行　"野牛"本页末应加注：现在极罕见的，差不多已经绝种了的颈被龙毛的野牛。——作者特注。

五二页七行　"沙波洛塞奇"本页末应加注：自由的沙波洛塞奇：是乌克兰哥萨克的一种组织，发生于十六世纪，在德尼普江的"沙波罗"林岛上。沙波罗人常南征克里木及黑海附近一带，由那里携带许多财物回来。沙波罗人参加了乌克兰哥萨克反对君主专制的俄罗斯的暴动。沙波罗农民的生活，在果戈里（Gogol）的《达拉斯·布尔巴》（Taras Bulba）里写的有。——作者特注。

五三页六行　"尖肚子奇加"本页末应加注：哥萨克村内骑手们的骂玩的绰号。由土匪奇加之名而来。——作者特注。

五三页一一行　"加克陆克"本页末应加注：即土豪。——作者特注。

五三页一一行　"普迦奇"本页末应加注：鞭打者；猫头鹰；田园中的干草人（吓雀子用的）。——作者特注。

五六页三行　"贪得无厌的东西！"应改："无能耐的东西！"

五七页一五行　"下处"应改:"鼻子"。

七一页五──六行　"它平坦的横亘着一直到海边呢?"应改:"它平坦的远远的横亘着一直到海边呢?"

七一页八行　"当摩西把犹太人由埃及的奴隶下救出的时候"本页末应加注:据《旧约》,古犹太人在埃及,在埃及王手下当奴隶,在那里建筑极大的金字塔,摩西从那里将他们带了出来。──作者特注。

七一页一三行　"他一下子什么都会做好的"应改:"什么法子他一下子都会想出来的。"

七一页一八行　"海湾"本页末应加注:指诺沃露西斯克海湾。──作者特注。

九四页一二行　"加芝利"本页末应加注:胸前衣服上用绉子缝的小袋,作装子弹用的。──作者特注。

一四五页一四行　"小屋"应改:"小酒铺"。

一七九页二一行　"妖精的成亲"本页末应加注:"妖精的成亲"是乌克兰的俗话,譬如雷雨之前──突然间乌黑起来,电闪飞舞,这叫作"妖女在行结婚礼"了,也指一般的阴晦和湿雨。──译者。

以上,计二十五条。其中的三条,即"加克陆克","普迦奇","加芝利"是当校印之际,已由校者据日文译本的注,加了解释的,很有点不同,现在也已经不能追改了。但读者自然应该信任作者的自注。

至于《绥拉菲摩维支全集》卷一里面的插图,这里却都未采用。因为我们已经全用了那卷十(即第六版的《铁流》这一本)里的四幅,内中就有一幅作者像;卷头又添了拉迪诺夫(I. Radinov)所绘的肖像,中间又加上了原是大幅油画,法棱支(R. Frenz)所作的《铁流》。毕斯克列夫的木刻画因为至今尚无消息,就从杂志《版画》(Graviora)第四集(一九二九)里取了复制缩小的一幅,印在书面上了,所刻的是"外乡人"在被杀害的景象。

别国的译本,在校者所见的范围内,有德,日的两种。德译本附于涅威罗夫的《粮食充足的城市,达什干德》(A. Neverow: *Taschkent, die brotreiche Stadt*)后面,一九二九年柏林的新德意志出版所(Neur Deutscher Verlag)出版,无译者名,删节之处常常遇到,不能说是一本好书。日译本却完全的,即名《铁之流》,一九三〇年东京的丛文阁出版,为《苏维埃作家丛书》的第一种;译者藏原惟人,是大家所信任的翻译家,而且难解之处,又得了苏俄大使馆的康士坦丁诺夫(Konstantinov)的帮助,所以是很为可靠的。但是,因为原文太难懂了,小错就仍不能免,例如上文刚刚注过的"妖精的成亲",在那里却译作"妖女的自由",分明是误解。

我们这一本,因为我们的能力太小的缘故,当然不能称为"定本",但完全实胜于德译,而序跋,注解,地图和插画的周到,也是日译本所不及的。只是,待到攒凑成功的时候,上海出版界的情形早已大异从前了:没有一个书店敢于承印。在这样的岩石似的重压之下,我们就只得宛委曲折,但还是使她在读者眼前开出了鲜艳而铁一般的新花。

这自然不算什么"艰难",不过是一些琐屑,然而现在偏说了些琐屑者,其实是愿意读者知道:在现状之下,很不容易出一本较好的书,这书虽然仅仅是一种翻译小说,但却是尽三人的微力而成,——译的译,补的补,校的校,而又没有一个是存着借此来自己消闲,或乘机哄骗读者的意思的。倘读者不因为她没有《潘彼得》或《安徒生童话》那么"顺",便掩卷叹气,去喝咖啡,终于肯将她读完,甚而至于再读,而且连那序言和附录,那么我们所得的报酬,就尽够了。

一九三一年十月十日,鲁迅。

最初印入 1931 年 11 月上海三闲书屋版《铁流》。

初未收集。

十一日

日记 星期。晴。午后得孙用信并所赠《过岭记》一本。午后同三弟往艺苑真赏社买《三国画象》一部二本,一元二角。往北新书局买杂书六本。访小峰。夜邀三弟,蕴如及广平往国民大戏院观《西线无事》电影。

十二日

日记 昙。午后得靖华信并《铁流》地图一枚,九月二十六日发。得端先所赠《战后》(下)一本。得湖风书局信并校稿。下午收大江书铺版税二十四元一角四分九厘。夜复湖风书店信。得真吾信。

十三日

日记 晴,风。上午复真吾信。寄母亲信。校《勇敢的约翰》毕。

致 崔真吾

真吾兄:

顷奉手示,谨悉种种。期刊未到,邮政模模胡胡,能否递到,是很难说的。

这一年来,我因搬来搬去,以致与朋友常难晤面,兄到上海,舍弟曾见告,但其时则已在回乡之后矣。侍桁兄久未晤,得来函后始知其已往中大了。

朝华社用过之锌版,星星社要用,我当然是可以的。请 兄自向王先生函取。

翻版书北平确也不少,有我的全集,而其实只三百页,可笑。但广州土产当亦不免,我在五年前,就见过油印版的《阿Q正传》。

此地近来颇热闹,但想亦未必久的。我身体如常,可释远念。

此复,并颂

近佳。

迅　启上　十月十三日

十四日

日记　晴。上午内山书店送来『日本裸体美術全集』(1)一本,『工房有閑』一部二本,共泉二十元。下午理发。夜同广平往上海大戏院观电影 *Belly in the Kid*。

十五日

日记　晴。夜邀方璧,文英及三弟食蟹。

十六日

日记　晴。无事。夜大雾。

十七日

日记　晴。下午寄湖风书店信并《勇敢的约翰》插画十三种一万三千枚,图板二十块。在内山书店买林译《阿Q正传》一本,八角。夜同广平访三弟,值其外出。

十八日

日记　星期。晴。夜邀蕴如及三弟并同广平至上海大戏院观电影。

十九日

日记 晴。上午得小峰信。下午往内山书店买书两本,共一元六角。尾崎君赠林译《阿Q正传》一本,即转赠文英。内山君赠盐煮松茸一盂。

二十日

日记 晴。午后钦文来。赠内山以蟹八枚。下午清水君来。夜同广平往奥迪安大戏院观《故宇妖风》电影。

以脚报国*

今年八月三十一日《申报》的《自由谈》里,又看见了署名"寄萍"的《杨缦华女士游欧杂感》,其中的一段,我觉得很有趣,就照抄在下面:

"……有一天我们到比利时一个乡村里去。许多女人争着来看我的脚。我伸起脚来给伊们看。才平服伊们好奇的疑窦。一位女人说。'我们也向来不曾见过中国人。但从小就听说中国人是有尾巴的(即辫发)。都要讨姨太太的。女人都是小脚。跑起路来一摇一摆的。如今才明白这话不确实。请原谅我们的错念。'还有一人自以为熟悉东亚情形的。带着讥笑的态度说。'中国的军阀如何专横。到处闹的是兵匪。人民过着地狱的生活。'这种似是而非的话。说了一大堆。我说'此种传说。全无根据。'同行的某君。也报以很滑稽的话。'我看你们那里会知道立国数千年的大中华民国。等我们革命成功之后。简直要把显微镜来照你们比利时呢。'就此一笑而散。"

我们的杨女士虽然用她的尊脚征服了比利时女人,为国增光,但也有两点"错念"。其一,是我们中国人的确有过尾巴(即辫发)的,缠过小脚的,讨过姨太太的,虽现在也在讨。其二,是杨女士的脚不能代表一切中国女人的脚,正如留学的女生不能代表一切中国的女性一般。留学生大多数是家里有钱,或由政府派遣,为的是将来给家族或国家增光,贫穷和受不到教育的女人怎么能同日而语。所以,虽在现在,其实是缠着小脚,"跑起路来一摇一摆的"女人还不少。

至于困苦,那是用不着多谈,只要看同一的《申报》上,记载着多少"呼吁和平"的文电,多少募集急赈的广告,多少兵变和绑票的记事,留学外国的少爷小姐们虽然相隔太远,可以说不知道,但既然能想到用显微镜,难道就不能想到用望远镜吗?况且又何必用望远镜呢,同一的《杨缦华女士游欧杂感》里就又说:

"……据说使领馆的穷困。不自今日始。不过近几年来。有每况愈下之势。譬如逢到我国国庆或是重大纪念日。照例须招待外宾。举行盛典。意思是庆祝国运方兴。兼之联络各友邦的感情。以前使领馆必备盛宴。款待上宾。到了去年。为馆费支绌。改行茶会。以目前的形势推测。将后恐怕连茶会都开不成呢。在国际上最讲究体面的。要算日本国。他们政府行政费的预算。宁可特别节省。惟独于驻外使领馆的经费。十分充足。单就这一点来比较。我们已相形见拙了。"

使馆和领事馆是代表本国,如杨女士所说,要"庆祝国运方兴"的,而竟有"每况愈下之势",孟子曰,"百姓不足,君孰与足?"则人民的过着什么生活,也就可想而知了。然而小国比利时的女人们究竟是单纯的,终于请求了原谅,假使她们真"知道立国数千年的大中华民国"的国民,往往有自欺欺人的不治之症,那可真是没有面子了。

假如这样,又怎么办呢?我想,也还是"就此一笑而散"罢。

原载 1931 年 10 月 20 日《北斗》月刊第 1 卷第 2 期。署名冬华。

初收 1932 年 10 月上海合众书店版《二心集》。

唐朝的钉梢 *

上海的摩登少爷要勾搭摩登小姐，首先第一步，是追随不舍，术语谓之"钉梢"。"钉"者，坚附而不可拔也，"梢"者，末也，后也，译成文言，大约可以说是"追蹑"。据钉梢专家说，那第二步便是"扳谈"；即使骂，也就大有希望，因为一骂便可有言语来往，所以也就是"扳谈"的开头。我一向以为这是现在的洋场上才有的，今看《花间集》，乃知道唐朝就已经有了这样的事，那里面有张泌的《浣溪纱》调十首，其九云：

晚逐香车入凤城，东风斜揭绣帘轻，慢回娇眼笑盈盈。

消息未通何计是，便须佯醉且随行，依稀闻道"太狂生"。

这分明和现代的钉梢法是一致的。倘要译成白话诗，大概可以是这样：

夜赶洋车路上飞，

东风吹起印度绸衫子，显出腿儿肥，

乱丢俏眼笑迷迷。

难以扳谈有什么法子呢？

只能带着油腔滑调且钉梢，

好像听得骂道"杀千刀！"

但恐怕在古书上，更早的也还能够发见，我极希望博学者见教，因为这是对于研究"钉梢史"的人，极有用处的。

原载 1931 年 10 月 20 日《北斗》月刊第 1 卷第 2 期。署名长庚。

初收 1932 年 10 月上海合众书店版《二心集》。

理惠拉壁画《贫人之夜》说明*

理惠拉(Diego Rivera)以一八八六年生于墨西哥,然而是久在西欧学画的人。他二十岁后,即往来于法兰西,西班牙和意大利,很受了印象派,立体派,以及文艺复兴前期的壁画家的影响。此后回国,感于农工的运动,遂宣言"与民众同在",成了有名的生地壁画家。生地壁画(Fresco)者,乘灰粉未干之际,即须挥毫傅彩,是颇不容易的。

他的壁画有三处,一为教育部内的劳动院,二为祭祝院,三为查宾戈(Chapingo)农业学校。这回所取的一幅,是祭祝院里的。

理惠拉以为壁画最能尽社会的责任。因为这和宝藏在公侯邸宅内的绘画不同,是在公共建筑的壁上,属于大众的。因此也可知倘还在倾向沙龙(Salon)绘画,正是现代艺术中的最坏的倾向。

原载 1931 年 10 月 20 日《北斗》月刊第 1 卷第 2 期。题作《贫人之夜》。未署名。

初未收集。

二十一日

日记 晴。午后增田君邀往花园庄食松茸饭,并得清水君所赠刘田岳碛河底石所刻小地藏一枚。下午往内山书店,得『日本浮世絵傑作集』(第十四回)一帖二枚,直十五元。夜译《土敏土》序讫。

《土敏土》代序

[苏联]戈庚

在无产者作家,即内战与统一时代的史实作家之中,菲陀尔·革拉特珂夫占着特殊的地位。他生于贫农的家庭里。从十岁起，就在异乡——有时在伏尔迦河或凯司毗海的渔场，有时在高加索的农村里工作。后来——是做药店的"学徒"，做石版印刷所的"学徒"，做印刷所的"学徒"。一九〇一年他十八岁的时候，卒业于市镇的小学。于是穷困，饥饿，病院，穷乡的教师，革命诸团体的加入，告发，莱尼地方的三年的流刑，古班——他在这里，以党员的资格，过了常有内战的生活。有趣的是，革拉特珂夫在那自传里，说是："虽然心醉于莱孟托夫，陀思妥夫斯基和托尔斯泰，但于普希金和戈哥里，是无关心的。"这样的年青的文学底共鸣，在他的创作中也可以觉得。在那创作中，具有偏于莱孟托夫的巨人主义与恶魔主义，陀思妥夫斯基的矛盾，托尔斯泰的道德探求的倾向。而其中，和这粗暴时代的别的写实作家们那样的直线性，是没有的，和孚尔玛诺夫，绥拉菲摩维支相反，集团，民众，历史的不变的法则等，革拉特珂夫都置之脑后。站在他的小说的中心的，是个性——苦恼，思索，永是发掘自己的灵魂，为了生长于灵魂本身的怀中的道德底矛盾，而使自己惝恍迷离起来的个性。他的作品中人物，都为解剖和反省所苦恼。这些人物，将我们从新拉回那所谓永远底问题的时代去，于是革拉特珂夫就用了几乎是艺术底的快感，钻进他们的内部世界的隐藏着的曲折里面去，来刺戟人类的灵魂的重伤。当这个性底的东西和集团底的东西相冲突的时候，这两者的要素互相冲突，唤起了精神的动摇的时候，从这两者，也并不产生孚尔玛诺夫和绥拉菲摩维支（作品中所见）那样的调和。在这两者之间，并无妥协，而有真实的悲剧——有因为违反了世界底道德律，遂以难治的苦痛为罚，而被撕裂于战斗之中的灵魂。戏曲《暴风》和《渔场》的作者菲陀尔·革拉特珂夫，因了那天分，其为戏曲家是无疑的。而且这他，还将深刻的演剧性，也运进小说里面去。他所注意的中心——并非大众底运动，而是以内战为背景，开演出来的个性的戏曲。

在他那作中人物之中，并无只凭道德底的社会的本能，不加考察,也不经增强意志的分析,但令人服从历史的要求,以尽自己有义务那样的斗士的单纯性。他的作中人物之中,是很有哈谟列德主义的,他们正如荷兰皇子一样,在大叫全世界的机构之将崩,而命运对于使他们弱者在联结全宇宙垂断的线索,也正要为之浩叹。

革拉特珂夫的小说《火马》是并非单单描写这军队之间的冲突的。这——是更可怕的斗争,是正面相遇的两个灵魂的旋风之间的斗争。这,是将好像因了那一时代的切迫的要求,已经埋葬了的疑惑和思想的层,又从人们的心底里掘了出来的心理小说。

恭木伊略和安特来·古齐,是为一种神秘的索子,互相联系着的。古齐是一个军官,恭木伊略——是幼年时代的他的好朋友。两个人在一起长大,又一起打仗去了。安特来生了病,躺在野战病院里,恭木伊略坐在他旁边,几夜不睡觉,背他上茅厕,像对孩子似的喂他吃东西。他们简直像是同胞兄弟的一样,然而,安特来是军官,是哥萨克,恭木伊略——却是一个兵。有一回,恭木伊略受了伤,躺在路旁,呻吟着在求救。因为他那一队过见了伏兵,他就在那里中弹了。但安特来却在呼啸着的枪弹之下,爬到恭木伊略的身边,背着爬回到友军这一面。战争将他们结合,而革命却将他们分开了。革命之后这两个好友之间的关系,便成了古怪的谜似的。恭木伊略常常觉得安特来在含着憎恶对他看,彼此没有了相信的心,而且每夜有奇怪的人影,在先前的军官的屋子的附近彷徨,于是消失了。他们的斗争的光景,就如恶梦一般。尤其是,恭木伊略使安特来致死的场面,为卫兵们所杀的安特来的灭亡,还有屡屡使用着以"而且"开头的文体。这些见惯的默退林克式的"听着黑暗"和"用了看不见的眼睛凝望",以及这越来越强的暴风雨的不祥之兆的增加——凡这些,是全出于象征主义的,全出于革命前的知识阶级的窄促观念和病的感觉的。

然而这作品,却因此而更加深刻,更有意义了。要将带着陀思妥夫斯基主义倾向的人物,抛在现代的战争的中央——是一个困难的艺术课目。在这里，也要指示出革命底本能，共同底工作的观念，怎样地在病底天性上也终于获得胜利；伟人的历史底运动，怎样地将这感觉的无政府主义底的世界，也加了羁绊，使病底的歇斯迭里底的天性，变成了健康——这是《火马》的作者有意识的或无意识的所竭力想加解决的课目。安特来·古齐和恭木伊略之间的斗争——这是要占领对手的灵魂的斗争。在安特来，在恭木伊略，都必需内面底的胜利的。在恭木伊略，是必须使安特来入于困顿，寻出他的弱点，捉住他那穷窘的一刹那，给他自己看一看探求真理而自以为不屈不挠的这汉子，是怎样地不确，动摇；必须将这真理轻蔑，蹂躏，给他自己看一看在这上面是不能立脚的，恭木伊略和安特来之争，不能由白军或红军——两军的那一面获胜而被决定，作者是将革命斗争搬到完全两样的舞台上去了。那创伤的灵魂，能由他的真理而医好的就胜利。在自己的真理里，不能从撕裂他的疑惑寻到出路的便败亡。这两人，都希望在对手之前，来夸示自己的灵魂的力量。而且要借此来确证自己的做事的真切。恭木伊略的对于安特来的胜利，在革命的胜利之中，恐怕要算是最大的了，为什么呢，因为在这里，集团底意志已经战胜了第一强敌——人心；而恭木伊略则从"狂乱和沙敦"得救，脱离混沌境，"征服了狂暴，以及什么也莫名其妙的骚扰和混乱性了"。

在无产者文学的大作之一的，那小说《士敏土》里，革拉特珂夫是更深刻地，提出着同一的问题。在《士敏土》里，是两种社会底要素在相冲突的，就是建设的要素和惰性，无政府状态，过去的呆滞的力，但在这里，战争却并不在军事的战线上施行，而在经济底战线上；代了军事上的克敌的课目而起的伟大的课目，即组织的课目，亦即我们的经济复兴的工作，由这作者又变形为人类意识和来相冲突的力斗争之际的心理底的课目了。作者叙述着怎样地用了非常的努力，这才能使被毁的工场动弹，沉默的机械运动的颠末。然而和这历史一起,也展开别的历史来——就是人类心理的一切秩序的变形的历史。机械的力,脱出了黑暗和停滞,在生活中辉煌起来,又用火照耀了工厂的昏暗的窗玻璃了。而和这一同,人们的智慧和感情,也就日见其晃耀。从开头的几行起,我们就知道工厂将要开门,作者将叙述这国土的伟大的精力,而这精力,则是反映于所说的要素腾沸而作用于创造阶级的意志,使向建设的人们的集团之中的。但从开头的几行起,读者还将豫期一个另外的故事——就是,由战争回来的铜匠工会的蓝衣工人格利·殊美罗夫,遇着怎样的体验,他怎样地体验了由他之妻子黛莎的眼,窥察着他的新的不惯的事物呢?黛莎先前不过仅仅是他的妻,是村妇,但现在却是意识底的苏维埃的女工了。

其实,是什么事也没有。格利从战场上,带回了十分的革命底愤激和建设的精力。况且黛莎也并非不爱格利,只是已经变了别一样的女人罢了。她已用不着"生活的窠";小市民底安乐的心理一扫而空,革命已将她里面的一切以前的东西——恐怖和忍受的屈辱,都踏烂,烧光了。在"孩子房"中的女儿娜珈,早不再"揉皱"小窗上的小花,而且卧床也无须再用鹅毛枕来垫起。他们的成了"战友",不是为了本身的义务的理解,也不是为了对于工作的态度,而是因为什么地方的更深的,自己的意识的原始底根源,他们在自己的行动上,在事物的看法上,都早已同一的了。只在事物的感得上,他们却还不一样。在这一点上,格利就还未成为新的人,真的共产主义者,黛莎却走在他前面了。黛莎的来窥察他,已不自居为被征服的女性。也可以说,在她里面,他已经觉不到先前的真的这她的灵魂。她的真灵魂,在这三年间自觉起来,变为顽强不屈的么?她黛莎,从什么地方吸收了这力量了么?不是为了战争,不是为了背着袋子走,也不是为了村妇的辛苦,这力量之所以醒了转来,紧张如弦者,是为了组合的精神,为了如火的数年的苦痛,为了在新的重的农妇的自由的重压之下所尝的悲惨的体验,她用了意志的顽强,将他揉熟,于是做着军事委员的他,就烦闷,失措了。

小说的兴味的全体,其实即在这意识的纠葛中。革拉特珂夫知道将这戏剧底要素,集中于内面的斗争,而不在外面的斗争上。在这里,革命的胜利,就并不在于工厂的复开。革命的胜利,首先是在格利的灵魂之渐被变造这一点上。革拉特珂夫的意思,以为社会底诸关系的革命,是手段,而目的,则是人。工厂的复活,只在格利毒杀了本身里面的奴隶性,黛莎所已经分明知道的思想在他意识中得了胜利的时候,这才能够成功,那思想——就是说"我们最后还须举行自己的心的革命。我们本身里面,应该有毫不宽容的同胞战争。没有东西更强固于我们的习惯,感情,偏见的了。你的心里,嫉妒在造反——我知道的。这——比专制主义还要坏得多。这是人对于人的榨取,只有吃人肉才比得上的。"革拉特珂夫的小说的戏剧底要素,不在通常的嫉妒,或因女人而起的两个男人的斗争中,是在格利放下妻子,出去战争,待回来时,却发见了一个因为目睹这几年肩着一切苦痛的人们,遂失了先前那样家庭底的眼睛,失了先前那样对于男性和窠的爱执,举动好像男子的女人了这一点上的。她的成为这样,是因为关于个人底的幸福的梦想,成了一种不足取的,可耻的有害于事业的东西,以为爱就非怎样从新建设不可了。要他们俩之间再得到调和,不在于外面的世界里有什么改变,而在内心底地蜕化,立于革命所致的意识的高处,这缘故,就因为倘不将革命的工作做完,即没有调和,也没有个人底的幸福,而倘没有个人的革新,就也没有完全的胜利的。

在革拉特珂夫的小说中,部份底的和全体底的,个人底的和社会底的东西,都编排得很工巧。这小说之所以成功,恐怕不是别的,而就在这小说的作者捉住了在革命的发展的这一阶级上,提出于革命之前的根本底课目,亦即新的社会底个性之建设这一个课目的缘故罢。如果懂得了这小说的目的,如果懂得了"过去的复来","在头盖骨里呻吟着的疑问和思想"以及"从父亲,从青春,从知识阶级的浪漫主义"所承受的一切,成为革命道上的最大的障害,现于作者的面前，如果懂得了他的小说的全体，便是对于这根本底的恶的斗争的历史，如果懂得了他在竭力要从它（恶）的一切发现中，将这恶擒住，而且不从外表的均齐性的见地，来看这小说，那么——在这时候，说这小说里缺少一致性，太冗长，黛莎的模样没有现实性之类的批难，恐怕就要自行消灭的罢。在这时候，小说的内面的一致性，那结构的独特的均齐性，大约也就分明起来了。这不是做消闲之书的小说。这，是为了要和作者一同，将那时代所提出的最重大的问题，加以解决，因此来看艺术作品的读者们而做的，艰深的小说。

工厂开工了，国内得胜了，在社会经济的胜利的道路上，跨开了新的一步，但是，更重要的，还有别的一步——"踏烂可诅咒的过去"和毁坏"病底的脑细胞"的一步。重要的事，是"不用脑子想而用脏腑想"的两匹猛兽，为了私事而互相睨视作势的格利和伯丁——这两人，在工厂的开始的胜利这一刹那，立即成了别样的人了。个人底的东西，都沉没在公共底的东西里面了。由嫉妒和憎恶所隔开的两个人，觉得自己是一个军队的士兵同志，而各人在对手里面，都互相只感到那存在的伟大之处了。所有一切，全融合于公共的欢喜中，待到汽笛从新一啸，各种声音震动了鼓膜的时候，这在呼啸的，就好像并非汽笛，而是山，峭壁，群众，军团，喇叭了。

（《伟大的十年的文学》第三章第十五及十六节，隋洛文据黑田辰男译本并参山内封介本重译。）

最初印入 1932 年 7 月新生命书局版《士敏土》（董绍明、蔡咏裳译）卷首。署名隋洛文。

初未收集。

二十二日

日记 晴。下午校《夏娃日记》讫。晚访三弟。

《〈梅斐尔德木刻士敏土之图〉序言》
补　记

以上这一些，是去年九月三闲书屋影印这图的时候，由我写在前面作为小序的。现在要复制了插入本书去，最好是加上一点说明，但因为我别无新知，就只好将旧文照抄在这里。原图题目，和本书颇有不同之处，因为这回是以小说为主，所以译名就改从了本书，只将原题注在下面了。　一九三一年十月二十二日，鲁迅记。

本篇为《〈梅斐尔德木刻士敏土之图〉序言》修订稿的最后一段，最初印入1932年7月新生命书局版《士敏土》。

初未收集。

二十三日

日记　晴。肢体无力，似得感冒。

"民族主义文学"的任务和运命*

一

殖民政策是一定保护，养育流氓的。从帝国主义的眼睛看来，惟有他们是最要紧的奴才，有用的鹰犬，能尽殖民地人民非尽不可的任务：一面靠着帝国主义的暴力，一面利用本国的传统之力，以除去"害群之马",不安本分的"莠民"。所以,这流氓,是殖民地上的洋大人的宠儿,——不,宠犬,其地位虽在主人之下,但总在别的被统治者之上的。

上海当然也不会不在这例子里。巡警不进帮,小贩虽自有小资本,但倘不另寻一个流氓来做债主,付以重利,就很难立足。到去年,在文艺界上,竟也出现了"拜老头"的"文学家"。

但这不过是一个最露骨的事实。其实是,即使并非帮友,他们所谓"文艺家"的许多人,是一向在尽"宠犬"的职分的,虽然所标的口号,种种不同,艺术至上主义呀,国粹主义呀,民族主义呀,为人类的艺术呀,但这仅如巡警手里拿着前膛枪或后膛枪,来福枪,毛瑟枪的不同,那终极的目的却只一个:就是打死反帝国主义即反政府,亦即"反革命",或仅有些不平的人民。

那些宠犬派文学之中,锣鼓敲得最起劲的,是所谓"民族主义文学"。但比起侦探,巡捕,刽子手们的显著的勋劳来,却还有很多的逊色。这缘故,就因为他们还只在叫,未行直接的咬,而且大抵没有流氓的剽悍,不过是飘飘荡荡的流尸。然而这又正是"民族主义文学"的特色,所以保持其"宠"的。

翻一本他们的刊物来看罢,先前标榜过各种主义的各种人,居然凑合在一起了。这是"民族主义"的巨人的手,将他们抓过来的么?并不,这些原是上海滩上久已沉沉浮浮的流尸,本来散见于各处,但经风浪一吹,就漂集一处,形成一个堆积,又因为各个本身的腐烂,就发出较浓厚的恶臭来了。

这"叫"和"恶臭"有能够较为远闻的特色,于帝国主义是有益的,这叫做"为王前驱",所以流尸文学仍将与流氓政治同在。

二

但上文所说的风浪是什么呢?这是因无产阶级的勃兴而卷起

的小风浪。先前的有些所谓文艺家,本未尝没有半意识的或无意识的觉得自身的溃败,于是就自欺欺人的用种种美名来掩饰,曰高逸,曰放达(用新式话来说就是"颓废"),画的是裸女,静物,死,写的是花月,圣地,失眠,酒,女人。一到旧社会的崩溃愈加分明,阶级的斗争愈加锋利的时候,他们也就看见了自己的死敌,将创造新的文化,一扫旧来的污秽的无产阶级,并且觉到了自己就是这污秽,将与在上的统治者同其运命,于是就必然漂集于为帝国主义所宰制的民族中的顺民所竖起的"民族主义文学"的旗帜之下,来和主人一同做一回最后的挣扎了。

所以,虽然是杂碎的流尸,那目标却是同一的:和主人一样,用一切手段,来压迫无产阶级,以苟延残喘。不过究竟是杂碎,而且多带着先前剩下的皮毛,所以自从发出宣言以来,看不见一点鲜明的作品,宣言是一小群杂碎胡乱凑成的杂碎,不足为据的。

但在《前锋月刊》第五号上,却给了我们一篇明白的作品,据编辑者说,这是"参加讨伐阎冯军事的实际描写"。描写军事的小说并不足奇,奇特的是这位"青年军人"的作者所自述的在战场上的心绪,这是"民族主义文学家"的自画像,极有郑重引用的价值的——

"每天晚上站在那闪烁的群星之下,手里执着马枪,耳中听着虫鸣,四周飞动着无数的蚊子,那样都使人想到法国'客军'在菲洲沙漠里与阿剌伯人争斗流血的生活。"(黄震遐:《陇海线上》)

原来中国军阀的混战,从"青年军人",从"民族主义文学者"看来,是并非驱同国人民互相残杀,却是外国人在打别一外国人,两个国度,两个民族,在战地上一到夜里,自己就飘飘然觉得皮色变白,鼻梁加高,成为腊丁民族的战士,站在野蛮的菲洲了。那就无怪乎看得周围的老百姓都是敌人,要一个一个的打死。法国人对于菲洲的阿剌伯人,就民族主义而论,原是不必爱惜的。仅仅这一节,大一点,则说明了中国军阀为什么做了帝国主义的爪牙,来毒害屠杀中国的人民，那是因为他们自己以为是"法国的客军"的缘故；小一点，就说明中国的"民族主义文学家"根本上只同外国主子休戚相关，为什么倒称"民族主义"，来朦混读者，那是因为他们自己觉得有时好像腊丁民族，条顿民族了的缘故。

三

黄震遐先生写得如此坦白，所说的心境当然是真实的，不过据他小说中所显示的智识推测起来，却还有并非不知而故意不说的一点讳饰。这，是他将"法国的安南兵"含糊的改作"法国的客军"了，因此就较远于"实际描写"，而且也招来了上节所说的是非。

但作者是聪明的，他听过"友人傅彦长君平时许多谈论……许多地方不可讳地是受了他的熏陶"，并且考据中外史传之后，接着又写了一篇较切"民族主义"这个题目的剧诗，这回不用法兰西人了，是《黄人之血》（《前锋月刊》七号）。

这剧诗的事迹，是黄色人种的西征，主将是成吉思汗的孙子拔都元帅，真正的黄色种。所征的是欧洲，其实专在斡罗斯（俄罗斯）——这是作者的目标；联军的构成是汉，鞑靼，女真，契丹人——这是作者的计划；一路胜下去，可惜后来四种人不知"友谊"的要紧和"团结的力量"，自相残杀，竟为白种武士所乘了——这是作者的讽喻，也是作者的悲哀。

但我们且看这黄色军的威猛和恶辣罢——

    …………

    恐怖呀，煎着尸体的沸油；

    可怕呀，遍地的腐骸如何凶丑；

    死神捉着白姑娘拚命地搂；

    美人蛾首变成狞猛的髑髅；

    野兽般的生番在故宫里蛮争恶斗；

千年的棺材泄出它凶秽的恶臭；

十字军战士的脸上充满了哀愁；

铁蹄践着断骨,骆驼的鸣声变成怪吼；

上帝已逃,魔鬼扬起了火鞭复仇；

黄祸来了！黄祸来了！

亚细亚勇士们张大吃人的血口。

这德皇威廉因为要鼓吹"德国德国,高于一切"而大叫的"黄祸",这一张"亚细亚勇士们张大"的"吃人的血口",我们的诗人却是对着"斡罗斯",就是现在无产者专政的第一个国度,以消灭无产阶级的模范——这是"民族主义文学"的目标；但究竟因为是殖民地顺民的"民族主义文学",所以我们的诗人所奉为首领的,是蒙古人拔都,不是中华人赵构,张开"吃人的血口"的是"亚细亚勇士们",不是中国勇士们,所希望的是拔都的统驭之下的"友谊",不是各民族间的平等的友爱——这就是露骨的所谓"民族主义文学"的特色,但也是青年军人的作者的悲哀。

四

拔都死了；在亚细亚的黄人中,现在可以拟为那时的蒙古的只有一个日本。日本的勇士们虽然也痛恨苏俄,但也不爱抚中华的勇士,大唱"日支亲善"虽然也和主张"友谊"一致,但事实又和口头不符,从中国"民族主义文学者"的立场上,在已觉得悲哀,对他加以讽喻,原是势所必至,不足诧异的。

果然,诗人的悲哀的豫感好像证实了,而且还坏得远。当"扬起火鞭"焚烧"斡罗斯"将要开头的时候,就像拔都那时的结局一样,朝鲜人乱杀中国人,日本人"张大吃人的血口",吞了东三省了。莫非他们因为未受傅彦长先生的熏陶,不知"团结的力量"之重要,竟将中国的"勇士们"也看成菲洲的阿剌伯人了吗?!

五

这实在是一个大打击。军人的作者还未喊出他勇壮的声音,我们现在所看见的是"民族主义"旗下的报章上所载的小勇士们的愤激和绝望。这也是势所必至,无足诧异的。理想和现实本来易于冲突,理想时已经含了悲哀,现实起来当然就会绝望。于是小勇士们要打仗了——

> 战啊,下个最后的决心,
> 杀尽我们的敌人,
> 你看敌人的枪炮都响了,
> 快上前,把我们的肉体筑一座长城。
> 雷电在头上咆哮,
> 浪涛在脚下吼叫,
> 热血在心头燃烧,
> 我们向前线奔跑。
>
> (苏凤:《战歌》。《民国日报》载。)

> 去,战场上去,
> 我们的热血在沸腾,
> 我们的肉身好像疯人,
> 我们去把热血锈住贼子的枪头,
> 我们去把肉身塞住仇人的炮口。
> 去,战场上去,
> 凭着我们一股勇气,
> 凭着我们一点纯爱的精灵,
> 去把仇人驱逐,
> 不,去把仇人杀尽。
>
> (甘豫庆:《去上战场去》。《申报》载。)

同胞,醒起来罢,

踢开了弱者的心,

踢开了弱者的脑。

看,看,看,

看同胞们的血喷出来了,

看同胞们的肉割开来了,

看同胞们的尸体挂起来了。

　　(邵冠华:《醒起来罢同胞》。同上。)

　　这些诗里很明显的是作者都知道没有武器,所以只好用"肉体",用"纯爱的精灵",用"尸体"。这正是《黄人之血》的作者的先前的悲哀,而所以要追随拔都元帅之后,主张"友谊"的缘故。武器是主子那里买来的,无产者已都是自己的敌人,倘主子又不谅其衷,要加以"惩膺",那么,惟一的路也实在只有一个死了——

我们是初训练的一队,

有坚卓的志愿,

有沸腾的热血,

来扫除强暴的歹类。

同胞们,亲爱的同胞们,

快起来准备去战,

快起来奋斗,

战死是我们生路。

　　(沙珊:《学生军》。同上。)

天在啸,

地在震,

人在冲,兽在吼,

宇宙间的一切在咆哮,

朋友哟,

准备着我们的头颅去给敌人砍掉。

（徐之津：《伟大的死》。同上。）

　　一群是发扬踔厉，一群是慷慨悲歌，写写固然无妨，但倘若真要这样，却未免太不懂得"民族主义文学"的精义了，然而，却也尽了"民族主义文学"的任务。

六

　　《前锋月刊》上用大号字题目的《黄人之血》的作者黄震遐诗人，不是早已告诉我们过理想的元帅拔都了吗？这诗人受过傅彦长先生的熏陶，查过中外的史传，还知道"中世纪的东欧是三种思想的冲突点"，岂就会偏不知道赵家末叶的中国，是蒙古人的淫掠场？拔都元帅的祖父成吉思皇帝侵入中国时，所至淫掠妇女，焚烧庐舍，到山东曲阜看见孔老二先生像，元兵也要指着骂道："说'夷狄之有君，不如诸夏之无也'的，不就是你吗？"夹脸就给他一箭。这是宋人的笔记里垂涕而道的，正如现在常见于报章上的流泪文章一样。黄诗人所描写的"斡罗斯"那"死神捉着白姑娘拚命地搂……"那些妙文，其实就是那时出现于中国的情形。但一到他的孙子，他们不就携手"西征"了吗？现在日本兵"东征"了东三省，正是"民族主义文学家"理想中的"西征"的第一步，"亚细亚勇士们张大吃人的血口"的开场。不过先得在中国咬一口。因为那时成吉思皇帝也像对于"斡罗斯"一样，先使中国人变成奴才，然后赶他打仗，并非用了"友谊"，送束帖来敦请的。所以，这沈阳事件，不但和"民族主义文学"毫无冲突，而且还实现了他们的理想境，倘若不明这精义，要去硬送头颅，使"亚细亚勇士"减少，那实在是很可惜的。

　　那么，"民族主义文学"无须有那些呜呼阿呀死死活活的调子吗？谨对曰：要有的，他们也一定有的。否则不抵抗主义，城下之盟，断送土地这些勾当，在沉静中就显得更加露骨。必须痛哭怒号，摩拳擦掌，令人被这扰攘嘈杂所惑乱，闻悲歌而泪垂，听壮歌而愤泄,于是那"东征"即"西征"的第一步,也就悄悄的隐隐的跨过去了。落葬的行列里有悲哀的哭声,有壮人的军乐,那任务是在送死人埋入土中,用热闹来掩过了这"死",给大家接着就得到"忘却"。现在"民族主义文学"的发扬踔厉,或慷慨悲歌的文章,便是正在尽着同一的任务的。

但这之后,"民族主义文学者"也就更加接近了他的哀愁。因为有一个问题,更加临近,就是将来主子是否不至于再蹈拔都元帅的覆辙,肯信用而且优待忠勇的奴才,不,勇士们呢?这实在是一个很要紧,很可怕的问题,是主子和奴才能否"同存共荣"的大关键。

历史告诉我们:不能的。这,正如连"民族主义文学者"也已经知道一样,不会有这一回事。他们将只尽些送丧的任务,永含着恋主的哀愁,须到无产阶级革命的风涛怒吼起来,刷洗山河的时候,这才能脱出这沉滞猥劣和腐烂的运命。

原载 1931 年 10 月 23 日《文学导报》(《前哨》)第 1 卷第 6,7 期合刊。署名晏敖。

初收 1932 年 10 月上海合众书店版《二心集》。

二十四日

日记　晴。下午买『芸術の現代の諸相』一本,六元四角。晚清水君来访。

二十五日

日记　星期。昙,风。上午寄子英信。

二十六日

日记　晴,大风。下午寄湖风书局信并校稿。寄长江印务公司信并稿件。广平为买鱼肝油一打，二十八元六角。以海婴照相一张，茶腿一只，托人寄赠王家外婆。

鲁迅启事*

　　顷见十月十八日《申报》上，有现代书局印行鲁迅等译《果树园》广告，末云："鲁迅先生他从许多近代世界名作中，特地选出这样地六篇，印成第一辑，将来再印第二辑"云云。《果树园》系往年郁达夫先生编辑《大众文艺》时，译出揭载之作，又另有《农夫》一篇。此外我与现代书局毫无关系，更未曾为之选辑小说，而且也没有看过这"许多世界名作"。这一部书是别人选的。特此声明，以免掠美。

　　　　原载 1931 年 10 月 26 日《文艺新闻》周刊第 33 号。
　　　　初未收集。

二十七日

　　日记　晴。下午往内山书店，得『世界美術全集』(别册九)，『浮世繪大成』(一)各一本，共泉八元八角。得钦文信。得靖华信，八日发。

致 曹靖华

靖华兄：

　　十月八日信收到，它兄信已转交。地图一枚及信，早收到了，图样太小而不清楚，仍不能用，现已托人将集中之一张，改画单色，要比较的好些。赛氏集第一卷亦早到。大约一月以前,寄上《前哨》两份,不知到否?我恐怕寄不到。

"喀杰特"注,书中已改从它兄之说,现得来信,又怀疑起来,今且看它兄怎么决定,倘他有案语,就印一附张于后,不然,就随他去罢。我疑心此语本意是士官生,因为此种人多在反动军中,后来便以称一切反动派军队,也难说的。此书本文已校完,现正在校自传及注释等,下月之内,定可出版了。书中有插画四张,三色版之作者像及《铁流》图一张,地图一张,比之书局所印的营利之品,较为认真,也比德日译本为完备。《毁灭》则正要开印,除加上原本所有之插画外,亦有三色版作者像一张,但出版也要在十一月。此书是某书局印的,他们怕用我的名字,换了一个,又删去序跋,但我自印了五百部(用他们的版),有序跋,不改名的,寄上时当用这一种。

未名社开创不易,现在送给别人,实在可惜。那第一大错,是在京的几位,向来不肯收纳新分子进去,所以自己放手,就无接办之人了。其实,他们几位现在之做教授,就是由未名社而爬上去的,功成身退,当然留不住,不过倘早先预备下几个接手的青年,又何至于此。经济也一榻胡涂,据丛芜函说,社中所欠是我三千余元,兄千余元,霁野八百余元,须由开明书店买去存书及收来外埠欠款还付。后闻书已运沪,我向开明店取款,则丛芜已取八百元去,仅剩七百元,允给我,而尚未付;托友去取纸版,则三部中已有两部作了抵押品,取不来了。

合同另纸抄上,此非丛所通知,是我由书局方面抄来的。那时丛要留未名社之名,我因不愿在书店统治下,即声明退社,故我不在内。但这种合同,亦不可靠,听说他们现已不肯代售存书中之《烟袋》及《四十一》(未尝禁过),还有《文学与革命》(同上)三种,已在大加掣肘了。

出让的事情,素园是不知道的,怕他伤心,大家瞒着他,他现在还躺在病院里,以为未名社正在前进。此外,竟不知主动者是谁,据丛说，虽由他出面，而一味代行大家的公意。前因款事，去信未名社，问现在社中何人负责，丛答云："先前既有负责之人，现在自然必也有负责之人"，竟不说究竟是谁也。

我想译的小说集，已译的有了九篇，即 L. Lunz:《在沙漠上》；E. Zamiatin:《洞窟》；K. Fedin:《果树园》；S. Malashkin:《工人》；B. Pilniak:《苦艾》；V. Lidin；Zoshitchenk；*Victria Kazhimirovna*；A. Yakovlev:《穷人》；Seifullina:《肥料》。此外未定。后来放下多日，近因校《铁流》，看看德译本，知道删去不少，从别国文重译，是很不可靠的。《毁灭》我有英德日三种译本，有几处竟三种译本都不同。这事情很使我气馁。但这一部书我总要译成它，算是聊胜于无之作。

我们如常，好的，请释念。

弟豫　启上　十月二十七夜

二十八日

日记　晴。下午子英来，赠以《中国小说史略》一本，德文书二本。

二十九日

日记　晴。上午复靖华信。午后往内山书店买『二十世紀の欧洲文学』一本，三元四角。得抱经堂书目一本。得内山嘉吉君信片，伊豆发。得子英信。以《土敏土》序跋及插画付新生命书局。

沉滓的泛起

日本占据了东三省以后的在上海一带的表示，报章上叫作"国难声中"。在这"国难声中",恰如用棍子搅了一下停滞多年的池塘,各种古的沉滓,新的沉滓,就都翻着筋斗漂上来,在水面上转一个身,来趁势显示自己的存在了。

自信现在可以说能打仗的,是要操练久不想起的洋枪了,但也有现在也不想说去打仗的,那就照欧洲大战时候的德意志帝国的例,来"头脑动员",以尽"国民一份子"的义务。有的去查《唐书》,说日本古名"倭奴";有的去翻字典,说倭是矮小之意;有的记得了文天祥,岳飞,林则徐,——但自然,更积极的是新的文艺界。

先说一点另外的事罢,这叫作"和平声中"。在这样的声中,是"胡展堂先生"到了上海,据说还告诫青年,教他们要养"力"勿使"气"。灵药就有了。第二天在报上便见广告道:"胡汉民先生说,对日外交,应确定一坚强之原则,并劝勉青年须养力,毋泄气,养力就是强身,泄气就是悲观,要强身祛悲观,须先心花怒放,大笑一次。"但这样的宝贝是什么呢?是美国的一张旧影片,将探险滑稽化以博小市民一笑的《两亲家游非洲》。

至于真的"国难声中的兴奋剂"呢,那是"爱国歌舞表演",自己说,"是民族性的活跃,是歌舞界的精髓,促进同胞的努力,达到最后的胜利"的。倘有知道这立奏奇功的大明星是谁么?曰:王人美,薛玲仙,黎莉莉。

然而终于"上海文艺界大团结"了。《草野》(六卷七号)上记着盛况道:"上海文艺界同人,平时很少联络,在严重时期,除各个参加其他团体的工作外,复由谢六逸,朱应鹏,徐蔚南三人发起,……集会讨论。在十月六日下午三点钟,已陆续到了东亚食堂,……略进茶点,即开始讨论,颇多发挥,……最后定名为上海文艺界救国会"云。

"发挥"我们还无从知道,仅据眼前的方法看起来,是先看《两亲家游非洲》以养力,又看"爱国的歌舞表演"以兴奋,更看《日本小品文选》和《艺术三家言》并且略进茶点而发挥。那么,中国就得救了。

不成。这恐怕不必文学青年,就是文学小囝囝,也未必会相信。没有法子,只得再加上两个另外的好消息,就是目前的爱国文艺家所主宰的《申报》所发表出来的——

十月五日的《自由谈》里叶华女士云:"无办法之国民,如何有有办法之政府。国联绝望矣。……际兹一发千钧,全国国民宜各立所志,各尽所能,各抒所见,余也不才,谨以战犬问题商诸国人。……各犬中,要以德国警犬最称职,余极主张吾国可选择是犬作战……"

同月二十五日也是《自由谈》里"苏民自汉口寄"云:"日者寓书沪友王子仲良,间及余之病状,而以不能投身义勇军为憾。王子……竟以灵药一裹见寄,云为培生制药公司所出益金草,功能治肺痨咳血,可一试之。……余立行试服,则咳果止,兼旬而后,体气渐复,因念……一旦国家有事,吾必身列戎行,一展平生之壮志,灭此朝食,行有日矣。……"

那是连病夫也立刻可以当兵,警犬也将帮同爱国,在爱国文艺家的指导之下,真是大可乐观,要"灭此朝食"了。只可惜不必是文学青年,就是文学小囝囝,也会觉得逐段看去,即使不称为"广告"的,也都不过是出卖旧货的新广告,要趁"国难声中"或"和平声中"将利益更多的榨到自己的手里的。

因为要这样,所以都得在这个时候,趁势在表面来泛一下,明星也有,文艺家也有,警犬也有,药也有……也因为趁势,泛起来就格外省力。但因为泛起来的是沉滓,沉滓又究竟不过是沉滓,所以因此一泛,他们的本相倒越加分明,而最后的运命,也还是仍旧沉下去。

十月二十九日。

原载 1931 年 12 月 11 日《十字街头》半月刊第 1 期。署名它音。

初收 1932 年 10 月上海合众书店版《二心集》。

三十日

日记 晴。上午寄钦文信。以《勇敢的约翰》译者印证千枚,并插画制版收据,并印证税收据付湖风书局,共计直泉三百七元,下午收所还泉五十。得母亲信,二十六日发。夜邀蕴如及三弟并同广平往上海大戏院观《地狱天使》电影。

三十一日

日记 下午得靖华信二函,十四及十七日发。内山君赠海婴草履一双。

十一月

一日

日记　星期。晴。无事。

二日

日记　晴。上午得冯徐声信，即复。下午得湖风书店信，即复。

三日

日记　昙，夜雨。无事。

四日

日记　晴。上午收九月分编辑费三百。得钦文信并代买《青在堂梅谱》一本，价二元。得诗荃所寄 *Graphik der Neuzeit* 一本，照相二张，自作铜版画一枚。午后往内山书店买『書道全集』(一)，『昆虫記』各一本，共泉五元。夜译《亚克与人性》毕，共八千字。

亚克与人性

[苏联]E. 左祝黎

一　告示贴了出来

房屋和街道都像平常一样。天空照旧蓝映映的，显着它那一世的单调。步道石板的面具也还是见得冷淡而且坚凝。忽然间，仿佛起了黑死病似的,这里的人们从那脸上将偌大的泪珠落在浆糊盆里了。他们在贴告示。那上面所写,是简明,严厉,无可规避的。就是:

全体知照!

本市居民的生存资格,将由格外严办委员会所设之三项委员会分区检查。医学的及心理学的查考,亦于同地一并举行。凡认为毋庸生存之居民,均有于二十四小时内毕命之义务。在此时期中,准许上告。其上告应具呈文,送至格外严办委员会之干部。至迟在三小时后即可予以答复。倘有毋庸生存之居民,而因意志薄弱或爱惜生命,不能自行毕命者,则由朋友,邻人,或特别武装队执行格外严办委员会之判决。

注意:

1. 凡本市居民,应绝对服从格外严办委员会之办法与断结。对于一切讯问,应有明确之答词。其有认为毋庸生存者,则各就其性格,制成调查录。
2. 所颁发之命令,必以不折不挠之坚决,彻底施行。凡有人中赘物,妨害正义与幸福之基础上之人生改造者,均除去不贷。命令遍及于一切市民,无论男女贫富,决无例外。
3. 在施行检查生存资格期间,无论何人,均不准迁出市外。

二 激昂的第一浪

"你读了么?"

"你读了么!?"

"你读了么?!! 你读了么!!?"

"你见了么?! 你听到了么?!"

"你读了么!!?"

这市里到处聚集起人堆来。交通梗塞了。人们忽然脱了力,靠在墙壁上。许多人哭起来了。晕过去的也不少。到得晚上,这样的人们就上了可惊的数目。

"你读了么?"

"可怕!吓人!连听也没有听到过!"

"但其实是我们自己选举了这格外严办委员的,是我们自己交给了他们一切全权的!"

"对,这是真的。"

"错的是我们自己的胡涂透顶。"

"这是真的,我们自己错。但我们是意在改良生活的呀。谁料得到那委员会竟这样吓人的简单地来解决这问题呢?"

"由委员会里的那一伙人!由那一伙人!"

"你怎会知道?名单已经发表了么?"

"一个熟人告诉我的!亚克选上了会长!"

"什么!亚克么?这多么运气呵!"

"真是。实在的!"

"多么运气呵!他的人格是干净的!"

"自然!我们用不着担心了:这将真只是除去那人们里的废物!不正要没有了!"

"你说下去呀,可贵的朋友,你怎么想,人们肯给我生存么?我是一个好人!船要沉了的时候,二十个船客跳到舢板上去,我就是一个,你想必一定知道的。舢板载不起这重量,大家都要没命了。必得五个人跳下水,来救那十五个。我就在这五个里。我自动的跳在海里了。你不要这么怀疑的看我呀。我现在是老了,没有力气了,但那时却是年青,勇敢的。你那时没有听到这件事么?所有的报上都登载过的。别的四个都淹死了。只有我偶然得了救。你看来怎么样,人们肯给我生存下去么?"

"还有我呢,市民?我?我将我的一切东西都给了穷人。这是一直先前的事了。我有文件的证据。"

"我不知道。这都和格外严办委员会的立场和目的是不相合的。"

"你让我来告诉你罢,可敬的同乡,单于自己的关系人有用处,是还不能保证这人的生存资格的。倘使这样,那就凡有看管小孩的傻鸦头,也都有生存的权利了。这事情过去了!你多么落伍呵!"

"那么,人类的价值,是在什么地方呢?"

"人类的价值,是在什么地方呢?"

"这我可不知道。"

"哦,你不知道!你既然不知道,为什么向我们来讲讲义的?"

"对不起,我只说我所知道的罢了。"

"市民们!市民们!瞧呀!瞧!人们在这么跑!暴动了!恐怖了!"

"阿呀,我的心呵!我的心呵!阿呀,上帝呵!救救罢!救救罢!"

"停下!站住!"

"不要扩大恐怖!"

"站住!"

三 大家逃走

人堆在街上逃过去。红颜的少年在奔跑,脸上显着无限的骇怕。从商店官署出来的规矩的人员。穿着又白又挺的衬衣的新女婿。男子合唱队里的脚色。绅士。说书人。打弹子的。看电影的晚客。钻谋家。无赖汉。白额卷发的骗子。爱访朋友的闲人。硬脖子。斗趣的,流氓,空想家,恋爱家,坐脚踏车者。阔肩的运动家,饶舌家,欺诈家,长发的伪善家,疲乏的黑眼珠的无谓的忧郁家,青春在这后面藏着冰冷的空漠。唇吻丰肥而含笑的年青的吝啬家,没有目的的冒险家,吹牛家,兴风作浪家,善心的倒运人①,伶俐的破落户。

肥胖的,好吃懒做的女人们在奔跑。瘦长的柳枝子,多话,懒散,风骚。呆子和聪明人的老婆,多嘴的,偷汉的,嫉妒的和鄙吝的,但现在都在脸上显着惶急。因为太闲空了,染染头发的傲慢的痴婆,以及可爱的堂客,还有那孤单,无靠,不识羞,乞怜的无所不可的娼妇,都为了惊愕,将那一向宝爱下来的容姿之美失掉了。

瘦削的老翁,大肚子的胖子,弯腿的,高大的,漂亮的,废人们在奔跑。经租帐房,当铺掌柜,监狱看守,洋货商人,和气的妓院老板,分开了褐色发的马夫,因为欺瞒和卑鄙而肥胖了的家主,打扮漂亮的博徒,凸肚的荡子。

他们成了挤紧的大群,向前在奔跑。百来斤重的汗湿淋淋的衣服,带住着他们的身体和手脚。从他们的嘴里,吐出浓厚的热气来。诅咒和哀鸣,令人耳聋的响彻了寂静的搬空了的房屋。

许多人带着自己的东西在奔跑。用了弯曲的手指,拖着被褥,箱笼和匣子。抓起宝石,小孩,金子,叫喊着,旋转着,两手使着劲,又跑下去了。

但人们又将他们逼回来了。像他们一类的人们,来打他们,迎面而来,用手杖,拳头,石块打,用嘴咬,发着极可怕的喊声,于是这人堆就逃了回来,抛下了死人和负伤者。

到傍晚,市镇又恢复了平常的情形。人们抖抖的坐在自己的房中,钻在自己的床上。在狭小的,热烈的脑壳里,就像短短的尖细的火焰一样,闪出绝望底的希望来。

---

① 隐语,指偷儿。——译者。

四　办法是简单的

"你姓什么?"

"蒲斯。"

"多大年纪?"

"三十九。"

"职业呢?"

"我是卷香烟的。"

"你要说真话呵!"

"我是在说真话呀。我忠实的做工,并且赡养我的家眷,已经十四年了。"

"你的家眷在那里?"

"在这里。这是我的老婆。还有这是我的儿子。"

"医生,请你查一查蒲斯的家眷。"

"好。"

"怎样?"

"市民蒲斯是贫血的。一般健康的状态中等。他的太太有头痛病和关节痛风。孩子是健康的。"

"好,你的事情完了,医生。市民蒲斯,你有什么嗜好呢,你喜欢的是什么?"

"我喜欢人们,尤其是生命。"

"简单些,市民蒲斯,我们没有闲工夫。"

"我喜欢……是的,我喜欢什么……我喜欢我的儿子……他拉得一手好提琴……我喜欢吃,但我的胃口是不大的……我喜欢女人……街上有漂亮的妇人或者姑娘走过的时候,我喜欢看看……我喜欢,在晚上,如果倦了,就睡觉……我喜欢卷香烟……一点钟我要卷五百枝……我喜欢的还多哩……我说喜欢生命……"

"镇定些罢,市民蒲斯,不要哭呀。心理学家,你看怎样呢?"

"这是脓包,朋友,这是废料! 是可怜的存在! 气质是一半粘液质,一半多血质,活动能力很有限。最低等。没有改良的希望。受动性百分之七十五。他的夫人还要高。孩子是一个蠢才,但是,也许……你的儿子几岁了,市民蒲斯,你还是不要哭了罢!"

"十三岁。"

"你放心就是。你的儿子还可以活下去,延期五年。至于你呢……这是我管不到的。请你判决罢,朋友!"

"以格外严办委员会之名:为肃清多余的人中废物以及可有可无之存在物,有妨于进步者起见,我命令你,市民蒲斯,和你的妻,均于二十四小时之内毕命。静静的! 不要嚷! 卫生员,你给这女人吃一点什么镇定剂罢! 叫卫兵去! 一个人是对付她不了的!"

五　灰色堂的调查录

灰色堂在格外严办委员会的大堂的走廊上。像一切厅堂一样,有着平常的,结实的,严肃而质朴的外观。深和广虽然都不过三码,但却是一两万性命的坟墓。这里标着两行短短的文字:

赘 物 的 目 录

性 格 调 查 录

目录分为好几个部门,其中有:

"能感动,而不能判断者。"

"小附和者。"

"受动者。"

"无主见者。"

以及其他种种。

性格状做得很简短而且客观。其中有许多处所,用着讽刺的叙述,而且在末尾看见会长亚克的红铅笔的签名,还批注道,凡赘物,人们是无须加以轻蔑的。

这里是几种调查录：

赘物第一四七四一号

健康中等。常去访问那用不着他而且对他毫无兴味的熟人。不听忠告。盛年之际，曾诱引一个姑娘，又复将她撇掉。一生的大事件，是结婚后的置办家用什物。头脑昏庸而软弱。工作能力全无。问他一生所见，什么是最有趣的事情，他就大讲巴黎的律芝大菜馆。最下等的俗物。心脏弱。限二十四小时。

赘物第一四六二三号

箍桶为业。等级中等。不爱作工。思想常偏于反抗精神最少的一面。体质健康。精神上患有极轻微的病症：怕死。怕自由。在休息日和休息时，酒喝得烂醉。在革命时期中，显出精悍的活动：带了红带，收买马铃薯以及能够买到的东西，因为恐怕挨饿。以无产阶级出身自夸。对于革命，他并没有积极底的参加：抱着恐怖。喜欢打架。殴打他的孩子。人生的调子：全都是无味的。限二十四小时。

赘物第一五二〇一号

通八种语言。说得令听者打呵欠。喜欢那制造小衫扣和发火器的机器。很自负。自负是由于言语学的知识的。要别人尊敬他。多话。对于实生活，冷淡到像一匹公牛。怕乞丐。因为胆小，在路上就很和蔼。喜欢弄死苍蝇和另外的昆虫。觉得高兴的时候很少。限二十四小时。

赘物第四三五六号

她如果觉得无聊，就带了小厮出去逛。暗暗地吃着乳酪和羹里的脂肪。看无聊小说。整天的躺在长椅子上。最高的梦：是一件黄袖子的，两边像钟的衣服。一个有才能的发明家爱了她二十年。她不知道他是什么，只当他电气机器匠。给了他一个钉子，和制革厂员结婚了。无子。无端的闹脾气，哭起来。夜里醒过来，烧起茶炊，喝茶，吃物事。限二十四小时。

六　办　公

一群官僚派的专门家，聚在亚克和委员会的周围了。医生，心理学家，经验家，文学家。他们都办得出奇的神速。已经达到只要几个专门家，在一小时以内，便将几百好人送进别一世界去的时候了。灰色堂中，堆着成千的调查录，而公式的威严和那作者的无限的自负，就在这里面争雄。

从早到夜，一直在这干部的机关里办公事。区域委员来来往往。执行判决的科员来来往往。像在大报馆的编辑室里似的，一打一打的人们，坐在桌前，用了飞速的，坚定的，无意识的指头在挥写。

亚克将他的细细的，凝视的眼睛，一瞥这一切，便用那惟有他们自己懂得的思想，想了起来，于是他的背脊就驼下去，他的乱蓬蓬的硬头皮也日见其花白了。

有一点东西，生长在他和官员们的中间，有一点东西，介在他的紧张的无休息的思想，和执行员们的盲目的无意识的手腕中间了。

七　亚克的疑惑

有一天，格外严办委员会的委员们跑到干部的机关来，为的是请亚克去作例行的演讲。

亚克没有坐在平日的位置上。大家搜寻他，但是寻不到。大家派使者，打电话，但是寻不到。

过了两小时之后，这才在灰色堂里发见了他了。

亚克坐在堂里的被杀了的人们的纸坟上，用了不平常的紧张，独自一个人在沉思。

"你在这里干什么？"大家问亚克说。

"你看，我在想。"他疲倦地答道。

"但为什么要在这小堂里？"

"这正是适宜的地方。我在想人类，要想人类，最好是去想那消灭人类的记载。只要坐在消灭人类的文件上，就会知道极其古怪的人生。"

一个人微微的干笑起来。

"你，你不要笑罢，"亚克诰诚地说，挥着一件调查录，"你不要笑罢！格外严办委员会好像是见了转机了。被消灭了的人们的研究，引我去寻进步的新路。你们都学会了简单而刻毒地来证明这个人或者那个人的用不着生存的各种法。就是你们里面的最没才干的，也能用几个公式，说明一下，加以解决了。我可是坐在这里，在想想我们的路究竟对不对。"

亚克又复沉思起来，于是凄苦的叹一口气，轻轻的说道：

"怎么办才好呢？出路在那里呢？只要研究了活着的人们，就可以得到这结论，是他们的四分之三都应该扫荡的，但如果研究起被消灭的那些来，那就想不懂：他们竟不可爱，不可怜的么？到这里，我的对于人类问题是跑进了绝路，这就是人类历史的悲剧的收场。"

亚克忧苦地沉默了，并且钻进调查录的山里去，发着抖只是读那尖刻的，枯燥的文辞。

委员会的委员们走散了。没有一个人反对。第一，因为反对亚克，是枉然的。第二，是因为没有人敢反对。但大家都觉得，有一种新的决心是在成熟起来了，而且谁也不满意：事情是这么顺当，又明白，又定规，但现在却要出什么别的花样了。然而，那是什么呢？

八　转　机

亚克跑掉了。

大家到处搜寻他。但是寻不到。有人说，亚克是坐在市镇后面的一棵树上哭。也有人说,亚克是在那自己的园里用手脚爬着走,而且在吃泥。

格外严办委员会的办公停止了。自从亚克不见了以后,事情总有些不顺手。居民在门口设起铁栅来,简直不放调查委员进里面去。有些区域,人们对于委员的来查生存资格,是报之以一笑,而且还有这样的事故,废物反而捉住了格外严办委员会的委员,检查他生存的资格,写下那藏在灰色堂里一类的调查录,当作寻开心。

市镇就混乱了起来。还未肃清的赘物,废料,居然在市街上出现,彼此访问,享用,行乐,甚至于竟有结婚的了。

人们在街上互相招呼:

"完了! 完了! 哈哈!"

"调查生存资格的事结束了!"

"你觉得么,市民,生活又要有趣起来了? 赘物少了。做人也要舒服些了。"

"识羞些罢,市民! 你以为失掉了生命的人,是没有生存的资格的么? 哼! 我知道着没有生存资格的人,而且还是不配生存到一点钟的人,然而他活着,并且还要活下去哩! 别一面,却完结了多少可敬的人物呵! 哼,你,要知道!"

"那是算不了什么的。错误原是免不掉的事。但你说,你可知道亚克在那里么?"

"我不知道。"

"亚克坐在市后面的树上哭哩。"

"亚克在用手脚爬,还吃着泥哩。"

"难道他得哭的!"

"难道他得吃泥的!"

"你们高兴得太早了,市民! 太早了! 今天夜里亚克就会回来,那格外严办委员会就又开始办他的公了。"

"你怎么知道?"

"我知道。剩下的赘物还多得很。还应该肃清！肃清！肃清！"

"你真严呀，市民！"

"那里的话！"

"市民！市民！瞧罢！瞧！"

"人在贴新的告示了！"

"市民！恭喜得很！运气得很！"

"市民！读起来！"

"读起来！"

"读起来！读起来！"

九　告示贴了出来

沿街飞跑着气喘吁吁的人们，带了满装浆糊的盆子。在欢笑的腾沸声中，打开大张的玫瑰色告示来，绚烂的贴在人家的墙壁上面了。那内容是平易，明白而简单的：

全体知照！

自贴出布告的瞬间起，即允许本市全体居民生存。要生存，繁殖，布满地上！格外严办委员会已放弃其严峻的权利，改名为格外优待委员会。市民们，你们都是优秀的分子，各有其生存资格，是无须说得的。

格外优待委员会亦由特别的三项委员会所组成，职司每日访问居民各家的住宅。他们应向居民恭贺生存的事件，并将观察所得，载入特设之"快乐调查录"。委员会人员，又有向居民询问生活如何之权利。务希居民从其所请，虽然费神，亦给以详细之答复。此种"快乐调查录"将宝藏于"玫瑰色堂"内，以昭示后人。

十　生活归于平淡

门户,窗子,露台,都开开了。响起了人声,笑声,歌声,音乐。肥胖的,没用的姑娘弹着钢琴。从早上直到半夜,留声机闹得不歇。又玩起提琴,铜箫和琵琶来。到晚上,人们就脱掉了他的上衣,坐在露台上,伸开两腿,舒服得打饱嗳。街上热闹到像山崩。青年带着他的新娘,坐在机器脚踏车或街头马车上。谁也不怕到街上去了。点心店和糖果铺,糕饼和刨冰的生意非常好。金属器具店里,镜子是极大的销场。有些人还买不到照照自己的镜子。肖像画家和照相师,都出没在主顾的杂沓之中了。肖像就配了好看的框子,装饰着自己的屋子。

专顾自己的感情和对于自己的爱,增加起来了。冲突和纷争,成了平常的事情。和这一同谈话里面也出现了这样的一定的说法:

"你是错活的,大家知道,格外严办委员会太不认真了!"

"实在是太不认真,因为这样的东西,像你似的,竟还活着哩!"

然而这口角也都不知不觉地消失在每天的生活的奔流里了。人们将自己的食桌摆得更加讲究,煮藏水果,温暖的绒线衫的需要也骤然增加起来,因为人们都很担心了自己的康健。

格外优待委员会的委员们很有规则地挨户造访,向居民询问他们过活的光景。

许多人回答说,他们是过得好的,还竭力要使人相信他的话。

"你瞧,"他们满足地搓着手,说,"昨天我秤了一下,重了八磅,谢谢上帝。"

有些人却诉说着不方便,并且对于格外优待委员会的成绩的太少,鸣了些不平。

"你可知道,昨天我去坐电车,你想想看,竟连一个空位也没有……这样的乱糟糟……我只好和我的女人都站着。剩着的赘物还是太多了。应该拣了时机，肃清一下的。……"

别一个愤激起来，说：

"请你写下来，上星期的星期三，连到星期四，都不来祝贺我的生存了。真不要脸，……倒是我得去祝贺你么!?……"

十一　尾　声

亚克的办公室中，仍像先前一样的在工作。人们坐在这地方，写着字。玫瑰色堂中，塞满了"快乐调查录"。上面是详细而且谨慎地记载着生日，婚礼，洗礼，午餐和晚餐，恋爱故事，冒险，等。许多调查录，看起来简直好像小说或传奇。居民向格外优待委员会要求，将这些印成书册。恐怕再没别的，会比这更有人看的了。

亚克沉默着。

只是他的脊梁更加驼下去，他的头发更加白起来了。

他常常到玫瑰色堂去，坐在那里面，恰如他先前坐在灰色堂里一样。

有一回，亚克从玫瑰色堂里跳出来了，大叫道：

"应该杀掉！杀！杀！杀！"

但当他看见他的属员们的雪白的，忙碌地在纸张上移过去的手指，现在热心地记载着活的居民，恰如先前的记载死的居民一样的手指的时候，——他就只一挥手，奔出办公室，不见了。

永远不见了。

关于他的失踪，生出了许多的传说，流布了各种的风闻，然而亚克却寻不到。

住在这市镇上的这么多的人们，亚克先行杀戮，继而宽容，后来又想杀戮的人们，其中虽然确有好的，然而也有许多废物的人们，就是仿佛从来没有过一个亚克，而且谁也从来没有提起过关于生存资格的大问题似的生活下来，到了现在的。

未另发表。

初收 1933 年 1 月上海良友图书印刷公司版"良友文学丛书"之一《竖琴》。

五日

日记 晴。下午内山君赠『支那人及支那社会の研究』一本。

《野草》英文译本序

冯 Y. S. 先生由他的友人给我看《野草》的英文译本,并且要我说几句话。可惜我不懂英文,只能自己说几句。但我希望,译者将不嫌我只做了他所希望的一半的。

这二十多篇小品,如每篇末尾所注,是一九二四至二六年在北京所作,陆续发表于期刊《语丝》上的。大抵仅仅是随时的小感想。因为那时难于直说,所以有时措辞就很含糊了。

现在举几个例罢。因为讽刺当时盛行的失恋诗,作《我的失恋》,因为憎恶社会上旁观者之多,作《复仇》第一篇,又因为惊异于青年之消沉,作《希望》。《这样的战士》,是有感于文人学士们帮助军阀而作。《腊叶》,是为爱我者的想要保存我而作的。段祺瑞政府枪击徒手民众后,作《淡淡的血痕中》,其时我已避居别处;奉天派和直隶派军阀战争的时候,作《一觉》,此后我就不能住在北京了。

所以,这也可以说,大半是废弛的地狱边沿的惨白色小花,当然不会美丽。但这地狱也必须失掉。这是由几个有雄辩和辣手,而那时还未得志的英雄们的脸色和语气所告诉我的。我于是作《失掉的好地狱》。

后来,我不再作这样的东西了。日在变化的时代,已不许这样的文章,甚而至于这样的感想存在。我想,这也许倒是好的罢。为译本而作的序言,也应该在这里结束了。

　　　　　　　　　　　　　　　　　十一月五日。

未另发表。
初收 1932 年 10 月上海合众书店版《二心集》。

六日

日记　晴,风。下午寄子英信。寄小峰信。寄钦文信。与冯徐声信并英文译本《野草》小序一篇,往日照相两枚。夜访三弟。

七日

日记　晴。下午水野胜邦君来访,由盐谷教授介绍。夜径三来。

八日

日记　星期。晴。午后得小峰信。晚三弟来,留之小饮。

九日

日记　昙。午后得靖华信,十月二十三日发。晚治馔邀水野,增田,内山及其夫人夜饭,赠水野君《小说史略》一本,拓本三种,增田君一种。雨。

十日

日记　昙。上午寄三弟信。下午水野君赠 Capstan 十合。寄靖华信。诗荃寄赠 *Deutsche Form* 一本,十月二十四日柏林发。晚雨。

致 曹靖华

靖华兄：

十月廿三日来信已收到，它兄信即转交。这以前的两信，也均收到的，希勿念。

霁野久不通信，恐怕有一年多了。惟丛芜偶有信来发牢骚，亦不写明住址，现在未名社发行部已取消，简直无从寄信。仅从开明书店听来，丛亦在天津教书。今天报上，则载天津混乱，学生走散，那么，恐怕他现又不在那里了。

未名社交与开明书店后，丛共取款千元去，但近闻又发生纠纷，因为此后他们又不履行条约。未名社似腐烂已久，去年我印 Gladkov 小说 *Zement* 之木刻十张，以四十部托其代售，今年因其停办，索回存书，不料寄回来的是整整齐齐的一包，连陈列也没有给我陈列，我实觉得非常可叹。

兄的短篇小说译稿，我想，不如寄来放在我这里罢，将在手头的。我一面当设法寄霁野信，请其将存稿寄来，看机会可在杂志上先登载一次，然后印成一册，明年温暖时，并希兄将 *Transval* 译完见寄。此地事无一定，书店也早已胆小如鼠，心凶如狼，非常难与商量。但稿子放在上海，究竟较易设法，胜于藏在北平箱子里也。

我到现在为止，都安好的。不过因为排日风潮，学生不很看书了，书店很冷落，我的版税大约就要受到影响，于是也影响于生活。但我想无论如何，也不能退入乡下，只能将生活状态收缩，明年还是住在上海的。不过明年我想往北京一趟，看看母亲。旧朋友是变化多端，几乎不剩一个了。

听日本人说，《阿Q正传》的俄译新版上，有 Lunacharski 序文，不知确否？如确，则甚望兄译其序文或买有此序文之书一本见寄。

我所译短篇，除前信所说之外，近又译成 Zozulia 之《AK 与人性》Inber 之《Lala 的利益》各一篇，此外决定要译的，是孚尔玛诺夫之《赤色之英雄们》。

《毁灭》已在印刷，本月内定可出书；《铁流》已校完，十五六即可开始印刷，十二月中旬定可出书，地图还是用全集中的一张，但请人照画了一张，将山也改作黑色了。原文英国拼音和译名，则另印了一幅对照表。

这里已经冷起来，那边可想而知，没有火炉，真是很为难的，不知道这种情形，大约要几年才可以脱出而得到燃料？

此地学生们是正在大练义勇军之类，但不久自然就收场，这种情形，已见了好几次了。现在是因为排日，纸张缺乏，书店已多不复印书。

专此，并祝

安健

弟 豫　启上　十一月十日

十一日

日记　雨。上午往内山书店，买『世界裸体美術全集』（三）一本，读书家版『魔女』一本，共泉十一元八角。内山君赠苹果六枚，晚并邀饭于书店，同坐为水野，增田两君。

十二日

日记　雨。上午得诗荃信，十月五日发。下午得湖风书店信并《勇敢的约翰》二十本，即复。

十三日

日记　昙。下午寄孙用信并《勇敢的约翰》十一本,内一本托其转赠钦文。得湖风书店信并《勇敢的约翰》七十五本,作价三十七元八角也。夜微雨。访三弟,值其未归,少顷偕蕴如来,遂并同广平往国民大戏院观电影《银谷飞仙》,不佳,即退出;至虹口大戏院观《人间天堂》,亦不佳。校《嵇康集》以涵芬楼景印宋文[本]《六臣注文选》。

致 孙 用

孙用先生:

《勇敢的约翰》已印成,顷寄上十一本,计分三包。其中之一本,希费神转寄"旧贡院高级中学许钦文先生收"为感。

书款是不必寄还书店的,因为当时即已与他们约定,应送给译者十本。

这回的本子,他们许多地方都不照我的计划:毛边变了光边,厚纸改成薄纸,书面上的字画,原拟是偏在书脊一面的,印出来却在中央,不好看了。

定价他们也自己去增加了一角,这就和板税相关,但此事只好将来再与交涉。

不过在这书店都偷工减料的时候,这本却还可以说是一部印得较好的书;而且裴多菲的一种名作,总算也绍介到中国了。

此布,即颂

曼福!

迅　启上　十一月十三日

十四日

日记　昙。下午寄紫佩信并《勇敢的约翰》四本,托其分赠舒,珏及矛尘,斐君。得钦文信。

十五日

日记　星期。昙。下午得靖华信,十月二十八日发。夜同广平往明珠大戏院观电影《三剑客》。译唆罗诃夫短篇讫,约五千字。

父　亲

[苏联]M.唆罗诃夫

太阳只在哥萨克村边的灰绿色的丛林后面,衰弱地眯眼了。离村不远是渡船,我必须用这渡到顿河的那一岸去。我走过湿沙,从中就升起腐败的气味来,好像湿透的烂树。道路仿佛是纷乱的兔子脚印一般,蜿蜒着出了丛林。肿胀的通红的太阳,已经落在村子那边的坟地里。我的后面,在枯燥的杂树间缓步着莽苍苍的黄昏。

渡船就系在岸边,闪着淡紫的水在它下面窥视。橹在轻轻的跳动,向一边回旋,橹脐也咿哑作响。

船夫正在用汲水勺刮着生了青苔的船底,将水泼出外面去。他仰起头来,用了带黄的,歪斜的眼睛看定我,不高兴地相骂似的问道:

"要摆渡么? 立刻行的,这就来解缆子。"

"我们两个就可以开船么?"

"也只得开。立刻要夜了。谁知道可还有什么人来呢。"他卷着裤脚,又向我一看,说:

"看起来,你是一个外路人,不是我们这里的。从那来的呀?"

"我是从营里回来的。"

那人将帽子放在小船里，摆一摆头，摇开了夹着黑色的，高加索银子一般的头发，向我使一个眼色，就露出他那蛀坏的牙齿来：

"请了假呢，还是这么一回事，——偷偷的？"

"是退了伍的。我的年限满了。"

"哦……哦。那么是可以闲散了的……"

我们摇起橹子来。顿河却像开玩笑似的总将我们运进那浸在岸边的森林的新树里面去。水激着容易破碎的龙骨，发出分明的声音。绽着蓝的脉管的船夫的赤脚，就像成捆的粗大的筋肉一样。冷得发了青的脚底，坚韧的牢踏在滑滑的斜梁上，臂膊又长又壮，指节都粗大到突了起来。他瘦而狭肩，弯了腰，坚忍的在摇橹，但橹却巧妙的劈破浪头，深入水里去了。

我听到这人的调匀的，无碍的呼吸。从他那羊毛线衫上，涌出汗和烟草，以及水的淡泊味的扑鼻的气味来。他忽然放下橹，回头向我道：

"看起来，好像我们进不去了，我们要在这里的树林里给挤破的了。真糟！"

被一个激浪一打，船就撞在一块峻峭的岩石上。它将后尾拼命一摆，于是总是倾侧着向森林进行。

半点钟后，我们就牢牢地夹在浸水的森林的树木之间了。橹也断了。在橹脐上，摇摇摆摆的飘动着挫折的断片。水从船底的一个窟窿里，滔滔的涌进船里来。我们只好在树上过夜。船夫用腿缠住了树枝，蹲在我的旁边。他吸着烟斗，一面谈天，一面倾听着野鹅的划破我们上面那糊似的昏暗的鼓翼的声响。

"唔，唔，你是回家去的；母亲早在家里等着哩，她知道的：儿子回来了，养她的人回来了；她那年老的心，要暖热起来了。是的……可是你也一定知道，她，你的母亲，白天为你担心，夜里总是淌着酸辛的眼泪，她也全不算什么一回事……她们都是这样的，只要是她们的疼爱的儿子:她们都是这样的……如果你们不是自己生了孩子,抚育起来,你们就永不会知道你们父母的辛苦的心。可是凡有做母亲的,或是做父亲的,都得为孩子们吃多少苦呵!

会有这等事的,剖鱼的时候,女人弄破了那鱼的苦胆。那么你舀起鱼羹来,就要苦得喝不下去。我也正是这样的。我活着,但是总得吃那很大的苦。我耐着,我熬着,但我也时时这样想:'生活,生活,究竟要到什么时候才是你这坏透了的生活的收场呢?'

你不是本地人,是一个外路人。你告诉我,恐怕我倒是用一条绳套在颈子上的好罢。

我有一个女孩子;她名叫那泰莎。她十六岁了。十六岁。她对我说:'爸爸,我不愿意和你同桌吃东西。我一看见你的两只手,'她说,'就记起了你就是用了这手杀掉哥哥的,我的身子里就神魂丧失了。'

但这些事都是为了谁呢,那蠢才却不知道。这正是为了他们,为了孩子们呵。

我早就结了婚,上帝给我的是一个兔子一样很会生养的女人。她接连给我生下了八个吃口,到第九个,她也完结了。生是生得好好的,但到第五天,她就死在热症里。我成了单身了。说起孩子们来,上帝却一个也不招去,虽然我那么恳求……我那大儿子叫伊凡。他是像我的:黑头发,整齐的脸貌。是一个出色的哥萨克,做工也认真。别一个男孩子比伊凡小四岁。像母亲的。小个子,但是大肚子。淡黄头发,几乎是白的了,眼睛是灰蓝的。他叫达尼罗,是我最心爱的孩子。别的七个呢,最大的是女儿,另外都是小虫子……

我给伊凡在本村里结了婚,他也立刻生了一个小家伙。给达尼罗,我也正在搜寻着门当户对的,可是不平静的时代临头了。我们的哥萨克村里,大家都起来反对苏维埃权力。这时伊凡就闯到我这里来:'父亲,'他说,'同去罢,我们同红军去!我以基督之名请求你!我们应该帮红军的,因为它是很正当的力量。'

达尼罗也想劝转我。许多工夫，他们恳求我，开导我。但是我对他们说：'我是不来强制你们的。你们愿意往那去，去就是。可是我呢，我留在这里，你们之外，我还有七张嘴哩，而且张张都得喂的。'

他们于是离了家。在村子里，人们都武装起来了。无论谁，他有什么就用什么。可是他们也来拉我了：上战线去！我在会场上告诉大家道：

'村人们，叔伯，你们都知道的，我是一个家长。我家里有七个孩子躺在木榻上，——我一死，谁来管我的孩子们呢？'

我要说的话，我都说了，但是没有用。谁也不理，拉了我送到战线上了。

阵地离我们的村子并不远。

有一天，恰是复活节的前一天，九个俘虏解到我们这里来了。他们里面就有达尼卢式加，我的心爱的儿子。他们穿过市场，被押着去见军官。哥萨克们从家家户户里跑出来，轰的一声，上帝垂怜罢。

'他们一定得打死的，这些屠头。如果审问后带回来了，我们什么都不管，先来冷他们一下，'

我站着，膝头发着抖，但我不使人看出我为了自己的儿子达尼罗，心在发跳来。我看见了哥萨克们怎样的在互相耳语，还用脑袋来指点我。于是骑兵曹长亚尔凯沙跑向我来了：'怎么样，密吉夏拉，如果我们结果共产党，你到场么？'

'一定到场的，这些匪徒！'我说。

'原来，那就拿了枪，站在这地方，这门口。'

接着他就这样地看定了我：'我们留心着你的，密吉夏拉，小心些罢，朋友，——你也许会吃不住的。'

我于是站在门前面，头里却旋转着这样的事：'圣母呵，圣马理亚呵，我真得来杀我自己的儿子么？'

办公室逐渐吵闹起来。俘虏们带出来了。达尼罗就是第一个。我一看见他，便吓得浑身冰冷。他的头肿得像一个桶，皮也打破了。鲜血成了浓块，从脸上涌出。头发上贴着厚的羊毛的手套。是他们打了之后，用这给他塞住伤口的。那手套吸饱了血，乾燥了，却还是黏在头发上。可见是将他们解到村里来的路上打坏的。我的达尼罗跄踉的走过廊下来。他一见我，就伸开了两只手。他想对我装笑脸，但两眼已经灰黑凹陷，有一只是全给凝血封住了。

　　这我很知道：如果我不也给他一下，村人们就会立刻杀死我的。我那些孩子们，便要成为孤儿，孤另另的剩在上帝的广大的世界上了。

　　达尼罗一到我在站着的地方，他说：'爸爸——小爸爸，别了。'眼泪流下他的面庞来，洗掉了血污。至于我呢，我可是……我擎不起臂膊来，非常沉重。好像一段树。上了刺刀的枪俨然的横在我的臂膊上，还在催逼了，我就用枪柄给了我那小子一下子……我打在这地方……耳朵上面这里……他叫了起来：呜呜呵——呜呵——，两手掩着脸，跌倒了。

　　我的哥萨克们放声大笑，道：'打呀，密吉夏拉，打呀，对你的达尼罗，好像在伤心哩，打呀，要不然，我们就放了你的血。'

　　军官走到大门口来了，面子上是呵斥大家模样。但他的眼睛是在笑的。

　　于是哥萨克们都奔向俘虏去，用刺刀干起来了。我的眼前发了黑，我跑掉了，只是跑，顺着街道。但那时我还看见，他们怎样将我的达尼罗踢得在地上滚来滚去。骑兵曹长用刀尖刺进了他的喉咙。达尼罗却不过还叫着：喀喀……"

　　因了水的压力，船板都瑟瑟地发响，榛树也在我们下面作悠长的呻吟。

　　密吉夏拉用脚去钩那被水挤逼上来的龙骨，并且从烟斗里叩去

未烬的灰,一面说:

"我们的船要沉了。我们得坐在这里的树上,直到明天中午了。真倒运!"

他沉默了很久。随后就又用那低低的,钝滞的声音说了起来:

"为了这件事,他们将我送到高级宪兵队去了。——现在是许多水已经流进顿河里面了,但在夜里我总还是听见些什么,好像一个人在喘呼,在咽气,好像在勒死。就像我那一回跑走的时候,听到了的我那达尼罗的喘呼一样。

这就这样地使我吃苦呵,使我的良心。"

"我们和红军对着阵,一直到春天。于是绥克垒提夫将军来加入了,我们就将他们远远的赶过了顿河,直到萨拉妥夫县。

我虽然是家长,但当兵却是很不容易的,这就因为我的两个儿子都在红军里。

我们到了巴拉唆夫镇。关于我的大儿子伊凡的事,我什么也没有听到,什么也没有知道。但哥萨克们里面,却忽然起了风传了,——鬼知道,这是从那里传来的呢——,说伊凡已经从红军被捉,送到第三十六哥萨克中队去了。

我这村里的人们便都嚷了起来:'我们去抓凡加罢,他得归我们来结果的。'

我们到了一个村,瞧罢,第三十六中队就驻扎在这地方。他们立刻去抓了我的凡加,捆绑起来,拖到办公室。他们在这里将他毒打了一顿,这才对我说道:

'押他到联队本部去!'

从这村到本部,远近是十二威尔斯忒。我们的百人团的团长一面交给我押解票,一面说——但他却并不对我看:

'票在这里,密吉夏拉。送这少年到本部去。和你一起,他就靠得住。从父亲手里,他不跑掉的。'

这时我得了上帝的指点。他们想要怎样,我觉察出来了。他们叫我押送他去,是因为他们豫料着我会放他逃走的。后来他们就又去捉住他,将他和我同时结果了性命。

我跨进那关着伊凡的屋子去,对卫兵说道:

'将这俘虏交给我罢,我得带他上本部去。'

'带他去就是,'他们说,'我们是随便的。'

伊凡将外套搭在肩膀上。拿帽子在手里转了两三个旋子,便又抛在长椅上面了。

我们离开了村庄。路是在上到一个冈子上。我不作声。他不作声。我常常回过了头去,是要看看可有人监察我们的没有。我们就这样地,大约走了一半路。到得一座小小的神庙的跟前。我们的后面看不见一个人。凡涅就向我转过脸来了。说道,他的声音是很伤心的:'爸爸,——到本部,他们就要我的命了。你是带我到死里去的呵。你的良心还是总在睡觉么?'

'不,凡涅,'我说,'我的良心并没有睡着。'

'可是对我却一点都没有同情么?'

'你真使我伤心得很,孩子,为了愁苦,我的心也快要粉碎了。'

'如果我使你愁苦,那就放我逃走罢。你想想看,我活在这世界上,实在还没有多少日子哩。'

他跪下去了。在我面前磕了三个头。我于是对他说:'让我们到了坡,我的孩子。那么,你跑就是。我来放几下空枪装装样。'

你也知道,已经成了一个小伙子了,从他嘴里是吐不出深情话来的。但他现在可是抱住了我的颈子,接吻了我的两只手……

我们又走了两威尔斯忒。他不作声。我不作声。我们到了坡上面。伊凡站住了。

'那么,爸爸,再见。如果我们两个人都活着,我总要照顾你一世的。你总不会从我嘴里听到一回粗话的。'

他拥抱了我,这时我的心快要裂碎了。

'走罢,孩子,'我对他说。他跑下坡去了。他时时回了头,向我装手势。我让他跑了十二丈远。于是我从肩膀上卸下枪,曲了一条腿,使臂膊不至于发抖,只一按……就直打在脊梁上了。"

密吉夏拉慢慢的从袋子里摸出烟囊来,用火石注意地打了火,慢慢的点在他的烟斗上,吸了起来。他那空着的手里,拿了发着微光的火绒。他的脸上的筋肉在牵动。在肿起的眼睑下,强项地,冷淡地闪着歪斜的眼睛。

"可是……他跳了一下,拼命的还跑了丈多路。这才用两手按住了肚子,向我回过身来了:'爸爸……怎么的?……'他倒了下去,乱蹬着两脚。我跑过去,俯在他上面。他上翻着眼珠。嘴唇上吹着血泡。我想,现在是完了,他要死了。但他还起来一下。忽然间,说——向我的手这一边摸抚着:'爸爸,我有一个孩子和一个女人……'他的头倒向一边了。他想用指头来按住那伤口。但那地方……鲜血只是从指头间涌出来……他呻吟着。仰天躺倒。严酷地凝视我。他的舌头已经不灵了。他还想说什么话。但只能说出:'爸〰〰爸,爸〰〰爸……'来。我两眼里涌出了眼泪,并且对他说:'凡纽沙,替我戴了苦难的冠罢。不错的,你有女人和一个孩子。可是我却有七个躺在木榻上呵。倘使我放掉你,哥萨克们就会结果我,那些孩子们也都得做乞丐了。'

他还躺了一会,于是完结了。他的手捏着我的手。我脱下他那外套和长靴,用一块布盖在他脸上,就回到村子里……

现在你判断罢,好人,我是为着孩子们受了这么多的苦楚,赚得一头白发的……我为了他们做活,要使他们不至于缺少一片面包。白天黑夜,都没有休息。……可是他们却像我那女儿那泰莎似的,对我说:'爸爸,我不愿意和你坐在一个桌子上……'这怎么能受得下去呢?"

船夫密吉夏拉低下头去了。他还用沉重的,不动的眼光看定我。在他背后开始出现了黎明，熹微而且茫漠。从右岸上，在白杨的暗丛里，夹着野鸭的乱叫，响来了一个冷得发哑的，渴睡的声音：

"密吉夏拉！老鬼！船来！……"

未另发表。

初收 1933 年 3 月上海良友图书印刷公司版《一天的工作》。

十六日

日记 昙。晨寄三弟信并还《文选》。晚得叶圣陶信。

十七日

日记 昙。晨寄诗荃信。寄小峰信，下午得复，并十月版税泉二百。

十八日

日记 晴。上午寄小峰信。得孙用信。校《士敏土》起。

十九日

日记 昙。上午石民来并交松浦氏所赠日译《阿Q正传》四本，《文学新闻》二张。下午往内山书店买『昆虫记』布装本（九及十）二本，共七元；『科学の詩人』[一]本，三元五角。留给黄源信。

二十日

日记 昙。无事。

新的"女将"*

在上海制图版,比别处便当,也似乎好些,所以日报的星期附录画报呀,书店的什么什么月刊画报呀,也出得比别处起劲。这些画报上,除了一排一排的坐着大人先生们的什么什么会开会或闭会的纪念照片而外,还一定要有"女士"。

"女士"的尊容,为什么要绍介于社会的呢?我们只要看那说明,就可以明白了。例如:

"A女士,B女校皇后,性喜音乐。"

"C女士,D女校高材生,爱养叭儿狗。"

"E女士,F大学肄业,为G先生之第五女公子。"

再看装束:春天都是时装,紧身窄袖;到夏天,将裤脚和袖子都撤掉了,坐在海边,叫作"海水浴",天气正热,那原是应该的;入秋,天气凉了,不料日本兵恰恰侵入了东三省,于是画报上就出现了白长衫的看护服,或托枪的戎装的女士们。

这是可以使读者喜欢的,因为富于戏剧性。中国本来喜欢玩把戏,乡下的戏台上,往往挂着一副对子,一面是"戏场小天地",一面是"天地大戏场"。做起戏来,因为是乡下,还没有《乾隆帝下江南》之类,所以往往是《双阳公主追狄》,《薛仁贵招亲》,其中的女战士,看客称之为"女将"。她头插雉尾,手执双刀(或两端都有枪尖的长枪),一出台,看客就看得更起劲。明知不过是做做戏的,然而看得更起劲了。

练了多年的军人,一声鼓响,突然都变了无抵抗主义者。于是远路的文人学士,便大谈什么"乞丐杀敌","屠夫成仁","奇女子救国"一流的传奇式古典,想一声锣响,出于意料之外的人物来"为国增光"。而同时,画报上也就出现了这些传奇的插画。但还没有提起剑仙的一道白光,总算还是切实的。

但愿不要误解。我并不是说，"女士"们都得在绣房里关起来；我不过说，雄兵解甲而密斯托枪，是富于戏剧性的而已。

还有事实可以证明。一，谁也没有看见过日本的"惩膺中国军"的看护队的照片；二，日本军里是没有女将的。然而确已动手了。这是因为日本人是做事是做事，做戏是做戏，决不混合起来的缘故。

原载 1931 年 11 月 20 日《北斗》月刊第 1 卷第 3 期。署名冬华。

初收 1932 年 10 月上海合众书店版《二心集》。

宣传与做戏 *

就是那刚刚说过的日本人，他们做文章论及中国的国民性的时候，内中往往有一条叫作"善于宣传"。看他的说明，这"宣传"两字却又不像是平常的"Propaganda"，而是"对外说谎"的意思。

这宗话，影子是有一点的。譬如罢，教育经费用光了，却还要开几个学堂，装装门面；全国的人们十之九不识字，然而总得请几位博士，使他对西洋人去讲中国的精神文明；至今还是随便拷问，随便杀头，一面却总支撑维持着几个洋式的"模范监狱"，给外国人看看。还有，离前敌很远的将军，他偏要大打电报，说要"为国前驱"。连体操班也不愿意上的学生少爷，他偏要穿上军装，说是"灭此朝食"。

不过，这些究竟还有一点影子；究竟还有几个学堂，几个博士，几个模范监狱，几个通电，几套军装。所以说是"说谎"，是不对的。这就是我之所谓"做戏"。

但这普遍的做戏，却比真的做戏还要坏。真的做戏，是只有一时；戏子做完戏，也就恢复为平常状态的。杨小楼做《单刀赴会》，梅兰芳做《黛玉葬花》，只有在戏台上的时候是关云长，是林黛玉，下台就成了普通人，所以并没有大弊。倘使他们扮演一回之后，就永远提着青龙偃月刀或锄头，以关老爷林妹妹自命，怪声怪气，唱来唱去，那就实在只好算是发热昏了。

不幸因为是"天地大戏场"，可以普遍的做戏者，就很难有下台的时候，例如杨缦华女士用自己的天足，踢破小国比利时女人的"中国女人缠足说"，为面子起见，用权术来解围，这还可以说是很该原谅的。但我以为应该这样就拉倒。现在回到寓里，做成文章，这就是进了后台还不肯放下青龙偃月刀；而且又将那文章送到中国的《申报》上来发表，则简直是提着青龙偃月刀一路唱回自己的家里来了。难道作者真已忘记了中国女人曾经缠脚，至今也还有正在缠脚的么？还是以为中国人都已经自己催眠，觉得全国女人都已穿了高跟皮鞋了呢？

这不过是一个例子罢了，相像的还多得很，但恐怕不久天也就要亮了。

原载 1931 年 11 月 20 日《北斗》月刊第 1 卷第 3 期。署名冬华。

初收 1932 年 10 月上海合众书店版《二心集》。

二十一日

日记　昙。晨寄中国书店及蟫隐庐信，并各附邮票二分。收朱宅从越中寄赠海婴之糕干及椒盐饼共一合。午后雨。下午邀蕴如及三弟并同广平往新光戏院观电影《禽兽世界》，观毕至特色酒家晚饭，食三蛇羹。

二十二日

日记　星期。昙。下午寄子英信。寄长江印刷局信。

二十三日

日记　晴。下午往内山书店,得『浮世絵傑作集』(十五)一帖,『日本裸体美术全集』(六)一本,共泉卅元,二种俱完毕。又『川柳漫画全集』(一)一本,二元二角。夜同广平往威利大戏院观电影《陈查理》。

《毁灭》和《铁流》的出版预告 *

毁灭　为法捷耶夫所作之名著,鲁迅译,除本文外,并有作者自传,藏原惟人和弗理契序文,译者跋语,及插图六幅,三色版作者画像一幅。售价一元二角,准于十一月卅日出版。

铁流　为绥拉菲摩维支所作之名著,批评家称为"史诗",曹靖华译,除本文外,并有极详确之序文,注释,地图,及作者照相和三色版画像各一幅,笔迹一幅,书中主角照相两幅,三色版《铁流图》一幅。售价一元四角,准于十二月十日出版。

外埠读者　购买以上二书,每种均外加邮寄挂号费各一角,无法汇款者,得以邮票代价,并不打扣,但请寄一角以下的邮票来。

特价券　以上二书曾各特印"特价券"四百枚,系为没有钱的读者起见,并无营业的推销作用在内,因此希望此种券尽为没有钱的读者所得。《毁灭》特价六角,《铁流》八角,外埠每种外加邮寄挂号费各一角,同时购二种者共一角五分。

代售处　上海北四川路底内山书店
　　　　上海四马路五一二号文艺新闻社代理部
　　　　(此二代售处,特价券均发生效力。)
　　　　　　　　上海三闲书屋谨启

原载 1931 年 11 月 23 日《文艺新闻》周刊第 37 号。
初未收集。

二十四日

日记　晴。上午得子英信。得钦文信。得中国书店及蟫隐庐旧书目各一本。下午子英来。

二十五日

日记　晴。午后子英来。下午得水野胜邦君信。王家外婆寄赠米粉干及花生等一篓。

二十六日

日记　昙。下午汉嘉堡[堡嘉]夫人来借版画。《毁灭》制本成。

二十七日

日记　昙，午后小雨。往内山书店，得『世界美術全集』(别册四)一本，三元五角。晚答开明书店问。寄小峰信。

答中学生杂志社问

　　"假如先生面前站着一个中学生，处此内忧外患交迫的非常时代，将对他讲怎样的话，作努力的方针？"

编辑先生：

　　请先生也许我回问你一句，就是：我们现在有言论的自由么？假如先生说"不"，那么我知道一定也不会怪我不作声的。假如先生竟以"面前站着一个中学生"之名,一定要逼我说一点,那么,我说:第一步要努力争取言论的自由。

原载 1932 年 1 月 1 日《中学生》第 21 号(新年号)。

初收 1932 年 10 月上海合众书店版《二心集》。

二十八日

日记 晴。清水清君将归国,赠以绣龙靠枕衣一对。

二十九日

日记 星期。晴。午后同三弟往中国书店买《华光天王传》一本,一元。又至艺苑真赏社代张襄武买碑帖影本约二十种。又至蟫隐庐买《历代名将图》一部二本,一元六角;并买《文章轨范》一部二本,价八角,以赠小岛君。得杨,汤信。

三十日

日记 晴。上午得小峰信并十月分版税泉二百。下午山本夫人赠热海所出玩具鸣子(吓鸦板)一枚,『古東多万』第一号一本。夜大雾。

"日本研究"之外 *

自从日本占领了辽吉两省以来,出版界就发生了一种新气象:许多期刊里,都登载了研究日本的论文,好几家书铺子,还要出日本研究的小本子。此外,据广告说,什么亡国史是瞬息卖完了好几版了。

怎么会突然生出这许多研究日本的专家来的？看罢，除了《申报》《自由谈》上的什么"日本应称为贼邦"，"日本古名倭奴"，"闻之友人，日本乃施行征兵之制"一流的低能的谈论以外，凡较有内容的，那一篇不和从上海的日本书店买来的日本书没有关系的？这不是中国人的日本研究，是日本人的日本研究，是中国人大偷其日本人的研究日本的文章了。

倘使日本人不做关于他本国，关于满蒙的书，我们中国的出版界便没有这般热闹。

在这排日声中，我敢坚决的向中国的青年进一个忠告，就是：日本人是很有值得我们效法之处的。譬如关于他的本国和东三省，他们平时就有很多的书，——但目下投机印出的书，却应除外，——关于外国的，那自然更不消说。我们自己有什么呢？除了墨子为飞机鼻祖，中国是四千年的古国这些没出息的梦话而外，所有的是什么呢？

我们当然要研究日本，但也要研究别国，免得西藏失掉了再来研究英吉利（照前例，那时就改称"英夷"），云南危急了再来研究法兰西。也可以注意些现在好像和我们毫无关系的德，奥，匈，比……尤其是应该研究自己：我们的政治怎样，经济怎样，文化怎样，社会怎样，经了连年的内战和"正法"，究竟可还有四万万人了？

我们也无须再看什么亡国史了。因为这样的书，至多只能教给你一做亡国奴，就比现在的苦还要苦；他日情随事迁，很可以自幸还胜于连表面上也已经亡国的人民，依然高高兴兴，再等着灭亡的更加逼近。这是"亡国史"第一页之前的页数，"亡国史"作者所不肯明写出来的。

我们应该看现代的兴国史，现代的新国的历史，这里面所指示的是战叫，是活路，不是亡国奴的悲叹和号咷！

原载 1931 年 11 月 30 日《文艺新闻》周刊第 38 号。署名

乐贲。

初未收集。

本月

三闲书屋校印书籍[*]

现在只有三种，但因为本书屋以一千现洋，三个有闲，虚心绍介诚实译作，重金礼聘校对老手，宁可折本关门，决不偷工减料，所以对于读者，虽无什么奖金，但也决不欺骗的。除《铁流》外，那二种是：

毁灭 作者法捷耶夫，是早有定评的小说作家，本书曾经鲁迅从日文本译出，登载月刊，读者赞为佳作。可惜月刊中途停印，书亦不完。现又参照德英两种译本，译成全书，并将上半改正，添译藏原惟人，弗理契序文，附以原书插画六幅，三色版印作者画像一张，亦可由此略窥新的艺术。不但所写的农民矿工以及知识阶级，皆栩栩如生，且多格言，汲之不尽，实在是新文学中的一个大炬火。全书三百十余页，实价大洋一元二角。

士敏土之图 这《士敏土》是革拉特珂夫的大作，中国早有译本；德国有名的青年木刻家凯尔·梅斐尔德曾作图画十幅，气象雄伟，旧艺术家无人可以比方。现据输入中国之唯一的原版印本，复制玻璃版，用中国夹层宣纸，影印二百五十部，大至尺余，神彩不爽。出版以后，已仅存百部，而几乎尽是德日两国人所购，中国读者只二十余人。出版者极希望中国也从速购置，售完后决不再版，而定价低廉，较原版画便宜至一百倍也。图十幅，序目两页，中国式装，实价大洋一元五角。

代售处：内山书店

（上海，北四川路底，施高塔路口。）

原载 1931 年 11 月三闲书屋版《铁流》版权页后。

初未收集。

十二月

一日

日记 昙。上午复小峰信。得紫佩及舒信,十一月二十六日发。

二日

日记 昙。下午收十月分编辑费三百。得钦文信,即复。作送增田涉君归国诗一首并写讫,诗云:"扶桑正是秋光好,枫叶如丹照嫩寒。却折垂杨送归客,心随东棹忆华年。"得诗荃所寄《Masereel木刻选集》及《Baluschek 传》各一本,自柏林发。晚小雨。校《土敏土》小说。

送增田涉君归国

扶桑正是秋光好,枫叶如丹照嫩寒。
却折垂杨送归客,心随东棹忆华年。

十二月二日

未另发表。据手稿编入。
初未收集。

三日

日记 昙。午后得叶圣陶信。下午微雪。

梅令格的《关于文学史》

［德国］Barin

梅令格的书《关于文学史》（Franz Mehring：*Zur Literaturge-schichte*，二册。第一册，从 Calderon 到 Heine；第二册，从 Hebbel 到 Gorki。Soziologische Verlags anstalt 出版），是单篇文字的结集，都是评论著作家及其著作，他于一八八〇年至一九一九之间，在德国社会主义的报章上发表的。

梅令格生在一个好好的市民的家庭里。他的父亲是普鲁士的将校，他自己也在有名的德国的市民的日报里，做了编辑和同人许多时。一直到得壮年，他才知道社会主义，待到加入党里的时候，因为他那唯物史观的辩证法的基本知识的帮助，他立刻成为他们的指导者之一了。他死时是七十三岁，在人们以为他生了必死之病，免掉了几月来的陆军的监视之后并不久。

梅令格是一个特出的著作家，是德国社会主义的显著的历史家之一，而且也是纯粹的科学的思想家。他的文学史的论文是抓着一群布尔乔亚著作家及其著作的，尤其是古典的德国的文学。

这里就发生了问题，为什么一个社会主义者，要来写关于过去的布尔乔亚的美文学（的论文），德国布尔乔亚的文豪和站在阶级斗争上的现在的普罗列太利亚有什么相干呢？因为普罗列太利亚是可以无需那些和阶级斗争的实践并无直接关系的学问和学说的。

但我们知道，梅令格的文学史的论文，在对于布尔乔亚的战斗上，是很有用的武器。

劳动者不只是为了政治的和经济的权力而斗争，却也为了一种新的社会主义的文化，包括着艺术、文学和科学，并且在旧的布尔乔亚文化的有价值的部份之上，将这从新建造起来。为了这文化而与敌人的非文化作有效的战斗，就非根本的明白这些不可。每个德国的劳动者，至少从他的学校时代起，就知道德国的大诗人。由教师的爱国的装点，他知道了哥德（Goethe），席勒（Schiller），莱洵（Lessing），好普德曼（Gerhardt Hauptmann）的一生及其著作，而这些诗人的影像，他也不再依据了后来所获得的社会主义的立场，加以改正了。

现在这社会主义者梅令格写了布尔乔亚著作家及其著作（的论文），并且不是作为灰色的理论家，和马克思的思想分离，而是作为马克思主义者。他研究了布尔乔亚的文学底文化事业和布尔乔亚的历史底发达的关联，在一八四八年五月革命以前的他们的繁荣和帝国主义发生起来时候的他们的没落。他写了政治的文学史。正如马克思和恩格斯之运用唯物史观的方法于经济的和社会的问题一般，梅令格则用这于市民的文学和艺术的研究。梅令格说，艺术家的才能盖是自然的嫁资，然而这自然的原料却是历史底环境所形成的。他由了唯物史观的辩证法之运用，将市民的文学照在完全新的光明中。他的选择著作者及其著作，也只在对于无产阶级是有价值的，这才加以注意。如对于无产阶级的新建设，还有价值的著作，在市民的阶级斗争时候所写，而还含有许多有益于劳动者的阶级斗争的著作，在文学上特别分明地显示着历史底发达的影响的著作等。他清清楚楚地将这些和对于革命底劳动者的行动，极容易引起含糊和停顿的有害于劳动阶级的书籍分开，市民的反动的意识，一穿上文学底地渲染得很美的字句的衣裳，是较之用了质朴的散文所写的同一的意识，更加难以辨认和看出本相来的。

梅令格的文学论文的总集还有一种特别的教益，因为读者拿书在手，就不知不觉的学得了科学的思想，知道他从发达的历史底条件开手，他于每个作家和每种作品，都从他的先驱，他的环境，给以说明，他使我们明白有规律的发达，并且教给马克思的思想。为了政治的斗争，我们也很用得着它的。为要有效的和现在秩序作战起见，我们应该知道通到现在状况的是那一条路。

一样有益的是梅令格的非常明白而美丽的言语。好的言语，并非一个著作家的自己取乐的玩意儿，乃是各人都该自勉，要有能解的效力的，分明而平易的言语。

为了完全地评定梅令格的工作，我们来引用他的恳挚的女朋友卢森堡（Rosa Luxemburg）写给他的信里，对于这事是说了些什么罢：

"……你从布尔乔亚的阵营里救出了，并且弄到我们这里，金库里还剩着布尔乔亚的过去的精神文明的，社会的废除遗产的阵营里来了。由你的全书，也如由你的单篇一样，用了拉不断的带子，不但将阶级的哲学，也将阶级的诗文，不但将康德和海格尔，也将莱洵，席勒以及哥德，和德国的普罗列太利亚联结起来了。由你的妙笔的每一行，都将社会主义不仅是碗筷问题，却是文化运动，是伟大的精神的世界观的事，教给了我们的劳动者。……"

这一篇 Barin 女士的来稿，对于中国的读者，也是很有益处的。全集的出版处，已见于本文的第一段注中，兹不赘。日本文的译本，据译者所知道，则有《唯物史观》，冈口宗司译；关于文学史的有两种：《世界文学与无产阶级》和《美学及文学史论》，川口浩译，都是东京丛文阁出版。中国只有一本：《文学评论》，雪峰译，为水沫书店印行的《科学的艺术论丛书》之一，但近来好像很少看见了。一九三一年十二月，三日。丰瑜译并附记。

原载 1931 年 12 月 20 日《北斗》月刊第 1 卷第 4 期。署丰瑜译。

初未收集。

四日

日记 晴。海婴染流行感冒,上午同广平携之往石井医院诊。

五日

日记 晴。午后寄紫佩信附与舒笺,又明年一至三月份家用泉三百,托其转交。往内山书店,得『世界裸体美術全集』(四)一本,七元。夜收湖风书店所赠《夏娃日记》十本。

六日

日记 星期。雾。上午同广平携海婴往石井医院诊。午后海婴发热,复往石井医院取药。下午得增田君信。以《夏娃日记》分赠知人。

七日

日记 小雨。上午同三弟携晔儿往福民医院诊。夜得钦文信。

介绍德国作家版画展 *

世界上版画出现得最早的是中国,或者刻在石头上,给人模拓,或者刻在木版上,分布人间。后来就推广而为书籍的绣像,单张的花纸,给爱好图画的人更容易看见,一直到新的印刷术传进了中国,这才渐渐的归于消亡。

欧洲的版画,最初也是或用作插画,或印成单张,和中国一样的。制作的时候,也是画手一人,刻手一人,印手又是另一人,和中国一样的。大家虽然借此娱目赏心,但并不看作艺术,也和中国一样。但到十九世纪末,风气改变了,许多有名的艺术家,都来自己动手,用刀代了笔,自画,自刻,自印,使它确然成为一种艺术品,而给人赏鉴的量,却比单能成就一张的油画之类还要多。这种艺术,现在谓之"创作版画",以别于古时的木刻,也有人称之为"雕刀艺术"。

但中国注意于这种艺术的人,向来是很少的。去年虽然开过一个小小的展览会,而至今并无继起。近闻有德国的爱好美术的人们,已筹备开一"创作版画展览会"。其版类有木,有石,有铜。其作家都是现代德国的,或寓居德国的各国的名手,有许多还是已经跨进美术史里去了的人们。例如亚尔启本珂(Archipenko),珂珂式加(O. Kokoschka),法宁该尔(L. Feininger),沛息斯坦因(M. Pechstein),都是只要知道一点现代艺术的人,就很熟识的人物。此外还有当表现派文学运动之际,和文学家一同协力的霍夫曼(L. von Hofmann),梅特那(L. Meidner)的作品。至于新的战斗的作家如珂勒惠支夫人(K. Kollwitz),格罗斯(G. Grosz),梅斐尔德(C. Meffert),那是连留心文学的人也就知道,更可以无须多说的了。

这展览会里,连上述各家以及别的作者的版画,闻共有百余幅之多,大者至二三尺,且都有作者亲笔的署名,和翻印的画片,简直有天渊之别,是很值得美术学生和爱好美术者的研究的。

原载 1931 年 12 月 7 日《文艺新闻》周刊第 39 号。署名乐贲。

初未收集。

八日

日记 大雾。上午同广平携海婴往石井医院诊。内山书店送来『書道全集』(十七)一本,价二元五角。下午复钦文信。复杨,汤信。得高见泽木版社信片并山田[村]耕花版画『裸婦』一枚,为『日本裸体美术全集』购完后之赠品。得靖华信并毕斯凯莱夫木刻《〈铁流〉图》四枚,十一月二十一日发;又一信,二十二日发,所附同上。夜雨。

《〈铁流〉图》特价告白

当本书刚已装成的时候,才得译者来信并木刻《铁流》图像的原版印本,是终于找到这位版画大家 Piskarev 了。并承作者好意,不收画价,仅欲得中国纸张,以作印刷木刻之用。惜得到迟了一点,不及印入书中,现拟用锌版复制单片,计四小幅(其一已见于书面,但仍另印)为一套,于明年正月底出版,对于购读本书者,只收制印及纸费大洋一角。倘欲并看插图的读者,可届时持特价券至代售处购取。无券者每份售价二角二分,又将专为研究美术者印玻璃版本二百五十部。价未定。

一九三一年十二月八日,三闲书屋谨启。

原载木刻《〈铁流〉图》特价卷背后,题作《告白》。
初未收集。

九日

日记 昙。下午复靖华信。晚径三来。

德国作家版画展延期举行真象

此次版画展览会,原定于本月七日举行,闻搜集原版画片,颇为不少,大抵大至尺余,如格罗斯所作石版《席勒剧本〈群盗〉警句图》十张,珂勒惠支夫人所作铜板画《农民图》七张,则大至二尺以上,因此镜框遂成问题。有志于美术的人,既无力购置,而一时又难以另法备办,现筹备人方四出向朋友商借,一俟借妥,即可开会展览。

又闻俄国木刻名家毕斯凯莱夫(N. Piskarev)有《铁流图》四小幅,自在严寒中印成,赠与小说《铁流》之中国译者,昨已由译者寄回上海,是为在东亚唯一之原版画,传闻三闲书屋为之制版印行。并拟先在展览会陈列,以供爱好美术者之赏鉴。

原载 1931 年 12 月 14 日《文艺新闻》周刊第 40 号。题作《〈铁流〉图版画展延期举行真象》。

初未收集。

十日

日记 昙。无事。

十一日

日记 昙。上午同广平携海婴往石井医院诊。增田涉君明日归国,于夜来别。大风。

知难行难 *

中国向来的老例,做皇帝做牢靠和做倒霉的时候,总要和文人学士扳一下子相好。做牢靠的时候是"偃武修文",粉饰粉饰;做倒霉的时候是又以为他们真有"治国平天下"的大道,再问问看,要说得直白一点，就是见于《红楼梦》上的所谓"病笃乱投医"了。

当"宣统皇帝"逊位逊到坐得无聊的时候，我们的胡适之博士曾经尽过这样的任务。

见过以后，也奇怪，人们不知怎的先问他们怎样的称呼，博士曰：

"他叫我先生，我叫他皇上。"

那时似乎并不谈什么国家大计，因为这"皇上"后来不过做了几首打油白话诗，终于无聊，而且还落得一个赶出金銮殿。现在可要阔了，听说想到东三省再去做皇帝呢。而在上海，又以"蒋召见胡适之丁文江"闻：

"南京专电：丁文江，胡适，来京谒蒋，此来系奉蒋召，对大局有所垂询。……"（十月十四日《申报》。）

现在没有人问他怎样的称呼。

为什么呢？因为是知道的，这回是"我称他主席……"！

安徽大学校长刘文典教授，因为不称"主席"而关了好多天，好容易才交保出外，老同乡，旧同事，博士当然是知道的，所以，"我称他主席"！

也没有人问他"垂询"些什么。

为什么呢？因为这也是知道的，是"大局"。而且这"大局"也并无"国民党专政"和"英国式自由"的争论的麻烦，也没有"知难行易"和"知易行难"的争论的麻烦，所以，博士就出来了。

"新月派"的罗隆基博士曰："根本改组政府，……容纳全国各项人才代表各种政见的政府，……政治的意见，是可以牺牲的，是应该牺牲的。"（《沈阳事件》。）

代表各种政见的人才，组成政府，又牺牲掉政治的意见，这种"政府"实在是神妙极了。但"知难行易"竟"垂询"于"知难，行亦不易"，倒也是一个先兆。

原载 1931 年 12 月 11 日《十字街头》半月刊第 1 期。署名佩韦。

初收 1932 年 10 月上海合众书店版《二心集》。

好东西歌*

南边整天开大会,北边忽地起烽烟,北人逃难南人嚷,请愿打电闹连天。还有你骂我来我骂你,说得自己蜜样甜。文的笑道岳飞假,武的却云秦桧奸。相骂声中失土地,相骂声中捐铜钱,失了土地捐过钱,喊声骂声也寂然。文的牙齿痛,武的上温泉,后来知道谁也不是岳飞或秦桧,声明误解释前嫌,大家都是好东西,终于聚首一堂来吸雪茄烟。

原载 1931 年 12 月 11 日《十字街头》半月刊第 1 期。署名阿二。

初未收集。

公民科歌*

何键将军捏刀管教育,说道学校里边应该添什么。首先叫作"公民科",不知这科教的是什么。但愿诸公勿性急,让我来编教科书,做个公民实在弗容易,大家切莫耶耶乎。第一着,要能受,蛮如猪猡力如牛,杀了能吃活就做,瘟死还好熬熬油。第二着,先要磕头,先拜何大人,后拜孔阿丘,拜得不好就砍头,砍头之际莫讨命,要命便是反革命,大人有刀你有头,这点天职应该尽。第三着,莫讲爱,自由结婚放洋屁,最好是做第十第廿姨太太,如果爹娘要钱化,几百几千可以卖,正了风化又赚钱,这样好事还有吗?第四着,要听话,大人怎说你怎做。公民义务多得很,只有大人自己心里懂,但愿诸公切勿死守我的教科书,免得大人一不高兴便说阿拉是反动。

原载 1931 年 12 月 11 日《十字街头》半月刊第 1 期。署名阿二。

初未收集。

十二日

日记 昙,大风。上午寄小峰信。夜《铁流》印订成。

十三日

日记 星期。晴,风,大冷。晚三弟持版权印证来,印费三十四元。

十四日

日记 晴,冷。上午往石井医院取药。寄靖华《铁流》八本,寄钦文《毁灭》,《铁流》各一本。下午得钦文信,十一日发。

十五日

日记 晴。午后同三弟往三洋泾桥买纸五元。夜得汉堡嘉夫人信,并赠海婴玩具一件。

十六日

日记 昙。下午买玩具分赠晔儿,瑾男,志儿。得宋大展信,十一日发。

十七日

    日记 晴。下午寄靖华《铁流》三本,《导报》六期。得靖华信并 *Совре. Обложка* 一本,十一月三十日发。得圣陶信。得诗荃信,十一月三十日发。

十八日

    日记 晴,晚雨。无事。

十九日

    日记 雨。晨寄钦文信。寄小峰信。上午寄靖华信并抄扛纸一包,参皮纸及宣纸等共一包。下午复叶圣陶信。晚理发。

致 叶绍钧

聊印数书,以贻同气,所谓相濡以沫,殊可哀也。

录自 1936 年 11 月《作家》第 2 卷第 2 号叶圣陶《挽鲁迅先生》诗后自注。系残简。

二十日

    日记 星期。晴。无事。

几条"顺"的翻译[*]

    在这一个多年之中,拚死命攻击"硬译"的名人,已经有了三代:首先是祖师梁实秋教授,其次是徒弟赵景深教授,最近就来了徒孙杨晋豪大学生。但这三代之中，却要算赵教授的主张最为明白而且彻底了，那精义是——

"与其信而不顺，不如顺而不信。"

这一条格言虽然有些希奇古怪，但对于读者是有效力的。因为"信而不顺"的译文，一看便觉得费力，要借书来休养精神的读者，自然就会佩服赵景深教授的格言。至于"顺而不信"的译文，却是倘不对照原文，就连那"不信"在什么地方都不知道。然而用原文来对照的读者，中国有几个呢。这时候，必须读者比译者知道得更多一点，才可以看出其中的错误，明白那"不信"的所在。否则，就只好胡里胡涂的装进脑子里去了。

我对于科学是知道得很少的，也没有什么外国书，只好看看译本，但近来往往遇见疑难的地方。随便举几个例子罢。《万有文库》里的周太玄先生的《生物学浅说》里，有这样的一句——

"最近如尼尔及厄尔两氏之对于麦……"

据我所知道，在瑞典有一个生物学名家 Nilsson-Ehle 是考验小麦的遗传的，但他是一个人而兼两姓，应该译作"尼尔生厄尔"才对。现在称为"两氏"，又加了"及"，顺是顺的，却很使我疑心是别的两位了。不过这是小问题，虽然，要讲生物学，连这些小节也不应该忽略，但我们姑且模模胡胡罢。

今年的三月号《小说月报》上冯厚生先生译的《老人》里，又有这样的一句——

"他由伤寒病变为流行性的感冒（Influenza）的重病……"

这也是很"顺"的，但据我所知道，流行性感冒并不比伤寒重，而且一个是呼吸系病，一个是消化系病，无论你怎样"变"，也"变"不过去的。须是"伤风"或"中寒"，这才变得过去。但小说不比《生物学浅说》，我们也姑且模模胡胡罢。这回另外来看一个奇特的实验。

这一种实验，是出在何定杰及张志耀两位合译的美国 Conklin 所作的《遗传与环境》里面的。那译文是——

"……他们先取出兔眼睛内髓质之晶体，注射于家禽，等到
　　家禽眼中生成一种'代晶质'，足以透视这种外来的蛋白质精以
　　后，再取出家禽之血清，而注射于受孕之雌兔。雌兔经此番注
　　射，每不能堪，多遭死亡，但是他们的眼睛或晶体并不见有若何
　　之伤害，并且他们卵巢内所蓄之卵，亦不见有什么特别之伤害，
　　因为就他们以后所生的小兔看来，并没有生而具残缺不全之
　　眼者。"

这一段文章，也好像是颇"顺"，可以懂得的。但仔细一想，却不
免不懂起来了。一，"髓质之晶体"是什么？因为水晶体是没有髓质
皮质之分的。二，"代晶质"又是什么？三，"透视外来的蛋白质"又
是怎么一回事？我没有原文能对，实在苦恼得很，想来想去，才以为
恐怕是应该改译为这样的——

　　"他们先取兔眼内的制成浆状（以便注射）的水晶体，注射
　　于家禽，等到家禽感应了这外来的蛋白质（即浆状的水晶体）而
　　生'抗晶质'（即抵抗这浆状水晶体的物质）。然后再取其血清，
　　而注射于怀孕之雌兔。……"

以上不过随手引来的几个例，此外情随事迁，忘却了的还不少，
有许多为我所不知道的，那自然就都溜过去，或者照样错误地装在
我的脑里了。但即此几个例子，我们就已经可以决定，译得"信而不
顺"的至多不过看不懂，想一想也许能懂，译得"顺而不信"的却令人
迷误，怎样想也不会懂，如果好像已经懂得，那么你正是入了迷
途了。

　　　　原载 1931 年 12 月 20 日《北斗》月刊第 1 卷第 4 期。署
　　名长庚。
　　　　初收 1932 年 10 月上海合众书店版《二心集》。

风 马 牛 *

主张"顺而不信"译法的大将赵景深先生，近来却并没有译什么大作，他大抵只在《小说月报》上，将"国外文坛消息"，来介绍给我们。这自然是很可感谢的。那些消息，是译来的呢，还是介绍者自去打听来，研究来的？我们无从捉摸。即使是译来的罢，但大抵没有说明出处，我们也无从考查。自然，在主张"顺而不信"译法的赵先生，这是都不必注意的，如果有些"不信"，倒正是贯彻了宗旨。

然而，疑难之处，我却还是遇到的。

在二月号的《小说月报》里，赵先生将"新群众作家近讯"告诉我们，其一道："格罗泼已将马戏的图画故事 *Alay Oop* 脱稿。"这是极"顺"的，但待到看见了这本图画，却不尽是马戏。借得英文字典来，将书名下面注着的两行英文"Life and Love Among the Acrobats Told Entirely in Pictures"查了一通，才知道原来并不是"马戏"的故事，而是"做马戏的戏子们"的故事。这么一说，自然，有些"不顺"了。但内容既然是这样的，另外也没有法子想。必须是"马戏子"，这才会有"Love"。

《小说月报》到了十一月号，赵先生又告诉了我们"塞意斯完成四部曲"，而且"连最后的一册《半人半牛怪》(*Der Zentaur*)也已于今年出版"了。这一下"Der"，就令人眼睛发白，因为这是茄门话，就是想查字典，除了同济学校也几乎无处可借，那里还敢发生什么贰心。然而那下面的一个名词，却不写尚可，一写倒成了疑难杂症。这字大约是源于希腊的，英文字典上也就有，我们还常常看见用它做画材的图画，上半身是人，下半身却是马，不是牛。牛马同是哺乳动物，为了要"顺"，固然混用一回也不关紧要，但究竟马是奇蹄类，牛是偶蹄类，有些不同，还是分别了好，不必"出到最后的一册"的时候，偏来"牛"一下子的。

"牛"了一下之后,使我联想起赵先生的有名的"牛奶路"来了。这很像是直译或"硬译",其实却不然,也是无缘无故的"牛"了进去的。这故事无须查字典,在图画上也能看见。却说希腊神话里的大神宙斯是一位很有些喜欢女人的神,他有一回到人间去,和某女士生了一个男孩子。物必有偶,宙斯太太却偏又是一个很有些嫉妒心的女神。她一知道,拍桌打凳的(?)大怒了一通之后,便将那孩子取到天上,要看机会将他害死。然而孩子是天真的,他满不知道,有一回,碰着了宙太太的乳头,便一吸,太太大吃一惊,将他一推,跌落到人间,不但没有被害,后来还成了英雄。但宙太太的乳汁,却因此一吸,喷了出来,飞散天空,成为银河,也就是"牛奶路",——不,其实是"神奶路"。但白种人是一切"奶"都叫"Milk"的,我们看惯了罐头牛奶上的文字,有时就不免于误译,是的,这也是无足怪的事。

但以对于翻译大有主张的名人,而遇马发昏,爱牛成性,有些"牛头不对马嘴"的翻译,却也可当作一点谈助。——不过当作别人的一点谈助,并且借此知道一点希腊神话而已,于赵先生的"与其信而不顺,不如顺而不信"的格言,却还是毫无损害的。这叫作"乱译万岁!"

原载 1931 年 12 月 20 日《北斗》月刊第 1 卷第 4 期。署名长庚。

初收 1932 年 10 月上海合众书店版《二心集》。

"友邦惊诧"论

只要略有知觉的人就都知道:这回学生的请愿,是因为日本占据了辽吉,南京政府束手无策,单会去哀求国联,而国联却正和日本是一伙。读书呀,读书呀,不错,学生是应该读书的,但一面也要大人老爷们不至于葬送土地,这才能够安心读书。报上不是说过,东北大学逃散,冯庸大学逃散,日本兵看见学生模样的就枪毙吗?放下书包来请愿,真是已经可怜之至。不道国民党政府却在十二月十八日通电各地军政当局文里,又加上他们"捣毁机关,阻断交通,殴伤中委,拦劫汽车,攒击路人及公务人员,私逮刑讯,社会秩序,悉被破坏"的罪名,而且指出结果,说是"友邦人士,莫名惊诧,长此以往,国将不国"了!

好个"友邦人士"!日本帝国主义的兵队强占了辽吉,炮轰机关,他们不惊诧;阻断铁路,追炸客车,捕禁官吏,枪毙人民,他们不惊诧。中国国民党治下的连年内战,空前水灾,卖儿救穷,砍头示众,秘密杀戮,电刑逼供,他们也不惊诧。在学生的请愿中有一点纷扰,他们就惊诧了!

好个国民党政府的"友邦人士"!是些什么东西!

即使所举的罪状是真的罢,但这些事情,是无论那一个"友邦"也都有的,他们的维持他们的"秩序"的监狱,就撕掉了他们的"文明"的面具。摆什么"惊诧"的臭脸孔呢?

可是"友邦人士"一惊诧,我们的国府就怕了,"长此以往,国将不国"了,好像失了东三省,党国倒愈像一个国,失了东三省谁也不响,党国倒愈像一个国,失了东三省只有几个学生上几篇"呈文",党国倒愈像一个国,可以博得"友邦人士"的夸奖,永远"国"下去一样。

几句电文,说得明白极了:怎样的党国,怎样的"友邦"。"友邦"要我们人民身受宰割,寂然无声,略有"越轨",便加屠戮;党国是要我们遵从这"友邦人士"的希望,否则他就要"通电各地军政当局","即予紧急处置,不得于事后借口无法劝阻,敷衍塞责"了!

因为"友邦人士"是知道的:日兵"无法劝阻",学生们怎会"无法劝阻"?每月一千八百万的军费,四百万的政费,作什么用的呀,"军政当局"呀?

写此文后刚一天,就见二十一日《申报》登载南京专电云:

"考试院部员张以宽，盛传前日为学生架去重伤。兹据张自述，当时因车夫误会，为群众引至中大，旋出校回寓，并无受伤之事。至行政院某秘书被拉到中大，亦当时出来，更无失踪之事。"而"教育消息"栏内，又记本埠一小部分学校赴京请愿学生死伤的确数，则云："中公死二人，伤三十人，复旦伤二人，复旦附中伤十人，东亚失踪一人（系女性），上中失踪一人，伤三人，文生氏死一人，伤五人……"可见学生并未如国府通电所说，将"社会秩序，破坏无余"，而国府则不但依然能够镇压，而且依然能够诬陷，杀戮。"友邦人士"，从此可以不必"惊诧莫名"，只请放心来瓜分就是了。

原载 1931 年 12 月 25 日《十字街头》旬刊第 2 期。

署名明瑟。

初收 1932 年 10 月上海合众书店版《二心集》。

二十一日

日记　晴。晨寄诗荃信。午后叆。得钦文信。代靖华寄卢氏高小校梁次屏《铁流》两本。身热疲倦，似患流行感冒，服阿思匹林四片。

二十二日

日记　晴。上午内山君赠海婴木制火车模型一具。下午得小峰信并版税泉百。得钦文信。晚服蓖麻子油。

二十三日

日记　晴。下午往内山书店买『園芸植物図譜』（二及三）两本，共泉十元。波良生女，赠以小孩衣帽共四事。夜内山君来告增田君已抵家。

二十四日

日记 昙。下午得紫佩信,廿日发。收漱园译《最后之光芒》一本。

二十五日

日记 晴。下午寄来青阁书庄信。收靖华所寄 *Faust i Gorod* 一本,又改正中译《不走正路的安得伦》一本。

南京民谣*

大家去谒灵,强盗装正经。

静默十分钟,各自想拳经。

原载 1931 年 12 月 25 日《十字街头》半月刊第 2 期。
初未收集。

关于小说题材的通信

Y及T先生:

接到来信后,未及回答,就染了流行性感冒,头重眼肿,连一个字也不能写,近几天总算好起来了,这才来写回信。同在上海,而竟拖延到一个月,这是非常抱歉的。

两位所问的,是写短篇小说的时候,取来应用的材料的问题。而作者所站的立场,如信上所写,则是小资产阶级的立场。如果是战斗的无产者,只要所写的是可以成为艺术品的东西,那就无论他所描写的是什么事情，所使用的是什么材料，对于现代以及将来一定是有贡献的意义的。为什么呢？因为作者本身便是一个战斗者。

但两位都并非那一阶级，所以当动笔之先，就发生了来信所说似的疑问。我想，这对于目前的时代，还是有意义的，然而假使永是这样的脾气，却是不妥当的。

别阶级的文艺作品，大抵和正在战斗的无产者不相干。小资产阶级如果其实并非与无产阶级一气，则其憎恶或讽刺同阶级，从无产者看来，恰如较有聪明才力的公子憎恨家里的没出息子弟一样，是一家子里面的事，无须管得，更说不到损益。例如法国的戈兼，痛恨资产阶级，而他本身还是一个道道地地资产阶级的作家。倘写下层人物（我以为他们是不会"在现时代大潮流冲击圈外"的）罢，所谓客观其实是楼上的冷眼，所谓同情也不过空虚的布施，于无产者并无补助。而且后来也很难言。例如也是法国人的波特莱尔，当巴黎公社初起时，他还很感激赞助，待到势力一大，觉得于自己的生活将要有害，就变成反动了。但就目前的中国而论，我以为所举的两种题材，却还有存在的意义。如第一种，非同阶级是不能深知的，加以袭击，撕其面具，当比不熟悉此中情形者更加有力。如第二种，则生活状态，当随时代而变更，后来的作者，也许不及看见，随时记载下来，至少也可以作这一时代的记录。所以对于现在以及将来，还是都有意义的。不过即使"熟悉"，却未必便是"正确"，取其有意义之点，指示出来，使那意义格外分明，扩大，那是正确的批评家的任务。

因此我想，两位是可以各就自己现在能写的题材，动手来写的。不过选材要严，开掘要深，不可将一点琐屑的没有意思的事故，便填成一篇，以创作丰富自乐。这样写去，到一个时候，我料想必将觉得写完，——虽然这样的题材的人物，即使几十年后，还有作为残滓而存留，但那时来加以描写刻划的，将是别一种作者，别一样看法了。然而两位都是向着前进的青年，又抱着对于时代有所助力和贡献的意志，那时也一定能逐渐克服自己的生活和意识，看见新路的。

总之,我的意思是:现在能写什么,就写什么,不必趋时,自然更不必硬造一个突变式的革命英雄,自称"革命文学";但也不可苟安于这一点,没有改革,以致沉没了自己——也就是消灭了对于时代的助力和贡献。此复,即颂

近佳。

L. S. 启。十二月二十五日。

原载 1932 年 1 月 5 日《十字街头》旬刊第 3 期。

初收 1932 年 10 月上海合众书店版《二心集》。

二十六日

日记 晴。下午往内山书店买『デカメロン』一部二本,值十二元。晚小雨。

二十七日

日记 星期。昙,冷。下午得增田君信,二十一日发。

答北斗杂志社问

创作要怎样才会好?

编辑先生:

来信的问题,是要请美国作家和中国上海教授们做的,他们满肚子是"小说法程"和"小说作法"。我虽然做过二十来篇短篇小说,但一向没有"宿见",正如我虽然会说中国话,却不会写"中国语法入门"一样,不过高情难却,所以只得将自己所经验的琐事写一点在下面——

一，留心各样的事情，多看看，不看到一点就写。

二，写不出的时候不硬写。

三，模特儿不用一个一定的人，看得多了，凑合起来的。

四，写完后至少看两遍，竭力将可有可无的字，句，段删去，毫不可惜。宁可将可作小说的材料缩成 Sketch，决不将 Sketch 材料拉成小说。

五，看外国的短篇小说，几乎全是东欧及北欧作品，也看日本作品。

六，不生造除自己之外，谁也不懂的形容词之类。

七，不相信"小说作法"之类的话。

八，不相信中国的所谓"批评家"之类的话，而看看可靠的外国批评家的评论。

现在所能说的，如此而已，此复，即请

编安！

十二月二十七日。

原载 1932 年 1 月 20 日《北斗》月刊第 2 卷第 1 期。

初收 1932 年 10 月上海合众书店版《二心集》。

二十八日

日记 昙。上午复汤，杨信。午后得诗荃所寄书籍两包，共计三本，皆画册。下午得钦文信，二十七日发。胃痛，服海儿普锭。

关于翻译的通信

敬爱的 J. K. 同志：

看见你那关于翻译的信以后，使我非常高兴。从去年的翻译洪水泛滥以来，使许多人攒眉叹气，甚而至于讲冷话。我也是一个偶而译书的人，本来应该说几句话的，然而至今没有开过口。"强聒不舍"虽然是勇壮的行为，但我所奉行的，却是"不可与言而与之言，失言"这一句古老话。况且前来的大抵是纸人纸马，说得耳熟一点，那便是"阴兵"，实在是也无从迎头痛击。就拿赵景深教授老爷来做例子罢，他一面专门攻击科学的文艺论译本之不通，指明被压迫的作家匿名之可笑，一面却又大发慈悲，说是这样的译本，恐怕大众不懂得。好像他倒天天在替大众计划方法，别的译者来搅乱了他的阵势似的。这正如俄国革命以后，欧美的富家奴去看了一看，回来就摇头叹脸，做出文章，慨叹着工农还在怎样吃苦，怎样忍饥，说得满纸凄凄惨惨。仿佛惟有他却是极希望一个筋斗，工农就都住王宫，吃大菜，躺安乐椅子享福的人。谁料还是苦，所以俄国不行了，革命不好了，阿呀阿呀了，可恶之极了。对着这样的哭丧脸，你同他说什么呢？假如觉得讨厌，我想，只要拿指头轻轻的在那纸糊架子上挖一个窟窿就可以了。

赵老爷评论翻译，拉了严又陵，并且替他叫屈，于是累得他在你的信里也挨了一顿骂。但由我看来，这是冤枉的，严老爷和赵老爷，在实际上，有虎狗之差。极明显的例子，是严又陵为要译书，曾经查过汉晋六朝翻译佛经的方法，赵老爷引严又陵为地下知己，却没有看这严又陵所译的书。现在严译的书都出版了，虽然没有什么意义，但他所用的工夫，却从中可以查考。据我所记得，译得最费力，也令人看起来最吃力的，是《穆勒名学》和《群己权界论》的一篇作者自序，其次就是这论，后来不知怎地又改称为《权界》，连书名也很费解了。最好懂的自然是《天演论》，桐城气息十足，连字的平仄也都留心，摇头晃脑的读起来，真是音调铿锵，使人不自觉其头晕。这一点竟感动了桐城派老头子吴汝纶，不禁说是"足与周秦诸子相上下"了。然而严又陵自己却知道这太"达"的译法是不对的，所以他不称为"翻译"，而写作"侯官严复达怡"；序例上发了一通"信达雅"之类的议论之后，结末却声明道："什法师云，'学我者病'。来者方多，慎勿以是书为口实也！"好像他在四十年前，便料到会有赵老爷来谬托知己，早已毛骨悚然一样。仅仅这一点，我就要说，严赵两大师，实有虎狗之差，不能相提并论的。

那么，他为什么要干这一手把戏呢？答案是：那时的留学生没有现在这么阔气，社会上大抵以为西洋人只会做机器——尤其是自鸣钟——留学生只会讲鬼子话，所以算不了"士"人的。因此他便来铿锵一下子，铿锵得吴汝纶也肯给他作序，这一序，别的生意也就源源而来了，于是有《名学》，有《法意》，有《原富》等等。但他后来的译本，看得"信"比"达雅"都重一些。

他的翻译，实在是汉唐译经历史的缩图。中国之译佛经，汉末质直，他没有取法。六朝真是"达"而"雅"了，他的《天演论》的模范就在此。唐则以"信"为主，粗粗一看，简直是不能懂的，这就仿佛他后来的译书。译经的简单的标本，有金陵刻经处汇印的三种译本《大乘起信论》，也是赵老爷的一个死对头。

但我想，我们的译书，还不能这样简单，首先要决定译给大众中的怎样的读者。将这些大众，粗粗的分起来：甲，有很受了教育的；乙，有略能识字的；丙，有识字无几的。而其中的丙，则在"读者"的范围之外，启发他们是图画，演讲，戏剧，电影的任务，在这里可以不论。但就是甲乙两种，也不能用同样的书籍，应该各有供给阅读的相当的书。供给乙的，还不能用翻译，至少是改作，最好还是创作，而这创作又必须并不只在配合读者的胃口，讨好了，读的多就够。至于供给甲类的读者的译本，无论什么，我是至今主张"宁信而不顺"的。自然，这所谓"不顺"，决不是说"跪下"要译作"跪在膝之上"，"天河"要译作"牛奶路"的意思，乃是说，不妨不像吃茶淘饭一样几口可以咽完，却必须费牙来嚼一嚼。这里就来了一个问题：为什么不完全中国化，给读者省些力气呢？这样费解，怎样还可以称为翻译呢？我的答案是：这也是译本。这样的译本，不但在输入新的内容，也在输入新的表现法。中国的文或话，法子实在太不精密了，作文的秘诀，是在避去熟字，删掉虚字，就是好文章，讲话的时候，也时时要辞不达意，这就是话不够用，所以教员讲书，也必须借助于粉笔。这语法的不精密，就在证明思路的不精密，换一句话，就是脑筋有些胡涂。倘若永远用着胡涂话，即使读的时候，滔滔而下，但归根结蒂，所得的还是一个胡涂的影子。要医这病，我以为只好陆续吃一点苦，装进异样的句法去，古的，外省外府的，外国的，后来便可以据为己有。这并不是空想的事情。远的例子，如日本，他们的文章里，欧化的语法是极平常的了，和梁启超做《和文汉读法》时代，大不相同；近的例子，就如来信所说，一九二五年曾给群众造出过"罢工"这一个字眼，这字眼虽然未曾有过，然而大众已都懂得了。

我还以为即便为乙类读者而译的书，也应该时常加些新的字眼，新的语法在里面，但自然不宜太多，以偶尔遇见，而想一想，或问一问就能懂得为度。必须这样，群众的言语才能够丰富起来。

什么人全都懂得的书，现在是不会有的，只有佛教徒的"唵"字，据说是"人人能解"，但可惜又是"解各不同"。就是数学或化学书，里面何尝没有许多"术语"之类，为赵老爷所不懂，然而赵老爷并不提及者，太记得了严又陵之故也。

说到翻译文艺，倘以甲类读者为对象，我是也主张直译的。我自己的译法，是譬如"山背后太阳落下去了"，虽然不顺，也决不改作"日落山阴"，因为原意以山为主，改了就变成太阳为主了。虽然创作，我以为作者也得加以这样的区别。一面尽量的输入，一面尽量的消化，吸收，可用的传下去了，渣滓就听他剩落在过去里。所以在现在容忍"多少的不顺"，倒并不能算"防守"，其实也还是一种的"进攻"。在现在民众口头上的话，那不错，都是"顺"的，但为民众口头上的话搜集来的话胚，其实也还是要顺的，因此我也是主张容忍"不顺"的一个。

但这情形也当然不是永远的，其中的一部分，将从"不顺"而成为"顺",有一部分,则因为到底"不顺"而被淘汰,被踢开。这最要紧的是我们自己的批判。如来信所举的译例,我都可以承认比我译得更"达",也可推定并且更"信",对于译者和读者,都有很大的益处。不过这些只能使甲类的读者懂得,于乙类的读者是太艰深的。由此也可见现在必须区别了种种的读者层,有种种的译作。

为乙类读者译作的方法,我没有细想过,此刻说不出什么来。但就大体看来,现在也还不能和口语——各处各种的土话——合一,只能成为一种特别的白话,或限于某一地方的白话。后一种,某一地方以外的读者就看不懂了,要它分布较广,势必至于要用前一种,但因此也就仍然成为特别的白话,文言的分子也多起来。我是反对用太限于一处的方言的,例如小说中常见的"别闹""别说"等类罢,假使我没有到过北京,我一定解作"另外捣乱""另外去说"的意思,实在远不如较近文言的"不要"来得容易了然,这样的只在一处活着的口语,倘不是万不得已,也应该回避的。还有章回体小说中的笔法,即使眼熟,也不必尽是采用,例如"林冲笑道:原来,你认得。"和"原来,你认得。——林冲笑着说。"这两条,后一例虽然看去有些洋气,其实我们讲话的时候倒常用,听得"耳熟"的。但中国人对于小说是看的,所以还是前一例觉得"眼熟",在书上遇见后一例的笔法,反而好像生疏了。没有法子,现在只好采说书而去其油滑,听闲谈而去其散漫,博取民众的口语而存其比较的大家能懂的字句,成为四不像的白话。这白话得是活的,活的缘故,就因为有些是从活的民众的口头取来,有些是要从此注入活的民众里面去。

临末,我很感谢你信末所举的两个例子。一,我将"……甚至于比自己还要亲近"译成"较之自己较之别人,还要亲近的人们",是直译德日两种译本的说法的。这恐怕因为他们的语法中,没有像"甚至于"这样能够简单而确切地表现这口气的字眼的缘故,转几个弯,就成为这么拙笨了。二,将"新的……人"的"人"字译成"人类",那是我的错误,是太穿凿了之后的错误。莱奋生望见的打麦场上的人,他要造他们成为目前的战斗的人物,我是看得很清楚的,但当他默想"新的……人"的时候,却也很使我默想了好久:(一)"人"的原文,日译本是"人间",德译本是"Mensch",都是单数,但有时也可作"人们"解;(二)他在目前就想有"新的极好的有力量的慈善的人",希望似乎太奢,太空了。我于是想到他的出身,是商人的孩子,是智识分子,由此猜测他的战斗,是为了经过阶级斗争之后的无阶级社会,于是就将他所设想的目前的人,跟着我的主观的错误,搬往将来,并且成为"人们"——人类了。在你未曾指出之前,我还自以为这见解是很高明的哩,这是必须对于读者,赶紧声明改正的。

总之,今年总算将这一部纪念碑的小说,送在这里的读者们的面前了。译的时候和印的时候,颇经过了不少艰难,现在倒也退出了记忆的圈外去,但我真如你来信所说那样,就像亲生的儿子一般爱他,并且由他想到儿子的儿子。还有《铁流》,我也很喜欢。这两部小说,虽然粗制,却并非滥造,铁的人物和血的战斗,实在够使描写多愁善病的才子和千娇百媚的佳人的所谓"美文",在这面前淡到毫无踪影。不过我也和你的意思一样,以为这只是一点小小的胜利,所以也很希望多人合力的更来绍介,至少在后三年内,有关于内战时代和建设时代的纪念碑的的文学书八种至十种,此外更译几种虽然往往被称为无产者文学,然而还不免含有小资产阶级的偏见(如巴比塞)和基督教社会主义的偏见(如辛克莱)的代表作,加上了分析和严正的批评,好在那里,坏在那里,以备对比参考之用,那么,不但读者的见解,可以一天一天的分明起来,就是新的创作家,也得了正确的师范了。

鲁迅　一九三一,十二,二八。

原载 1932 年 6 月《文学月报》创刊号。题作《论翻译》。

初收 1932 年 10 月上海合众书店版《二心集》。

二十九日

日记 雨。下午得诗荃所寄书两本。得吴成钧信,夜复。

三十日

日记 昙。上午寄母亲信。寄诗荃信。下午往内山书店,得『世界美術全集』(别册十八)一本,直三元。夜濯足。

三十一日

日记 晴。晨寄钦文信。寄子佩及舒信。下午往内山书店,得『書道全集』一本第七卷,直二元六角。晚上市买药并为海婴买饼饵。得小峰信并版税二百。夜同广平往购买组合买食物,分赠阿玉,阿菩及海婴。收十一及十二月分编辑费各三百。

书　帐

二十世紀絵画大観一本　五・〇〇　一月五日

新洋画研究一本　四・〇〇

Les Artistes du Livre 五本　三〇・〇〇　一月六日

D. Wapler 木刻三枚一帖　一・〇〇

詩と詩論(十)一本　三・〇〇　一月八日

葛飾北斎一本　二〇・〇〇　一月十三日

Passagiere der leeren Plätze 一本　三・六〇　一月十五日

Der Ausreisser　一本　二・五〇

Schwejk's Abenteuer 三本　二四・六〇

Honore Daumier 一本　六・五〇

ソウェトロシアの芸術一本　三・九〇　一月十六日

昆虫記(六)一本　二・五〇　一月十七日

大十年の文学一本　一・六〇　二[一]月十八日

浮世絵傑作集(五)一帖二枚　一六・〇〇　一月二十日

Gods' Man 一本　八・三〇　一月二十七日

風景画選集一本　一・七〇　一月二十八日

静物画選集一本　一・七〇

伊蘇普物語木刻図(一)八枚　二・五〇　一月三十一日

同上(第二回)七枚　二・五〇

浮世絵大成(六)一本　四・一〇　　　　　　一六八・〇〇〇

川上澄生静物図二枚　内山君贈　二月一日

川上澄生静物図三枚　一一・六〇　二月三日

昆虫記(六至八)布面本三本　一〇・〇〇

エゲレスいろは詩集二本　四・〇〇　二月十日

風流人壹本　三・五〇

浮世絵傑作集(六)一帖二枚　一八・〇〇　二月十九日

生物学講座(十三)一函七本　六・〇〇　二月二十日

美学及文学史論一本　二・二〇　二月二十一日

川柳漫画全集(三)一本　二・六〇　二月二十六日

浮世絵大成(九)一本　四・六〇　二月二十八日　　　　六二・五〇〇

伊蘇普物語木刻十二枚　以士帖社寄贈　三月三日

近代劇全集(別冊)一函　二・六〇

徐旭生西游日记三本　著者贈　三月四日

复刻哥麿等浮世絵七枚　长尾景和君贈　三月五日

世界美術全集(別冊十六)一本　四・〇〇　三月十一日

Rembrandt：Zeichnungen 一本　一六・〇〇

Honore Daumier 一本　二五・〇〇

Daumier und die Politik 一本　八・〇〇

C. D. Friedrich：Bilde 一本　五・〇〇

Ernst Barlach 一本　四・〇〇

Der Findling 一本

世界美術全集（別冊一）一本　四・〇〇　三月十二日

Osvobozhd. Don Kixot 一本　靖华寄来　三月十三日

Zovist 一本　同上

Pravd. Ist. А-КЕЯ 一本　同上

Der dürer Kater 一本　六・〇〇　三月十六日

Bilder des Groszstadt 一本　一三・〇〇

Die Passion eines Menschen 一本　四・〇〇

浮世絵傑作集（七）一帖二枚　一七・〇〇　三月十七日

伊蘇普物語木刻（三）十二枚　三・〇〇

生物学講座（十四）一函七本　四・八〇　三月二十日

書林一瞥一本　〇・六〇　三月二十四日

木刻戈理基像一幅　诗荃寄来　三月二十六日

浮世絵大成（十一）一本　四・〇〇　三月二十八日

新洋画研究（4）一本　四・七〇　三月三十日

芸術の本質と変化（上）一本　二・五〇　三月三十一日

詩と詩論（十一）一本　三・六〇　　　　　一二〇・八〇〇

川柳漫画全集（四）一本　二・五〇　四月十日

世界美術全集（別巻十三）一本　三・八〇　［五月二日］

マ主義芸術理論一本　二・〇〇　四月十一日

ゴオホ画集一本　三・四〇

支那諸子百家考一本　七・八〇

浮世絵傑作集（八回）二枚　一七・〇〇　四月十五日

静かなるドン（1）一本　一・八〇　四月十八日

顾凯之女史箴图一本　一・五〇　四月十九日

齐天龙寺造象拓片八枚　三・七〇

益智图并续图四本　二・七〇　四月二十日

益智燕几图二本　一·五〇

益智图千字文八本　一·五〇　四月二十二日

生物学講座(十五)一函八本　四·八〇　四月二十三日

ウヰリアム・テル版画一帖三枚　一·二〇　四月二十七日

シラノ劇版画一帖五枚　一·二〇

郭忠恕辋川图卷一本　一·二〇　四月二十八日

天籁阁旧藏宋人画册一本　二·四〇

文衡山高士传真迹一本　二·〇〇

陈老莲画册一本　一·〇〇

石涛纪游图咏一本　二·〇〇

现代欧洲文学とプロ一本　三·六〇　四月三十日　　　六八·六〇〇

世界美術全集(別卷六)一本　三·八〇［五月二日］

浮世絵大成(八)一本　四·〇〇

Der Körper des Menschen 一本　四八·〇〇

E. Munchs Craphik 一本　七·〇〇　五月四日

Red Cartoons 三本　New Masses 社寄来　五月八日

芸術の起源及び発達一本　二·四〇

書道全集六本　二四·〇〇　五月九日

霰一本　二·五〇　五月十三日

La Malgranda Johano 一本　二·〇〇

甲骨文字研究二本　李一氓贈　五月十四日

Die Raüber　画帖一帖九枚　一七八·〇〇　五月十五日

索靖书出师颂一本　〇·八〇

颜书裴将军诗卷一本　〇·八〇

石涛山水精品一本　二·二〇

浮世絵傑作集(九回)一帖二枚　一七·〇〇　五月二十日

日本裸体美術全集(Ⅲ)一本　一二·〇〇　五月二十一日

李怀琳书绝交书一本　〇·四〇　五月二十二日

Käthe Kollwitz 版画十二枚　一二〇・〇〇　五月二十四日

現代尖端猟奇図鑑一本　七・〇〇

西域文明史概説一本　八・〇〇

生物学講座(十六回)一函八本　六・〇〇　五月二十五日

文学論考一本　八・〇〇　五月二十六日

書物の話一本　四・六〇　　　　　　　　　　　　四五三・五〇〇

G. Hauptmann's Das Hirtenlied 一本　九・六〇　六月四日

Reise durch Russland 一本　一〇・〇〇

浮世絵大成(二)一本　四・八〇

日本裸体美術全集(四)一本　一七・六〇

書道全集(二十)一本　四・〇〇　六月五日

世界美術全集(別冊十)一本　四・〇〇

燕寝怡情一本　三・二〇　六月七日

Alay-Oop 一本　八・〇〇

千家元麿詩箋一帖四枚　二・三〇　六月八日

新洋画研究(五)一本　四・六〇

川柳漫画全集(十)一本　二・五〇　六月十一日

Die Graphik der Neuzeit 一本　三五・四〇　六月十二日

独逸語基本単語集一本　二・六〇　六月十七日

生物学講座(十七)一函九本　四・八〇　六月十八日

H. Daumier-Mappe 一帖十六枚　三・〇〇　六月二十三日

K. Kollwitz-Mappe 一帖十二枚　八・〇〇

世界美術全集(別巻5)一本　三・四〇　六月二十五日

浮世絵傑作集(十回)一帖二枚　一六・〇〇　六月二十七日

田坂乾吉郎刻銅裸婦図一枚　二〇・〇〇

太田貢水彩画湖浜図一枚　一〇・〇〇　　　　　　　一七三・八〇〇

詩と詩論(十二)一本　四・六〇　七月二日

独和動詞辞典一本　四・六〇　七月三日

Daumier-Mappe 一帖十六枚　三・六〇　七月六日

Es war einmal…u. es wird sein 一本　三・四〇

Die Uhr 一本　二・二〇

書道全集(六及十四)二本　五・〇〇　七月七日

浮世絵大成(十二)一本　四・四〇

日本裸体美術全集(V)一本　一二・〇〇　七月十三日

虫類画譜一本　三・四〇　七月十四日

元川克已作风景画一枚　増田君贈　七月二十日

浮世絵傑作集(十一)一帖二枚　一六・〇〇　七月二十二日

百华诗笺谱一函二本　振铎贈　七月二十三日

Ein Weberaufstand 六枚　四四・〇〇　七月二十四日

Bauernkreig 四枚　七〇・〇〇

Francisco de Goya 一本　八・〇〇　七月二十五日

Vincent van Gogh 一本　八・〇〇

静なるドン(二)一本　二・〇〇　七月二十六日

浮世絵大成(三)一本　四・四〇　七月二十八日

世界美術全集(別册十七)一本　三・四〇

書道全集(五、八、十二、十三)四本　一〇・〇〇

東洋画概論一本　七・〇〇　七月二十九日　　　　　　　二一六・〇〇

書道全集(二十一)一本　二・五〇　八月三日

書道全集(十一)一本　二・五〇　八月五日

日本プロレタリア美術集一本　五・〇〇　八月六日

川柳漫画全集(六)一本　二・五〇　八月十三日

Spiesser-Spiegel 一本　九・〇〇

Goethe:Pandora 一本　八・〇〇

Dämonenu, Nachtgeschichte 一本　一三・〇〇

Herr u. sein Knecht 一本　四・〇〇

重印铁云藏龟六本　四・〇〇

Zheleznii Potok 一本　靖华寄来　八月十五日

マルクス主義美学一本　二・〇〇　八月十八日

浮世絵傑作集(十二)一帖二枚　一四・〇〇　八月十九日

浮世絵大成(五)一本　四・四〇　八月二十九日

Les Artistes du Livre(16—21)六本　六六・〇〇

影宋绍兴本后汉书四十本　预付讫　八月三十一日

影宋绍熙本三国志二十本　同上

影宋庆元本五代史记十四本　同上

影元本辽史十六本　同上

影元本金史三十二本　同上　　　　　　　　　　一三六・九〇〇

書道全集(二十二)一本　二・五〇　九月五日

岩波本昆虫記(二、十八)二本　一・一〇

日本裸体美術全集(二)一本　一五・〇〇　九月九日

赤色親衛队一本　三・四〇　九月十一日

現代芸術の諸傾向一本　一・六〇　九月十七日

浮世絵版画名作集(十三)一帖二枚　一六・〇〇　九月十九日

阿Q正传日译本一本　一・五〇　九月二十一日

詩と詩論(十三)一本　四・五〇　九月二十三日

生物学講座(十八)一函十本　五・〇〇

理论芸術学概論一本　三・五〇　九月廿六日

複刻浮世絵一帖四枚　内山嘉吉君贈

世界裸体美術全集(二、五)二本　一五・〇〇　九月二十九日

叢文閣本昆虫記(九)一本　二・二〇

世界美術全集(別册十二)一本　三・四〇　九月三十日

浮世絵大成(七)一本　四・四〇　　　　　　　　七九・一〇〇

世界美術全集(別册八)一本　三・四〇　[十月三日]

世界裸体美術全集(六)一本　七・〇〇　十月八日

書道全集(三)一本　二・四〇

潘锦作三国画象二本　一・二〇　十月十一日

日本裸体美術全集(一)一本　一五・〇〇　十月十四日

工房有閑一夹二本　五・〇〇

林氏日译阿 Q 正传一本　〇・八〇　十月十七日

革命の娘[嬢]一本　〇・八〇　十月十九日

銃殺されて生きてた男一本　〇・八〇

浮世絵傑作集(十四回)一帖二枚　一五・〇〇　十月二十一日

芸術的現代の諸相一本　六・四〇　十月二十四日

世界美術全集(別冊九)一本　三・四〇　十月二十七日

浮世絵大成(一)一本　四・四〇

二十世紀の欧洲文学一本　三・四〇　十月二十九日　六六・四〇〇

Graphik der Neuzeit 一本　诗荃寄贈　十一月四日

青在堂梅谱一本　二・〇〇

書道全集(一)一本　二・五〇

昆虫記(十)一本　二・五〇

支那人及支那社会の研究一本　内山君贈　十一月五日

Deutsche Form 一本　诗荃寄贈　十一月十日

魔女(读书家版)一本　五・〇〇　十一月十一日

世界裸体美術全集(三)一本　六・八〇

昆虫記布装本(九及十)二本　七・〇〇　十一月十九日

科学の詩人一本　三・五〇

浮世絵傑作集(十五)一帖二枚　一五・〇〇　十一月二十三日

日本裸体美術集(六)一本　一五・〇〇

川柳漫画全集(一)一本　二・二〇

世界美術全集(別冊四)一本　三・五〇　十一月二十七日

华光天王传一本　一・〇〇　十一月二十九日

历代名将图二本　一・六〇　　　　　　　六七・六〇〇

Landschaften u. Stimmungen 一本　诗荃寄　十二月二日

Wendel：Baluschek 一本　　亦诗荃寄

世界裸体美術全集(四)一本　　七・〇〇　十二月五日

書道全集(十七)一本　　二・五〇　十二月八日

山田[村]耕作[花]刻裸婦一枚　　高见泽木版社赠

毕氏木刻铁流图二组共八枚　　靖华寄来

Соврем. Обложка 一本　　同上　十二月十七日

園芸植物図譜(二、三)二本　　一〇・〇〇　十二月二十三日

Фауст i Город 一本　靖华寄来　十二月二十五日

全译デカアメロン二本　　一二・〇〇　十二月二十六日

Reise durch Russland 一本　　诗荃寄来　十二月二十八日

Anders Zorn 一本　　同上

Max Beckmann 一本　　同上

Barbaren u Klassiker　一本　　同上　十二月二十九日

Expres. Bauernmalerei 一本　　同上

世界美術全集(別册十八)一本　　三・〇〇　十二月三十日

書道全集(七)一本　　二・六〇　十二月三十一日　　　　　三七・〇〇〇

　　　　总计全年共一四四七・三〇〇，

　　　　平均每月为一二〇・六〇八三……

本年

三闲书屋印行文艺书籍

敝书屋因为对于现在出版界的堕落和滑头，有些不满足，所以仗了三个有闲，一千资本，来认真绍介诚实的译作，有益的画本，货真价实，童叟无欺。宁可折本关门，决不偷工减料。买主拿出钱来，拿了书去，没有意外的奖品，没有特别的花头，然而也不至于归根结蒂的上当。编辑并无名人挂名，校印却请老手动手。因为敝书屋是讲实在，不讲耍玩意儿的。现在已出的是：

毁灭　A. 法捷耶夫作。是一部罗曼小说，叙述一百五十个袭击队员，其中有农民，有牧人，有矿工，有智识阶级，在西伯利亚和科尔却克军及日本军战斗，终至于只剩了十九人。描写战争的壮烈，大森林的风景，得未曾有。鲁迅曾从日本文译出，登载月刊，只有一半，而读者已称赞为佳作。今更据德英两种译本校改，并译成全文，上加作者自传，序文，末附后记，且有插画六幅，三色版作者画像一幅。道林纸精印，页数约三百页。实价大洋一元二角。

铁流　A. 绥拉菲摩维支作。内叙一支像铁的奔流一般的民军，通过高山峻岭，和主力军相联合。路上所遇到的是强敌，是饥饿，是大风雨，是死。然而通过去了。意识分明，笔力坚锐，是一部纪念碑的作品，批评家多称之为"史诗"。现由曹靖华从原文译出，前后附有作者自传，论文，涅拉陀夫的长序和详注，作者特为中国译本而作的注解。卷首有三色版作者画像一幅，卷中有作者照相及笔迹各一幅，书中主角的照相两幅，地图一幅，三色版印法棱支画"铁流图"一幅。道林纸精印,页数三百四十页。实价大洋一元四角。

　　士敏土之图　革拉特珂夫的小说《士敏土》,中国早有译本,可以无须多说了。德国的青年艺术家梅斐尔德,就取这故事做了材料,刻成木版画十大幅,黑白相映,栩栩如生,而且简朴雄劲,决非描头画角的美术家所能望其项背。现从全中国只有一组之原版印本,用玻璃版复制二百五十部,版心大至一英尺余,用夹层宣纸印刷,中国式装。出版以来,在日本及德国,皆得佳评,今已仅存叁十本。每本实价大洋式元。

代售处:内山书店
（上海北四川路底施高塔路口）

　　　　单张广告。
　　　　初未收集。